Diogenes Taschenbuch 20751

*Werkausgabe
in 13 Bänden*

Band 9

Raymond Chandler

Erpresser schießen nicht

und andere
Detektivstories
Mit einem Vorwort
des Verfassers
Aus dem
Amerikanischen von
Hans Wollschläger

Diogenes

Dieser Band bringt das erste Drittel des ursprünglich als
›Gesammelte Detektivstories‹ 1976
erschienenen Sonderbandes.
Als Vorlage diente die englische Ausgabe ›The Smell of Fear‹,
Hamish Hamilton, London.
Copyright © 1965 by
Helga Greene Literary Agency
Umschlagfoto: Farley Granger
und Robert Walker

Veröffentlicht als Diogenes Taschenbuch, 1980
Alle deutschen Rechte vorbehalten
Copyright © 1976
Diogenes Verlag AG Zürich
60/92/36/11
ISBN 3 257 20751 4

Inhalt

Vorwort 7

Ich werde warten 13
I'll be Waiting

Erpresser schießen nicht 37
Blackmailers Don't Shoot

Einfache Chancen 104
Finger Man

Der superkluge Mord 178
Smart-Aleck Kill

Nevada-Gas 236
Nevada Gas

Vorwort

Eines Tages einmal wird vielleicht ein Antiquar, einer von besonderem Schlag, die Mühe nicht scheuen, die ganzen Stöße von billigen Detektiv-Magazinen durchzustöbern, die in den späten zwanziger und frühen dreißiger Jahren in Blüte standen, um der Frage nachzugehen, wie und wann und wodurch eigentlich der populäre Kriminalroman seine bislang so raffiniert feinen Manieren in den Rauchfang geschrieben hat und bodenständig geworden ist. Der Mann wird scharfe Augen brauchen und einen aufgeschlossenen Verstand. Das Billigpapier hat nie vom Nachruhm geträumt, und der größte Teil dürfte inzwischen eine schmutzigbraune Farbe angenommen haben. Und es bedarf tatsächlich schon eines sehr aufgeschlossenen Verstandes, um hinter die unnötig aufgedonnerten Umschläge zu sehen, hinter die reißerischen Titel und die kaum erträglichen Wareninserate, um die echte Kraft einer Schreibweise zu erkennen, an der gemessen fast die ganze Romanliteratur der Zeit wie eine Tasse lauwarm kraftloser Würfelbrühe in einem altjüngferlichen Tee-Salon schmeckt.

Ich glaube nicht, daß diese Kraft nur im stofflichen Moment der Gewalttätigkeit lag, obwohl viel zu viele Leute umgebracht wurden in diesen Geschichten und ihr Ableben eine etwas zu liebevolle Detail-Ausmalung erfuhr. Mit Sicherheit beruhte sie auch nicht auf Stilqualitäten, denn jeder Versuch in dieser Richtung wäre von vornherein erbarmungslos dem Rotstift der Redaktion zum Opfer gefallen. Auch Handlung und Charaktere konnten keine besonders große Originalität für sich in Anspruch nehmen. Die Handlungen waren meist ziemlich platt und ordinär, und die Charaktere bestanden aus ziemlich primitiven Menschentypen. Vielleicht lag die Kraft in der ganz eigentümlichen Atmosphäre der Angst, die diese Geschichten auszubreiten vermochten. Ihre Gestalten lebten in einer Welt, in der alles schiefgelaufen war, einer Welt, in der, schon lange vor der Atombombe, die Zivilisation sich die Maschinerie zu ihrer eigenen Zerstörung geschaffen hatte und mit dem ganzen irren Vergnügen damit umzugehen lernte, mit dem ein Gangster seine erste Maschinenpistole ausprobiert. Das Gesetz war ein Etwas, das sich um des Profits oder der Macht willen manipulieren ließ. Auf den Straßen herrschte eine Finsternis, die noch um einiges tiefer war als die der Nacht. Die Kriminalgeschichte wurde hart und zynisch in ihren Handlungsmotiven und Gestalten, aber sie war nicht zynisch im eigentlichen Kern, in den Wirkungen, die sie hervorzurufen suchte, so wenig wie in den technischen Mitteln, die sie dazu einsetzte. Ein paar außergewöhnliche Kritiker haben das damals erkannt, und mehr durfte man schwerlich erwarten. Der Durchschnittskritiker erkennt eine Leistung nie, wenn sie vollbracht wird. Er erklärt sie, nachdem sie sich durchgesetzt hat.

Die emotionale Basis der üblichen Detektivgeschichte hat immer darin bestanden, daß der Mord seine Aufklärung findet und der Gerechtigkeit Genüge geschieht. Die technische Basis war die relative Bedeutungslosigkeit sämtlicher Handlungsdetails gegenüber der Lösung am Schluß. Was zu ihr hinführte, war mehr oder weniger Beiwerk. Die Lösung rechtfertigte schlechthin alles. Die technische Basis beim Geschichtentyp der Black Mask bestand in der Vorrangigkeit der Szene vor der Handlung, d. h. eine Handlung war dann gut, wenn sie gute Szenen abgab. Als Ideal schwebte uns ein Kriminalroman vor, den man auch dann las, wenn der Schluß fehlte. Wir, die ihn zu schreiben versuchten, nahmen dabei denselben Standpunkt ein wie die Filmemacher.

Ganz zu Beginn meiner Arbeit in Hollywood sagte mir einmal ein sehr intelligenter Produzent, einen Kriminalroman könne man gar nicht erfolgreich verfilmen, weil der ganze Pfiff in der Enthüllung stecke, und die dauere am Schluß auf der Leinwand bloß ein paar Sekunden, während die Zuschauer schon nach ihren Hüten griffen. Er lag ganz falsch damit, aber nur weil er den falschen Typus Kriminalroman dabei vor Augen hatte.

Was nun die emotionale Basis der knallharten Kriminalgeschichte betrifft, so glaubt diese offenbar selber nicht daran, daß Mord seine Aufklärung findet und der Gerechtigkeit Genüge geschieht – es sei denn, ein sehr entschlossenes Individuum setzt es sich zur Aufgabe, eben darauf zu sehen, daß der Gerechtigkeit Genüge geschieht. Die Geschichten drehten sich um die Männer, die dafür sorgten. Das waren notgedrungen harte Burschen, und was sie machten, egal ob sie nun als Polizeibeamte, Privatdetektive oder Zeitungsreporter daherkamen, war harte, gefährliche Arbeit. Es war eine Arbeit, die man jederzeit kriegen konnte. Sie lag praktisch auf der Straße, massenweise. Das ist auch heute noch so. Fraglos hatten die Geschichten darüber etwas Phantastisches an sich. Denn wohl passierten solche Sachen in der Wirklichkeit, aber doch nicht in so gedrängter Folge, nicht in einem so dicht verstrickten Personenkreis und nicht in einem so engen logischen Rahmen. Diese Verdichtung ins Phantastische stellte sich unvermeidlich ein, da das Erfordernis bestand, permanent Handlung zu bringen; hielt man inne, um nachzudenken, so war man verloren. Wenn man nicht mehr weiter wußte, ließ man einen Mann mit einer Pistole in der Hand durch die Tür kommen. Das konnte zwar zu allerhand Blödsinn führen, aber irgendwie schien das nichts weiter auszumachen. Ein Schriftsteller, der Angst hat, sich zu übernehmen, ist genauso unnütz wie ein General, der sich von der Sorge beschleichen läßt, er könnte vielleicht einen Fehler begehen.

Wenn ich nun so auf meine eigenen Geschichten zurückblicke, so wäre es widersinnig, wenn ich nicht den Wunsch dabei empfände, sie wären mir besser geraten. Aber wenn sie mir damals wirklich viel besser geraten wären, dann hätte ich sie gar nicht gedruckt bekommen. Wäre das Schema ein bißchen weniger starr gewesen, so hätte vielleicht mehr vom Geschriebenen der Zeit überlebt. Einige von uns haben sich weidlich geplagt, aus dem Schema auszubrechen, aber in der Regel wurden wir erwischt und wieder eingeliefert. Die Grenzen des Schemas durchlässig zu machen, ohne es selber zu sprengen, davon träumt jeder Schriftsteller, der für Zeitschriften und Magazine arbeitet, sofern er nicht ein hoffnungsloser Schmock und Schmierakler ist. In meinen Geschichten gibt es Sachen, die ich eigentlich gern ändern oder ganz streichen würde. Das zu bewerkstelligen, sieht vielleicht sehr einfach aus, aber wenn man's praktisch versucht, stellt sich heraus, daß es schlechthin nicht geht. Man zerstört bloß, was gut ist, ohne das Schlechte nur irgendwie merklich zu beeinflussen. Es gelingt einem nicht, die Stimmung von damals wiederzufinden, den ›Stand der Unschuld‹, und schon gar nicht den urtümlichen Stil und Geschmack, den man hatte, als man sehr wenig sonst besaß. Alles, was ein Schriftsteller über Kunst oder Handwerk des Schreibens dazulernt, nimmt ihm jeweils ein Stückchen vom Drang oder Wunsch, überhaupt zu schreiben. Am Ende kennt er sämtliche Tricks – und hat nichts mehr zu sagen.

Was die literarische Qualität meiner hier folgenden früheren Produkte angeht, so entnehme ich dem Umstand, daß sie in einem renommierten Verlag erscheinen, die Berechtigung, mich nicht ganz so demütig und bescheiden aufzuführen, daß dem Leser davon schlecht werden müßte. Ich habe mich, als Schriftsteller, nie so umwerfend ernst nehmen können, wie es nebst anderem für die Gilde so peinlich bezeichnend ist. Und ich hatte das Glück, vor dem bewahrt zu bleiben, was (vom *Punch,* glaube ich) »jene Form von

Snobismus« genannt worden ist, »die in der Vergangenheit auch die Unterhaltungsliteratur durchaus gelten läßt, in der Gegenwart aber nur die aufklärerische«. Zwischen den einsilbigen Dümmlichkeiten der Comic-Strips und den anämischen Finessen der Hochliteraten liegt das bekannte weite Feld, auf dem die Kriminalgeschichte vielleicht – oder vielleicht auch nicht – einen bedeutenden Markstein bildet. Es gibt Leute, die hassen sie in allen ihren Formen. Und es gibt Leute, die mögen sie, wenn sie von netten Menschen handelt (»Diese reizende Mrs. Jones, wer hätte gedacht, daß sie ihrem Mann mit einem Metzgerbeil den Kopf abhacken würde? Wo er doch so ein stattlicher Mann auch war!«). Es gibt Leute, die halten Gewalttätigkeit und Sadismus für austauschbare Begriffe, und dann wieder Leute, denen gilt der Detektivroman grundsätzlich als Subliteratur, und zwar einfach nur darum, weil er in der Regel nicht an verschachtelten Nebensätzen, vertrackter Interpunktion und hypothetischen Konjunktiven erstickt. Es gibt Leute, die lesen ihn nur, wenn sie müde sind oder krank, und nach der Quantität zu urteilen, in der sie ihn konsumieren, müssen sie die meiste Zeit müde oder krank sein. Es gibt die Fanatiker der deduktiven Logik (über die ich mich schon bei anderer Gelegenheit ausgelassen habe *) und die Fanatiker des Sex, denen es partout nicht in die hitzigen kleinen Köpfe will, daß der Romandetektiv ein Katalysator ist und nicht ein Casanova. Die ersten verlangen einen genauen Grundriß von Greythorpe Manor, der das Arbeitszimmer zeigt, den Gewehrraum, die Halle, das Treppenhaus und die Passage zu dem finsteren kleinen Zimmer, in dem der Butler mit dünnen Lippen und schweigend dem Schreiten des Schicksals lauscht und dabei das georgianische Silber putzt. Die letzteren meinen, die kürzeste Entfernung zwischen zwei Punkten sei die zwischen einer Blondine und einem Bett.

* s. Raymond Chandler, Die simple Kunst des Mordes 1975

Kein Schriftsteller kann es ihnen allen recht machen, kein Schriftsteller sollte es versuchen. Als die Geschichten dieses Buches geschrieben wurden, hat ihr Autor gewiß nicht im Traum daran gedacht, daß sie zehn Jahre später noch irgendwem gefallen könnten. Die Kriminalgeschichte ist eine Gattung, die nicht im Schatten der Vergangenheit hausen muß und dem Klassikerkult, wenn überhaupt, nur wenig verpflichtet ist. Es ist schon einiges mehr als unwahrscheinlich, daß ein heute lebender Schriftsteller einen besseren historischen Roman als den *Henry Esmond,* eine bessere Kindergeschichte als *Das Goldene Zeitalter,* eine schärfere sozialkritische Skizze als die *Madame Bovary,* eine anmutigere und elegantere Geisterbeschwörung als *The Spoils of Poynton,* ein reicheres Kolossalgemälde als *Krieg und Frieden* oder *Die Brüder Karamasow* schreiben könnte. Aber eine plausiblere Kriminalgeschichte zu ersinnen als den *Hund von Baskerville* oder den *Stibitzten Brief* sollte nicht allzu schwierig sein. Schwieriger wäre heutzutage eher das Gegenteil. Es gibt keine ›Klassiker‹ des Kriminal- oder Detektivromans. Nicht einen einzigen. Klassisch – im Rahmen seines eigenen Bezugssystems, nach dem es einzig und allein beurteilt werden sollte – ist ein Schriftwerk dann, wenn es alle Möglichkeiten seiner Form voll ausschöpft und schlechthin nicht mehr übertroffen werden kann. Das hat bis heute noch keine Kriminalgeschichte und kein Kriminalroman geschafft. Nur ein paar wenigen ist es annähernd gelungen. Und eben das ist einer der Hauptgründe dafür, daß sonst ganz vernünftige Leute immer noch und immer wieder versuchen, die Zitadelle zu stürmen.

Raymond Chandler

Ich werde warten

Um ein Uhr morgens schaltete Carl, der Nachtportier, die letzte der drei Tischlampen in der Haupthalle des Windermere Hotels aus. Der blaue Teppich dunkelte um eine oder zwei Schattierungen, und die Wände zogen sich in weite Ferne zurück. Die Sessel füllten sich mit Schattengestalten. In den Ecken hingen Erinnerungen wie Spinngewebe.

Tony Reseck gähnte. Er legte den Kopf auf die Seite und lauschte der schwachen, zwitschernd zittrigen Musik aus dem Radioraum jenseits eines dämmrigen Bogendurchgangs am anderen Ende der Halle. Er runzelte die Stirn. Nach eins in der Frühe sollte das eigentlich sein Radiozimmer sein. Niemand sollte sich darin aufhalten. Das rothaarige Mädchen da verdarb ihm seine Nächte.

Das Stirnrunzeln schwand, und die Miniatur eines Lächelns schnörkelte sich um seine Lippenwinkel. Er saß entspannt, ein kleiner, blasser, korpulenter, mittelältlicher Mann mit langen, zarten Fingern, die sich über dem Elchzahn an seiner Uhrkette gefaltet hatten, den langen, zarten Fingern eines Geschicklichkeitskünstlers, Fingern mit glänzenden, wohlgeformten Nägeln und sich verjüngenden Mittelgliedern, Fingern, die an den Spitzen ein wenig spatelförmig waren. Hübschen Fingern. Tony Reseck rieb sie sanft gegeneinander, und es lag Friede in seinen stillen, seegrauen Augen.

Das Stirnrunzeln trat wieder auf sein Gesicht. Die Musik fiel ihm lästig. Er stand mit seltsamer Geschmeidigkeit auf, aus einer einzigen Bewegung heraus, ohne die gefalteten Hände von der Uhrkette zu nehmen. Einen Augenblick zuvor noch hatte er entspannt zurückgelehnt dagesessen, und im nächsten stand er auf den Füßen, absolut ruhig und im Gleichgewicht, so daß es fast scheinen mußte, als sei dem Auge die Bewegung des Aufstehens entgangen, als habe es so etwas wie einen Wahrnehmungsausfall gehabt.

Er ging mit schmalen, polierten Schuhen über den blauen Teppich, unhörbar fast, und trat unter den Bogen. Die Musik wurde lauter. Sie bot das heiße, scharfe Geschmetter, die rasenden, nervös zerrissenen Sequenzen einer Jam-Session. Sie war zu laut. Das rothaarige Mädchen saß da und starrte wie gebannt auf die Lautsprecherbespannung des großen Radioapparats, als könnte sie die Spieler der Band dahinter sehen, mit ihrem starren professionellen Grinsen und dem Schweiß, der ihnen den Rücken hinunterlief. Sie kauerte mit seitlich unter sich gezogenen Füßen auf einem Sofa, auf dem fast alle Kissen des Zimmers zu liegen schienen. Sie steckte sozusagen mittendrin, war von ihnen umgeben wie ein Blütensträußchen vom sorgfältig drapierten Seidenpapier des Blumenhändlers.

Sie wandte nicht den Kopf. Sie lehnte dort, die eine Hand zu einer kleinen Faust geballt auf ihrem pfirsichfarbenen Knie. Sie trug einen Hausanzug aus schwerer gerippter Seide, bestickt mit schwarzen Lotosknospen.

»Sie mögen Goodman, Miss Cressy?« fragte Tony Reseck.

Das Mädchen bewegte langsam die Augen. Das Licht darin war trübe, aber das Violett ihrer Augen tat fast weh. Es waren große, tiefe Augen, die keine Spur von Nachdenken zeigten. Ihr Gesicht hatte klassischen Schnitt und keinerlei Ausdruck.

Sie sagte nichts.

Tony lächelte und bewegte die Finger an seinen Seiten, einen nach dem andern, fühlte sie sich bewegen. »Sie mögen Goodman, Miss Cressy?« wiederholte er sanft.

»Nicht übermäßig«, sagte das Mädchen tonlos.

Tony wippte auf den Hacken zurück und sah in ihre

Augen. Große, tiefe, leere Augen. Oder waren sie das nicht? Er langte nieder und stellte das Radio leiser.

»Verstehen Sie mich nicht falsch«, sagte das Mädchen. »Goodman macht Geld, und wenn ein Junge heute auf anständige Art sein Geld macht, dann muß man ihn achten. Aber diese Jitterbug-Musik hat für mich immer was vom Mief einer Bierkneipe an sich. Ich mag lieber was mit Rosen drin.«

»Vielleicht mögen Sie Mozart«, sagte Tony.

»Nur zu, nehmen Sie mich ruhig auf den Arm«, sagte das Mädchen.

»Ich wollte Sie keineswegs auf den Arm nehmen, Miss Cressy. Für mich ist Mozart der größte Mensch, der je gelebt hat, und Toscanini ist sein Prophet.«

»Ich dachte, Sie wären hier der Hausdetektiv.« Sie legte den Kopf zurück auf ein Kissen und starrte ihn durch die Wimpern an. »Stellen Sie mir mal was von diesem Mozart ein«, fügte sie hinzu.

»Dazu ist es zu spät«, seufzte Tony. »Jetzt findet man nichts mehr.«

Sie schenkte ihm einen weiteren, langen, klaren Blick. »Sie haben mich unter der Lupe, was, Plattfuß?« Ein kleines Lachen, leise, fast lautlos. »Was hab ich denn angestellt?«

Tony zeigte sein treuherziges Kinderlächeln. »Nichts, Miss Cressy. Ganz und gar nichts. Aber Sie brauchen ein bißchen frische Luft. Sie sind jetzt fünf Tage in diesem Hotel und noch nicht ein einzigesmal aus dem Haus gewesen. Und Sie haben ein Turmzimmer.«

Sie lachte erneut. »Machen Sie mal 'ne Geschichte draus für mich. Ich hab Langeweile.«

»Es gab schon mal hier ein Mädchen, das hatte dieselbe Suite. Sie blieb eine ganze Woche im Hotel, wie Sie. Ohne je auszugehen, meine ich. Sie sprach kaum ein Wort mit jemandem. Was meinen Sie, was sie dann getan hat?«

Das Mädchen beäugte ihn ernst. »Die Zeche geprellt.«

Er streckte seine lange, zarte Hand aus und drehte sie langsam um. Seine Finger flatterten, fast als gehe eine unsichtbare Welle darüber hin und breche sich daran, müßig und ganz gelassen. »Hm, nein. Sie schickte nach der Rechnung und bezahlte. Dann sagte sie dem Pagen, er solle in einer halben Stunde kommen und ihre Koffer holen. Dann ging sie hinaus auf den Balkon.«

Das Mädchen beugte sich ein wenig vor, die Augen immer noch ernst, die eine Hand wie eine Kappe auf ihrem pfirsichfarbenen Knie. »Was hatten Sie gesagt, wie heißen Sie?«

»Tony Reseck.«

»Klingt nach zugewandert.«

»Ja-ah«, sagte Tony. »Aus Polen.«

»Erzählen Sie weiter, Tony.«

»Alle Turm-Suiten haben einen privaten Balkon, Miss Cressy. Die Mauern am Rand sind sehr niedrig für vierzehn Stockwerke über der Straße. Es war ein dunkler Abend, der Abend damals, tief jagende Wolken.« Er ließ die Hand mit einer endgültigen Geste fallen, einer Geste des Abschieds. »Niemand sah sie springen. Aber als sie unten aufschlug, klang es wie ein Kanonenschuß.«

»Sie tragen zu dick auf, Tony.« Ihre Stimme war ein sauberes, trockenes Flüstern.

Er zeigte sein treuherziges Kinderlächeln. Seine stillen, seegrauen Augen schienen die langen Wellen ihres Haars fast zu streicheln. »Eve Cressy«, sagte er sinnend. »Ein Name, der darauf wartet, in Leuchtbuchstaben zu erscheinen.«

»Der darauf wartet, daß ein großer dunkler Bursche erscheint, der nichts taugt, Tony. Es kann Ihnen egal sein, warum. Ich war mal mit ihm verheiratet. Vielleicht werde ich eines Tages wieder verheiratet sein mit ihm. Man kann einen Haufen Fehler machen in bloß einem einzigen Leben.« Die Hand auf ihrem Knie öffnete sich langsam, bis die Finger so weit zurückgestreckt waren, wie es gehen wollte.

Dann schlossen sie sich rasch und fest, und sogar im trüben Licht hier schimmerten die Knöchel, als wären sie aus poliertem Elfenbein. »Ich habe ihm einmal ziemlich übel mitgespielt. Ich hab ihn in eine schlimme Patsche gebracht – ohne es zu wollen. Aber das kann Ihnen ebenfalls egal sein. Es ist nur einfach so, daß ich ihm verpflichtet bin.«

Er beugte sich sanft hinüber und drehte am Radioknopf. Ein Walzer nahm Gestalt an in den Klängen. Ein kitschiger Walzer, aber ein Walzer. Er drehte die Lautstärke weiter auf. Die Musik brach aus dem Apparat hervor, ein Strudel aus schattenhafter Melodik. Seit Wien gestorben ist, sind alle Walzer Schatten.

Das Mädchen legte den Kopf auf die Seite, summte drei oder vier Takte mit und brach dann jäh ab, mit verzogenem Mund.

»Eve Cressy«, sagte sie. »Der Name ist schon mal in Leuchtbuchstaben erschienen. An einem billigen Nachtclub. Einer richtigen Kaschemme. Es gab eine Razzia, und die Lichter gingen aus.«

Er lächelte sie fast spöttisch an. »Es war keine Kaschemme, als Sie dort waren, Miss Cressy... Das ist der Walzer, den das Orchester immer spielte, wenn der alte Portier vor dem Hoteleingang auf und ab ging, seine sämtlichen Orden an der geschwellten Brust. *Der letzte Mann*. Emil Jannings. Sie werden sich kaum daran erinnern, Miss Cressy.«

»Frühling, herrlicher Lenz«, sagte sie. »Nein, hab ich nie gesehen.«

Er trat drei Schritte von ihr fort und wandte sich um. »Ich muß nach oben und Türklinken abgrabbeln. Hoffentlich bin ich Ihnen nicht lästig gefallen. Sie sollten jetzt schlafen gehen. Es ist ziemlich spät.«

Der Kitschwalzer brach ab, und eine Stimme begann zu sprechen. Das Mädchen antwortete durch die Stimme hindurch. »Haben Sie wirklich an sowas gedacht – wie mit dem Balkon?«

Er nickte. »Das kann schon sein«, sagte er sanft. »Aber jetzt nicht mehr.«

»Wäre auch aussichtslos, Tony.« Ihr Lächeln war wie ein blasses, verlorenes Blatt. »Kommen Sie doch wieder vorbei und reden Sie ein bißchen mit mir. Rotschöpfe springen nicht, Tony. Sie halten durch – und welken.«

Er sah sie einen Moment lang ernst an und entfernte sich dann über den Teppich. Der Portier stand im Bogengang, der zur Haupthalle führte. Tony hatte nicht hinübergesehen, aber er wußte, daß jemand da war. Er wußte immer, wenn jemand in seiner Nähe war. Er konnte das Gras wachsen hören, wie der Esel im *Blauen Vogel*.

Der Portier gab ihm einen dringlichen Wink mit dem Kinn. Sein breites Gesicht über dem Uniformkragen sah verschwitzt aus und erregt. Tony trat zu ihm, und sie gingen zusammen durch den Bogen und in die Mitte der trüb erhellten Halle hinaus.

»Ärger?« fragte Tony müde.

»Da draußen ist ein Bursche, der dich sprechen will, Tony. Wollte nicht reinkommen. Ich war bloß mal kurz vor der Tür, wollte mit dem Lappen über die Glasscheiben fahren, und da stand er auf einmal neben mir, ein ziemlicher Brocken von einem Kerl. ›Holen Sie Tony‹, sagte er, bloß so aus dem Mundwinkel.«

Tony sagte: »Hm, soso«, und sah dem Portier in die blaßblauen Augen. »Und wie hieß er?«

»Al, sagte er, soll ich sagen.«

Tonys Gesicht wurde so ausdruckslos wie Teig. »Ah ja.« Er wollte gehen.

Der Portier ergriff ihn am Ärmel. »Hör mal, Tony. Du hast doch keine Feinde?«

Tony lachte höflich, das Gesicht immer noch wie Teig.

»Hör zu, Tony.« Der Portier ließ seinen Ärmel nicht los. »An der Ecke vorn hält ein großer schwarzer Wagen, du weißt schon, nach der andern Seite vom Taxistand. Daneben steht ein Kerl, den einen Fuß auf dem Trittbrett. Dieser Bursche, der mich da angequatscht hat, er trägt einen dunklen, eng zugeknöpften Mantel mit Kragen, den er sich um die Ohren hochgeschlagen hat. Der Hut sitzt ihm ziemlich tief in der Stirn. Man kann sein Gesicht kaum erkennen. ›Holen Sie Tony‹, hat er bloß gesagt, so aus dem Mundwinkel. Hast du auch bestimmt keine Feinde, Tony?«

»Nur bei der Kreditbank«, sagte Tony. »Hau ab.«

Er ging langsam und ein bißchen steif über den blauen Teppich, die drei flachen Stufen hinauf in die Rezeption mit den drei Fahrstühlen auf der einen Seite und dem Empfangstisch auf der anderen. Nur ein Fahrstuhl war noch in Betrieb. Neben der offenen Tür stand, schweigend und mit verschränkten Armen, der Liftboy, in hübscher blauer Uniform mit silbernen Aufschlägen. Ein schlanker, dunkler Mexikaner namens Gomez. Der Junge war neu, arbeitete sich bei der Nachtschicht ein.

Auf der anderen Seite der Empfangstisch, rosa Marmor, mit dem vornehm-lässig daraufgelehnten Nachtportier. Ein kleiner adretter Mann mit einem buschigen rötlichen Schnurrbart und Wangen, so rosig, als hätte er sie geschminkt. Er starrte Tony an und prokelte mit einem Fingernagel in seinem Schnurrbart.

Tony hob einen steifen Zeigefinger gegen ihn, legte die anderen drei Finger fest an die Handfläche und schlug mit dem Daumen an dem steifen Finger auf und nieder. Der Portier berührte die andere Seite seines Schnurrbarts und machte ein gelangweiltes Gesicht.

Tony ging weiter, vorbei an dem geschlossenen und verdunkelten Zeitungsstand und dem Seiteneingang zum Drugstore, hinaus zu den messinggerahmten Glastüren des Eingangs. Kurz vor ihnen blieb er noch einmal stehen und holte tief und hart Luft. Dann straffte er die Schultern, stieß die Türen auf und trat in die kalte, feuchte Nachtluft hinaus.

Die Straße lag dunkel, still. Das Getöse des Verkehrs am

Wilshire, zwei Straßen weiter, war gestaltlos und ohne Bedeutung. Zur Linken standen zwei Taxis. Die Fahrer lehnten an einem der Kotflügel, Seite an Seite, rauchend. Tony ging in die entgegengesetzte Richtung. Der große dunkle Wagen stand einen Drittelblock vom Hoteleingang entfernt. Die Scheinwerfer waren abgeschaltet, und erst als er ihn fast erreicht hatte, hörte er das sanfte Geräusch des laufenden Motors.

Eine hochgewachsene Gestalt löste sich von der schattenhaften Masse des Wagens und kam auf ihn zugeschlendert, beide Hände in den Taschen des dunklen Mantels mit dem hochgeschlagenen Kragen. Im Mund des Mannes glomm schwach ein Zigarettenende, eine rostrote Perle.

Zwei Schritt voneinander blieben sie stehen.

Der hochgewachsene Mann sagte: »Hallo, Tony. Lange nicht gesehn.«

»Hallo, Al. Wie geht's denn?«

»Kann nicht klagen.« Der hochgewachsene Mann wollte die rechte Hand aus der Manteltasche ziehen, hielt dann aber inne und lachte lautlos. »Ah, hätt ich fast vergessen. Dir dürfte wohl kaum was dran liegen, mir die Hand zu schütteln.«

»Das bedeutet gar nichts«, sagte Tony. »Sich die Hand zu schütteln. Auch Affen können das. Was hast du auf dem Herzen, Al?«

»Immer noch der alte kleine, dicke Komiker, was, Tony?«

»Kann schon sein.« Tonys Augen verengten sich. Etwas schnürte ihm die Kehle zu.

»Gefällt dir der Job in dem Laden da?«

»Ist ein Job.«

Al lachte erneut, sein lautloses Lachen. »Du schiebst deine Kugel langsam, Tony. Ich mach's mit Tempo. Soso, ein Job ist das also, und du willst ihn behalten. Okay. In euerm stillen Hotel hockt da ein Mädchen rum, heißt Eve Cressy. Schaff sie raus. Schnell und auf der Stelle.«

»Was stimmt denn nicht mit ihr?«

Der hochgewachsene Mann sah die Straße hinauf und hinunter. Ein Mann im Wagen hinter ihm hustete leicht. »Sie hat auf die falsche Karte gesetzt. Nichts gegen sie persönlich, aber sie wird dir Ärger bringen. Schaff sie raus, Tony. Du hast noch etwa eine Stunde.«

»Sicher«, sagte Tony, ziellos, ohne Bedeutung.

Al zog die Hand aus der Tasche und streckte sie gegen Tonys Brust. Er gab ihm einen leichten, beiläufigen Stoß. »Ich hab dir das nicht gesagt, bloß um mal wieder einen Witz zu machen, dickes Brüderchen. Schaff sie aus der Quere.«

»Okay«, sagte Tony, ohne jeden Ton in der Stimme.

Der hochgewachsene Mann zog die Hand zurück und griff nach der Wagentür. Er öffnete sie und wollte hineinschlüpfen, ein hagerer schwarzer Schatten.

Dann hielt er inne, sagte etwas zu den Männern in dem Wagen und stieg wieder aus. Er kam zu der Stelle zurück, an der Tony schweigend stand, einen Widerschein des trüben Lichts der Straße in den blassen Augen.

»Hör zu, Tony. Du hast deine Nase immer aus allem rausgehalten. Du bist ein guter Bruder, Tony.«

Tony antwortete nicht.

Al beugte sich zu ihm vor, ein langer, dringlicher Schatten; der Mantelkragen reichte ihm fast an die Ohren. »Eine brenzlige Sache, Tony. Es wird den Jungens zwar nicht schmecken, aber ich erzähl es dir trotzdem. Diese Cressy war mit einem Kerl namens Johnny Ralls verheiratet. Ralls ist vor zwei, drei Tagen, oder einer Woche, aus Quentin raus. Hat da drei Jährchen runtergerissen, wegen fahrlässiger Tötung. Das Mädchen hat ihn reingeritten. Er hat eines Nachts einen alten Mann umgefahren, wie er besoffen war, und sie war mit dabei. Er wollte nicht anhalten. Da hat sie zu ihm gesagt, entweder geht er hin und stellt sich, oder. Er hat sich aber nicht gestellt. Da sind die Polypen dann zu ihm gekommen.«

Tony sagte: »So ein Pech.«

»Die Sache ist koscher, Kleiner. Ich muß es schließlich wissen. Dieser Ralls hat werweißwie die Klappe aufgerissen, vonwegen wie das Mädchen auf ihn warten würde, wenn er rauskäme, und alles sollte vergeben und vergessen sein, und er würde gleich direkt zu ihr hin.«

Tony fragte: »Und was hast du mit ihm zu schaffen?« In seiner Stimme war ein trockenes, steifes Knistern, wie von dickem Papier.

Al lachte. »Die Jungs wolln ein Hühnchen mit ihm rupfen. Er hat einen Tisch laufen gehabt, in einem Kasino am Strip, und sich was einfallen lassen. Fünfzig Riesen sind dem Haus flötengegangen, durch ihn und noch einen andern Burschen. Der andere hat schon ausgespuckt, aber jetzt brauchen wir immer noch die fünfundzwanzig von Johnny. Die Jungs werden nicht dafür bezahlt, daß sie ein schlechtes Gedächtnis haben.«

Tony sah die dunkle Straße hinauf und hinunter. Einer der Taxifahrer schnippte einen Zigarettenstummel in hohem Bogen über das Verdeck eines der Wagen. Tony sah ihn auf dem Pflaster auftreffen und Funken sprühen. Er lauschte dem stillen Motorgeräusch des großen Wagens.

»Ich will nichts damit zu tun haben«, sagte er. »Ich werde sie rausschaffen.«

Al trat von ihm zurück und nickte. »Kluges Jungchen. Wie geht's Mama denn so?«

»Ganz gut«, sagte Tony.

»Erzähl ihr mal, daß ich nach ihr gefragt habe.«

»Nach ihr zu fragen, bedeutet gar nichts«, sagte Tony.

Al wandte sich rasch um und stieg in den Wagen. Der Wagen kurvte lässig auf der Mitte des Blocks und glitt zurück auf die Ecke zu. Die Scheinwerfer gingen an und grellten Licht auf eine Wand. Der Wagen bog um die Ecke und verschwand. Die Schwaden der Abgase, die noch in der Luft hingen, trieben langsam an Tonys Nase vorüber. Er wandte sich um und ging zum Hotel zurück, ging wieder hinein. Er begab sich zum Radiozimmer hinüber.

Das Radio murmelte immer noch vor sich hin, aber das Mädchen war vom Sofa davor verschwunden. Die zusammengedrückten Kissen zeigten noch die Hohlform ihrer Gestalt. Tony griff nieder und berührte sie. Es kam ihm vor, als wären sie noch warm. Er stellte das Radio ab und stand da und drehte langsam einen Daumen vor seinem Körper, die Hand flach auf den Magen gelegt. Dann ging er wieder durch die Halle zu den Fahrstühlen hinüber und blieb neben einem Majolika-Topf voll weißem Sand stehen. Der Portier machte sich hinter einer Trennwand aus geriffeltem Glas am einen Ende des Tisches an irgendwas zu schaffen. Die Luft war tot.

Die Fahrstuhltüren waren dunkel. Tony warf einen Blick auf den Anzeiger des mittleren Fahrstuhls und sah, daß er im 14. Stock hielt.

»Zu Bett gegangen«, sagte er halblaut vor sich hin.

Die Tür zum Portiersraum neben den Fahrstühlen öffnete sich, und der mexikanische Liftboy trat heraus, in Straßenkleidung. Er streifte Tony mit einem stillen Seitenblick, aus Augen, die die Farbe vertrockneter Kastanien hatten.

»Gute Nacht, Chef.«

»Äh – ja«, sagte Tony abwesend.

Er zog eine dünne, gesprenkelte Zigarre aus der Westentasche und roch daran. Er untersuchte sie langsam, drehte sie in seinen gepflegten Fingern. Sie hatte an der Seite einen feinen Riß. Er runzelte die Stirn darüber und steckte die Zigarre wieder weg.

Fern entstand ein Geräusch, und der Zeiger über der Lifttür begann seine Kreisbahn auf dem bronzenen Zifferblatt. Licht dämmerte auf im Schacht, und die Gerade des Fahrstuhlbodens drückte die Dunkelheit nach unten. Der Fahrstuhl hielt, die Türen gingen auf, und Carl trat heraus.

Sein Blick begegnete dem Tonys, und er zuckte ein wenig zusammen; dann kam er zu ihm herüber, den Kopf leicht zur Seite geneigt, einen dünnen Glanz auf der rosa Oberlippe.

»Hör zu, Tony.«

Tony packte mit hartem, raschem Griff seinen Arm und drehte ihn um. Er schob ihn zügig, doch irgendwie auch ganz zwanglos die Stufen hinunter in die Haupthalle und lenkte ihn dort in eine Ecke. Dann ließ er den Arm los. Seine Kehle verengte sich wieder, ohne daß ihm ein Grund dafür bewußt war.

»Also«, sagte er finster. »Was soll ich hören?«

Der Portier langte in die Tasche und zog einen Dollarschein hervor. »Hat er mir gegeben«, sagte er zusammenhanglos. Seine glitzernden Augen blickten an Tonys Schulter vorbei ins Leere. Sie zwinkerten fahrig. »Eis und Ginger Ale.«

»Mach's nicht so spannend«, grollte Tony.

»Der Bursche in 14 B«, sagte der Portier.

»Laß mal deinen Atem riechen.«

Der Portier beugte sich folgsam zu ihm vor.

»Schnaps«, sagte Tony rauh.

»Er hat mir einen Schluck spendiert.«

Tony sah auf den Dollarschein nieder. »In 14 B ist doch überhaupt keiner. Jedenfalls nach meiner Liste nicht«, sagte er.

»Doch. Ist.« Der Portier leckte sich die Lippen, und seine Augen öffneten und schlossen sich mehrmals. »Großer dunkler Bursche.«

»Also gut«, sagte Tony ärgerlich. »Also gut. In 14 B ist ein großer dunkler Bursche, und der hat dir einen Dollar und einen Schluck spendiert. Und was weiter?«

»Knarre unterm Arm«, sagte Carl und blinzelte.

Tony lächelte, aber seine Augen hatten das leblose Glitzern dicken Eises angenommen. »Du hast Miss Cressy auf ihr Zimmer gebracht?«

Carl schüttelte den Kopf. »Gomez. Ich hab nur gesehen, wie sie rauf ist.«

»Verdünnisier dich«, sagte Tony zwischen den Zähnen. »Und laß dir gefälligst von den Gästen keinen Schnaps mehr eintrichtern.«

Er blieb reglos stehen, bis Carl in sein Stübchen neben den Fahrstühlen gegangen war und die Tür geschlossen hatte. Dann stieg er lautlos die drei Stufen hinauf, trat vor den Empfangstisch und sah auf den geäderten rosa Marmor nieder, auf die Schreibgarnitur aus Onyx, auf die frische Meldekarte in ihrem Lederrahmen. Er hob eine Hand und ließ sie hart auf den Marmor klatschen. Der Portier kam hinter der gläsernen Trennwand hervorgeschossen wie ein Backenhörnchen aus seinem Bau.

Tony zog einen dünnen Durchschlag aus der Brusttasche und breitete ihn auf den Tisch. »Keine Meldung hier für 14 B«, sagte er mit bitterer Stimme.

Der Portier strich sich höflich den Schnurrbart. »Tut mir leid. Du mußt grad beim Abendessen gewesen sein, wie er sich eingetragen hat.«

»Wer?«

»Laut Eintrag James Watterson, San Diego.« Der Portier gähnte.

»Nach irgendwem gefragt?«

Der Portier hielt mitten im Gähnen inne und betrachtete Tonys Kopfdach. »Tja, in der Tat. Nach einer Swing-Band. Wir sollten sie ihm aufs Zimmer schicken. Wieso?«

»Schlagfertig und witzig«, sagte Tony. »Wenn man was übrig hat für die Tour.« Er machte sich eine Notiz auf dem Durchschlag und stopfte ihn in die Tasche zurück. »Ich gehe nach oben, Klinken grabbeln. Es sind noch vier Turmzimmer da, die du noch nicht vermietet hast. Leg dich ein bißchen mehr ins Zeug, mein Sohn. Du wirst nachlässig.«

»Man tut, was man kann«, sagte der Portier gedehnt und brachte sein Gähnen zu Ende. »Und du beeil dich, daß du wieder runterkommst, mein Alter. Ich weiß gar nicht, wie ich die Zeit rumbringen soll bis dahin.«

»Du könntest dir den rosa Borstenknubbel von der Lippe kratzen«, sagte Tony und ging zu den Fahrstühlen hinüber.

Er öffnete den einen, schaltete das Kuppellicht ein und schoß in den vierzehnten Stock hinauf. Er verdunkelte ihn wieder, trat heraus und schloß die Türen. Der Flur war hier kleiner als alle anderen, den einen unmittelbar darunter ausgenommen. Jede der drei Wände außer der Fahrstuhlwand hatte nur eine einzige, blau verkleidete Tür. Auf jeder Tür stand, in Gold, eine Zahl und ein Buchstabe, von einem goldenen Kranz umgeben. Tony ging zur 14 A hinüber und legte sein Ohr an die Verkleidung.

Er hörte nichts. Eve Cressy konnte schon im Bett sein und schlafen, sie konnte aber auch im Bad sein oder draußen auf dem Balkon. Vielleicht saß sie auch noch im Zimmer, nur ein paar Schritte von der Tür, und starrte die Wand an. Nun, es stand nicht zu erwarten, daß sich hören ließ, wie sie dasaß und die Wand anstarrte. Er ging zur 14 B hinüber und legte an die Türverkleidung dort sein Ohr. Diesmal war es anders. Drinnen erklang Geräusch. Ein Mann hustete. Irgendwie hustete er wie einer, der allein ist. Stimmen sonst gab es keine. Tony drückte auf den kleinen Perlmuttknopf neben der Tür.

Schritte kamen, ohne Eile. Eine gedämpfte Stimme sprach durch die Tür. Tony ließ keine Antwort hören, keinen Laut. Die gedämpfte Stimme wiederholte ihre Frage. Leicht, boshaft drückte Tony noch einmal auf den Knopf.

Mr. James Watterson aus San Diego hätte jetzt die Tür öffnen und sich irgendwie bemerkbar machen müssen. Er tat es nicht. Eine Stille entstand jenseits der Tür, die wie die

Stille eines Gletschers war. Noch einmal legte Tony sein Ohr an das Holz. Nichts als Stille.

Er zog, an einer Kette, einen Hauptschlüssel hervor und schob ihn behutsam in das Schloß der Tür. Er drehte ihn um, drückte die Tür drei Zoll weit nach innen und zog den Schlüssel wieder heraus. Dann wartete er.

»Also gut«, sagte die Stimme barsch. »Kommen Sie rein und sperrn Sie die Augen auf.«

Tony stieß die Tür weit auf und stand da, umrahmt vom Licht des Flurs. Der Mann war hochgewachsen, schwarzhaarig, knochig und hatte ein weißes Gesicht. Er hielt eine Pistole in der Hand. Er hielt sie, als wüßte er damit umzugehen.

»Nur immer herein«, sagte er gedehnt.

Tony trat durch die Tür und schob sie mit der Schulter hinter sich zu. Er hielt die Hände ein wenig von den Körperseiten ab, die flinken Finger schlaff angekrümmt. Er lächelte sein stilles kleines Lächeln.

»Mr. Watterson?«

»Nur immer zu.«

»Ich bin hier der Hausdetektiv.«

»Haut mich um.«

Der hochgewachsene Mann mit dem weißen Gesicht, der irgendwie angenehm wirkte und irgendwie auch wieder gar nicht angenehm, wich langsam ins Zimmer zurück. Es war ein großes Zimmer mit einem niedrigen Eckbalkon um zwei Seiten. Glastüren führten auf den kleinen, privaten, unüberdachten Balkon hinaus, den jedes der Turmzimmer hatte. Vor einem bequemen, freundlichen Sofa befand sich, hinter einem paneelierten Schirm, die Vorrichtung für ein offenes Kaminfeuer. Ein großes beschlagenes Glas stand auf einem Hoteltablett neben einem tiefen, kuschligen Sessel. Der Mann wich bis zu diesem Sessel zurück und blieb dann davor stehen. Die große, schimmernde Waffe in seiner Hand senkte sich und zeigte zu Boden.

»Haut mich um«, sagte er. »Ich bin grad eine Stunde in dem Laden, und schon kommt der Hausschnüffler mich ausquetschen. Okay, Verehrtester, dann stecken Sie Ihre Nase mal in den Wandschrank und ins Bad. Bloß, leider ist die Süße vorm Moment schon weg.«

»Sie haben sie noch überhaupt nicht gesehen«, sagte Tony.

Das gebleichte Gesicht des Mannes füllte sich mit Falten der Überraschung. Seine gedämpfte Stimme bekam etwas Knurrendes. »Ach wirklich? Und wen hab ich noch überhaupt nicht gesehen?«

»Ein Mädchen namens Eve Cressy.«

Der Mann schluckte. Er legte seine Pistole neben das Tablett auf den Tisch. Er ließ sich nach hinten in den Sessel sinken, steif, wie ein Mann, der mit Ischias zu tun hat. Dann beugte er sich vor, legte die Hände auf die Kniescheiben und lächelte strahlend zwischen den Zähnen. »Dann ist sie also hier, wie? Ich hatte noch nicht nach ihr gefragt. Ich bin ein vorsichtiger Mensch. Ich habe noch nicht gefragt.«

»Sie ist seit fünf Tagen hier«, sagte Tony. »Wartet auf Sie. Sie hat das Hotel nicht eine Minute verlassen.«

Der Mund des Mannes arbeitete, ein bißchen. Sein Lächeln hatte einen unsicher wissenden Zug. »Ich bin im Norden oben etwas aufgehalten worden«, sagte er geläufig. »Sie kennen das ja. Wenn man alte Freunde besucht. Sie scheinen sich ja ganz schön in meinen Angelegenheiten umgetan zu haben, Schnüffler.«

»Stimmt, Mr. Ralls.«

Mit einem Satz war der Mann auf den Füßen, und seine Hand schnappte nach der Pistole. Er stand vorgebeugt da, die Hand auf dem Tisch an der Waffe, mit starrem Blick. »Weiber quatschen zuviel«, sagte er, und seine Stimme klang dumpf gedämpft, als hätte er einen Lappen zwischen den Zähnen und spräche durch ihn hindurch.

»Weiber diesmal nicht, Mr. Ralls.«

»Äh?« Die Pistole schlitterte auf dem harten Holz des

Tisches. »Rücken Sie schon raus mit der Sprache, Schnüffler. Mein Gedankenleser hat gestern gekündigt.«
»Keine Weiber. Männer. Kerle mit Kanonen.«
Wieder entstand die Stille des Gletschers zwischen ihnen. Langsam straffte sich der Körper des Mannes. Aus seinem Gesicht war aller Ausdruck wie weggewischt, aber seine Augen hatten etwas Gehetztes. Tony lehnte vor ihm, ein kleiner, gedrungener Mann mit einem stillen, blassen, freundlichen Gesicht und Augen, so schlicht wie ein Waldwasser.
»Denen geht doch nie der Sprit aus – diesen Jungens«, sagte Johnny Ralls und leckte sich die Lippe. »Ob früh, ob spät, sie sind immer auf den Beinen. Der alte Laden läuft immer noch wie geschmiert.«
»Sie wissen, um wen es sich handelt?« fragte Tony leise.
»Ich könnte neunmal raten. Und hätte zwölf richtige dabei.«
»Die Jungs eben«, sagte Tony und zeigte ein sprödes Lächeln.
»Wo ist sie?« fragte Johnny Ralls heiser.
»Gleich rechts von Ihnen, Tür an Tür.«
Der Mann ging auf den Balkon hinaus und ließ seine Pistole auf dem Tisch liegen. Er stand vor der Trennwand und musterte sie. Er griff in die Höhe und packte die Stäbe der Vergitterung. Als er die Hände wieder sinken ließ und zurückkam, hatte sein Gesicht etwas von seiner Faltigkeit verloren. Seine Augen zeigten einen ruhigeren Schimmer. Er kehrte zu Tony zurück und blieb vor ihm stehen, über ihm.
»Ich hab einen kleinen Spargroschen«, sagte er. »Eve hatte mir ein paar Moneten geschickt, und damit hab ich einen kleinen Coup gestartet, oben im Norden, und sie ein bißchen vermehrt. Aber nicht viel, bloß ein Notpfennig. Die Jungs reden von fünfundzwanzig Riesen.« Er lächelte gewunden, unehrlich. »Fünf Hunderter könnte ich hinblät-

tern. Würde mir riesig Spaß machen, dem Kerl beizubringen, daß es sich damit hat, basta.«

»Was war mit dem Rest?« fragte Tony indifferent.

»Hab ich nie gehabt, Schnüffler. Lassen wir das mal. Ich bin sowieso der einzige auf der Welt, der's glaubt. Es war bloß ein kleiner Coup, und man hat mich aufs Kreuz gelegt dabei.«

»Ich will's glauben«, sagte Tony.

»Umlegen tun sie selten einen. Aber sie können ziemlich häßlich werden.«

»Banditen«, sagte Tony in plötzlich bitterer Verachtung. »Kerle mit Kanonen. Nichts als Banditen.«

Johnny Ralls griff nach seinem Glas und leerte es in sich hinein. Die Eiswürfel klimperten leise, als er es absetzte. Er griff nach seiner Pistole, ließ sie auf der flachen Hand tanzen und steckte sie dann mit der Mündung nach unten in seine innere Brusttasche. Er starrte auf den Teppich.

»Wieso erzählen Sie mir das eigentlich alles, Schnüffler?«

»Ich hab mir gedacht, Sie geben ihr vielleicht eine Chance.«

»Und wenn ich das nicht tue?«

»Ich glaub schon, daß Sie's tun werden«, sagte Tony.

Johnny Ralls nickte ruhig. »Kann ich hier irgendwie rauskommen?«

»Sie könnten den Lastenaufzug nehmen, runter zur Garage. Sie könnten sich einen Wagen mieten. Ich gebe Ihnen eine Karte für den Wächter.«

»Sie sind ein komischer kleiner Bursche«, sagte Johnny Ralls.

Tony zog eine abgegriffene straußenlederne Brieftasche heraus und kritzelte etwas auf eine gedruckte Karte. Johnny Ralls las sie durch und stand dann da und klopfte sich damit gegen den Daumennagel.

»Ich könnte sie mitnehmen«, sagte er, die Augen verengt.

»Sie können sich auch in einer langen Kiste abtransportieren lassen«, sagte Tony. »Wie ich Ihnen bereits sagte, ist sie schon fünf Tage hier. Die Kerls haben Wind davon gekriegt. Ein Bursche, den ich kenne, rief mich an und sagte, ich soll sie hier rausschaffen. Erzählte mir auch, worum es ging. Darum schaffe ich statt dessen Sie hier raus.«

»Das wird den Jungs sehr gefallen«, sagte Johnny Ralls. »Sie werden Ihnen einen Strauß Veilchen schicken.«

»Wenn ich meinen freien Tag habe, werd ich mal ein paar Tränen deswegen vergießen.«

Johnny Ralls drehte seine Hand und starrte auf die Fläche. »Immerhin, sehen könnte ich sie ja noch. Bevor ich mich dünn mache. Die nächste Tür rechts, haben Sie gesagt?«

Tony wandte sich auf dem Absatz um und ging zur Tür. Er sagte über die Schulter zurück: »Vertrödeln Sie nicht zuviel Zeit, Hübscher. Ich könnte es mir anders überlegen.«

Der Mann sagte, fast sanft: »Soweit ich sehe, könnten Sie mich auch direkt hier hochgehen lassen.«

Tony wandte nicht den Kopf. »Das Risiko müssen Sie eingehen.«

Er hatte die Tür erreicht und ging aus dem Zimmer. Er schloß sie sorgfältig hinter sich, ganz still, sah einmal kurz nach der Tür von 14 A hinüber und trat in seinen dunklen Fahrstuhl. Er fuhr hinunter in den Stock, wo die Wäschekammer lag, und stieg aus, um den Korb wegzurücken, der in diesem Stock die Tür des Lastenaufzugs offenhielt. Die Tür glitt ruhig zu. Er fing sie auf, so daß sie keinerlei Geräusch machte. Am Ende des Flurs drang Licht aus der offenen Tür des Wirtschaftsbüros. Tony trat in seinen Fahrstuhl zurück und fuhr weiter nach unten in die Halle.

Der kleine Portier saß, nicht sichtbar, hinter seiner Trennwand aus geriffeltem Glas und prüfte Rechnungen. Tony ging durch die Haupthalle und hinüber ins Radiozimmer. Das Radio lief wieder, leise. Sie war da, saß wieder mit angezogenen Beinen auf dem Sofa. Der Lautsprecher gab ein Murmeln von sich, ein vages Geräusch, so leise, daß das

Gesprochene so wortlos war wie das Murmeln von Bäumen. Sie wandte langsam den Kopf und lächelte ihn an.

»Na, fertig mit den Türklinken? Ich hab kein Auge zutun können. Deshalb bin ich noch wieder heruntergekommen. Okay?«

Er lächelte und nickte. Er setzte sich in einen grünen Sessel und tätschelte die prallen Brokatlehnen. »Aber gewiß, Miss Cressy.«

»Warten ist die schwerste Arbeit, die es gibt, nicht? Könnten Sie nicht mal ein Wörtchen mit dem Radio reden? Es klingt, wie wenn jemand auf einer verrosteten Gießkanne Trompete spielen wollte.«

Tony fingerte daran herum, fand nichts, was ihm gefallen hätte, und drehte wieder auf den alten Sender zurück.

»Um diese Zeit besteht die ganze Kundschaft aus Besoffenen, die in der Kneipe hängengeblieben sind.«

Sie lächelte ihn wieder an.

»Es stört Sie doch nicht, wenn ich hier bin, Miss Cressy?«

»Ich hab's gern. Sie sind ein lieber Kerl, Tony.«

Er blickte steif zu Boden, und ein winziger Schauer lief ihm über das Rückgrat. Er wartete, daß er wieder verschwand. Es ging nur langsam. Dann setzte er sich zurück, entspannt, und seine gepflegten Finger schlossen sich über seinem Elchzahn. Er lauschte. Nicht den Radioklängen – nein, weit entfernten, ungewissen Dingen, bedrohlichen Dingen. Und vielleicht auch nur dem sicheren Surren von Rädern, die dahinrollten in eine fremde Nacht.

»Niemand ist ganz schlecht«, sagte er laut.

Das Mädchen sah ihn träge an. »Dann habe ich immerhin zwei oder drei kennengelernt, denen ich da Unrecht getan habe.«

Er nickte. »Tja«, räumte er verständnisvoll ein. »So ein paar mag es doch wohl geben.«

Das Mädchen gähnte, und ihre tiefvioletten Augen schlossen sich halb. Sie nistete sich in die Kissen zurück. »Bleiben

Sie ein Weilchen da sitzen, Tony. Vielleicht kann ich ein kleines Nickerchen machen.«

»Gewiß, gern. Zu tun gibt's sowieso nichts für mich. Ich weiß gar nicht, wieso die mich hier überhaupt bezahlen.«

Sie schlief rasch und vollkommen still, wie ein Kind. Zehn Minuten lang atmete Tony kaum. Er saß nur da und beobachtete sie, den Mund ein wenig offen. Es lag eine ruhige Faszination in seinen klaren, durchsichtigen Augen, ganz als blicke er auf einen Altar.

Dann stand er mit unendlicher Behutsamkeit auf und tappte mit gedämpften Schritten durch den Bogengang zur Eingangshalle und zum Empfangstisch. Er blieb vor dem Tisch stehen und horchte ein Weilchen hinüber. Er hörte eine Feder über Papier kratzen, ihm nicht sichtbar. Er ging um die Ecke zur Reihe der Haustelefone in den kleinen gläsernen Kabinen. Er hob einen Hörer ab und bat die Nachtvermittlung, ihn mit der Garage zu verbinden.

Es läutete drei- oder viermal, dann kam eine jungenhafte Stimme als Antwort: »Windermere Hotel. Garage.«

»Hier ist Tony Reseck. Dieser Watterson, dem ich die Karte mitgegeben habe. Ist er weg?«

»Klar, Tony. Schon fast eine halbe Stunde. Läuft das auf Ihre Rechnung?«

»Ja-ah«, sagte Tony. »Privatangelegenheit. Danke. Ich meld mich wieder.«

Er legte auf und kratzte sich den Nacken. Er ging zum Empfangstisch zurück und klatschte mit der Hand darauf. Der Portier kam mit wohlaufgesetztem Grüßerlächeln hinter der Trennwand hervorgeschwebt. Er ließ es sogleich fallen, als er Tony sah.

»Kann einer denn nie in Ruhe seiner Arbeit nachgehen?« grollte er.

»Wie hoch ist der Kollegensatz für 14 B?«

Der Portier machte ein mürrisches Gesicht. »Es gibt keinen Kollegensatz für die Turmzimmer.«

»Dann mach mir einen. Der Bursche ist schon weg. War bloß eine Stunde drin.«

»Aha, soso«, sagte der Portier affektiert. »Ein nicht ganz in unsern Rahmen passender Charakter. Ist gleich wieder zum Ausgang gebeten worden.«

»Bist du mit fünf Eiern zufrieden?«

»Freund von dir?«

»Nein. Bloß so ein Saukopf mit zuviel Größenwahn und zuwenig Kleingeld.«

»Na, dann werden wir's wohl dabei belassen müssen, Tony. Wie ist er rausgekommen?«

»Ich habe ihn mit dem Lastenaufzug runtergeschafft. Du warst grad am Pennen. Bist du mit fünf Eiern zufrieden?«

»Wieso?«

Die abgegriffene straußenlederne Brieftasche kam heraus, und ein lappiger Fünfer glitt über den Marmor. »Das war alles, was ich aus ihm herausschütteln konnte«, sagte Tony leichthin.

Der Portier nahm den Fünfer und machte ein ratloses Gesicht. »Wenn du unbedingt drauf bestehst«, sagte er und zuckte die Achseln. Das Telefon schrillte auf dem Empfangstisch, und er griff nach dem Hörer. Er lauschte und schob ihn dann Tony hinüber. »Für dich.«

Tony nahm den Hörer. Die Stimme war ihm fremd. Sie hatte einen metallischen Klang. Ihre Silben wahrten eine übertriebene Anonymität.

»Tony? Tony Reseck?«

»Am Apparat.«

»Eine Nachricht von Al. Ist die Luft rein?«

Tony sah den Portier an. »Sei so gut«, sagte er über die Sprechmuschel hinweg. Der Portier blitzte ihn mit einem beschränkten Lächeln an und ging beiseite. »Schießen Sie los«, sagte Tony in das Telefon.

»Wir hatten da eine kleine Sache abzumachen, mit einem Burschen aus Ihrem Laden. Haben ihn gestellt, wie er grad abhauen wollte. Al hatte so das Gefühl, Sie würden ihn raussetzen. Sind hinter ihm her und haben ihn an den Bordstein gedrängt. Aber nicht besonders gut. Ging in' Eimer.«

Tony hielt den Hörer sehr fest, und seine Schläfen fröstelten unter verdunstender Feuchtigkeit. »Weiter«, sagte er. »Es kommt doch noch mehr.«

»Ein bißchen. Der Kerl hat den Langen erwischt. Mausetot. Al – Al sagte noch, wir sollen Sie grüßen.«

Tony lehnte sich hart gegen den Tisch. Sein Mund gab ein Geräusch von sich, das kein Sprechen war.

»Mitgekriegt?« Die metallische Stimme klang ungeduldig, ein wenig gelangweilt. »Der Kerl hatte einen Ballermann. Und konnte umgehn damit. Al kann keinen mehr anrufen.«

Tony taumelte gegen das Telefon, und der Apparat erklirrte auf dem rosa Marmor. Sein Mund war ein harter, trockener Knoten.

Die Stimme sagte: »Tja, das wär's dann, Kollege. G' Nacht.« Im Hörer klickte es trocken, wie wenn ein Kiesel gegen eine Mauer schlägt.

Tony legte sehr sorgsam, um kein Geräusch zu machen, den Hörer auf die Gabel zurück. Er sah auf die verkrampfte Fläche seiner linken Hand nieder. Er zog ein Taschentuch heraus, rieb sanft damit über die Handfläche und streckte mit der anderen Hand die Finger. Dann wischte er sich die Stirn. Der Portier kam wieder hinter seiner Trennwand hervor und bedachte ihn mit einem glitzernden Blick.

»Ich hab Freitag frei. Wie wär's, wenn du mir mal leihweise die Telefonnummer überließest?«

Tony nickte dem Portier zu und zeigte ein winziges, schwaches Lächeln. Er steckte das Taschentuch weg und klopfte die Tasche flach, in die er es gesteckt hatte. Er drehte sich um und ging vom Empfangstisch fort, durch die Eingangshalle, die drei flachen Stufen hinunter, durch die Weite der Haupthalle und den Bogengang hinüber ins

Radiozimmer. Er ging leise, wie man sich in einem Zimmer bewegt, in dem jemand sehr krank ist. Er erreichte den Sessel, in dem er zuvor gesessen hatte, und ließ sich Zoll um Zoll hineinsinken. Das Mädchen schlief weiter, reglos, lokker in sich zusammengerollt, wie es manche Frauen fertigbringen und alle Katzen. Ihr Atem gab nicht den leisesten Laut von sich gegenüber dem vagen Murmeln des Radios. Tony Reseck lehnte sich im Sessel zurück, faltete die Hände über seinem Elchzahn und schloß still die Augen.

Erpresser schießen nicht

I

Der Mann in dem kobaltblauen Anzug – der unter den Lichtern im Club Bolivar gar nicht mehr kobaltblau wirkte – war hochgewachsen, hatte breitstehende graue Augen, eine dünne Nase und einen Unterkiefer aus Stein. Darüber einen recht sensiblen Mund. Sein Haar war kraus und schwarz, ganz schwach mit Grau meliert, wie von einer fast schüchternen Hand. Seine Kleidung paßte ihm, als hätte sie eine eigene Seele, nicht bloß eine zweifelhafte Vergangenheit. Er hieß, zufällig, Mallory.

Er hielt eine Zigarette zwischen den starken, präzisen Fingern seiner einen Hand. Er legte die andere Hand flach auf das weiße Tischtuch und sagte:

»Die Briefe kosten Sie zehn Riesen, Miss Farr. Das ist nicht zu viel.«

Er warf dem Mädchen, das ihm gegenübersaß, einen kurzen Blick zu; dann blickte er über leere Tische hinüber zu der herzförmigen Fläche, auf der die Tanzenden unter wechselnden Farbenlichtern herumschlichen.

Das Gedränge reichte so dicht an die Gästetische, die um die Tanzfläche standen, daß die schwitzenden Kellner sich wie Seiltänzer hindurchbalancieren mußten, um an sie heranzukommen. Aber in Mallorys Nähe saßen nur vier Personen.

Eine schlanke, dunkle Frau trank einen Highball, am Tisch einem Mann gegenüber, in dessen fettem, rotem Nakken feuchte Borsten schimmerten. Die Frau starrte mürrisch in ihr Glas und fummelte an einem großen silbernen Flakon auf ihrem Schoß herum. Ein Stück weiter rauchten zwei gelangweilte Männer stirnrunzelnd lange, dünne Zigarren, ohne miteinander zu sprechen.

Mallory sagte nachdenklich: »Zehn Riesen sind eine angemessene Gegenleistung, Miss Farr.«

Rhonda Farr war sehr schön. Sie hatte, für diese Gelegenheit, Schwarz angelegt, mit Ausnahme eines weißen Pelzkragens, leicht wie Distelwolle, auf ihrem Abendumhang. Mit Ausnahme auch einer weißen Perücke, die sie unkenntlich machen sollte und ihr ein sehr mädchenhaftes Aussehen verlieh. Ihre Augen waren kornblumenblau, und sie hatte die Art Haut, die einen alten Wüstling zum Träumen bringt.

Sie sagte garstig, ohne den Kopf zu heben: »Das ist lächerlich.«

»Wieso ist das lächerlich?« fragte Mallory, mit mild überraschtem und einigermaßen beunruhigtem Gesicht.

Rhonda Farr hob das Gesicht und bedachte ihn mit einem Blick, der hart wie Marmor war. Dann nahm sie eine Zigarette aus dem Silberetui, das offen vor ihr auf dem Tisch lag, und schob sie in eine lange, schlanke Spitze, ebenfalls schwarz. Sie fuhr fort:

»Die Liebesbriefe eines Filmstars? Längst nicht mehr so viel. Das Publikum ist keine süße alte Dame in langen Spitzenschlüpfern mehr.«

Ein Licht tanzte verächtlich in ihren purpurblauen Augen. Mallory antwortete mit einem harten Blick.

»Aber immerhin sind Sie wie der Blitz hergelaufen gekommen, um darüber zu reden«, sagte er, »mit einem Mann, von dem Sie noch nie was gehört hatten.«

Sie machte eine Bewegung mit der Zigarettenspitze und sagte: »Ich muß verrückt gewesen sein.«

Mallory lächelte mit den Augen, ohne die Lippen zu

bewegen. »Nein, Miss Farr. Sie hatten einen verdammt guten Grund dafür. Soll ich Ihnen sagen, welchen?«

Rhonda Farr sah ihn wütend an. Dann blickte sie weg, schien ihn fast zu vergessen. Sie hob die Hand, in der sie die Zigarettenspitze hielt, und betrachtete sie mit affektierter Miene. Es war eine schöne Hand, ohne jeden Ring. Schöne Hände sind so selten wie Jacaranda-Bäume in Blüte, in einer Stadt, wo hübsche Gesichter so alltäglich sind wie Laufmaschen in Ein-Dollar-Strümpfen.

Sie wandte den Kopf und blickte zu der starräugigen Frau hinüber, dann an ihr vorbei hinüber ins Gewimmel um die Tanzfläche. Das Orchester dudelte weiter, sacharinsüß und monoton.

»Ich hasse diese Kaschemmen«, sagte sie dünn. »Sie sehen aus, als gäb es sie nur nach Einbruch der Dunkelheit, wie Ghule. Die Menschen sind ausschweifend ohne Anmut und sündig ohne Ironie.« Sie senkte die Hand auf das weiße Tischtuch. »Ah ja, die Briefe, was macht sie denn so gefährlich, Sie Erpresser?«

Mallory lachte. Er hatte ein klingendes Lachen mit einem harten Unterton darin, einem kratzenden, mißtönenden Laut. »Sie sind gut«, sagte er. »An den Briefen selbst ist vielleicht gar nicht soviel dran. Bloß kitschiges Sexgesäusel. Die Memoiren eines Schulmädchens, das mal verführt worden ist und nicht aufhören kann, immerzu davon zu reden.«

»Das war eine lausige Gemeinheit«, sagte Rhonda Farr mit einer Stimme wie vereister Samt.

»Was sie wichtig macht, ist der Mann, an den sie geschrieben wurden«, sagte Mallory kalt. »Ein Gangster, ein Spieler, ein schneller Geldmacher. Damit wird was draus. Ein Bursche, mit dem man sich nicht sehen lassen kann – wenn man weiter zur Creme gehören will.«

»Ich lasse mich ja gar nicht mit ihm sehen, Erpresser. Ich habe schon seit Jahren nicht mehr mit ihm gesprochen. Landrey war ein durchaus netter Kerl, als ich ihn kennenlernte. Die meisten von uns haben was hinter sich, was man sich lieber nicht näher ansieht. In meinem Fall ist die Sache endgültig ausgestanden.«

»Ach ja? Tapfer, tapfer«, sagte Mallory mit einem jähen höhnischen Grinsen. »Dabei haben Sie sich doch grad wieder an ihn gewandt, daß er Ihnen hilft, die Briefe zurückzubekommen.«

Ihr Kopf zuckte. Ihr Gesicht schien zu zerfallen, schien bloß noch aus einzelnen Zügen zu bestehen, die keine Kontrolle mehr zusammenhielt. Ihr Blick wirkte wie das Vorspiel zu einem Schrei – aber nur für eine Sekunde.

Fast augenblicklich hatte sie ihre Selbstbeherrschung wiedergewonnen. Aus ihren Augen war alle Farbe gewichen, bis sie fast so grau waren wie seine eigenen. Sie legte die schwarze Zigarettenspitze mit übertriebener Sorgfalt weg, verschränkte die Finger. Die Knöchel wurden weiß.

»So gut kennen Sie Landrey?« sagte sie bitter.

»Vielleicht komme ich bloß ein bißchen herum und höre dabei so dies und das ... Also, wie ist das, machen wir nun ein Geschäft zusammen, oder blaffen wir uns weiter gegenseitig an?«

»Wo haben Sie die Briefe her?« Ihre Stimme war immer noch rauh und bitter.

Mallory zuckte die Achseln. »In unserer Branche redet man über solche Sachen nicht.«

»Ich hab einen Grund für meine Frage. Schon ein paar andere Leute haben versucht, mir diese verdammten Briefe zu verkaufen. Deswegen sitze ich hier. Ich war neugierig. Aber wahrscheinlich sind Sie auch bloß einer von denen und versuchen, mir durch Preistreiberei so einzuheizen, daß ich was mache.«

Mallory sagte: »Nein; ich arbeite auf eigene Rechnung.«

Sie nickte. Ihre Stimme war kaum mehr als ein Wispern. »Das wird ja immer schöner. Vielleicht ist irgendein Schlaukopf auf die Idee gekommen, sich eine Privatausgabe meiner Briefe machen zu lassen. Photokopien ... Nun, ich zahle jedenfalls nicht. Es brächte mir nichts ein. Kein Geschäft, Erpresser. Wenn Sie mich fragen, können Sie bei der nächsten Gelegenheit, wenn's abends wieder schön dunkel ist, in den Hafen gehen und vom Dock springen mit Ihren lausigen Briefen!«

Mallory zog die Nase kraus, schielte mit einer Miene tiefer Konzentration daran nieder. »Nett ausgedrückt, Miss Farr. Aber auch das bringt uns nichts ein.«

Sie sagte bedächtig: »War auch nicht so gedacht. Ich könnte es noch besser ausdrücken. Und wenn mir rechtzeitig eingefallen wäre, meine kleine Pistole mit dem Perlmuttgriff mitzubringen, dann könnte ich's mit ein paar Kugeln sagen, und ich käme ohne weiteres damit durch! Aber ich bin nicht erpicht auf diese Art von Publicity.«

Mallory hob zwei magere Finger in die Höhe und untersuchte sie kritisch. Er machte ein amüsiertes, fast befriedigtes Gesicht. Rhonda Farr legte ihre schlanke Hand an ihre weiße Perücke, hielt sie dort einen Augenblick und ließ sie dann wieder sinken.

Ein Mann, der etwas weiter weg an einem Tisch saß, stand sofort auf und kam auf sie zu.

Er kam rasch, ging mit leichtem, geschmeidigem Schritt und schwang in Schenkelhöhe einen weichen schwarzen Hut. Er wirkte gepflegt und trug einen Abendanzug.

Während er herankam, sagte Rhonda Farr: »Sie hatten doch nicht erwartet, ich würde allein herkommen, oder? Ich gehe grundsätzlich nicht allein in Nachtklubs.«

Mallory grinste. »Sicher, das dürften Sie auch kaum nötig haben, Schatz«, sagte er trocken.

Der Mann trat an den Tisch. Er war klein, von ebenmäßigen Zügen, dunkel. Er hatte einen kleinen schwarzen Schnurrbart, glänzend wie Satin, und die klare Blässe, die von den Lateinamerikanern bei Rubinen geschätzt wird.

Mit einer öligen Bewegung, die eine dramatische Fortsetzung verhieß, beugte er sich über den Tisch und nahm eine von Mallorys Zigaretten aus dem Silberetui. Er zündete sie mit einem affektierten Armschwenk an.

Rhonda Farr führte die Hand an die Lippen und gähnte. Sie sagte: »Das ist Erno, mein Leibwächter. Er gibt ein bißchen auf mich acht. Nett von ihm, nicht wahr?«

Sie stand langsam auf. Erno half ihr mit dem Umhang. Dann zog er die Lippen zu einem freudlosen Lächeln breit, sah Mallory an, sagte:

»Hallo, Schatz.«

Er hatte dunkle, fast undurchdringliche Augen mit heißen Lichtern darin.

Rhonda Farr schlug den Umhang um sich, nickte leicht, deutete mit den delikaten Lippen ein kurzes sarkastisches Lächeln an und entfernte sich durch den Gang zwischen den Tischen. Sie ging mit stolz erhobenem Kopf, das Gesicht ein wenig gespannt und wachsam, wie eine Königin, die sich auf gefährlichem Terrain bewegt. Nicht ohne Furcht, aber zu hochmütig, um Furcht zu zeigen. Es war allerliebst gemacht.

Die beiden gelangweilten Männer widmeten ihr einen interessierten Blick. Die dunkle Frau brütete finster über der Aufgabe, sich einen Highball zu mixen, der ein Pferd umgeworfen hätte. Der Mann mit dem fetten, verschwitzten Nacken schien eingeschlafen zu sein.

Rhonda Farr ging die fünf mit einem scharlachroten Teppich belegten Stufen zur Halle hinauf, vorüber an einem sich verbeugenden Oberkellner. Sie ging durch zurückgeschlagene goldene Vorhänge und verschwand.

Mallory sah ihr nach, bis sie außer Sicht war, dann wandte er den Blick Erno zu. Er sagte: »Na, du Scheißer, wo fehlt's denn?«

Er sagte es beleidigend, mit einem kalten Lächeln. Ernos Gestalt versteifte sich. Seine behandschuhte Linke, in der er die Zigarette hielt, zuckte kurz, so daß etwas Asche herunterfiel.

»Willst dich wohl aufspielen, Jungchen?« fragte er rasch.

»Womit denn, Hosenscheißer?«

Rote Flecken traten auf Ernos blasse Wangen. Seine Augen verengten sich zu schwarzen Schlitzen. Er bewegte die handschuhlose Rechte ein wenig, krümmte die Finger, so daß die schmalen rosa Nägel funkelten. Er sagte dünn:

»Mit ein paar Briefen, Jungchen. Vergiß sie. Da ist nichts drin, Jungchen, absolut nichts!«

Mallory betrachtete ihn mit kunstvollem, zynischem Interesse und fuhr sich mit den Fingern durch das krause schwarze Haar. Er sagte langsam:

»Vielleicht weiß ich gar nicht, wovon du redest, kleiner Mann.«

Erno lachte. Ein metallisches Geräusch, ein unnatürliches, tödliches Geräusch. Mallory kannte diese Art Lachen: an manchen Orten das Vorspiel zu einer Musik mit großem Knall. Er behielt Ernos schnelle kleine rechte Hand im Auge. Er sprach ätzend.

»Verdünnisier dich, schöner Freund, und reiß dir dein Jungchen woanders auf. Ich könnte sonst Lust kriegen, dir deinen Stoppelstrunk von der Lippe zu wischen.«

Ernos Gesicht verzerrte sich. Die roten Flecken auf seinen Wangen bekamen etwas Alarmierendes. Er hob die Hand, in der er die Zigarette hielt, hob sie ganz langsam und schnippte die brennende Zigarette scharf nach Mallorys Gesicht. Mallory bewegte ein wenig den Kopf, und der weiße Stummel flog ihm im Bogen über die Schulter.

Auf seinem hageren, kalten Gesicht zeigte sich keinerlei Ausdruck. Wie von fernher, undeutlich, als spräche eine andere Stimme, sagte er:

»Aufgepaßt, Hosenscheißer. Mit sowas hat sich schon mancher ein Loch im Kopf geholt.«

Erno lachte, dasselbe metallische, unnatürliche Lachen.

»Erpresser schießen nicht, Jungchen«, sagte er bissig. »Oder etwa doch?«

»Hau ab, du dreckiger kleiner Makkaroni!«

Die Worte, der kalte höhnende Ton reizten Erno zur Wut. Seine rechte Hand schoß hoch wie eine zuschnappende Schlange. Eine Pistole schnellte hinein, aus einem Schulterhalfter. Dann stand er reglos, funkelnd vor Haß. Mallory beugte sich ein wenig vor, die Hände an der Tischkante, die Daumen unter die Kante gekrümmt. Seine Mundwinkel deuteten ein flüchtiges Lächeln an.

Von der dunklen Frau drang ein unterdrückter Schrei herüber, nicht laut. Die Farbe wich aus Ernos Wangen, so daß sie wieder blaß waren, eingefallen. Mit einer Stimme, die etwas Pfeifendes hatte in ihrer Wut, sagte er:

»Okay, Jungchen. Wir gehn nach draußen. Los, marsch, du – – –!«

Einer der gelangweilten Männer drei Tische weiter machte eine plötzliche Bewegung, die gar nichts zu bedeuten hatte. So gering sie auch war, sie entging Erno nicht. Sein Blick irrte ab. Da traf ihn der Tisch in den Magen, warf ihn der Länge nach zu Boden.

Es war ein leichter Tisch, und Mallory war kein Leichtgewicht. Es tat einen krachenden Schlag, begleitet von einem Durcheinander anderer Geräusche. Geschirre schepperten, etwas Silber. Erno lag ausgestreckt auf dem Boden, den Tisch quer über den Schenkeln. Seine Pistole lag einen Fuß weit von seiner danach klaubenden Hand. Sein Gesicht war krampfhaft verzerrt.

Einen Augenblick lang war es, als sei die Szene völlig erstarrt, wie in Glasfluß gebannt, und würde sich nie wieder ändern. Dann schrie die dunkle Frau wieder auf, lauter diesmal. Alles wurde ein Wirbel von Bewegung. Auf allen Seiten sprangen Leute auf. Zwei Kellner hoben die Arme in die Luft und fingen an, ein wildes Neapolitanisch hervorzusprudeln. Ein schweißnasser, erschöpfter Pikkolo kreuzte auf, dessen Angst vor dem Oberkellner größer war als die vor einem plötzlichen Tod. Ein gedrungener, rötlicher Mann mit hellgelbem Haar kam die Stufen heruntergeeilt und fuchtelte mit einem Packen Speisekarten.

Erno stieß sich die Beine frei, drehte sich auf die Knie, schnappte nach seiner Pistole. Er schwenkte herum, Flüche spuckend. Mallory, als einziger gelassen im Mittelpunkt der babylonischen Verwirrung, beugte sich nieder und knallte eine harte Faust gegen Ernos wackliges Kinn.

Das Bewußtsein verdunstete aus Ernos Augen. Er sank in sich zusammen wie ein halbgefüllter Sack Sand.

Mallory behielt ihn ein paar Sekunden lang sorgfältig im Auge. Dann hob er sein Zigarettenetui vom Boden auf. Es waren immer noch zwei Zigaretten darin. Er steckte sich eine davon zwischen die Lippen, steckte das Etui dann weg. Er zog ein paar Geldscheine aus der Hosentasche, faltete einen der Länge nach und steckte ihn einem Kellner.

Er ging ohne Hast davon, zu den fünf mit einem scharlachroten Teppich belegten Stufen hinüber und zum Eingang.

Der Mann mit dem fetten Nacken öffnete ein vorsichtiges und fischiges Auge. Die betrunkene Frau taumelte auf die Füße, gackernd, als habe sie einen Einfall, ergriff mit ihren dünnen, juwelengeschmückten Händen eine Schale Eiswürfel und ließ sie, mit schöner Zielsicherheit, mitten auf Ernos Magen plumpsen.

II

Mallory trat ins Freie, seinen weichen Hut unter dem Arm. Der Pförtner sah ihn fragend an. Er schüttelte den Kopf und ging ein kleines Stück den gebogenen Gehsteig hinunter, der an der halbkreisförmigen Privatzufahrt entlangführte. Er blieb an der Kante der Bordsteineinfassung stehen, in der

Dunkelheit, und dachte scharf nach. Kurz darauf glitt langsam ein Isotta-Fraschini an ihm vorbei.

Es war ein offener Tourenwagen, riesig groß selbst für die wohlberechnet protzigen Verhältnisse Hollywoods. Er glitzerte wie eine ganze Ziegfeld-Revue, als er an den Eingangslichtern vorbeifuhr, dann war er von mattem Grau und Silber. Ein Chauffeur in Livree saß hinter dem Steuer, so steif wie ein Schürhaken, eine Schirmmütze verwegen über dem einen Auge in die Höhe gestülpt. Auf dem Rücksitz, unter dem Halbverdeck, saß Rhonda Farr mit der starren Reglosigkeit einer Wachsfigur.

Der Wagen glitt lautlos die Zufahrt hinunter, zwischen zwei gedrungenen Steinpfeilern hindurch und verlor sich unter den Lichtern des Boulevards. Mallory setzte abwesend den Hut auf.

Etwas regte sich in der Dunkelheit hinter ihm, zwischen den hohen italienischen Zypressen. Er fuhr herum, gewahrte das matte Schimmern eines Pistolenlaufs.

Der Mann, der die Waffe in der Hand hielt, war sehr groß und breit. Er hatte einen unförmigen Filzhut auf dem Hinterkopf, und sein schlapper Mantel hing ihm offen von den Schultern. Trübes Licht aus einem hochgelegenen schmalen Fenster ließ buschige Brauen erkennen, eine Hakennase. Es stand noch ein weiterer Mann hinter ihm.

Er sagte: »Das hier ist eine Kanone, Freundchen. Sie macht bum-bum, und man fällt um. Wollen Sie's mal probieren?«

Mallory sah ihn mit leerem Blick an und sagte: »Mach halblang, Polyp. Was soll das Theater?«

Der große Mann lachte. Sein Gelächter hatte einen dumpfen Klang, wie das Meer, wenn es sich im Nebel an Felsen bricht. Er sagte mit plumpem Sarkasmus:

»Der Schlauberger hat uns erkannt, Jim. Einer von uns beiden muß wie ein Bulle aussehen.« Er faßte Mallory ins Auge und fügte hinzu: »Wir haben gesehen, wie Sie einem kleinen Kerl da drinnen den Ballermann gezeigt haben. War denn das nett?«

Mallory stieß seine Zigarette weg, sah sie im Bogen durch die Dunkelheit fliegen. Er sagte vorsichtig:

»Könnten zwanzig Eier Sie bewegen, die Sache andersherum zu sehen?«

»Heute abend nicht, Mister. Sonst meistens schon, aber heute leider nicht.«

»Ein Hunderter?«

»Nicht mal der, Mister.«

»Das«, sagte Mallory ernst, »muß Ihnen verdammt sauer werden.«

Der große Mann lachte abermals, kam ein wenig näher heran. Der Mann hinter ihm tauchte aus den Schatten und pflanzte Mallory eine schwabblige fette Hand auf die Schulter. Mallory glitt zur Seite, ohne die Stellung seiner Füße zu verändern. Die Hand rutschte von ihm ab. Er sagte:

»Lassen Sie die Pfoten von mir runter, Leisetreter!«

Der andere Mann gab einen knurrenden Laut von sich. Etwas pfiff durch die Luft. Etwas traf Mallory sehr hart hinter das linke Ohr. Er ging in die Knie. Er schwankte auf den Knien einen Moment lang hin und her und schüttelte heftig den Kopf. Seine Augen klärten sich. Er konnte das Rautenmuster auf dem Gehsteig wieder erkennen. Langsam brachte er sich wieder auf die Füße.

Er sah den Mann an, der ihn mit dem Totschläger niedergestreckt hatte, und begann ihn dann zu beschimpfen, aus voller Brust und mit einer so konzentrierten Wildheit, daß der Mann förmlich zurückprallte und sein schlaffer Mund wie schmelzender Gummi zuckte.

Der große Mann sagte: »Verdammtnochmal, Jim! Warum zum Teufel hast du das gemacht?«

Der Jim genannte Mann führte seine schwabblige fette Hand zum Mund und nagte daran. Er schob den Totschläger in die Seitentasche seiner Jacke.

»Vergiß es!« sagte er. »Nehmen wir diesen – – – und machen wir, daß wir weiterkommen. Ich brauch was zu trinken.«

Er trottete den Gehsteig hinunter. Mallory wandte sich langsam um, folgte ihm mit den Augen und rieb sich dabei die getroffene Seite seines Kopfes. Der große Mann machte eine fast geschäftsmäßige Bewegung mit seiner Pistole und sagte:

»Los geht's, Freundchen. Wir machen eine kleine Fahrt im Mondschein.«

Mallory ging los. Der große Mann machte sich an seine Seite. Der Jim genannte Mann hielt sich ebenfalls neben ihm. Er schlug sich selber hart auf die Magengrube und sagte:

»Ich brauch was zu trinken, Mac. Ich bin mit den Nerven am Ende.«

Der große Mann sagte friedlich: »Wer wäre das nicht, du armes Würstchen?«

Sie gingen zu einem Tourenwagen, der in der Nähe der gedrungenen Pfeiler am Rand des Boulevards geparkt war. Der Mann, der Mallory geschlagen hatte, setzte sich hinter das Steuer. Der große Mann bugsierte Mallory auf den Rücksitz und stieg neben ihm ein. Er hielt die Pistole quer auf seinem dicken Oberschenkel, schrägte den Hut noch etwas mehr nach hinten und zog eine zerknüllte Packung Zigaretten heraus. Er zündete sich vorsichtig eine an, mit der linken Hand.

Der Wagen fuhr ins Lichtermeer hinaus, rollte ein kurzes Stück nach Osten, wandte sich dann nach Süden die lange Steigung hinunter. Die Lichter der Stadt bildeten eine endlose glitzernde Fläche. Neonreklamen glühten und blitzten. Der schlaffe Strahl eines Scheinwerfers fingerte zwischen hohen, matt treibenden Wolken herum.

»Es dreht sich um folgendes«, sagte der große Mann und blies Rauch aus seinen weiten Nasenlöchern. »Wir sind Ihnen auf die Schliche gekommen. Sie haben versucht, ein paar nicht ganz waschechte Briefe an diese Ziege, die Farr, zu verhökern.«

Mallory lachte kurz auf, freudlos. Er sagte: »Ihr Polypen macht mich noch krank.«

Der große Mann starrte vor sich hin und schien die Sache zu überdenken. Vorbeischwirrende Bogenlampen warfen huschende Lichtwellen über sein breites Gesicht. Nach einer Weile sagte er:

»Sie sind schon der Richtige. In unserer Branche hat man dafür einen Riecher.«

Mallorys Augen verengten sich in der Dunkelheit. Seine Lippen lächelten. Er sagte: »Und in welcher Branche haben Sie im Moment grad Ihre Nase stecken, Schupo?«

Der große Mann riß weit den Mund auf, schloß ihn wieder mit einem Klapp. Er sagte:

»Sie sollten lieber auspacken, Schlauberger. So eine gute Gelegenheit kommt nicht so leicht wieder. Jim und ich, wir sind ganz umgängliche Leute, aber wir haben Freunde, die nicht so zimperlich sind.«

Mallory sagte: »Worüber sollte ich denn zum Beispiel auspacken, Leutnant?«

Der große Mann schüttelte sich in lautlosem Gelächter, gab keine Antwort. Der Wagen fuhr an dem Ölbohrturm vorbei, der auf der Mitte des La Cienega Boulevard steht, bog dann in eine stille, von Palmen gesäumte Straße ab. Nach einer Weile hielt er an, vor einem freien Grundstück. Jim stellte den Motor und die Scheinwerfer ab. Dann zog er einen Flachmann aus dem Türfach und setzte ihn an den Mund, seufzte tief, reichte die Flasche über die Schulter nach hinten.

Der große Mann nahm einen Schluck, schwenkte die Flasche, sagte:

»Wir müssen hier auf einen Freund warten. Reden wir mal ein bißchen inzwischen. Mein Name ist Macdonald – von der Kripo. Sie haben versucht, die Farr zu erpressen.

Da ist ihr Schutzpatron dazwischengekommen. Den haben Sie aufs Kreuz gelegt. War saubere Arbeit und hat uns gefallen. Aber was uns nicht gefallen hat, das war die andere Schose.«

Jim langte hinter sich nach der Whiskyflasche, nahm einen weiteren Schluck, schnüffelte am Flaschenhals herum, sagte: »Wir haben einen Tip gekriegt und Sie ein bißchen beschattet. Aber wie Sie die Tour abgezogen haben, so ganz offen als Freilichtspiel, das paßt nicht ins Bild. Irgendwas stimmt da nicht.«

Mallory stützte einen Arm auf die Seitenlehne des Wagens und sah hinaus und hinauf in den stillen, blauen, sternenübersäten Himmel. Er sagte:

»Sie wissen zuviel, Schupo. Und Miss Farr hat Ihnen die Weisheit nicht eingetrichtert. Kein Filmstar würde bei einer Erpressung zur Polizei laufen.«

Macdonalds großer Kopf fuhr herum. Seine Augen glommen matt im dunklen Innern des Wagens.

»Wir haben kein Wort gesagt, von wem wir unsern Tip haben, Schlauberger. Aber ein Erpressungsversuch war's also, oder?«

Mallory sagte ernst: »Miss Farr ist eine alte Freundin von mir. Jemand versucht sie zu erpressen, das stimmt, aber das bin nicht ich. Ich hab da bloß so eine vage Vermutung.«

Macdonald sagte rasch: »Und weshalb hat der Makkaroni dann so mit der Kanone gefuchtelt?«

»Er fand mich unsympathisch«, sagte Mallory mit gelangweilter Stimme. »Ich war nicht lieb zu ihm.«

Macdonald sagte: »Quatsch mit Dünnschiß!« Er murrte wütend. Der Mann auf dem Vordersitz sagte: »Schmatz ihm eins in die Fresse, Mac. Gib dem – – – Saures!«

Mallory streckte die Arme nach unten und reckte die Schultern wie einer, der vom Sitzen verkrampft ist. Er spürte den Druck seiner Luger unter dem linken Arm. Er sagte langsam:

»Sie sagten, ich hätte versucht, ein paar nicht ganz waschechte Briefe zu verhökern. Wieso glauben Sie, die Briefe wären falsch?«

Macdonald sagte sanft: »Vielleicht wissen wir, wo die richtigen sind.«

Mallory sagte gedehnt: »Sehn Sie, genau das hab ich mir gedacht, Schupo«, und lachte.

Macdonald bewegte sich jäh, riß die geballte Faust hoch, traf ihn ins Gesicht, wenn auch nicht sehr hart. Mallory lachte erneut, dann berührte er mit vorsichtigen Fingern die verletzte Stelle hinter seinem linken Ohr.

»Das ging ins Schwarze, was?« sagte er.

Macdonald fluchte dumpf. »Vielleicht sind Sie eine Idee zu gerissen, Schlauberger. Aber das kriegen wir noch raus, warten Sie nur.«

Er verfiel in Schweigen. Der Mann auf dem Vordersitz nahm den Hut ab und kratzte sich in einem Gestrüpp grauen Haars. Abgerissene Hupsignale drangen vom Boulevard herüber, einen halben Block entfernt. Scheinwerfer strömten am Ende der Straße vorbei. Nach einiger Zeit schwenkten zwei in weitem Bogen herüber, bohrten weiße Strahlenspeere sich in die Finsternis unter den Palmen. Eine dunkle Masse glitt näher und hielt vor dem Tourenwagen am Bordstein an. Die Lichter wurden abgeschaltet.

Ein Mann stieg aus und kam zurück. Macdonald sagte: »He, Slippy, wie ist's gelaufen?«

Der Mann war von großer, dünner Statur, hatte ein schattendunkles Gesicht unter der in die Stirn gezogenen Mütze. Er lispelte etwas beim Sprechen. Er sagte:

»Alles glatt. Keiner hat verrückt gespielt.«

»Okay«, sagte Macdonald. »Dann laß den heißen Kasten verschwinden und nimm diese Karre hier.«

Jim stieg mit nach hinten in den Tourenwagen, setzte sich links neben Mallory, grub ihm einen harten Ellbogen in die Seite. Der dünnlange Mann glitt hinter das Steuer, ließ den Motor an und fuhr zum La Cienega zurück, dann südlich zum Wilshire, dann wieder nach Westen. Er fuhr schnell und scharf.

Sie überfuhren achtlos eine rote Ampel, brausten an einem großen Kino vorbei, dessen Beleuchtung zum größten Teil schon abgeschaltet und dessen gläserner Kassenraum leer war; dann durch Beverly Hills, auf der Schnellstraße. Das Dröhnen des Auspuffs wurde lauter an einem Berg, an dessen Steilhängen die Straße entlangführte. Macdonald sagte plötzlich:

»Verdammt, Jim, ich hab ganz vergessen, unser Jungchen zu filzen. Halt mal die Knarre einen Moment.«

Er beugte sich schräg zu Mallory vor, dicht an ihn heran, blies ihm seinen Whisky-Atem ins Gesicht. Eine große Hand fuhr ihm über die Taschen, an den Innenseiten der Jacke nieder, um die Hüften, hinauf unter den linken Arm. Sie hielt dort einen Moment inne, bei der Luger im Schulterhalfter. Dann wechselte sie zur anderen Seite hinüber und zog sich ganz zurück.

»Okay, Jim. Unser Schlauberger ist eisenfrei.«

Ein scharfes Licht der Verwunderung flammte tief in Mallorys Hirn auf. Seine Brauen zogen sich zusammen. Der Mund wurde ihm trocken.

»Was dagegen, wenn ich mir eine Zigarette anzünde?« fragte er nach einer Pause.

Macdonald sagte mit mokanter Höflichkeit: »Aber woher denn, gegen so eine Kleinigkeit, Jungchen?«

III

Das Apartmenthaus stand auf einer Anhöhe über Westward Village, war neu und sah ziemlich billig aus. Macdonald, Mallory und Jim stiegen davor aus, und der Tourenwagen fuhr weiter, um eine Ecke, und verschwand.

Die drei Männer gingen durch eine stille Halle, vorüber an einer Telefonvermittlung, wo im Augenblick niemand saß, und fuhren mit dem automatischen Fahrstuhl in den sechsten Stock hinauf. Sie gingen einen Flur entlang, blieben vor einer Tür stehen. Macdonald zog einen einzelnen Schlüssel aus der Tasche, öffnete die Tür. Sie gingen hinein.

Es war ein sehr neues Zimmer, sehr hell, sehr vermieft von Zigarettenrauch. Das Mobiliar war in schreienden Farben gepolstert, der Teppich ein Gewimmel aus plumpen grünen und gelben Rauten. Es gab einen Kamin mit Flaschen auf dem Sims.

Zwei Männer saßen an einem achteckigen Tisch, große Gläser vor den Ellbogen. Einer hatte rotes Haar, sehr dunkle Brauen und ein todweißes Gesicht mit tiefliegenden dunklen Augen. Der andere hatte eine lächerlich dicke Knollennase, überhaupt keine Brauen und Haar von der Farbe des Inneren einer Sardinenbüchse. Er legte langsam ein paar Karten hin und kam mit einem breiten Lächeln durch das Zimmer. Er hatte einen weichen, gutmütigen Mund und zeigte einen liebenswürdigen Ausdruck.

»Hat's Ärger gegeben, Mac?« fragte er.

Macdonald rieb sich das Kinn, schüttelte säuerlich den Kopf. Er sah den Mann mit der Nase an, als haßte er ihn. Der Mann mit der Nase fuhr fort zu lächeln. Er sagte:

»Schon gefilzt?«

Macdonald verzog den Mund zu einem dicken höhnischen Grinsen und stelzte durchs Zimmer zum Kaminsims mit den Flaschen. Er sagte in garstigem Ton:

»Der Schlauberger schleppt sich nicht mit Kanonen ab. Der arbeitet mit Köpfchen. Ist ein gerissener Bursche.«

Er kam plötzlich wieder durch das Zimmer zurück und schlug Mallory mit der flachen Hand über den Mund. Mallory lächelte dünn, rührte sich nicht. Er stand vor einem großen gallefarbenen Sofa, das mit grellen zornroten Quadraten gemustert war. Seine Hände hingen an den Seiten nieder, und Zigarettenrauch stieg von seinen Fingern auf und mischte sich mit dem Dunst, der bereits unter der rauhen gewölbten Decke lagerte.

»Nun bleib mal auf dem Teppich, Mac«, sagte der Mann mit der Nase. »Du hast deinen Auftritt gehabt. Jim und du, ihr zieht jetzt Leine. Schmiert eure Räder und verschwindet.«

Macdonald knurrte: »Wem gibst denn du hier Befehle, großes Tier? Ich bleibe da, bis dieser Gauner sein Fett gekriegt hat, Costello.«

Der Mann, der Costello genannt worden war, zuckte kurz die Achseln. Der rothaarige Mann am Tisch drehte sich ein wenig in seinem Sessel und betrachtete Mallory mit der unpersönlichen Miene eines Sammlers, der einen aufgespießten Käfer studiert. Dann entnahm er einem geschmackvollen schwarzen Etui eine Zigarette und zündete sie pedantisch mit einem goldenen Feuerzeug an.

Macdonald ging zum Kamin zurück, goß sich aus einer eckigen Flasche etwas Whisky in ein Glas und kippte ihn unverdünnt herunter. Er lehnte sich, mit finsterem Stirnrunzeln, mit dem Rücken gegen den Kamin.

Costello stand vor Mallory und ließ die Gelenke von langen, knochigen Fingern knacken.

Er sagte: »Wo sind Sie her?«

Mallory sah ihn träumerisch an und steckte die Zigarette in den Mund. »McNeil's Island«, sagte er mit vager Belustigung.

»Wie lange schon?«

»Zehn Tage.«

»Weswegen haben Sie gesessen?«

»Fälschung.« Mallory gab die Auskunft mit sanfter, zufriedener Stimme.

»Früher schon mal hiergewesen?«

Mallory sagte: »Ich bin hier geboren. Wußten Sie das nicht?«

Costellos Stimme war liebenswürdig, fast begütigend. »N-nein, das habe ich nicht gewußt«, sagte er. »Wozu sind Sie denn hergekommen – vor zehn Tagen?«

Macdonald kam abermals durch das Zimmer gestampft, schwang die dicken Arme. Er schlug Mallory ein zweitesmal quer über den Mund, beugte sich dazu an Costellos Schulter vorbei. Ein roter Fleck zeigte sich auf Mallorys Gesicht. Er schüttelte den Kopf hin und her. Ein dumpfes Feuer war in seinen Augen.

»Herrje, Costello, dieser Dreckskerl soll vom McNeil sein? Der nimmt dich doch bloß auf den Arm.« Seine Stimme schmetterte. »Der Schlauberger ist bloß ein billiger kleiner Gannef aus Brooklyn oder K. C. – aus einer von diesen tollen Städten, wo die Bullen alle Krüppel sind.«

Costello hob eine Hand und versetzte Macdonalds Schulter einen leichten Knuff. Er sagte: »Du wirst hier nicht mehr benötigt, Mac«, mit flacher, tonloser Stimme.

Macdonald ballte wütend die Faust. Dann lachte er, tat plötzlich einen Sprung und pflanzte seinen Absatz auf Mallorys Fuß. Mallory sagte: »– – – verdammt!« und sackte hart auf das Sofa.

Die Luft im Zimmer enthielt kaum noch Sauerstoff. Fenster gab es nur in einer Wand, und davor hingen schwere Netzgardinen, starr und still. Mallory zog ein Taschentuch heraus und wischte sich die Stirn, tupfte sich die Lippen.

Costello sagte: »Jim und du, ihr zieht jetzt Leine, Mac«, mit derselben flachen Stimme.

Macdonald senkte den Kopf, starrte ihn beherrscht durch krause Brauen an. Sein Gesicht glänzte von Schweiß. Er hatte seinen schäbigen, zerknitterten Mantel nicht abgelegt. Costello wandte nicht einmal den Kopf. Nach einem Weilchen stapfte Macdonald schwerfällig zum Kamin zurück, stieß den grauhaarigen Polizisten mit dem Ellbogen aus dem Weg und grapschte nach der eckigen Flasche mit Scotch.

»Ruf den Boss an, Costello«, sagte er mit schmetternder Stimme über die Schulter. »Du hast nicht Grips genug für diesen Fall. Herrgottnochmal, laß doch endlich das Gequatsche und tu was!« Er wandte sich Jim zu, hieb ihm auf den Rücken, sagte mit höhnischem Grinsen: »Wolltest du etwa auch noch einen Schluck, Schupo?«

»Wozu sind Sie hergekommen?« fragte Costello Mallory noch einmal.

»Ein bißchen nach Verbindungen Ausschau zu halten.« Mallory starrte träge zu ihm auf. Das Feuer in seinen Augen war erstorben.

»Ziemlich komisch, wie Sie das angefangen haben, mein Junge.«

Mallory zuckte die Achseln. »Ich dachte, auf die Methode komme ich vielleicht mit den richtigen Leuten in Kontakt.«

»Vielleicht war die Methode doch nicht richtig genug dazu«, sagte Costello ruhig. Er schloß die Augen und rieb sich die Nase mit einem Daumennagel. »Solche Geschichten sind manchmal schwer abzusehen.«

Macdonalds rauhe Stimme dröhnte durch das geschlossene Zimmer. »Der Schlauberger macht keine Fehler, Mister. Nicht mit dem Grips, den er hat.«

Costello öffnete die Augen und warf über die Schulter einen Blick zurück auf den rothaarigen Mann. Der rothaarige Mann drehte sich schlaff in seinem Sessel. Seine rechte Hand lag auf seinem Oberschenkel, locker, halb geschlossen. Costello wandte sich nach der anderen Seite, sah Macdonald scharf an.

»Verzieh dich!« schnauzte er kalt. »Verzieht euch alle beide auf der Stelle. Du bist betrunken, und ich habe keine Lust, mich noch weiter mit dir zu streiten.«

Macdonald wetzte die Schultern am Kaminsims und steckte die Hände in die Seitentasche seiner Anzugsjacke. Der Hut saß ihm formlos und zerknüllt auf dem breiten, quadratischen Hinterkopf. Jim, der grauhaarige Polizist, rückte ein wenig von ihm weg, starrte ihn angestrengt an, und sein Mund arbeitete.

»Ruf den Boss an, Costello!« schrie Macdonald. »Von dir nehme ich keine Befehle entgegen. Du bist mir nicht sympathisch genug dazu.«

Costello zögerte, dann setzte er sich zum Telefon in Bewegung. Seine Augen starrten auf einen Fleck hoch oben an der Wand. Er hob den Hörer von der Gabel und wählte, den Rücken Macdonald zugekehrt. Dann lehnte er sich gegen die Wand und lächelte über die Sprechmuschel weg dünn zu Mallory hinüber. Wartend.

»Hallo... ja... Costello. Alles okay, bloß daß Mac einen sitzen hat. Er benimmt sich ziemlich feindselig... will sich nicht auf die Socken machen. Weiß ich noch nicht... kommt von auswärts irgendwo, der Bursche. Okay.«

Macdonald machte eine Bewegung, sagte: »Moment, laß mich...«

Costello lächelte und legte den Hörer ohne Hast auf die Gabel zurück. Aus Macdonalds Augen glühte ihn ein grünliches Feuer an. Macdonald spuckte auf den Teppich, in die Ecke zwischen einem Sessel und der Wand. Er sagte:

»Das war lausig. Ganz lausig. Man kann Montrose gar nicht anrufen von hier aus.« Costello bewegte vage die Hände. Der rothaarige Mann erhob sich langsam. Er trat vom Tisch weg und stand in lockerer Haltung da, den Kopf ein wenig zurückgeneigt, damit ihm der Rauch seiner Zigarette nicht in die Augen stieg.

Macdonald wippte wütend auf seinen Absätzen. Seine Kinnbacken hoben sich als harte weiße Linie von seinem geröteten Gesicht ab. Seine Augen zeigten ein tiefes, hartes Glitzern.

»Also gut, dann läuft das Spielchen eben andersrum«, stellte er fest. Er nahm die Hände aus den Taschen, ganz beiläufig, und sein bläulicher Dienstrevolver beschrieb einen knappen, geschäftsmäßigen Bogen.

Costello sah den rothaarigen Mann an und sagte: »Übernimm ihn, Andy.«

Der rothaarige Mann straffte sich, spie die Zigarette aus seinen blassen Lippen, fuhr wie der Blitz mit der Hand in die Höhe.

Mallory sagte: »Nicht schnell genug. Der hier macht den Donner.«

Er hatte sich so rasch und so wenig bewegt, daß man eigentlich überhaupt keine Bewegung wahrgenommen hatte. Er beugte sich ein wenig auf dem Sofa vor. Die lange schwarze Luger war direkt auf den Leib des rothaarigen Mannes gerichtet.

Die Hand des rothaarigen Mannes kam langsam von seinem Rockaufschlag nieder, leer. Das Zimmer war sehr still. Costello warf Macdonald nur einen kurzen Blick unendlichen Ekels zu, dann streckte er die Hände vor sich aus, die Innenflächen nach oben, und sah mit kahlem Lächeln darauf nieder.

Macdonald sprach langsam, bitter. »Kidnapping geht mir eine Spur zu weit, Costello. Ich will damit nichts zu tun haben. Ich trete aus diesem Dilettantenklub aus. Ich hatte mir schon gedacht, daß der Schlauberger mir Rückendeckung geben würde dabei.«

Mallory stand auf und bewegte sich seitwärts auf den rothaarigen Mann zu. Als er etwa die halbe Entfernung zurückgelegt hatte, stieß der grauhaarige Polizist, Jim, plötzlich einen erstickten Schrei aus, stürzte sich auf Macdonald und klaubte dabei an seiner Tasche herum. Macdonald sah ihn mit jähem Erstaunen an. Er streckte seine große linke Hand aus und packte Jim hoch oben bei den Aufschlägen seines Mantels. Jim drosch mit beiden Fäusten auf ihn ein, traf ihn zweimal ins Gesicht. Macdonald zog die Lippen über den Zähnen zurück. »Passen Sie auf die Vögel auf«, rief er Mallory zu, legte dann in aller Ruhe seine Pistole auf den Kaminsims, langte nieder in Jims Jackentasche und holte den lederbezogenen Totschläger heraus. Er sagte:

»Du bist eine Laus, Jim. Du bist immer eine Laus gewesen.«

Er sagte es fast nachdenklich, ganz ohne Groll. Dann schwang er den Totschläger und traf den grauhaarigen Mann seitlich am Kopf. Der grauhaarige Mann sackte langsam in die Knie. Er klaubte blind nach Macdonalds Mantelschößen. Macdonald beugte sich über ihn und schlug ein weiteresmal mit dem Totschläger zu, an dieselbe Stelle, sehr hart.

Jim schrumpelte nach der Seite weg zusammen und lag dann auf dem Boden, ohne Hut und mit offenem Mund. Macdonald schwang den Totschläger langsam hin und her. Ein Tropfen Schweiß rann ihm seitlich an der Nase nieder.

Costello sagte: »Nein, was du doch für ein harter Bursche bist, Mac!« Er sagte es dumpf, abwesend, als hätte er nur sehr wenig Interesse an dem, was vor sich ging.

Mallory trat auf den rothaarigen Mann zu. Als er hinter ihm stand, sagte er:

»Nimm mal die Pfoten ein bißchen in die Höhe, Totmacher.«

Als der rothaarige Mann es getan hatte, griff ihm Mallory mit der freien Hand über die Schulter, hinab in die Jacke. Er zerrte eine Pistole aus einem Schulterhalfter und ließ sie hinter sich auf den Boden fallen. Er fühlte die andere Seite ab, tastete über die Taschen. Er trat zurück und umkreiste Costello. Costello hatte keine Waffe.

Mallory ging auf die andere Seite von Macdonald hinüber und stellte sich so, daß er jeden im Zimmer vor sich hatte. Er sagte:

»Wer ist gekidnappt worden?«

Macdonald griff nach seiner Pistole und seinem Whiskyglas. »Das Mädchen, die Farr«, sagte er. »Sie haben sie auf dem Heimweg erwischt, nehme ich an. Den Plan haben sie sich ausgedacht, wie sie von diesem Makkaroni, dem Leibwächter, von der Verabredung im Bolivar erfuhren. Ich weiß aber nicht, wo sie hingeschafft worden ist.«

Mallory pflanzte die Füße breit auseinander und zog die Nase kraus. Er hielt seine Luger ganz lässig, mit lockerem Handgelenk. Er sagte:

»Was haben Sie mit Ihrer kleinen Theateraufführung eigentlich bezweckt?«

Macdonald sagte ingrimmig: »Erzählen Sie mir erstmal was von Ihrer. Ich hab Ihnen eine Chance gegeben.«

Mallory nickte, sagte: »Sicher – und zwar aus guten Gründen. Ich hatte den Auftrag, mich nach ein paar Briefen umzusehen, die Rhonda Farr gehören.« Er sah Costello an. Costello zeigte keinerlei Ausdruck.

Macdonald sagte: »Soll mir recht sein. Ich hielt's für eine abgekartete Sache. Deswegen hab ich die Gelegenheit ergriffen. Was mich betrifft, ich will bloß aussteigen aus dem Laden hier, das ist alles.« Seine Hand beschrieb einen Bogen, der das Zimmer und alles darin umschloß.

Mallory griff nach einem Glas, sah hinein, ob es sauber war, goß sich dann etwas Scotch ein und trank ihn in kleinen genüßlichen Schlucken, wobei er die Zunge im Mund rollte.

»Dann wollen wir mal vom Kidnapping reden«, sagte er. »Mit wem hat Costello telefoniert?«

»Atkinson. Großer Rechtsverdreher in Hollywood. Fassade für die Jungs. Ist auch der Anwalt der Farr. Ein reizender Bursche, der Atkinson. Eine Laus.«

»Steckt mit drin in der Geschichte?«

Macdonald lachte und sagte: »Aber klar doch.«

Mallory zuckte die Achseln, sagte: »Kommt mir wie ein ziemlicher Narrenstreich vor – von seiner Seite gesehen.«

Er ging an Macdonald vorbei, entlang an der Wand zu der Stelle, wo Costello stand. Er stieß Costello die Mündung der Luger unter das Kinn, drückte ihm den Kopf nach hinten gegen den rauhen Putz.

»Costello ist ein netter alter Knabe«, sagte er gedankenvoll. »Der würde kein kleines Mädchen kidnappen. Was, Costello? Eine stille kleine Erpressung vielleicht, aber nichts so Rabiates. Stimmt's, Costello?«

Costellos Augen wurden leer. Er schluckte. Er sagte zwischen den Zähnen: »Lassen Sie die Faxen. Sie sind mir nicht witzig genug.«

Mallory sagte: »Warten Sie nur ab, wie's weitergeht – es wird immer witziger. Aber vielleicht wissen Sie gar nicht Bescheid über alles.«

Er hob die Luger und zog die Mündung an Costellos großer Nase nieder, hart. Sie hinterließ eine weiße Spur, die sich in einen roten Striemen verwandelte. Costello blickte leicht beunruhigt.

Macdonald wurde damit fertig, eine nahezu volle Flasche Scotch in seine Manteltasche zu schieben, und sagte:

»Überlassen Sie mir mal diesen – – –«

Mallory schüttelte mit ernstem Nachdruck den Kopf, ohne Costello aus den Augen zu lassen.

»Zu geräuschvoll. Sie wissen, wie diese Häuser gebaut sind. Atkinson ist der Mann, an den wir uns halten müssen. Immer gleich vor zur Spitze – wenn man rankommt.«

Jim öffnete die Augen, fuhr mit den flachen Händen über den Boden, versuchte aufzustehen. Macdonald hob einen großen Fuß und pflanzte ihn dem grauhaarigen Mann gleichgültig ins Gesicht. Jim sank wieder in sich zusammen. Sein Gesicht war von schlammgrauer Farbe. Mallory warf einen Blick auf den rothaarigen Mann und ging zum Telefon hinüber. Er hob den Hörer und wählte unbeholfen eine Nummer, mit der linken Hand.

Er sagte: »Ich rufe den Mann an, von dem ich den Auftrag habe... Er hat einen großen schnellen Wagen... Inzwischen werden wir unsere Jungs hier mal sicher verpacken.«

IV

Landreys großer schwarzer Cadillac rollte lautlos die lange Steigung nach Montrose hinauf. Lichter schimmerten tief zur Linken, im Schoß des Tals. Die Luft war kühl und klar, und die Sterne schienen sehr hell. Landrey sah vom Vordersitz nach hinten, legte einen Arm über die Rücklehne, einen langen schwarzen Arm, der in einem weißen Handschuh endete.

Er sagte, zum dritten- oder viertenmal bereits: »Also ihr eigener Rechtsverdreher verschaukelt sie. Also nein, sowas!«

Er lächelte glatt, bedächtig. Alle seine Bewegungen waren glatt und bedächtig. Landrey war ein hochgewachsener, blasser Mann mit weißen Zähnen und pechschwarzen Augen, die unter dem Schein der Verdecklampe funkelten.

Mallory und Macdonald saßen auf dem Rücksitz. Mallory sagte nichts; er starrte aus dem Wagenfenster. Macdonald tat einen Zug aus seiner eckigen Scotchflasche, verlor den Korken auf dem Boden des Wagens und fluchte vor sich hin, während er sich vorbeugte, um danach zu grapschen. Als er ihn gefunden hatte, lehnte er sich zurück und blickte mürrisch in Landreys klares, blasses Gesicht über dem weißen Seidenschal.

Er sagte: »Sie haben immer noch den Laden am Highland Drive?«

Landrey sagte: »So ist es, Schupo, den hab ich immer noch. Und er läuft gar nicht so besonders gut.«

Macdonald gab ein Knurren von sich. Er sagte: »Das ist aber eine verdammte Schande, Mister Landrey.«

Dann legte er den Kopf in die Polsterung zurück und schloß die Augen.

Der Cadillac bog von der Schnellstraße ab. Der Fahrer schien zu wissen, wo es hinging. Er schlug einen Bogen und fuhr in eine großzügig angelegte, vornehme Villengegend.

Laubfrösche quakten in der Dunkelheit, und man spürte den Duft von Orangenblüten.

Macdonald öffnete die Augen und beugte sich vor. »Das Haus an der Ecke«, wies er den Fahrer an.

Das Haus lag ein gutes Stück von der Straße ab, an einer weiten Kurve. Es hatte ein massiges Ziegeldach, einen Eingang wie ein normannischer Bogen und schmiedeeiserne Laternen, die zu beiden Seiten der Tür brannten. Neben der Zufahrt verlief eine Pergola, mit Kletterrosen bedeckt. Der Fahrer schaltete die Scheinwerfer aus und glitt geschickt zur Pergola hinauf.

Mallory gähnte und öffnete die Wagentür. Um die Ecke an der Straße parkten verschiedene andere Wagen. Die glühenden Zigarettenstummel einiger müßig wartender Chauffeure fleckten das sanfte bläuliche Dunkel.

»Eine Party«, sagte er. »Das macht's kinderleicht.«

Er stieg aus, stand einen Moment da und sah über den Rasen. Dann ging er über weiches Gras zu einem Fußweg aus mattdunklen Ziegeln, die so weiträumig verlegt waren, daß Gras zwischen ihnen wuchs. Er blieb zwischen den schmiedeeisernen Laternen stehen und läutete.

Ein Dienstmädchen in Haube und Schürze öffnete die Tür. Mallory sagte:

»Tut mir leid, daß ich Mr. Atkinson stören muß, aber es ist wichtig. Macdonald ist mein Name.«

Das Mädchen zögerte und ging dann ins Haus zurück, wobei sie die Haustür einen Spalt offen ließ. Mallory schob sie gelassen ganz auf, blickte in eine geräumige Halle mit indianischen Teppichen auf dem Boden und an den Wänden. Er ging hinein.

Gleich hinter dem Eingang führte eine Tür in ein dämmriges Zimmer, dessen Wände mit Büchern bedeckt waren und in dem es nach guten Zigarren roch. Hüte und Mäntel lagen ringsum über den Sesseln. Aus einem Radio im hinteren Teil des Hauses dröhnte Tanzmusik.

Mallory zog seine Luger heraus und lehnte sich, innen, gegen den Türpfosten.

Ein Mann im Abendanzug kam durch die Halle. Er hatte eine plumpe Figur, mit festem weißem Haar über einem verschlagenen, rosaroten, reizbaren Gesicht. Blendend wattierte Schultern konnten die Aufmerksamkeit nicht davon ablenken, daß er zuviel Bauch angesetzt hatte. Seine schweren Augenbrauen waren in einem Stirnrunzeln zusammengezogen. Er hatte einen raschen Schritt und sah wütend aus.

Mallory trat hinter der Tür hervor und setzte Atkinson die Pistole auf den Bauch.

»Ich bin's, den Sie suchen«, sagte er.

Atkinson blieb stehen, dehnte ein wenig die Brust, gab einen erstickten Kehllaut von sich. Seine Augen waren geweitet und erschrocken. Mallory hob die Luger, setzte Atkinson die kalte Mündung an die Kehle, bohrte sie ins Fleisch grad über dem V seines Eckenkragens. Der Rechtsanwalt hob halb einen Arm, als wollte er die Waffe beiseite wischen. Dann hielt er inne, stand ganz still, den Arm halb in der Luft.

Mallory sagte: »Reden Sie gar nicht erst. Denken Sie nur nach. Sie sind reingelegt worden. Macdonald hat Sie verpfiffen. Costello und zwei andere Jungs sind auf Nummer Sicher in Westwood. Wir wollen Rhonda Farr.«

Atkinsons Augen waren von stumpfem Blau, undurchsichtig, ohne inneres Licht. Die Erwähnung von Rhonda Farrs Namen schien nicht viel Eindruck auf ihn zu machen. Er wand sich unter der Pistole und sagte:

»Wieso kommen Sie da zu mir?«

»Wir glauben, Sie wissen, wo sie steckt«, sagte Mallory tonlos. »Aber wir wollen nicht hier darüber reden. Gehn wir raus.«

Atkinson fuhr auf, sprudelte hervor: »Nein ... nein, ich habe Gäste!«

Mallory sagte kalt: »Den Gast, den wir suchen, haben Sie nicht hier.« Er verstärkte den Druck seiner Luger.

Eine plötzliche Welle der Erregung lief über Atkinsons Gesicht. Er wich einen kurzen Schritt zurück und schnappte nach der Pistole. Mallorys Lippen kniffen sich zusammen. Er beschrieb mit dem Handgelenk einen knappen Bogen, und das Visier der Waffe fuhr Atkinson über den Mund. Blut trat ihm auf die Lippen. Sein Mund begann anzuschwellen. Er wurde sehr blaß.

Mallory sagte: »Behalten Sie den Kopf klar, Fettwanst, dann leben Sie morgen früh vielleicht noch.«

Atkinson wandte sich um und stapfte durch die offene Tür nach draußen, blindlings, rasch.

Mallory packte seinen Arm und stieß ihn nach links, auf das Gras. »Immer mit der Ruhe«, sagte er leise.

Sie umrundeten die Pergola. Atkinson streckte die Hände von sich und taumelte gegen den Wagen. Ein langer Arm kam aus der offenen Tür und packte ihn. Er stieg ein, fiel gegen den Sitz. Macdonald schlug ihm eine Hand über das Gesicht und warf ihn in die Polsterung zurück. Mallory stieg nach und schmetterte die Wagentür zu.

Reifen quietschten, als der Wagen wie rasend wendete und davonschoß. Der Fahrer fuhr einen ganzen Block weit, ehe er die Scheinwerfer wieder anstellte. Dann wandte er ein wenig den Kopf, sagte:

»Wohin, Boss?«

Mallory sagte: »Irgendwohin. Zurück in die Stadt. Und bloß keine Aufregung.«

Der Cadillac bog wieder auf die Schnellstraße und begann die lange Steigung hinunterzugleiten. Wieder zeigten sich die Lichter im Tal, kleine weiße Lichter, die sich unendlich langsam auf der Talsohle dahinbewegten. Scheinwerfer.

Atkinson dehnte sich auf seinem Sitz, zog ein Taschentuch heraus und betupfte sich den Mund. Er spähte nach Macdonald und sagte mit gefaßter Stimme:

»Was soll das Ganze, Mac? Erpressung?«

Macdonald lachte verdrossen. Dann stieß er auf. Er war leicht betrunken. Er sagte dumpf:

»Zum Teufel, nein. Die Jungs haben sich die Farr geschnappt heute abend. Das hier sind Freunde von ihr, und denen gefällt das nicht. Aber Sie haben davon natürlich keine blasse Ahnung, oder, Sie großes Tier?« Er lachte abermals, höhnisch.

Atkinson sagte langsam: »So komisch es klingt... aber ich habe wirklich keine Ahnung.« Er hob den weißen Kopf höher, fuhr fort: »Wer sind diese Männer?«

Macdonald gab ihm keine Antwort. Mallory zündete sich eine Zigarette an, schützte die Streichholzflamme mit den hohlen Händen. Er sagte langsam:

»Das ist nicht weiter wichtig, oder? Entweder wissen Sie, wo Rhonda Farr hingeschafft worden ist, oder Sie können uns einen Hinweis geben. Machen Sie sich darüber mal Gedanken. Wir haben massenhaft Zeit.«

Landrey wandte den Kopf und sah nach hinten. Sein Gesicht war ein blaß verschwommener Fleck in der Dunkelheit.

»Das ist wohl kaum zuviel verlangt, Mister Atkinson«, sagte er ernst. Seine Stimme war kühl, verbindlich, freundlich. Er klopfte leicht auf die Rückenlehne mit seinen behandschuhten Fingern.

Atkinson starrte ihn eine Weile an, lehnte dann den Kopf gegen das Polster zurück. »Nehmen wir mal an, ich weiß nicht das geringste darüber«, sagte er maulig.

Macdonald hob die Hand und schlug ihm ins Gesicht. Der Kopf des Anwalts prallte gegen das Polster. Mallory sagte mit kalter, unfreundlicher Stimme:

»Jetzt machen Sie mal Pause, Schupo.«

Macdonald fluchte, wandte den Kopf weg. Der Wagen fuhr weiter.

Sie waren jetzt unten im Tal. Ein dreifarbiger Leuchtstrahl vom Flughafen strich durch den Himmel, gar nicht weit entfernt. Bewaldete Hänge begannen und kleine Talmulden zwischen dunklen Hügeln. Ein Zug donnerte vom Newhall-Tunnel herunter, holte Geschwindigkeit auf und raste mit langem Ratterkrach vorbei.

Landrey sagte etwas zu seinem Fahrer. Der Cadillac bog auf einen Feldweg ab. Der Fahrer schaltete die Scheinwerfer aus und suchte sich im Mondlicht seinen Weg. Der schmale Pfad endete auf einem Platz, auf dem totes braunes Gras stand, von niedrigen Büschen umgeben. Alte Konservendosen und zerrissene, verfärbte Zeitungen waren schwach sichtbar auf dem Boden.

Macdonald zog seine Flasche heraus, hob sie an den Mund und nahm einen gurgelnden Schluck. Atkinson sagte mit belegter Stimme:

»Mir ist ein bißchen schwach. Geben Sie mir auch einen.«

Macdonald wandte sich, streckte die Flasche aus, knurrte dann: »Ach, gehn Sie zum Teufel!« und verstaute sie wieder in seinem Mantel. Mallory holte eine Taschenlampe aus dem Türfach, knipste sie an und richtete den Strahl auf Atkinsons Gesicht. Er sagte:

»Los, reden Sie.«

Atkinson legte die Hände auf die Knie und blickte stier in den Lichtstrahl der Taschenlampe. Seine Augen waren glasig, und es war Blut an seinem Kinn. Er sprach:

»Arrangiert hat das Ganze Costello. Worum es eigentlich geht, weiß ich nicht. Aber wenn Costello was macht, dann steckt ein Mann namens Slippy Morgan dahinter. Er hat eine Hütte auf der Bergebene bei Baldwin Hills. Da könnten sie Rhonda Farr hingeschafft haben.«

Er schloß die Augen, und eine Träne glitzerte im Schein der Taschenlampe. Mallory sagte langsam:

»Das sollte Macdonald eigentlich ebenfalls wissen.«

Atkinson hielt die Augen geschlossen, sagte: »Denke ich schon.« Seine Stimme war dumpf und ohne jede Empfindung.

Macdonald ballte die Faust, schwankte zur Seite und schlug ihm abermals ins Gesicht. Der Rechtsanwalt stöhnte, sackte in sich zusammen. Mallorys Hand zuckte vor, ließ die Taschenlampe vorzucken. Seine Stimme bebte vor Wut. Er sagte:

»Machen Sie das noch mal, und ich jage Ihnen ein Stück Blei in die Kutteln, Schupo. Verlassen Sie sich drauf, das mache ich.«

Macdonald wälzte sich weg, mit albernem Lachen. Mallory knipste die Taschenlampe aus. Er sagte, ruhiger:

»Ich glaube, Sie sagen die Wahrheit, Atkinson. Wir werden diese Hütte von Slippy Morgan mal unter die Lupe nehmen.«

Der Fahrer stieß zurück, wendete und lenkte den Wagen wieder zur Schnellstraße hinüber.

v

Ein weißer Lattenzaun leuchtete einen Moment lang auf, bevor die Scheinwerfer ausgingen. Dahinter, auf einer Anhöhe, tasteten sich die hageren Gestalten mehrerer Bohrtürme in den Himmel hinauf. Der verdunkelte Wagen glitt langsam vorwärts, hielt dann auf der anderen Straßenseite, gegenüber von einem kleinen Fachwerkhaus. Auf dieser Seite der Straße gab es keinerlei Häuser, nichts zwischen dem Wagen und dem Ölfeld. Das Haus hatte kein Licht.

Mallory stieg aus und ging hinüber. Ein Kiesweg bildete die Zufahrt zu einem Schuppen ohne Tür. Ein Tourenwagen war in dem Schuppen abgestellt. Rechts und links von der Zufahrt gab es dünnes, abgetretenes Gras, dahinter dann einen Flecken Etwas, der einmal ein Rasen gewesen war. Ferner eine Draht-Wäscheleine und eine kleine Vorplatz-Veranda mit einer verrosteten Gittertür. Der Mond ließ das alles erkennen.

Hinter der Veranda zeigte sich ein einzelnes Fenster, dessen Jalousie heruntergelassen war; zwei dünne Ritzen Licht liefen an den Kanten der Jalousie entlang. Mallory ging zum Wagen zurück, stapfte lautlos über das trockene Gras und den Staub des Feldwegs.

Er sagte: »Los, Atkinson, gehn wir.«

Atkinson stieg schwer heraus, taumelte über die Straße wie ein Mann, der noch halb im Schlaf befangen ist. Mallory packte seinen Arm. Die beiden Männer gingen die Holzstufen hinauf, durchquerten still die Veranda. Atkinson fummelte und fand die Klingel. Er drückte auf den Knopf. Ein dumpfes Summen erklang im Innern des Hauses. Mallory preßte sich flach gegen die Wand, auf der Seite, an der ihn die sich öffnende Tür nicht behindern konnte.

Dann ging die Haustür geräuschlos auf, und eine Gestalt zeichnete sich undeutlich hinter dem Gitter ab. Es war kein Licht hinter dieser Gestalt. Der Anwalt sagte mit gedämpftem Murmeln:

»Atkinson hier.«

Die Verriegelung wurde gelöst. Die Gittertür ging nach außen auf.

»Was ist das denn für ein Einfall?« sagte eine lispelnde Stimme, die Mallory schon einmal gehört hatte.

Mallory trat vor, die Luger in Gürtelhöhe. Der Mann in der Tür wirbelte zu ihm herum. Mallory drängte sich mit einem raschen Schritt dicht an ihn, machte mit Zunge und Zähnen ein schnalzendes Geräusch und schüttelte mißbilligend den Kopf.

»Sie haben doch bestimmt keine Waffe, nicht wahr, Slippy?« sagte er und versetzte ihm einen leichten Stups mit der Luger. »Und nun bleiben wir ganz schön ruhig und drehn uns um, Slippy. Wenn Sie was am Rückgrat spüren, dann gehn Sie langsam voran, Slippy. Wir sind dann gleich hinter Ihnen und laufen Ihnen bestimmt nicht weg.«

Der magere Mann hob die Hände und drehte sich um. Er

ging zurück in die Dunkelheit, Mallorys Waffe im Rücken. Ein kleines Wohnzimmer roch nach Staub und Kochdünsten. Unter einer Tür war ein Streifen Licht. Der magere Mann senkte langsam eine Hand und öffnete die Tür.

Eine schirmlose Glühbirne hing mitten unter der Decke. Eine dünne Frau in schmutzigem weißem Kittel stand darunter, die Arme schlaff an den Seiten. Stumpfe, farblose Augen brüteten unter einem wirren Wust rostroten Haars. Ihre Finger flatterten und verkrampften sich in unwillkürlichen Muskelkontraktionen. Sie gab einen dünnen Klagelaut von sich, wie eine verhungernde Katze.

Der magere Mann ging zur gegenüberliegenden Wand des Zimmers, blieb dort stehen und preßte die Handflächen gegen die Tapete. Auf seinem Gesicht lag ein starres, ausdrucksloses Lächeln.

Landreys Stimme sagte von hinten: »Ich werde auf Atkinsons Kumpane aufpassen.«

Er kam ins Zimmer, eine große Automatik in der behandschuhten Hand. »Netter kleiner Zufluchtsort«, fügte er liebenswürdig hinzu.

In einer Ecke des Zimmers stand ein Eisenbett. Rhonda Farr lag darauf, bis zum Kinn in eine braune Armeedecke gehüllt. Die weiße Perücke war ihr halb vom Kopf gerutscht, und feuchte goldene Locken zeigten sich darunter. Ihr Gesicht war bläulich weiß, eine Maske, auf der Rouge und Lippenstift grell ins Auge stachen. Sie schnarchte.

Mallory griff mit der Hand unter die Decke, fühlte nach ihrem Puls. Dann hob er ein Lid und untersuchte angelegentlich die nach oben verdrehte Pupille.

Er sagte: »Gedopt.«

Die Frau im Kittel netzte sich die Lippen. »Eine Spritze M«, sagte sie mit lascher Stimme. »Nicht weiter schlimm, Mister.«

Atkinson setzte sich auf einen Stuhl, über dessen Lehne ein schmutziges Handtuch hing. Sein Frackhemd schillerte unter dem ungeschirmten Licht. Die untere Hälfte seines Gesichts war mit Blut verkrustet. Der magere Mann betrachtete ihn voller Verachtung und klopfte mit den flachen Händen gegen die schmierige Tapete. Dann trat Macdonald ins Zimmer.

Sein Gesicht war gerötet und schweißbedeckt. Er taumelte leicht und stützte sich mit hochrutschender Hand am Türrahmen. »Hallo, Jungs«, sagte er leer. »Dafür müßte ich eigentlich auf Beförderung rechnen können.«

Der magere Mann hörte auf zu lächeln. Er duckte sich sehr schnell zur Seite, und eine Pistole sprang in seine Hand. Donner erfüllte den Raum, ein großer, krachender Donner. Und noch einmal ein Donner.

Das Ducken des mageren Mannes wurde ein Gleiten, und das Gleiten schrumpfte zum Fall. Fast gemütlich streckte er sich auf dem kahlen Teppich aus. Er lag ganz still, das eine halboffene Auge wie auf Macdonald gerichtet. Die dünne Frau riß den Mund weit auf, aber es kam kein Laut daraus hervor.

Macdonald fuhr mit der anderen Hand zum Türrahmen hoch, beugte sich vor und begann zu husten. Hellrotes Blut rann ihm über das Kinn. Seine Hände rutschten langsam am Türrahmen nieder. Dann krümmte sich seine Schulter vor, er rollte vornüber wie ein Schwimmer in einer sich brechenden Welle und krachte hin. Er krachte auf sein Gesicht, den Hut immer noch auf dem Kopf, und in seinem Nacken darunter zeigte sich das mausgraue Haar in schlampig gelockten Büscheln.

Mallory sagte: »Zwei Mann ausgefallen«, und warf Landrey einen angewiderten Blick zu. Landrey sah auf seine große Automatik nieder und steckte sie dann weg, in die Seitentasche seines dünnen dunklen Mantels.

Mallory beugte sich über Macdonald, legte ihm einen Finger an die Schläfe. Es war kein Herzschlag mehr zu spüren. Er versuchte es an der Drosselader, mit demselben

Ergebnis. Macdonald war tot, und er roch immer noch stark nach Whisky.

Eine schwache Spur Rauch lag unter der Glühbirne, ein beißender Flocken Pulvergeruch. Die dünne Frau bückte sich, ging in die Hocke und kroch auf die Tür zu. Mallory stieß ihr eine harte Hand vor die Brust und warf sie zurück.

»Sie bleiben hübsch, wo Sie sind.«

Atkinson nahm die Hände von den Knien und rieb sie aneinander, als hätten sie alles Gefühl verloren. Landrey ging hinüber zum Bett, streckte die behandschuhte Hand nieder und berührte Rhonda Farrs Haar.

»Hallo, Schatz«, sagte er leichthin. »Lange nicht gesehen.« Er ging aus dem Zimmer und sagte dabei: »Ich bringe den Wagen hier auf unsere Straßenseite herüber.«

Mallory sah Atkinson an. Er sagte ganz beiläufig: »Wer hat die Briefe, Atkinson? Die Briefe, die Rhonda Farr gehören?«

Atkinson hob langsam das leere Gesicht, blinzelnd, als täte das Licht seinen Augen weh. Er sprach mit verschwommener, wie von weither kommender Stimme.

»Ich – ich weiß nicht. Costello, vielleicht. Ich habe sie nie zu Gesicht bekommen.«

Mallory stieß ein kurzes rauhes Lachen aus, das in die harten, kalten Linien seines Gesichts keine Änderung brachte. »Das wäre doch ein Witz, wenn das stimmte!«

Er beugte sich über das Bett in der Ecke und schlug die braune Decke fest um Rhonda Farr. Als er sie aufhob, hörte sie auf zu schnarchen, erwachte aber nicht.

VI

Ein Fenster oder zwei in der Fassade des Apartmenthauses zeigten noch Licht. Mallory hob das Handgelenk und warf einen Blick auf die gerundete Armbanduhr auf dessen Innenseite. Die schwach leuchtenden Zeiger standen auf halb vier. Er sprach zurück in den Wagen:

»Geben Sie mir zehn Minuten oder so. Dann kommen Sie rauf. Ich sorge dafür, daß die Türen nicht zuschnappen.«

Der Straßeneingang zum Apartmenthaus war verschlossen. Mallory öffnete mit einem einzelnen Schlüssel, klinkte die Tür dann nur ein. Es gab ein wenig Licht in der Halle, von einer Stehlampe und einer abgeschirmten Birne über der Telefonvermittlung. Ein welker, weißhaariger kleiner Mann schlief neben der Telefonvermittlung auf einem Stuhl, mit offenem Mund und einem Atem, der in langen, klagenden Schnarchlauten kam wie von einem gequälten Tier.

Mallory ging eine teppichbelegte Treppenflucht hinauf. Im ersten Stock drückte er den Knopf für den automatischen Fahrstuhl. Als dieser rumpelnd von oben heruntergekommen war, stieg er ein und drückte den mit ›7‹ bezeichneten Knopf. Seine Augen waren stumpf vor Müdigkeit.

Der Fahrstuhl kam taumelnd zum Halten, und Mallory ging den hellen, stillen Flur entlang. Vor einer grauen Tür aus Olivenholz blieb er stehen und legte das Ohr an die Verschalung. Dann steckte er den Einzelschlüssel langsam ins Schloß, drehte ihn langsam um, drückte die Tür einen Zoll oder zwei nach innen. Er lauschte noch einmal, trat dann ein.

Im Zimmer war Licht von einer Lampe mit rotem Schirm, die neben einem Sessel stand. Ein Mann lag hingerekelt in dem Sessel, und das Licht schwemmte über sein Gesicht. Er war an Hand- und Fußgelenken mit breiten Klebepflasterstreifen gefesselt. Auch seinen Mund schloß ein Pflaster.

Mallory lehnte die Tür an, ohne sie zu schließen. Er ging mit raschen, stillen Schritten durchs Zimmer. Der Mann im Sessel war Costello. Sein Gesicht war purpurn angelaufen über dem weißen Pflaster, das seine Lippen verklebte. Seine Brust hob sich stoßweise, und sein Atem machte ein rasselndes Geräusch in seiner großen Nase.

Mallory riß Costello das Pflaster vom Mund, legte den Ballen einer Hand an das Kinn des Mannes, drückte ihm den Mund weit auf. Der Atemrhythmus änderte sich ein wenig. Costellos Brust beruhigte sich, und die purpurne Färbung seines Gesichts wich einer Blässe. Er regte die Glieder, gab ein Stöhnen von sich.

Mallory nahm eine ungeöffnete Pint-Flasche Roggenwhisky vom Kaminsims und riß mit den Zähnen den Metallstreifen von der Verschlußkappe. Er stieß Costellos Kopf weit zurück, goß ihm etwas Whisky in den offenen Mund, schlug ihm hart ins Gesicht. Costello würgte, schluckte konvulsivisch. Etwas von dem Whisky lief ihm aus den Nasenlöchern. Er öffnete die Augen, begann seine Umgebung zu erfassen. Er murmelte irgend etwas Wirres vor sich hin.

Mallory ging durch Veloursvorhänge, die über einem Durchgang am inneren Ende des Zimmers hingen, in einen kleinen Flur hinaus. Die erste Tür führte in ein Schlafzimmer mit Doppelbett. Es brannte Licht, und auf jedem der Betten lag gefesselt ein Mann.

Jim, der grauhaarige Polizist, schlief oder war immer noch bewußtlos. Sein Kopf war an der Seite steif von geronnenem Blut. Die Haut seines Gesichts hatte eine schmutziggraue Färbung.

Die Augen des rothaarigen Mannes standen weit offen, diamantenhell, voll Wut. Sein Mund arbeitete unter dem Pflaster, versuchte es durchzukauen. Er hatte sich auf die Seite gewälzt und fast vom Bett. Mallory stieß ihn in die Mitte zurück und sagte:

»Alles im Preis inbegriffen.«

Er ging zurück ins Wohnzimmer und machte mehr Licht. Costello hatte sich im Sessel hochgerappelt. Mallory zog ein Taschenmesser heraus, langte hinter ihn und durchsägte das Pflaster, das seine Gelenke band. Costello riß die Hände auseinander, grunzte und rieb sich den Rücken der Handgelenke, wo das Pflaster ihm Haare ausgerissen hatte. Dann beugte er sich vor und zog sich das Pflaster von den Knöcheln. Er sagte:

»Das hat mir gar nicht gutgetan. Ich atme immer durch den Mund.« Seine Stimme war unklar, flach und ohne Modulation.

Er brachte sich auf die Füße und goß sich zwei Zoll Roggenwhisky in ein Glas, stürzte es auf einen Zug hinunter, setzte sich wieder und legte den Kopf gegen die hohe Rückenlehne des Sessels. Leben kam in sein Gesicht; ein Glitzern trat in seine erschöpften Augen.

Er sagte: »Was gibt's Neues?«

Mallory löffelte in einer Schale voll Wasser, das einmal Eis gewesen war, runzelte die Stirn und nahm einen Schluck Whisky pur. Er rieb sich behutsam mit den Fingerspitzen die linke Seite seines Kopfes und zuckte zusammen. Dann setzte er sich hin und zündete sich eine Zigarette an.

Er sagte: »Verschiedenes. Rhonda Farr ist wieder zu Hause. Macdonald und Slippy haben Blei abgekriegt. Aber das ist nicht wichtig. Ich bin hinter ein paar Briefen her, die Sie an Rhonda Farr verscherbeln wollten. Rücken Sie raus damit.«

Costello hob den Kopf und grunzte. Er sagte: »Ich habe die Briefe nicht.«

Mallory sagte: »Sie holen die Briefe, Costello. Auf der Stelle.« Er stippte seine Zigarettenasche sorgfältig mitten auf ein grüngelbes Karo im Teppichmuster.

Costello machte eine ungeduldige Bewegung. »Ich habe sie nicht«, beharrte er. »Ich habe sie nie gesehen.«

Mallorys Augen waren schiefergrau, sehr kalt, und seine Stimme klang spröde. Er sagte: »Wie wenig ihr Lumpen von euerm eigenen Gewerbe versteht, ist einfach haarsträubend ... Ich bin müde, Costello. Mir ist nicht danach, groß rumzustreiten. Sie würden sehr mies aussehen, wenn man

Ihnen Ihren dicken Gesichtserker da mit einem Pistolenlauf von der Fassade risse.«

Costello hob seine knochige Hand und rieb sich die gerötete Haut rund um seinen Mund, wo das Abreißen des Pflasters sie wundgemacht hatte. Er schielte durch das Zimmer. Die Veloursvorhänge über dem Flurdurchgang zeigten eine leichte Bewegung, als hätte ein Luftzug sie getroffen. Aber es gab nirgends Zug. Mallory starrte auf den Teppich nieder.

Costello stand vom Sessel auf, langsam. Er sagte: »Ich habe einen Wandsafe. Ich werde ihn öffnen.«

Er ging durchs Zimmer zu der Wand, in der sich die Tür nach draußen befand, nahm ein Bild herunter und drehte am Kombinationsschloß eines kleinen, kreisrunden, in die Wand eingelassenen Safes. Er zog die kleine runde Tür auf und fuhr mit dem Arm hinein.

Mallory sagte: »Bleiben Sie mal schön, wie Sie sind, Costello.«

Er schritt lässig durch das Zimmer und ließ seine linke Hand an Costellos Arm entlang in den Safe gleiten. Als sie wieder hervorkam, hielt sie eine kleine automatische Pistole mit Perlmuttgriff. Mallory spitzte die Lippen zu einem leisen Zischen und schob die kleine Waffe in die Tasche.

»Sie lernen einfach nie aus, was, Costello?« sagte er mit müder Stimme.

Costello zuckte die Achseln, ging zurück durch den Raum. Mallory tauchte mit den Händen in den Safe und kehrte den Inhalt auf den Boden. Er ließ sich auf ein Knie nieder. Es gab da ein paar lange weiße Umschläge, ein Bündel Zeitungsausschnitte, von einer Papierklammer zusammengehalten, ein schmales dickes Scheckbuch, ein kleines Fotoalbum, ein Adressenbuch, ein paar lose Papiere, ein paar gelbe Bankauszüge mit angehefteten Schecks. Mallory machte einen der langen Umschläge auf, achtlos, ohne besonderes Interesse.

Die Vorhänge über der Flurtür regten sich erneut. Costello stand wie erstarrt vor dem Kamin. Eine Pistole erschien zwischen den Vorhängen, in einer kleinen Hand, die nicht zitterte. Ein schlanker Körper folgte der Hand, ein weißes Gesicht mit glühenden Augen – Erno.

Mallory erhob sich langsam, die Hände in Brusthöhe, leer.

»Höher, Jungchen«, krächzte Erno. »Viel höher, Jungchen!«

Mallory hob die Hände noch etwas weiter. Auf seiner Stirn erschienen harte Runzeln. Erno trat ins Zimmer vor. Sein Gesicht glänzte. Eine Locke öligen schwarzen Haars hing ihm über eine Braue nieder. Seine Zähne zeigten ein steifes Grinsen.

Er sagte: »Ich glaube, Sie kriegen Ihr Fett am besten gleich hier, Sie Doppel-Schnüffler.«

Seine Stimme hatte einen fragenden Beiklang, als warte er auf Costellos Bestätigung.

Costello sagte kein Wort.

Mallory bewegte ein wenig den Kopf. Sein Mund fühlte sich sehr trocken an. Er beobachtete Ernos Augen, sah, wie sein Blick sich spannte. Er sagte ziemlich schnell:

»Sie sind reingelegt worden, Dummkopf, aber nicht von mir.«

Ernos Grinsen verwandelte sich in ein wütendes Knurren, und sein Kopf fuhr zurück. Sein Abzugsfinger wurde weiß am ersten Gelenk. Dann gab es vor der Tür draußen ein Geräusch, und sie ging auf.

Landrey kam herein. Er schloß die Tür mit einem Schulterstoß und lehnte sich dagegen, in dramatischer Pose. Seine beiden Hände steckten in den Seitentaschen seines dünnen dunklen Mantels. Die Augen unter dem weichen schwarzen Hut funkelten hell und teuflisch. Er sah aus, als sei ihm dies alles sehr angenehm. Er bewegte das Kinn in dem weißseidenen Halstuch, das lässig um seinen Nacken geschlungen war. Sein hübsches blasses Gesicht wirkte wie aus altem Elfenbein geschnitzt.

Erno bewegte ganz leicht seine Pistole und wartete. Landrey sagte gutgelaunt:

»Ich wette einen Riesen mit Ihnen, daß Sie zuerst auf dem Boden landen!«

Ernos Lippen verzerrten sich unter seinem glänzenden Schnurrbärtchen. Zwei Pistolen gingen zur selben Zeit los. Landrey schwankte wie ein Baum, den ein plötzlicher Windstoß getroffen hat; der schwere Donner seiner 45er klang noch einmal auf, gedämpft ein wenig durch Tuch und durch die Nähe seines Körpers.

Mallory ging hinter dem Sofa zu Boden, überschlug sich und kam wieder hoch, die Luger fest in der Hand. Aber Ernos Gesicht war bereits leer geworden.

Er sank ganz langsam nieder; sein leichter Körper schien vom Gewicht der Waffe in seiner rechten Hand gezogen zu werden. Er knickte in den Knien durch, als er fiel, und glitt vornüber zu Boden. Sein Rücken krümmte sich noch einmal und wurde dann schlaff.

Landrey nahm die linke Hand aus der Manteltasche und spreizte die Finger, als schiebe er etwas von sich fort. Langsam und mit Mühe bekam er die große Automatik aus der anderen Tasche und hob sie Zoll um Zoll, wobei er sich auf den Fußballen drehte. Er schwenkte den Oberkörper in die Richtung, wo wie erstarrt Costello stand, und drückte noch einmal auf den Abzug. Putzbrocken sprangen neben Costellos Schulter von der Wand.

Landrey lächelte vage, sagte: »Verdammt!«, mit sanfter Stimme. Dann drehten sich seine Augen im Kopf nach oben, und die Pistole entsank seinen kraftlosen Fingern, plumpste auf den Teppich. Landrey sackte stückweise in sich zusammen, weich und graziös, kniete, schwankte einen Moment, bevor er zur Seite wegschmolz, streckte sich fast lautlos auf dem Boden aus. Mallory blickte zu Costello hinüber und sagte mit heiserer, böser Stimme: »Jungejunge, haben Sie ein Schwein!«

Der Summer surrte hartnäckig. Drei kleine Lampen glühten rot an der Schalttafel der Telefonvermittlung. Der welke, weißhaarige kleine Mann schloß mit einem Schnapp den Mund und rappelte sich schläfrig auf.

Mallory drückte sich an ihm vorbei, den Kopf abgewandt, schoß durch die Halle, zur Vordertür des Apartmenthauses hinaus, die drei marmorbelegten Stufen hinunter, über den Gehsteig und die Straße. Der Fahrer von Landreys Wagen hatte bereits auf den Starter getreten. Mallory schwang sich neben ihn, schwer keuchend, und schlug die Wagentür zu.

»Geben Sie Gas!« krächzte er. »Und bleiben Sie vom Boulevard weg. In fünf Minuten sind die Bullen hier!«

Der Fahrer sah ihn an und sagte: »Wo ist Landrey? ... Ich hab schießen hörn.«

Mallory hob die Luger, sagte kurz und kalt: »Zischen Sie ab, Mann!«

Das Getriebe griff, der Cadillac machte einen Satz, der Fahrer riß ihn leichtsinnig um die Ecke, die Pistole im Augenwinkel.

Mallory sagte: »Landrey hat Blei abgekriegt. Ist tot und kalt.« Er hob die Luger, hielt dem Fahrer die Mündung unter die Nase. »Aber nicht von meiner Kanone. Riechen Sie mal, Freund. Ist nicht abgefeuert worden.«

Der Fahrer sagte: »Ach Herrjemine!«, mit ganz verdatterter Stimme, fing den trudelnden Wagen ab, entging um einen knappen Zoll dem Bordstein.

Es wurde langsam Tag.

VII

Rhonda Farr sagte: »Publicity, Verehrtester. Bloß Publicity. Da ist jede Sorte besser als überhaupt keine. Ich bin durchaus nicht sicher, daß mein Vertrag erneuert wird, und vermutlich werde ich sie bitter nötig haben.«

Sie saß in einem tiefen Sessel, in einem großen, langen Raum. Sie betrachtete Mallory mit trägen, gleichgültigen, purpurblauen Augen und streckte die Hand nach einem großen, beschlagenen Glas aus. Sie nahm einen Schluck.

Der Raum war riesig groß. Sanftfarbene mandaringelbe Teppiche verhüllten den Boden. Es gab eine Unmasse Teakholz und roten Lack. Goldrahmen schimmerten hoch an den Wänden, und die Decke war fern und verschwommen, wie der dämmernde Himmel an einem heißen Tag. Ein riesiger Radioapparat mit Schnitzverzierungen gab gedämpfte und unwirkliche Klänge von sich.

Mallory zog die Nase kraus und wirkte auf eine grimmige Art belustigt. Er sagte:

»Sie sind eine garstige kleine Ratte. Ich mag Sie nicht.«

Rhonda Farr sagte: »Oh, da liegen Sie aber schief, Verehrtester. Sie mögen mich durchaus. Sie sind ganz verrückt nach mir.«

Sie lächelte und steckte sich eine Zigarette in eine jadegrüne Spitze, die zu ihrem jadegrünen Hausanzug paßte. Dann streckte sie ihre schöngeformte Hand aus und drückte auf einen Klingelknopf, der in die Platte eines niedrigen Tischchens aus Teak und Perlmutt an ihrer Seite eingelassen war. Ein schweigender japanischer Butler in weißer Jacke kam ins Zimmer geschwebt und mixte zwei weitere Highballs.

»Sie sind ein ziemlich schlauer Bursche, was, Verehrtester?« sagte Rhonda Farr, als er wieder gegangen war. »Und Sie haben da ein paar Briefe in der Tasche, von denen Sie glauben, daß sie mir Leib und Seele bedeuten. Fehlanzeige, Mister, totale Fehlanzeige.« Sie nippte an ihrem frischen Highball. »Die Briefe, die Sie haben, sind Blüten. Sind vor etwa einem Monat erst geschrieben worden. Landrey hat sie nie gehabt. Er hat mir *seine* Briefe schon vor langer Zeit zurückgegeben ... Was Sie da haben, sind bloß Requisiten.« Sie legte eine Hand an ihr schön gewelltes Haar. Die Erlebnisse der vergangenen Nacht schienen spurlos an ihr vorübergegangen zu sein.

Mallory betrachtete sie nachdenklich. Er sagte: »Wie wollen Sie das beweisen?«

»Durch das Briefpapier – wenn ich's überhaupt beweisen muß. Es gibt da einen kleinen Mann unten an der Ecke Fourth und Spring, der auf solche Sachen geeicht ist.«

Mallory sagte: »Und die Handschrift?«

Rhonda Farr lächelte matt. »Handschriften sind leicht zu fälschen, wenn man genügend Zeit hat. Hat man mir wenigstens erzählt. Jedenfalls ist das meine Story.«

Mallory nickte, schlürfte seinen Highball. Er griff mit der Hand in seine Brusttasche und zog einen flachen Umschlag aus Manila-Papier hervor, Normformat. Er legte ihn auf sein Knie.

»Vier Männer mußten dran glauben letzte Nacht wegen dieser gefälschten Briefe«, sagte er beiläufig.

Rhonda Farr sah ihn ungerührt an. »Zwei Gangster, ein korrupter Polizist, macht schon drei von ihnen. Und wegen diesem Gelump sollte ich schlechter schlafen? Um Landrey tut es mir natürlich leid.«

Mallory sagte höflich: »Das ist aber nett von Ihnen, daß es Ihnen um Landrey leid tut.«

Sie sagte friedlich: »Landrey, das habe ich Ihnen schon einmal erzählt, war vor ein paar Jahren ein recht netter Bursche, als er nämlich versuchte, beim Film anzukommen. Aber dann hat er sich auf andere Geschäfte geworfen, und bei der Sorte von Geschäften muß man sich ja über kurz oder lang eine Kugel fangen.«

Mallory rieb sich das Kinn. »Komisch ist dabei nur, daß er sich nicht daran erinnerte, Ihnen die Briefe seinerzeit zurückgegeben zu haben. Wirklich sehr komisch.«

»Das war ihm egal, Verehrtester. Er war eben Schauspieler, und das Stück gefiel ihm so. Es bot ihm Gelegenheit, den starken Mann zu mimen. Das hat ihn mächtig gekratzt.«

Mallory ließ sein Gesicht hart werden und voller Abscheu. Er sagte: »Der Job kam mir sauber vor. Ich wußte nicht viel über Landrey, aber er kannte einen guten Freund von mir in Chicago. Er dachte sich was aus, wie man an die Kerls rankommen könnte, die Sie in der Mangel hatten, und ich hab's durchgespielt. Dann sind Sachen passiert, die alles einfacher gemacht haben – aber auch wesentlich lauter.«

Rhonda Farr klopfte sich mit kleinen schimmernden Nägeln gegen die kleinen schimmernden Zähne. Sie sagte: »Was sind Sie eigentlich da, wo Sie leben, Verehrtester? Einer von diesen Schnüfflern, die sich Privatdetektive nennen?«

Mallory lachte rauh, machte eine vage Bewegung und fuhr sich mit den Fingern durch das krause dunkle Haar. »Lassen wir das, Kindchen«, sagte er sanft. »Schwamm drüber.«

Rhonda Farr sah ihn mit einem überraschten Blick an, dann lachte sie ziemlich schrill. »Da wird's wohl brenzlig, was?« gurrte sie. Dann fuhr sie fort, mit trockener Stimme: »Atkinson hat mich seit Jahren bluten lassen, auf diese oder jene Tour. Ich hab die Briefe geschrieben und sie so aufbewahrt, daß er drankommen konnte. Sie waren denn auch bald verschwunden. Ein paar Tage später rief ein Mann an, mit der bekannten zünftigen Rabaukenstimme, und fing an, mich unter Druck zu setzen. Ich ließ der Sache ihren Lauf. Ich hatte mir so gedacht, ich könnte Atkinson vielleicht wegen Diebstahl rankriegen, und unser beider Ruf zusammen würde einen ganz guten Aufhänger für die Zeitungen abgeben, ohne daß ich selber dabei zuviel Federn lassen müßte. Aber die Geschichte schien weitere Kreise zu ziehen, und da bekam ich's mit der Angst. Ich überlegte, ob ich nicht Landrey bitten sollte, mir herauszuhelfen. Ich war sicher, er würde das mit Kußhand machen.«

Mallory sagte roh: »Immer ehrlich und direkt, das kleine Mädchen, was? Einen Dreck!«

»Sie haben wohl keinen blassen Schimmer, wie das hier in Hollywood läuft, Verehrtester, oder?« sagte Rhonda Farr. Sie legte den Kopf auf die Seite und summte leise vor sich hin. Die Klänge einer Tanzkapelle fluteten träge durch die stille Luft. »Eine umwerfende Melodie ... Ist aus einer Sonate von Weber geklaut ... Publicity muß hier draußen immer ein bißchen wehtun. Sonst glaubt's keiner.«

Mallory stand auf, den Umschlag aus Manila-Papier in der Hand. Er warf ihn ihr in den Schoß.

»Fünf Riesen kosten die Sie«, sagte er.

Rhonda Farr lehnte sich zurück und schlug die jadegrünen Beine übereinander. Ein kleiner grüner Pantoffel fiel von ihrem nackten Fuß auf den Teppich, und der Manila-Umschlag fiel daneben. Weder der eine noch der andere veranlaßte sie zu einer Bewegung.

Sie sagte: »Wieso?«

»Ich bin Geschäftsmann, Kindchen. Ich werde für meine Arbeit bezahlt. Landrey hat mich nicht bezahlt. Fünf Riesen waren der Preis. Der Preis für ihn und jetzt der Preis für Sie.«

Sie sah ihn fast gleichgültig an, aus seelenruhigen, kornblumenblauen Augen, und sagte: »Kein Geschäft zu machen ... Erpresser. Wie ich Ihnen schon im Bolivar gesagt habe. Dankeschön in jeder Menge, aber mein Geld gebe ich selber aus.«

Mallory sagte kurz: »Dies könnte eine verdammt gute Gelegenheit sein, was davon auszugeben.«

Er beugte sich vor und griff nach ihrem Highball, trank einen Schluck davon. Als er das Glas hinsetzte, klopfte er einen Moment lang mit den Nägeln zweier Finger dagegen. Ein dünnes, verkniffenes Lächeln kräuselte seine Mundwinkel. Er zündete sich eine Zigarette an und stieß das Streichholz in eine Schale mit Hyazinthen.

Er sagte langsam: »Landreys Fahrer hat geredet, natürlich. Landreys Freunde wollen mich sprechen. Sie wollen wissen, wie das gekommen ist, daß Landrey in Westwood so plötzlich das Zeitliche gesegnet hat. Nach einer Weile werden auch die Bullen den Weg zu mir finden. Mit Sicherheit wird ihnen jemand einen Tip geben. Ich war bei vier plötzlichen Todesfällen dabei letzte Nacht, und da kann ich ihnen natürlich nicht einfach davonlaufen. Wahrscheinlich werde ich ihnen die ganze Geschichte haarklein erzählen müssen. Die Bullen werden Ihnen jede Menge Publicity verschaffen, Kindchen. Landreys Freunde – ich weiß nicht, was die tun werden. Irgendwas jedenfalls, was gar nicht angenehm sein dürfte, würde ich sagen.«

Rhonda Farr sprang mit einem Ruck auf die Füße und tastete mit dem großen Zeh nach ihrem grünen Pantoffel. Ihre Augen waren weit aufgerissen und erschrocken.

»Sie... würden mich verkaufen?« keuchte sie.

Mallory lachte. Seine Augen waren hell und hart. Er starrte auf einen Lichtfleck am Boden, der von einer der Stehlampen kam. Er sagte mit gelangweilter Stimme:

»Warum zum Teufel sollte ich Sie denn schützen? Ich schulde Ihnen nichts. Und Sie sitzen verdammt zu fest auf Ihren Moneten, um mich zu engagieren. Ich hab zwar kein Strafregister, aber Sie wissen ja, wie beliebt ein Mensch von meiner Sorte bei den Hütern des Gesetzes ist. Und Landreys Freunde werden bloß eine dreckige abgekartete Geschichte sehen, durch die ein guter Kerl ins Gras gebissen hat. Um Himmels willen, warum sollte ich wohl für eine Schwindlerin wie Sie den Rücken hinhalten?«

Er schnaubte wütend. Rote Flecken erschienen auf seinen sonnengebräunten Wangen.

Rhonda Farr stand ganz still und schüttelte langsam den Kopf von einer Seite zur andern. Sie sagte: »Kein Geschäft, Erpresser ... kein Geschäft.« Ihre Stimme war winzig und müde, aber das Kinn hatte sie hart und tapfer gereckt.

Mallory streckte die Hand aus und griff nach seinem Hut. »Sie haben ganz schön Haare auf den Zähnen«, sagte er grinsend. »Mein Gott! Mit euch Frauenzimmern in Hollywood muß schwer auszukommen sein!«

Er beugte sich plötzlich vor, faßte sie mit der linken Hand um den Hinterkopf und küßte sie hart auf den Mund. Dann schnippte er ihr mit den Fingerspitzen über die Wange.

»Sie sind ein ganz nettes Mädchen – in mancher Hinsicht«, sagte er. »Und als Lügnerin auch nicht so ohne. Ganz beachtlich sogar. Sie haben überhaupt keine Briefe gefälscht, Kindchen. Auf so einen Trick würde Atkinson nicht reinfallen.«

Rhonda Farr bückte sich vor, schnappte sich den Manila-Umschlag vom Teppich und ließ herausflattern, was sich darin befand – eine Anzahl engbeschriebener grauer Seiten, büttenrandig, mit dünnem goldnem Monogramm. Sie starrte mit zitternden Nasenflügeln darauf nieder.

Sie sagte langsam: »Ich werde Ihnen das Geld schicken.«

Mallory legte ihr die Hand unter das Kinn und schob ihren Kopf zurück.

Er sagte ganz sanft:

»Ich hab Sie bloß auf den Arm genommen, Kindchen. Das ist eine schlechte Angewohnheit von mir. Aber an diesen Briefen ist zweierlei ziemlich komisch. Sie haben keine Umschläge, und aus nichts darin geht hervor, an wen sie gerichtet sind – aus keinem einzigen Wort. Und das zweite: Landrey hatte sie in der Tasche stecken, als er getötet wurde.«

Er nickte und wandte sich ab. Rhonda Farr sagte scharf: »Warten Sie!« Ihre Stimme klang plötzlich verängstigt.

Mallory sagte: »Sie kommen erst dran, wenn alles vorbei ist. Trinken Sie was.«

Er ging ein paar Schritte durchs Zimmer, wandte den Kopf. Er sagte: »Ich muß weg. Hab eine Verabredung mit einem großen bösen schwarzen Mann... Schicken Sie mir ein paar Blumen. Wilde, blaue Blumen, wie Ihre Augen.«

Er ging durch einen Türbogen hinaus. Ein Tor öffnete und schloß sich schwer. Rhonda Farr saß lange Zeit da, ohne sich zu rühren.

VIII

Zigarettenrauch durchzog beengend die Luft. Ein Grüppchen von Leuten in Abendkleidung stand, Cocktails süffelnd, an der Seite eines vorhangverschlossenen Durchgangs, der zu den Spielsalons führte. Durch den Vorhang sah man, in flammendem Licht, das eine Ende eines Roulette-Tisches.

Mallory setzte die Ellbogen auf die Bar, und der Barmann wandte sich von zwei jungen Mädchen in Partykleidern ab und fuhr mit einem weißen Tuch über die hochglänzende Holzfläche vor ihm. Er sagte:

»Was hätten wir denn gern, Chef?«

Mallory sagte: »Ein kleines Bier.«

Der Barmann gab es ihm, lächelte, ging zu den beiden Mädchen zurück. Mallory nippte an dem Bier, zog eine Grimasse und sah in den langen Spiegel, der die ganze Wand hinter der Bar bedeckte und leicht vorgeneigt war, so daß die ganze Bodenfläche bis zur gegenüberliegenden Wand darin sichtbar war. Eine Tür ging auf in dieser Wand, und ein Mann im Abendanzug erschien. Er hatte ein faltiges braunes Gesicht und Haar von der Farbe der Stahlwolle. Er begegnete Mallorys Blick im Spiegel und kam nickend durch den Raum auf ihn zu.

Er sagte: »Ich bin Mardonne. Nett, daß Sie gekommen

sind.« Er hatte eine weiche, belegte Stimme, die Stimme eines fetten Mannes, obwohl er nicht fett war.

Mallory sagte: »Es ist kein Höflichkeitsbesuch.«

Mardonne sagte: »Gehn wir rauf in mein Büro.«

Mallory trank noch einen weiteren Schluck von seinem Bier, zog eine weitere Grimasse und schob das Glas von sich über die Bar. Sie gingen durch die Tür, eine teppichbelegte Treppe hinauf, die in halber Höhe auf eine weitere Treppe stieß. Eine offene Tür warf Licht auf den Treppenabsatz. Sie traten ein, wo das Licht war.

Das Zimmer war einmal ein Schlafzimmer gewesen, und man hatte sich keine sonderliche Mühe damit gemacht, es in ein Büro zu verwandeln. Es hatte graue Wände, darauf zwei oder drei Drucke in schmalen Rahmen. Es gab einen großen Aktenschrank, einen soliden Safe, Sessel. Auf einem Nußbaumschreibtisch stand eine Lampe mit Pergamentschirm. Ein sehr blonder junger Mann saß auf einer Ecke des Schreibtisches und wippte mit den übereinandergeschlagenen Beinen. Er hatte einen weichen Hut mit buntem Band auf dem Kopf.

Mardonne sagte: »Es ist gut, Henry. Ich habe zu tun.«

Der blonde junge Mann rutschte von der Tischkante, gähnte, hielt sich mit einem affektierten Schlenker des Gelenks die Hand vor den Mund. An einem seiner Finger steckte ein großer Diamant. Er betrachtete Mallory, lächelte, ging dann langsam aus dem Zimmer und machte die Tür hinter sich zu.

Mardonne setzte sich in einen blaulederenen Drehstuhl. Er zündete sich eine dünne Zigarre an und schob einen Luftbefeuchter über die gemaserte Schreibtischplatte. Mallory nahm sich einen Stuhl am Ende des Tisches, zwischen der Tür und zwei offenen Fenstern. Es gab noch eine weitere Tür, aber davor stand der Safe. Er zündete sich eine Zigarette an, sagte:

»Landrey war mir etwas Geld schuldig. Fünf Riesen. Hat hier jemand Interesse, das zu bezahlen?«

Mardonne legte die braunen Hände auf die Armlehnen seines Sessels und wiegte sich darin hin und her. »So weit sind wir noch nicht«, sagte er.

Mallory sagte: »Richtig. Und wie weit sind wir?«

Mardonne verengte seine stumpfen Augen. Seine Stimme war flach und ohne Ton. »Bei der Frage, wie Landrey zu Tode gekommen ist.«

Mallory steckte seine Zigarette in den Mund und verschränkte die Hände hinter dem Kopf. Er stieß Rauchwolken aus und sprach durch sie hindurch gegen die Wand über Mardonnes Kopf.

»Er hat jeden aufs Kreuz gelegt und schließlich dann sich selbst. Er wollte immer zu viele Rollen auf einmal spielen, und da sind ihm die Texte durcheinandergeraten. Er war schießwütig. Wenn er einen Ballermann in der Hand hatte, mußte er auch gleich auf jemanden ballern. Und da hat dann eben einer zurückgeknallt.«

Mardonne wiegte sich weiter, sagte: »Vielleicht könnten Sie das noch ein bißchen präziser ausdrücken.«

»Sicher ... Ich könnte Ihnen eine Geschichte erzählen ... von einem Mädchen, das mal ein paar Briefe geschrieben hat. Sie dachte, sie wäre verliebt. Es waren ziemlich leichtsinnige Briefe, so die Art, wie ein Mädchen sie schreibt, das mal ein bißchen mehr riskiert, als ihr guttut. Da ist dann Gras drüber gewachsen, aber irgendwie sind die Briefe auf dem Erpresser-Markt gelandet. Ein paar Gannefs fingen an, das Mädchen in die Mangel zu nehmen. Nicht besonders schlimm, nicht so, daß ihr die Luft ausging; nur leider scheint sie zu den Leuten zu gehören, die grundsätzlich nicht gut mit sich Kirschen essen lassen. Landrey meinte, er könnte ihr da aus der Patsche helfen. Er legte sich einen Plan zurecht, und der Plan erforderte einen Mann, der einen Smoking tragen konnte, beim Kaffeetrinken nicht schlürfte und in der Stadt hier nicht weiter bekannt war. Er verfiel auf mich. Ich betreibe eine kleine Agentur in Chicago.«

Mardonne drehte sich zu den offenen Fenstern herum und starrte hinaus in die Wipfel einiger Bäume. »Privatschnüffler, soso«, grunzte er ungerührt. »Aus Chicago.«

Mallory nickte, sah ihn kurz an, sah wieder auf denselben Fleck an der Wand. »Und einer, der einen ehrlichen Ruf hat, Mardonne. Obwohl man das nicht glauben sollte, der Gesellschaft nach, in der ich mich in letzter Zeit bewegt habe.«

Mardonne machte eine rasche ungeduldige Geste, sagte nichts.

Mallory fuhr fort: »Na schön, ich interessierte mich für den Job, was mein erster und schlimmster Fehler war. Ich machte ein paar Fortschritte, da verwandelte sich die Erpressung in ein Kidnapping. Gar keine erfreuliche Sache. Ich setzte mich mit Landrey in Verbindung, und er beschloß, sich mit mir zu zeigen. Wir fanden das Mädchen, ohne uns überanstrengen zu müssen. Wir brachten sie nach Hause. Wir mußten nun noch die Briefe aufstöbern. Während ich damit beschäftigt war, dem Burschen, von dem ich annahm, daß er sie hätte, die Dinger aus dem Kreuz zu leiern, kam mir einer von den bösen Buben in den Rücken und fing an, mit seiner Kanone zu fuchteln. Landrey kriegte einen blendenden Auftritt, warf sich in Positur und ballerte mit dem Kerl um die Wette, Mann gegen Mann. Dabei fing er sich ein bißchen Blei. Das Ganze war nicht von schlechten Eltern, wenn man was übrig hat für solche Sachen, aber ich saß natürlich nun in der Tinte. Vielleicht bin ich also voreingenommen. Ich mußte erstmal türmen und wieder auf klare Gedanken kommen.«

Mardonnes stumpfe braune Augen zeigten ein vorübergehendes Aufflackern von Erregung. »Es könnte vielleicht ganz interessant sein, auch mal das Mädchen erzählen zu lassen«, sagte er kühl.

Mallory stieß eine blasse Wolke Rauch aus. »Sie war gedopt und erinnert sich nicht die Spur. Wenn sie's täte, würde sie wohl kaum reden. Und ich kenne nicht mal ihren Namen.«

»Aber ich«, sagte Mardonne. »Landreys Fahrer hat auch schon geredet mit mir. Da brauchte ich Sie also gar nicht zu belästigen.«

Mallory sprach weiter, seelenruhig. »So sieht die Geschichte aus, wenn man sie so obenhin betrachtet, ohne Anmerkungen. Die Anmerkungen machen sie ein bißchen sonderbarer – und verdammt viel dreckiger. Das Mädchen hat Landrey nicht um Hilfe gebeten, aber er wußte von der Erpressung. Er hatte die Briefe mal gehabt, weil sie nämlich an ihn selber gerichtet waren. Sein Plan, ihnen auf die Spur zu kommen, ging dahin, daß ich selber mich an das Mädchen heranmachen sollte, und zwar so, daß sie dachte, *ich* hätte die Briefe. Ich sollte sie zu einem Treffen in einem Nachtklub überreden, wo sie von den Leuten beobachtet werden konnte, die sie in der Mangel hatten. Sie würde bestimmt kommen, denn sie hatte den Nerv dazu. Sie würde beobachtet werden, denn einen Spitzel gab es sicher auch in ihrer Nähe – Dienstmädchen, Chauffeur oder was weiß ich. Die Jungens würden sich daraufhin für mich interessieren. Sie würden mich mal beiseite nehmen, und wenn ich nicht gleich eins auf den Dez bekam, dann konnte ich vielleicht in Erfahrung bringen, wer derjenige welcher war bei der Erpressung. Reizend ausgedacht, finden Sie nicht auch?«

Mardonne sagte kalt: »Ein bißchen dünn an manchen Stellen... Reden Sie weiter.«

»Als die Kerls auf den Köder anbissen, wußte ich, daß alles abgekartet war. Ich blieb trotzdem bei der Stange, weil ich im Moment nichts anderes machen konnte. Nach einer Weile wurde auch der zweite Akt ranzig, diesmal ohne Probe. Ein großer Schupo, der von der Bande Taschengeld bezog, kriegte kalte Füße und ließ die Jungs hochgehn.

Gegen ein bißchen Erpressung hatte er nichts, aber Kidnapping, da ging ihm denn doch die Hose mit Grundeis. Sein Aussteigen machte die Sache einfacher für mich, und Landrey tat's keinen Schaden, weil der Schupo nicht allzu helle war. Der Dreckskerl, der Landrey erwischte, war's wohl auch nicht. Der hat bloß rot gesehen auf einmal, weil er dachte, er sollte um seinen Schnitt betrogen werden.«

Mardonne klopfte mit den braunen Händen auf die Stuhllehne, wie ein Einkäufer, dem die Elogen der Firma auf die Nerven gehen. »War das vorgesehen, daß Sie das alles ausschnüffeln sollten?« fragte er höhnisch.

»Ich hab von meinem Kopf Gebrauch gemacht, Mardonne. Nicht früh genug, aber dann doch immerhin. Vielleicht war ich ja nicht zum Denken engagiert worden, aber ausdrücklich verboten hat man's mir auch wieder nicht. Wenn ich zu schlau wurde, hatte Landrey eben Pech gehabt. Für den Fall mußte er sich dann was einfallen lassen. Kam ich aber nicht dahinter, war ich immerhin so annähernd der ehrlichste Fremde, den er sich in der Geschichte leisten konnte.«

Mardonne sagte geschmeidig: »Landrey hatte massenhaft Geld. Er hatte auch Grips. Nicht überwältigend viel, aber doch ein bißchen. Auf so ein billiges Manöver hätte er sich nicht eingelassen.«

Mallory lachte ruppig: »So billig war das gar nicht für ihn, Mardonne. Er wollte das Mädchen. Sie war ihm davongeschwebt, eine Klasse höher. Sich selber da hinaufangeln konnte er nicht, aber wieder runterziehen konnte er sie. Die Briefe reichten nicht aus, um sie auf Vordermann zu bringen. Wenn aber Kidnapping dazukam und eine schön hingefummelte Befreiung durch einen alten Verehrer, der leider ein Gangster war, dann war's eine Geschichte, zu der man keine Volkslieder mehr aufspielen konnte. Kam sie an die große Glocke, so war's mit der Karriere des Mädchens aus und vorbei. Raten Sie doch mal spaßeshalber, was der

Preis dafür war, daß sie *nicht* an die große Glocke kam, Mardonne.«

Mardonne sagte: »Hm, hm«, und sah weiter aus dem Fenster.

Mallory sagte: »Aber das alles können wir jetzt in den Rauchfang schreiben. Ich war engagiert, ein paar Briefe aufzutreiben, und ich habe sie aufgetrieben – in Landreys Tasche, als er den Löffel hingeschmissen hatte. Jetzt möchte ich gern meine Zeit bezahlt kriegen.«

Mardonne drehte sich in seinem Stuhl herum und legte die Hände flach auf die Schreibtischplatte. »Dann rücken Sie mal raus mit den Dingern«, sagte er. »Ich werde sehn, was sie mir wert sind.«

Mallorys Augen wurden scharf und bitter. »Das Ärgerliche bei euch Ganoven ist doch immer wieder, daß ihr euch einen anständigen Menschen einfach nicht vorstellen könnt... Die Briefe sind aus dem Verkehr gezogen. Sie sind schon zuviel umgelaufen und haben sich abgenutzt.«

»Ein allerliebster Gedanke«, höhnte Mardonne. »Aber bitte nicht mit mir. Landrey war mein Partner, und ich habe eine Menge von ihm gehalten... Soso, da geben Sie also die Briefe weg, und ich bleche dafür, daß Sie Landrey haben umpusten lassen. Das sollte ich mir in mein Tagebuch schreiben. Ich hab so einen Riecher, daß Sie schon reichlich bezahlt worden sind – von Miss Rhonda Farr.«

Mallory sagte sarkastisch: »Hab ich's mir doch gedacht, daß Sie auf so einen Einfall kommen würden. Vielleicht gefällt *Ihnen* ja besser diese Version... Das Mädchen kriegte's satt, daß Landrey ihr immerzu am Schürzchen hing. Sie fälschte ein paar Briefe und bewahrte sie so auf, daß ihr schlauer Anwalt sie sich unter den Nagel reißen und an einen Mann weitergeben konnte, der sich ein Trüppchen Muskelmänner hielt, wie sie der Anwalt manchmal zur Durchsetzung seiner Rechtsauffassungen braucht. Das Mädchen schrieb an Landrey um Hilfe, und er holte mich dazu.

Sie kam mir aber mit einem besseren Angebot. Sie engagierte mich, Landrey aus dem Frack zu stoßen. Ich spielte auf seiner Seite mit, bis ich ihn vor der Kanone eines Killers hatte, der so tat, als wollte er mir die Hosen runterziehen. Der Killer verpaßte ihm eins, und ich schoß den Killer um, damit alles schön sauber und nett aussah. Dann genehmigte ich mir ein Schlückchen und ging nach Hause und ins Bett.«

Mardonne beugte sich vor und drückte auf einen Summer an der Seite seines Schreibtisches. Er sagte: »So gefällt's mir schon viel besser. Ich überlege mir grad, ob ich's wohl ganz hieb- und stichfest machen könnte.«

»Das können Sie ja mal versuchen«, sagte Mallory lässig. »Es dürfte nicht das erstemal sein, daß Sie auf einer krummen Tour einen Haken schlagen.«

IX

Die Zimmertür ging auf, und der blonde Junge kam hereingeschlendert. Seine Lippen waren zu einem wohlgefälligen Grinsen verzogen, und die Zunge kam dazwischen hervor. Er hatte eine Automatik in der Hand.

Mardonne sagte: »Ich habe jetzt nichts mehr zu tun, Henry.«

Der blonde Junge schloß die Tür. Mallory stand auf und zog sich langsam zur Wand zurück. Er sagte grimmig:

»Jetzt kommen wir zum komischen Teil des Abends, was?«

Mardonne hob zwei braune Finger und kniff sich damit in sein Doppelkinn. Er sagte unwirsch:

»Hier gibt's keine Schießerei. In diesem Haus verkehren nette Leute. Vielleicht haben Sie ja Landrey nicht reingelegt, aber ich will Sie hier nicht mehr sehen. Sie sind mir im Wege.«

Mallory zog sich weiter zurück, bis er die Schultern an

der Wand hatte. Der blonde Junge runzelte die Stirn, tat einen Schritt auf ihn zu. Mallory sagte:

»Bleiben Sie schön, wo Sie sind, Henry. Ich brauche Platz zum Nachdenken. Sie könnten mir vielleicht eins auf den Pelz brennen, aber damit würden Sie meine Kanone nicht hindern, auch ein Wörtchen mitzureden. Mich würde der Krach jedenfalls nicht im geringsten stören.«

Mardonne beugte sich über seinen Schreibtisch, sah zur Seite. Der blonde Junge machte langsamer. Die Zunge lugte ihm immer noch zwischen den Lippen hervor. Mardonne sagte:

»Ich hab ein paar Hunderter im Schreibtisch hier. Ich werde Henry zehn davon geben. Er fährt mit Ihnen ins Hotel. Er hilft Ihnen sogar packen. Sobald Sie im Zug nach Osten sitzen, gibt er Ihnen den Kies. Sollten Sie anschließend wieder auftauchen, werden die Karten neu verteilt – aber die sind dann gezinkt.« Er senkte langsam die Hand und öffnete die Schreibtischschublade.

Mallory ließ die Augen nicht von dem blonden Jungen. »Henry könnte vielleicht die Reihenfolge ändern wollen«, sagte er gemütlich. »Henry kommt mir ein bißchen labil vor.«

Mardonne stand auf, brachte die Hand aus der Schublade. Er ließ ein Päckchen Banknoten auf die Schreibtischplatte fallen. Er sagte:

»Das finde ich gar nicht. Henry tut gewöhnlich, was man ihm gesagt hat.«

Mallory grinste verkniffen. »Vielleicht ist es *das* ja eben, was mir Angst macht«, sagte er. Sein Grinsen wurde noch verkniffener und hinterhältiger. Seine Zähne glitzerten zwischen seinen blassen Lippen. »Sie sagten, Sie hätten eine Menge von Landrey gehalten, Mardonne. Alles Kokolores. Ihnen ist Landrey schnurzegal, jetzt wo er tot ist. Sie haben sich vermutlich sofort seine Hälfte von dem Lokal unter den Nagel gerissen, und kein Mensch dürfte auf den Einfall kommen, Ihnen deswegen groß Fragen zu stellen. So läuft das doch unter Gangstern. Sie wollen mich aus der Gegend haben, weil Sie denken, Sie können Ihren Dreck immer noch verhökern – an der richtigen Stelle – für mehr, als dieser kleinkalibrige Bums in einem ganzen Jahr abwirft. Aber Sie werden ihn nicht mehr los, Mardonne. Der Markt ist geschlossen. Kein Mensch wird Ihnen auch nur einen lumpigen Nickel dafür zahlen, daß Sie dicht halten oder zur großen Glocke laufen.«

Mardonne räusperte sich weich. Er stand immer noch in derselben Haltung da, ein wenig nach vorn über den Schreibtisch gebeugt, beide Hände auf der Platte und das Päckchen Banknoten zwischen den Händen. Er leckte sich die Lippen, sagte:

»Na gut, Sie Meisterdenker. Und weshalb nicht?«

Mallory machte eine rasche, aber ausdrucksvolle Geste mit dem rechten Daumen.

»Ich bin der Dumme bei diesem Geschäft. *Sie* sind der lachende Dritte. Ich hab Ihnen beim erstenmal eine klippklare Geschichte erzählt, und mein Riecher sagt mir, daß Landrey den sauberen Plan nicht allein ausgeheckt hat. Sie selber haben auch mit dringesteckt, bis rauf zu Ihrem fetten Hals!... Aber Sie haben sich selber ausgetrickst, als Sie Landrey die besagten Briefe mit sich rumschleppen ließen. Das Mädchen kann jetzt reden. Nicht besonders viel, aber doch genug, um Rückendeckung bei einem Unternehmen zu finden, das sich nicht einfach einen Millionen-Dollar-Ruf ruinieren läßt, bloß weil ein billiger kleiner Spieler mal ein ganz großer Schlauberger sein möchte... Wenn Ihr Geld Ihnen da den Blick trübt, werden Sie derart eins in die Fresse kriegen, daß Sie nicht mehr wissen, wo oben und unten ist. Sie werden die allerliebste Vertuschung erleben, die Hollywood je zurechtgefummelt hat, und das will einiges heißen.«

Er hielt inne, warf einen blitzschnellen Blick auf den

blonden Jungen. »Und noch was, Mardonne. Wenn Sie sich irgendwelche Schützenfeste einbilden, dann besorgen Sie sich doch einen Waffenträger, der auch weiß, wo's langgeht. Ihr schwuler Caballero da hat vergessen, die Sicherung umzulegen.«

Mardonne stand wie erstarrt. Die Augen des blonden Jungen zuckten für den Bruchteil einer Sekunde auf seine Pistole nieder. Mallory sprang wie der Blitz an der Wand entlang, und die Luger schnellte in seine Hand. Das Gesicht des blonden Jungen straffte sich, seine Pistole krachte. Dann krachte die Luger, und eine Kugel schlug neben dem bunten Filzhut des blonden Jungen in die Wand. Henry duckte sich elegant, drückte noch einmal Blei ab. Der Schuß schmiß Mallory gegen die Wand zurück. Sein linker Arm wurde gefühllos.

Seine Lippen verzerrten sich wütend. Er verschaffte sich festen Halt; die Luger sprach zweimal, sehr rasch hintereinander.

Der Pistolenarm des blonden Jungen wurde hochgerissen, und die Pistole segelte in hohem Bogen gegen die Wand. Seine Augen weiteten sich, der Mund ging ihm zu einem Schmerzschrei auf. Dann wirbelte er herum, stieß die Tür auf, stürzte kopfüber hinaus und landete mit einem Krachen auf dem Treppenabsatz.

Licht strömte hinter ihm her aus dem Zimmer. Irgendwo schrie jemand auf. Eine Tür knallte. Mallory sah zu Mardonne hinüber, sagte gleichmütig:

»Hat mich am Arm erwischt! ... Ich hätte den Dreckskerl viermal umlegen können!«

Mardonnes Hand kam mit einem bläulichen Revolver vom Schreibtisch hoch. Eine Kugel klatschte zu Mallorys Füßen in den Boden. Mardonne schwankte wie betrunken, warf die Waffe fort, als wäre sie glühend heiß. Seine Hände grapschten hoch in die Luft. Er wirkte auf einmal steif vor Angst.

Mallory sagte: »Jetzt gehn Sie mal schön vor mir her, großer Mann! Ich möchte das Lokal verlassen.«

Mardonne kam hinter dem Schreibtisch vor. Er bewegte sich ruckartig, wie eine Marionette. Seine Augen waren so tot wie verdorbene Austern. Speichel tropfte ihm am Kinn nieder.

Irgend etwas tauchte plötzlich in der Tür auf. Mallory hechtete zur Seite, schoß blind nach der Tür. Aber der Klang der Luger wurde vom gräßlich flachen Dröhnen einer Schrotflinte übertönt. Eine stechende Flamme fuhr an Mallorys rechter Seite nieder. Die ganze restliche Ladung bekam Mardonne.

Er stürzte zu Boden, aufs Gesicht, schon tot, noch ehe er auftraf.

Eine abgesägte Schrotflinte plumpste durch die offene Tür herein. Ein dickbäuchiger Mann in Hemdsärmeln rutschte am Türrahmen nieder, krampfhaft daran geklammert, und rollte herum, als er fiel. Ein ersticktes Schluchzen kam aus seinem Mund, und ein Blutfleck breitete sich auf seiner gestärkten Hemdbrust aus.

Plötzlicher Lärm flackerte unten auf. Schreien, Fußgetrappel, ein schrillendes Lachen, ein greller hoher Laut, der ein Kreischen gewesen sein mochte. Wagen fuhren draußen an, Reifen quietschten auf der Zufahrt. Die Kundschaft machte, daß sie davonkam. Irgendwo ging eine Glasscheibe zu Bruch. Absätze klapperten hastig auf einem Gehsteig.

Hinter dem Lichtfleck auf dem Treppenabsatz rührte sich nichts. Der blonde Junge stöhnte leise, draußen auf dem Boden, hinter dem toten Mann in der Tür.

Mallory stapfte schwer durch das Zimmer, ließ sich in den Sessel am Ende des Schreibtisches fallen. Er wischte sich Schweiß von den Augen mit dem Ballen seiner Pistolenhand. Er stützte sich mit den Rippen gegen den Schreibtisch, keuchend, die Tür immer im Auge.

Sein linker Arm hatte zu pochen begonnen, und sein

rechtes Bein fühlte sich an, als wären ihm sämtliche Plagen Ägyptens hineingefahren. Blut lief ihm aus dem Ärmel, über die Hand, tropfte von den Spitzen zweier Finger.

Nach einer Weile wandte er den Blick von der Tür ab und auf das Päckchen Banknoten, das unter der Lampe auf dem Schreibtisch lag. Er langte hinüber und schob es mit der Mündung der Luger in die offene Schublade. Grinsend vor Schmerzen lehnte er sich weit genug vor, daß er die Schublade zuziehen konnte. Dann öffnete und schloß er rasch mehrmals die Augen, indem er sie erst fest zusammenkniff und dann weit aufriß. Das klärte ihm ein wenig den Kopf. Er zog sich das Telefon heran.

Unten im Haus herrschte jetzt Stille. Mallory legte die Luger hin, hob den Hörer von der Gabel und legte ihn neben die Luger.

Er sagte laut: »Jammerschade, Kindchen... Vielleicht hab ich's schließlich doch falsch angestellt... Vielleicht hätte der Lausekerl doch nicht den Nerv gehabt, sich mit dir anzulegen... na ja... jedenfalls sind jetzt ein paar Auskünfte fällig.«

Als er zu wählen begann, wurde das Heulen einer Sirene lauter.

x

Der uniformierte Beamte hinter dem Schreibmaschinentisch sprach in ein Diktaphon, dann sah er Mallory an und winkte mit dem Daumen in Richtung einer Glastür, auf der stand: ›Captain der Kriminalpolizei. Privat‹.

Mallory erhob sich steif von einem Holzstuhl und ging durch den Raum, lehnte sich gegen die Wand, um die Glastür zu öffnen, ging dann hinein.

Das Zimmer, in das er kam, war mit schmutzigem braunem Linoleum ausgelegt und in jener typisch greulichen

Häßlichkeit möbliert, zu der es nur Behörden bringen können. Cathcart, der Captain der Kriminalpolizei, saß mutterseelenallein mittendrin, zwischen einem mit Papieren übersäten Zylinderschreibtisch, der nicht weniger als zwanzig Jahre alt war, und einem kahlen Eichentisch, groß genug, daß man Pingpong daran hätte spielen können.

Cathcart war ein großer schäbiger Ire mit einem verschwitzten Gesicht und einem schlapplippigen Grinsen. Sein weißer Schnurrbart war in der Mitte von Nikotin verfleckt. Seine Hände hatten eine Unmenge Warzen.

Mallory ging langsam auf ihn zu, gestützt auf einen schweren Stock mit Gummizwinge. Sein rechtes Bein fühlte sich geschwollen an und heiß. Sein linker Arm lag in einer Schlinge, die er sich aus einem schwarzen Seidenschal gemacht hatte. Er war frisch rasiert. Sein Gesicht zeigte eine tiefe Blässe, und seine Augen waren so dunkel wie Schiefer.

Er setzte sich an den Tisch, dem Captain der Kriminalpolizei gegenüber, legte auf den Tisch seinen Stock, klopfte sich eine Zigarette und zündete sie an. Dann fragte er beiläufig:

»Wie lautet das Urteil, Chef?«

Cathcart grinste. »Wie fühlen Sie sich denn so, mein Junge? Sie sehen ein bißchen mitgenommen aus.«

»Gar nicht so schlimm. Bloß ein bißchen steif.«

Cathcart nickte, räusperte sich, fummelte sinnlos in ein paar Papieren herum, die vor ihm lagen. Er sagte:

»Sie sind sauber. Man faßt es nicht, aber Sie sind sauber. Chicago hat für Sie gutgesagt – verdammt gut. Ihre Luger hat Mike Corliss erwischt, einen Burschen, den wir schon zweimal in Pension hatten. Ich behalte die Luger als Andenken. Okay?«

Mallory nickte. »Okay. Ich besorge mir eine 25er mit Kupfergeschossen. Eine Scharfschützenkanone. Hat keine Stoßwirkung, paßt aber besser zum Abendanzug.«

Cathcart sah ihn wohl eine Minute lang nachdenklich

an, dann fuhr er fort: »Mikes Fingerabdrücke sind auf der Schrotflinte. Die Schrotflinte hat Mardonne erwischt. Dem weint keiner eine Träne nach. Der blonde Lackel ist nicht weiter schlimm verletzt. Die Automatik, die wir auf dem Fußboden gefunden haben, wies seine Fingerabdrücke auf, und damit wäre er ein Weilchen sicher aufgehoben.«

Mallory rieb sich müde das Kinn. »Was ist mit den andern?«

Der Captain hob verzottete Brauen, und seine Augen blickten abwesend. Er sagte: »Ich wüßte nichts, was Sie damit in Verbindung bringen könnte. Oder wissen *Sie* was?«

»Leider auch nicht«, sagte Mallory entschuldigend. »Ich hab nur überlegt.«

Der Captain sagte fest: »Das lassen Sie mal bleiben. Und fangen Sie auch lieber gar nicht an zu raten, wenn Sie jemand fragen sollte... Nehmen wir mal den Fall Baldwin Hills. Wie wir die Sache sehen, ist Macdonald in Ausübung seiner Dienstpflicht getötet worden und hat dabei einen Rauschgifthändler namens Slippy Morgan mitgenommen. Wir haben einen Haftbefehl gegen Slippys Frau erlassen, aber ich glaube kaum, daß wir sie erwischen. Mac gehörte nicht zum Rauschgiftdezernat, aber er hatte seinen dienstfreien Abend und war immer schon ein großer Schnüffler vor dem Herrn an seinen dienstfreien Abenden. Mac hat seine Arbeit geliebt.«

Mallory lächelte schwach, sagte höflich: »Ach wirklich?«

»Ja-ah«, sagte der Captain. »Was nun die andere Sache betrifft, so scheint es, daß dieser Landrey, ein bekannter Spieler – er war übrigens auch Mardonnes Partner – ein komischer Zufall –, also daß der nach Westwood gefahren ist, um bei einem Burschen namens Costello abzukassieren, der ein Wettbüro für Rennen im Osten betrieb. Jim Ralston, einer von unsern Jungens, fuhr mit ihm. Das hätte er zwar nicht tun müssen, aber er war mit Landrey ziemlich gut bekannt. Es gab dann eine kleine Meinungsverschiedenheit wegen dem Geld. Jim kriegte eins mit dem Totschläger an die Birne, und Landrey und irgendein kleiner Gannef ballerten sich gegenseitig um. Es war noch ein anderer Bursche dabei, aber der ist wie vom Erdboden verschluckt. Dafür haben wir Costello, aber der will partout nicht reden, und uns liegt es nicht, so einen alten Knaben derb anzupacken. Er kriegt ein Verfahren wegen der Sache mit dem Totschläger. Ich glaube kaum, daß er da Zicken machen wird.«

Mallory rutschte auf seinem Stuhl vor, bis sein Nacken auf der Kante der Lehne ruhte. Er stieß Rauch aus, senkrecht empor gegen die fleckige Decke. Er sagte:

»Wie steht's denn mit vorgestern abend? Oder hat da bloß das Roulette eine Fehlzündung gehabt und die Scherzzigarre ein Loch in den Garagenboden gesprengt?«

Der Captain der Kriminalpolizei rieb sich kräftig die beiden feuchten Backen, zog dann ein sehr großes Taschentuch heraus und schneuzte sich hinein.

»Ach das«, sagte er gleichgültig, »das war gar nichts weiter. Das blonde Jungchen – Henry Anson oder so ähnlich – hat zugegeben, daß alles seine Schuld war. Er war Leibwächter von Mardonne, aber das heißt ja noch lange nicht, daß er nun nach Gusto auf jeden losballern konnte. Somit wäre er versorgt, aber wir lassen ihn mit einem blauen Auge davonkommen, weil er uns eine plausible Geschichte erzählt hat.«

Der Captain hielt kurz inne und starrte Mallory mit hartem Blick an. Mallory grinste vor sich hin. »Aber natürlich, wenn Ihnen seine Geschichte nicht gefällt . . .« fuhr der Captain kalt fort.

Mallory sagte: »Ich hab sie noch gar nicht gehört. Aber ich bin sicher, sie wird mir bestens gefallen.«

»Okay«, grummelte Cathcart, besänftigt. »Tja, also dieser Anson sagt, Mardonne hat ihn mit dem Summer reingerufen, wo Sie und der Boss grad am Reden waren. Sie haben sich über irgendwas beschwert, vielleicht ein präpariertes Roulette unten. Es lag etwas Geld auf dem Schreibtisch, und Anson kam auf die Idee, Sie wollten dem Boss was abknöpfen. Sie machten einen leicht amoralischen Eindruck auf ihn, und da er nicht wußte, daß Sie Detektiv waren, wurde er ein bißchen nervös. Infolgedessen ging ihm die Kanone los. Sie haben nicht gleich zurückgeballert, aber da läßt das arme Würstchen noch einen Flitzer los und erwischt Sie am Arm. Daraufhin erst, beim –, haben Sie ihm die Schulter lahmgelegt, wie's wohl jeder an Ihrer Stelle auch getan hätte – außer mir, weil wenn ich Sie gewesen wäre, hätte ich ihm den Bauch vollgefetzt. Tja, und dann kommt dieser Schrotflintenjunge reingeplatzt, drückt ab, ohne weiter viel Fragen zu stellen, putzt Mardonne aus der Gegend und fängt sich einen Treffer von Ihnen. Wir dachten ja zuerst, der Bursche hätte Mardonne vielleicht mit Absicht umgelegt, aber das Jungchen sagt, er ist in der Tür gestolpert, wie er reinkam... Zum Teufel, uns schmeckt das gar nicht, daß Sie hier die ganze Schießerei bestritten haben, wo Sie doch bloß ein Zugereister sind und alles, aber der Mensch hat schließlich ein Recht darauf, sich gegen verbotene Waffen zur Wehr zu setzen.«

Mallory sagte liebenswürdig: »Da wäre aber noch der Staatsanwalt und der Coroner. Wie steht's denn mit denen? Ich würde doch ganz gern so sauber aus der Sache rauskommen, wie ich reingeraten bin.«

Cathcart blickte finster auf das schmutzige Linoleum nieder und biß sich in den Daumen, als hätte er plötzlich Lust bekommen, sich selber wehzutun.

»Der Coroner schert sich einen Dreck um den Dreck. Und wenn der Staatsanwalt komisch werden will, dann kann ich ihn leicht an ein paar Fälle erinnern, die sein Büro längst nicht so sauber über die Bühne gebracht hat.«

Mallory nahm seinen Stock vom Tisch, schob den Stuhl zurück, stützte sich auf den Stock und stand auf. »Eine reizende Polizei haben Sie hier«, sagte er. »Man sollte nicht meinen, daß da überhaupt noch Verbrechen vorkommen.«

Er bewegte sich auf die Tür zu. Der Captain sagte zu seinem Rücken:

»Fahrn Sie nach Chicago zurück?«

Mallory zuckte vorsichtig die rechte Schulter, die heile. »Vielleicht bleibe ich noch ein bißchen in der Gegend«, sagte er. »Eine der Filmgesellschaften hat mir ein Angebot gemacht. Privatdetektei für Erpressungen und so weiter.«

Der Captain grinste herzlich. »Famos«, sagte er. »Die Eclipse Films sind ein famoses Unternehmen. Sind auch zu mir immer famos gewesen . . . Nette, einfache Arbeit, Erpressung. Da dürfte's kaum je brenzlig für Sie werden.«

Mallory nickte feierlich. »Ganz leichte Arbeit, Chef. Fast schon unmännlich, wenn Sie verstehen, was ich meine.«

Er ging hinaus, den Flur hinunter zum Fahrstuhl, hinunter auf die Straße. Er stieg in ein Taxi. Es war heiß in dem Taxi. Er fühlte sich schwach und schwindlig, als er ins Hotel zurückfuhr.

Einfache Chancen

I

Ich konnte mich kurz nach vier aus der Verhandlung des Großen Schwurgerichts davonmachen und schlich mich über die Hintertreppe nach oben in Fenweathers Büro. Fenweather, der Oberstaatsanwalt, war ein Mann mit strengen, gemeißelten Zügen und den grauen Schläfen, die Frauen so lieben. Er spielte mit einem Federhalter auf seinem Schreibtisch und sagte: »Also ich würde meinen, die haben Ihnen geglaubt. Unter Umständen stellen sie Manny Tinnen sogar heute nachmittag noch für den Shannon-Mord unter Anklage. Wenn's dazu kommt, wird's langsam Zeit für Sie, daß Sie auf sich aufpassen.«

Ich drehte eine Zigarette zwischen den Fingern und steckte sie mir schließlich in den Mund. »Setzen Sie keine Leute auf mich an, Mr. Fenweather. Ich kenne die Gäßchen hier in der Stadt ziemlich gut, und Ihre Männer könnten mir sowieso nicht dicht genug auf den Fersen bleiben, um mir im Ernstfall was zu nützen.«

Er sah zu einem der Fenster hinüber. »Wie gut kennen Sie denn Frank Dorr?« fragte er, mit von mir abgewandten Augen.

»Ich weiß nur, daß er ein Bursche ist, der in der Politik hier überall mitmischt, ein großer Drahtzieher, dem man einen Besuch abstatten muß, wenn man eine Spielhölle aufmachen will oder einen Puff – oder wenn man ehrliche Ware an die Stadt verkaufen möchte.«

»Stimmt genau.« Fenweathers Antwort hatte einen scharfen Ton, und sein Kopf wandte sich zu mir herum. Dann senkte er die Stimme. »Daß wir im Fall Tinnen gespurt haben, ist für eine Menge Leute überraschend gekommen. Wenn Frank Dorr ein Interesse daran hatte, Shannon loszuwerden, der ja Vorsitzender des Ausschusses war, der Dorrs Verträge genehmigen mußte, dann liegt's nur allzu nahe, daß er was riskiert hat. Und nach allem, was ich so höre, haben er und Manny Tinnen zusammen gekungelt. Ich würde ihn ein bißchen im Auge behalten, wenn ich Sie wäre.«

Ich grinste. »Ich bin bloß ein kleines armes Waisenkind«, sagte ich. »Frank Dorr sitzt an einem wesentlich längeren Hebel. Aber ich werde tun, was ich kann.«

Fenweather stand auf und streckte die Hand über den Schreibtisch. Er sagte: »Ich muß für ein paar Tage nach auswärts. Ich fahre heute abend, wenn die Anklage durchkommt. Passen Sie auf sich auf – und wenn irgendwas schiefläuft, gehn Sie zu Bernie Ohls, dem Chef meiner Ermittlungsabteilung.«

Ich sagte: »Wird gemacht.«

Wir schüttelten uns die Hand, und ich ging hinaus, an einem müde dreinblickenden Mädchen vorüber, das mir ein müdes Lächeln schenkte und sich eine ihrer schlaffen Locken im Nacken hochdrehte, während sie mich ansah. Ich kam kurz nach halb fünf wieder in meinem Büro an. Ich hielt einen Moment vor der Tür des kleinen Wartezimmers an und betrachtete sie. Dann machte ich sie auf und ging hinein, und es war, natürlich, niemand drin.

Drin war nichts als ein altes rotes Sofa, zwei einzelne Sessel, ein Fetzen Teppich und ein Büchereitisch mit ein paar alten Zeitschriften drauf. Das Wartezimmer blieb immer offen, damit Kunden sich reinsetzen und warten konnten – falls mal Kunden kamen und ihnen nach Warten zumute war.

Ich ging hindurch und schloß die Tür zu meinem Privatbüro auf, an der zu lesen war: *Philip Marlowe ... Ermittlungen.*

Lou Harger saß auf einem Holzstuhl neben dem Schreibtisch, an der vom Fenster abgewandten Seite. Er hatte hellgelbe Handschuhe an den Händen, die über der Krücke eines Spazierstocks gefaltet waren, und einen grünen, zu weit in den Nacken geschobenen Hut mit Klappkrempe auf dem Kopf. Unter dem Hut zeigte sich sehr glattes schwarzes Haar, das ihm zu tief in den Nacken gewachsen war.

»Hallo. Ich hab gewartet«, sagte er und lächelte matt.

»Hallo, Lou. Wie bist du reingekommen?«

»Die Tür muß unverschlossen gewesen sein. Oder vielleicht hatte ich auch einen Schlüssel, der zufällig paßte. Macht's dir was aus?«

Ich ging um den Schreibtisch herum und setzte mich in den Drehstuhl. Ich legte meinen Hut auf den Tisch, nahm mir eine Bulldog-Pfeife aus einem Aschenbecher und begann sie zu stopfen.

»Ist schon gut, solange bloß du es bist«, sagte ich. »Ich dachte allerdings, ich hätte ein besseres Schloß.«

Er lächelte mit seinen vollen roten Lippen. Er sah sehr gut aus, der Junge. Er sagte: »Gehst du eigentlich noch deinem Beruf nach, oder gedenkst du den kommenden Monat in einem Hotelzimmer zu verbringen und mit ein paar Jungs vom Hauptquartier Schnaps zu saufen?«

»Die Arbeit geht weiter – wenn's Arbeit für mich gibt.«

Ich zündete mir die Pfeife an, lehnte mich zurück und starrte auf seine saubere, olivdunkle Haut, auf die geraden, dunklen Brauen.

Er legte seinen Spazierstock auf die Schreibtischplatte und faltete die gelben Handschuhhände auf dem Glas. Er stülpte die Lippen vor und zurück.

»Ich hätte da ein bißchen was für dich. Keine große Sache. Aber das Fahrgeld springt dabei raus.«

Ich wartete.

»Ich mache ein kleines Spielchen in Las Olindas heute abend«, sagte er. »In dem Laden von Canales.«

»Dem weißen Jumbo?«

»Hm, ja. Ich glaube, ich werd Glück haben – und da wär's mir lieb, wenn einer mit 'ner Knarre dabeisäße.«

Ich zog eine frische Packung Zigaretten aus der oberen Schublade und schnipste sie ihm über die Schreibtischplatte zu. Lou nahm die Packung und begann sie aufzureißen.

Ich sagte: »Was für ein Spielchen soll das werden?«

Er zog eine Zigarette halb heraus und starrte darauf nieder. Es war etwas in seiner ganzen Art, was mir nicht gefiel.

»Ich bin jetzt schon einen Monat lang total aus dem Geschäft. Ich hab nicht soviel Geld gemacht, wie man braucht, um hier für die Stadt den Freischein zu kriegen. Seit das allgemeine Verbot aufgehoben ist, sitzen mir die Jungs vom Hauptquartier dauernd im Nacken. Die träumen schlecht, wenn sie sich vorstellen, sie müßten womöglich bloß von ihrem Gehalt leben.«

Ich sagte: »Hier was laufen zu lassen kostet nicht mehr als sonstwo auch. Und hier zahlt man alles an eine einzige Organisation. Das ist doch immerhin etwas.«

Lou Harger stieß sich die Zigarette in den Mund. »Ja-ah – Frank Dorr«, knurrte er. »Dieser fette Schweinehund von einem Blutsauger!«

Ich sagte nichts. Ich war schon ein bißchen über das Alter hinaus, wo es einem noch Spaß macht, über Leute zu schimpfen, denen man nicht an den Kragen kann. Ich sah Lou zu, wie er sich mit meinem Tischfeuerzeug die Zigarette anzündete. Er sprach weiter, durch eine Rauchwolke: »Eigentlich ist es lächerlich. Canales hat sich einen neuen Tisch freigekauft – bei ein paar Schiebern im Büro des Sheriffs. Ich kenne Pina, den Chefcroupier von Canales, ziemlich gut. Der Tisch ist einer von denen, die sie mir weggenommen haben. Er hat ein paar kleine Mucken – und die Mucken kenne ich.«

»Und Canales nicht ... Das klingt mir ganz nach Canales«, sagte ich.

Lou sah mich nicht an. »Bei ihm ist ganz hübsch Betrieb da unten«, sagte er. »Er hat einen kleinen Tanzsaal und eine mexikanische Band von fünf Mann, die ihm die Kunden in Schwung bringt. Sie tanzen ein bißchen und sind dann, statt sich angewidert zu trollen, reif für den zweiten Reinfall.«

Ich sagte: »Aber *du* fällst nicht rein?«

»Ich habe so etwas wie ein System«, sagte er sanft und sah mich unter den Wimpern hervor an.

Ich wandte den Blick von ihm ab, sah ziellos im Zimmer herum. Es hatte einen rostroten Teppich, fünf grüne Aktenschränke in Reih und Glied unter einem Reklamekalender, einen alten Ledersessel in der Ecke, ein paar Nußbaumstühle, Netzgardinen vor den Fenstern. Die Gardinen waren die reinsten Staubfänger und entsprechend schmutzig. Ein Strahl später Sonne fiel über meinen Schreibtisch und ließ auch darauf den Staub erkennen.

»Dann sieht die Sache also folgendermaßen aus«, sagte ich. »Du glaubst, du hast das Roulette gezähmt, und gedenkst so viel Geld damit zu gewinnen, daß Canales die Wut kriegt auf dich. Und damit dir das nicht lästig fällt, willst du jemand dabeihaben – mich. Da ist doch was verkorkst dran.«

»Aber gar nichts ist dran verkorkst«, sagte Lou. »Jedes Roulette läuft in einem ganz bestimmten Rhythmus. Wenn man das Ding wirklich sehr gut kennt –«

Ich lächelte und zuckte die Achseln. »Okay, so genau will ich das gar nicht wissen. Ich versteh auch nicht genug von Roulette. Für mich klingt das nur so, als wolltest du mal auf deinem eigenen Gebiet zur Abwechslung der Geneppte sein, aber ich kann mich ja irren. Und darum dreht sich's auch gar nicht.«

»Worum denn?« fragte Lou dünn.

»Ich bin nicht sehr versessen darauf, den Leibwächter zu spielen – aber auch darum dreht sich's vielleicht gar nicht. Wenn ich richtig verstanden habe, soll ich glauben, das Spielchen ist koscher. Nimm aber mal an, ich tue das nicht und lasse dich sitzen, und du kommst in die Bredouille. Oder ich glaube zwar, daß alles grundehrlich läuft, aber Canales ist anderer Ansicht als ich und wird garstig.«

»Deswegen brauch ich ja jemand mit 'ner Knarre dabei«, sagte Lou, ohne eine Miene zu verziehen.

Ich sagte gleichmütig: »Selbst wenn ich munter genug wäre für den Job – und ich habe mich eigentlich nie dafür gehalten –, so ist das immer noch nicht das Problem, das mir Kopfschmerzen macht.«

»Dann vergiß das Ganze«, sagte Lou. »Ich bin schon nervös genug, wenn ich weiß, du hast Kopfschmerzen.«

Ich lächelte noch etwas mehr und beobachtete seine gelben Handschuhe, die auf der Tischplatte herumfuhren, zu schnell herumfuhren. Ich sagte langsam: »Du bist der letzte auf der Welt, der es sich leisten kann, seine Spesen auf diese Tour reinzuholen, grad jetzt. Und ich bin der letzte, der es sich leisten kann, dabei hinter dir zu stehen. Das ist alles.«

Lou sagte: »Ja-ah.« Er klopfte etwas Asche von seiner Zigarette auf die Glasplatte, bog den Kopf vor, um sie wegzublasen. Er fuhr fort, als schnitte er ein ganz neues Thema an: »Miss Glenn geht mit mir hin. Sie ist groß und schlank, hat rote Haare, sieht blendend aus. Hat mal als Photomodell gearbeitet. Sie gehört sozusagen zu den feineren Leuten, und das wird Canales abhalten, Krach mit mir anzufangen. Also wird alles klappen. Das wollte ich dir bloß noch sagen.«

Ich war eine Minute lang still, dann sagte ich: »Du weißt doch verdammt gut, was ich grad vor dem Großen Geschworenengericht ausgesagt habe: daß es nämlich Manny Tinnen war, den ich gesehen habe, wie er sich aus dem Auto beugte und den Strick um Art Shannons Handgelenke durchschnitt, nachdem sie ihn auf die Straße geschmissen hatten, den Bauch voll Blei.«

Lou lächelte mich schwächlich an. »Das macht's für die großen Schieber doch bloß noch leichter, für die Kerls, die die Verträge schließen und selber beim Geschäft gar nicht in Erscheinung treten. Es heißt, Shannon wäre sauber gewesen und hätte den Ausschuß auch saubergehalten. Es war eine Gemeinheit, ihn kaltzumachen.«

Ich schüttelte den Kopf. Ich hatte keine Lust, darüber zu reden. Ich sagte: »Canales hat die meiste Zeit die Nase bis obenhin voll Stoff. Und vielleicht steht er auch nicht auf Rotschöpfe.«

Lou stand langsam auf und nahm seinen Stock vom Tisch. Er starrte auf die Spitze eines gelben Fingers. Sein Gesicht hatte einen fast schläfrigen Ausdruck. Dann bewegte er sich auf die Tür zu, sein Stöckchen schwingend.

»Tja, wir sehn uns ja mal irgendwann wieder«, sagte er gedehnt.

Ich ließ ihn die Hand auf die Klinke legen, bevor ich sagte: »Lauf nicht gleich beleidigt weg, Lou. Ich werd nach Las Olindas fahren, wenn du mich partout brauchst. Aber ich will kein Geld dafür, und beachte mich um Himmels willen nicht mehr, als du unbedingt mußt.«

Er leckte sich sanft die Lippen und sah mich nicht voll an. »Danke, alter Freund. Ich werd mich höllisch in acht nehmen.«

Dann ging er hinaus, und seine gelben Handschuhe verschwanden um die Türecke.

Ich saß noch etwa fünf Minuten still da, dann wurde mir meine Pfeife zu heiß. Ich legte sie weg, sah auf meine Armbanduhr und stand auf, um ein kleines Radio in der Ecke hinter dem Schreibtisch einzuschalten. Als das Wechselstromsummen verebbte, kam der letzte Klimper eines Glockenspiels aus dem Lautsprecher, und dann sagte eine Stimme:

»Hier ist die KLI. Sie hören die lokalen Abendnachrichten. Ein wichtiges Ereignis am heutigen Nachmittag war der Anklagebeschluß des Großen Schwurgerichts gegen Maynard J. Tinnen. Tinnen ist im Rathaus als Lobbyist aufgetreten und eine stadtbekannte Erscheinung. Die Anklageerhebung, ein Schock für seine zahlreichen Freunde, gründete sich fast ausschließlich auf die Zeugenaussage von – – –«

Mein Telefon schrillte scharf, und eine kühle Mädchenstimme sagte mir ins Ohr: »Augenblick, bitte. Mr. Fenweather möchte Sie sprechen.«

Er war sofort am Apparat. »Die Anklage ist durchgekommen. Passen Sie auf sich auf, Junge.«

Ich sagte, ich hätte es grad übers Radio gehört. Wir redeten noch einen kurzen Moment und legten dann auf, nachdem er gesagt hatte, er müsse sofort aus dem Haus, um seine Maschine noch zu erreichen.

Ich lehnte mich wieder in meinem Stuhl zurück und lauschte dem Radio, ohne allerdings genau etwas mitzubekommen. Ich dachte daran, was für ein verdammter Narr Lou Harger doch war und daß ich nichts tun konnte, um das zu ändern.

II

Für einen Dienstag war ziemlich viel Betrieb, aber niemand tanzte. Gegen zehn Uhr bekam die kleine Fünf-Mann-Band es satt, an einer Rumba herumzuwursteln, der doch kein Mensch Beachtung schenkte. Der Marimbaspieler ließ seine Schlegel fallen und griff unter den Stuhl nach einem Glas. Die übrigen Jungens zündeten sich Zigaretten an, saßen einfach da und machten gelangweilte Gesichter.

Ich lehnte seitlich an der Bar, die sich auf derselben Seite befand wie das Orchesterpodium. Ich war damit beschäftigt, ein kleines Glas Tequila auf der Glasplatte zu drehen. Der ganze Rummel konzentrierte sich auf den mittleren der drei Roulettetische.

Der Barmann lehnte neben mir, auf seiner Seite der Bar.

»Das Mädel mit dem Feuerschopf muß ganz schön am absahnen sein«, sagte er.

Ich nickte, ohne ihn anzusehen. »Sie haut's jetzt mit vollen Händen hin«, sagte ich. »Zählt nichtmal nach.«

Das rothaarige Mädchen war schlank und groß. Ich konnte das brünierte Kupfer ihres Schopfes zwischen den Köpfen der Leute hinter ihr sehen. Ich sah auch Lou Hargers glattes Haar neben dem ihren. Alle schienen im Stehen zu spielen.

»Sie halten nicht mit?« fragte mich der Barmann.

»Dienstags nie. Ich hab an einem Dienstag mal Pech gehabt.«

»Ja-ah? Mögen Sie das Zeug wirklich pur, oder soll ich's Ihnen ein bißchen ausglätten?«

»Ausglätten womit?« fragte ich. »Haben Sie eine Holzraspel dabei?«

Er grinste. Ich trank einen weiteren kleinen Schluck von dem Tequila und zog eine Grimasse.

»Hat der Kerl, der dies Zeug erfunden hat, eine bestimmte Absicht dabei gehabt?«

»Keine Ahnung, Mister.«

»Wie hoch ist denn das Limit da drüben?«

»Ebenfalls keine Ahnung. Wie der Boss grad gelaunt ist, schätze ich.«

Die Roulette-Tische standen in Reih und Glied vor der gegenüberliegenden Wand. Ein niedriges Geländer aus vergoldetem Metall verband ihre Schmalseiten, und die Spieler befanden sich außerhalb dieses Geländers.

Jetzt entstand so etwas wie ein wirres Durcheinander um den Mitteltisch. Ein halbes Dutzend Leute an den beiden Ecktischen rafften ihre Chips zusammen und wechselten hinüber.

Dann sprach eine klare, sehr höfliche Stimme mit leichtem ausländischen Akzent: »Wenn Sie sich einen Moment gedulden wollen, Madam... Mister Canales wird sogleich hier sein.«

Ich ging hinüber, quetschte mich bis nah an das Geländer durch. Zwei Croupiers standen in meiner Nähe, die Köpfe zusammengesteckt, den Blick zur Seite gewandt. Der eine bewegte langsam einen Rechen hin und her neben dem stillstehenden Rad. Sie starrten das rothaarige Mädchen an.

Sie trug ein hochgeschlossenes schwarzes Abendkleid. Sie hatte phantastische weiße Schultern, war ein bißchen weniger als schön und einiges mehr als hübsch. Sie lehnte an der Tischkante, vor dem Roulette. Ihre langen Wimpern zuckten nervös. Ein großer Haufen Geld und Chips lag vor ihr.

Sie sprach mit monotoner Stimme, als hätte sie dasselbe schon mehrfach gesagt.

»Nun macht schon und dreht das Rad! Wenn's ans Kassieren geht, seid ihr immer fix dabei, aber wenn ihr selber zur Kasse sollt, zieht ihr lange Gesichter.«

Der Chefcroupier zeigte ein kaltes, gelassenes Lächeln. Er war groß, dunkel, ganz desinteressiert. »Der Tisch kann Ihren Einsatz nicht halten«, sagte er mit ruhiger Präzision. »Vielleicht Mister Canales...« Er zuckte elegante Schultern.

Das Mädchen sagte: »Es ist euer Geld, ihr abgebrochenen Riesen. Wollt ihr's etwa nicht zurück?«

Lou Harger leckte sich die Lippen neben ihr, legte ihr eine Hand auf den Arm, starrte mit heißen Augen auf den Haufen Geld. Er sagte sanft: »Warte auf Canales...«

»Zum Teufel mit Canales! Ich bin heiß – und das will ich bleiben.«

Eine Tür ging auf am Ende der Tische, und ein sehr schmächtiger, sehr blasser Mann betrat den Raum. Er hatte glattes, glanzloses schwarzes Haar, eine hohe, knochige Stirn, flache, undurchdringliche Augen. Er trug einen dünnen Schnurrbart, der zu zwei scharfen, fast rechtwinklig zueinander stehenden Linien gestutzt war. Sie liefen noch einen vollen Zoll an seinen Mundwinkeln vorbei nach unten. Die Wirkung war orientalisch. Seine Haut hatte eine stumpfe, schimmernde Blässe.

Er glitt hinter den Croupiers vorbei, blieb an einer Ecke des Mitteltisches stehen, betrachtete das rothaarige Mädchen und berührte die Enden seines Schnurrbarts mit zwei Fingern, deren Nägel eine purpurne Färbung hatten.

Plötzlich lächelte er, und einen Augenblick später war es, als hätte er noch nie in seinem Leben gelächelt. Er sprach mit unbewegter, ironischer Stimme.

»Guten Abend, Miss Glenn. Sie müssen mir erlauben, daß ich Ihnen einen Begleiter schicke, wenn Sie nach Hause wollen. Es wäre mir ein peinlicher Gedanke, das Geld dort könnte in die falschen Taschen kommen.«

Das rothaarige Mädchen sah ihn an, und nicht sehr freundlich.

»Ich will noch gar nicht nach Hause – es sei denn, Sie schmeißen mich raus.«

Canales sagte: »Nicht? Was wollen Sie denn dann?«

»Noch mal setzen, den ganzen Lack hier – Jumbo!«

Das Geräusch der Menge ringsum wich einer tödlichen Stille. Nicht die Spur eines Flüsterns war mehr zu hören. Hargers Gesicht wurde langsam elfenbeinweiß.

Canales' Gesicht war ohne Ausdruck. Er hob eine Hand, fast zierlich, würdevoll, zog eine große Brieftasche aus seiner Smoking-Jacke und stieß sie dem großen Croupier hin.

»Zehn Riesen«, sagte er mit einer Stimme, die wie ein dumpfes Rascheln war. »Das ist mein Limit – immer.«

Der große Croupier nahm die Brieftasche auf, schlug sie auseinander, zog zwei flache Päckchen knisterfrischer Banknoten heraus, mischte sie durch Stechen, schlug die Brieftasche wieder zu und schob sie an der Tischkante entlang zu Canales hinüber.

Canales machte keine Bewegung, sie an sich zu nehmen. Niemand rührte sich, außer dem Croupier.

Das Mädchen sagte: »Auf Rot.«

Der Croupier beugte sich über den Tisch und stapelte sehr sorgfältig ihr Geld und ihre Chips. Er schob den Einsatz für sie auf das rote Feld. Er legte die Hand an das Drehkreuz des Roulettes.

»Wenn die Herrschaften nichts dagegen haben«, sagte Canales, ohne jemanden anzusehen, »dann ist dies ein Zweierspiel.«

Köpfe bewegten sich. Niemand sprach. Der Croupier setzte das Rad in Gang und ließ die Kugel mit einem leichten Schlenker seines linken Handgelenks in die Kehlung fliegen. Dann zog er die Hände zurück und legte sie voll sichtbar am Rand auf die Tischfläche.

Die Augen des rothaarigen Mädchens glänzten, und ihre Lippen teilten sich langsam.

Die Kugel flog in der Kehlung dahin, glitt an der Flanke des Kessels tiefer und klapperte über die gezähnten Nummernfelder. Ganz plötzlich, mit einem trockenen Klicken, erlosch ihre Bewegung. Sie blieb neben der Doppel-Zero liegen, auf Siebenundzwanzig Rot. Das Roulette stand still.

Der Croupier nahm seinen Rechen und schob langsam die beiden Banknotenpäckchen hinüber, fügte sie zu dem gestapelten Einsatz, schob das Ganze dann vom Spielfeld.

Canales steckte seine Brieftasche wieder ein, drehte sich um und ging langsam zur Tür zurück und durch sie hinaus.

Ich nahm die verkrampften Finger vom Geländer, und eine Menge Leute drängten hinüber zur Bar.

III

Als Lou erschien, saß ich an einem kleinen Kacheltisch in einer Ecke und ließ mich von einem weiteren Tequila blödmachen. Das kleine Orchester spielte einen dünnen, spröden Tango, und ein einziges Paar manövrierte sich befangen über die Tanzfläche.

Lou hatte einen cremefarbenen Mantel an, den Kragen hochgeschlagen um einen bauschigen weißen Seidenschal. In seinen Augen lag ein verhaltenes Glitzern. Diesmal trug er weiße Schweinslederhandschuhe, und er legte einen davon auf den Tisch und beugte sich halb zu mir nieder.

»Über zweiundzwanzigtausend«, sagte er leise. »Junge, das war ein Fischzug!«

Ich sagte: »Ein ganz nettes Päckchen, Lou. Was fährst du für einen Wagen?«

»Irgendwas gesehn, was nicht stimmte?«

»Beim Spiel?« Ich zuckte die Achseln, fingerte an meinem Glas herum. »Ich versteh von Roulette nicht die Bohne, Lou ... Aber wie das Frauenzimmer sich aufgeführt hat, da hab ich vieles gesehn, was nicht stimmte.«

»Sie ist kein Frauenzimmer«, sagte Lou. Seine Stimme klang ein bißchen verärgert.

»Okay. Sie hat Canales einen bombigen Auftritt verschafft. Also, was für einen Wagen?«

»Buick Sedan. Nilgrün, mit zwei Scheinwerfern und noch so aufgesetzten Lampen an den Stoßstangen.« Seine Stimme klang immer noch verärgert.

Ich sagte: »Tritt nicht so sehr aufs Gaspedal in der Stadt. Gib mir eine Chance, mit von der Partie zu sein.«

Er zog den Handschuh weg und ging. Das rothaarige Mädchen war nirgends zu sehen. Ich warf einen Blick auf die Uhr an meinem Handgelenk. Als ich wieder aufsah, stand Canales an meinem Tisch. Seine Augen blickten mich leblos an über seinem komischen Schnurrbart.

»Ihnen gefällt mein Lokal nicht«, sagte er.

»Aber im Gegenteil.«

»Sie sind nicht zum Spielen hergekommen.« Seine Stimme klang mitteilend, nicht fragend.

»Ist das Zwang?« fragte ich trocken.

Ein sehr schwaches Lächeln glitt über sein Gesicht. Er beugte sich ein bißchen vor und sagte: »Ich glaube, Sie sind Detektiv. Ein sehr gerissener.«

»Bloß ein Schnüffler«, sagte ich. »Und gar nicht besonders gerissen. Lassen Sie sich nicht von meiner langen Oberlippe täuschen. Die liegt bei uns in der Familie.«

Canales legte die Finger um die Lehne eines Stuhls, und seine Knöchel wurden weiß. »Lassen Sie sich hier nicht mehr blicken – egal zu was.« Er sprach sehr leise und sanft, fast träumerisch. »Ich kann Spitzel nicht leiden.«

Ich nahm die Zigarette aus dem Mund und betrachtete sie eine Weile, bevor ich ihn wieder ansah. Ich sagte: »Ich hab mit angehört, wie Sie beleidigt wurden vorhin. Sie haben sich gut gehalten... Darum wollen wir das eben nicht zählen.«

Einen Augenblick lang hatte sein Gesicht einen sonderbaren Ausdruck. Dann wandte er sich um und glitt mit einem leichten Zucken in den Schultern davon. Er setzte die Füße flach auf und drehte sie ziemlich weit nach außen beim Gehen. Sein Gang, wie sein Gesicht, war ein bißchen negroid.

Ich stand auf und ging durch die großen weißen Doppeltüren in einen trüb erleuchteten Flur, holte mir meinen Mantel, zog ihn über und setzte den Hut auf. Ich ging durch eine weitere Doppeltür auf eine geräumige Veranda hinaus, deren Überdachung allerlei Schnörkelwerk an den Kanten hatte. Meeresnebel hing in der Luft, und von den windgeschüttelten Monterey-Zypressen vor dem Haus tröpfelte es. Das Gelände fiel auf eine weite Strecke leicht ab in die Dunkelheit. Den Ozean verbarg Nebel.

Ich hatte den Wagen draußen an der Straße geparkt, auf

der anderen Seite des Hauses. Ich zog den Hut in die Stirn und ging lautlos auf dem Moos, das die Zufahrt bedeckte, bog um eine Ecke des Portikus und blieb wie erstarrt stehen.

Direkt vor mir stand ein Mann, der eine Pistole hielt – aber er sah mich nicht. Er hielt die Pistole tief an seiner Seite, gegen den Stoff seines Mantels gepreßt, und seine große Hand ließ sie ganz klein erscheinen. Das trübe Licht, das der Lauf reflektierte, schien aus dem Nebel zu kommen, schien geradezu Bestandteil des Nebels selbst zu sein. Er war ein großer Brocken, der Mann, und er stand sehr still, ausbalanciert auf den Ballen seiner Füße.

Ich hob ganz langsam die rechte Hand und öffnete die beiden oberen Knöpfe meines Mantels, griff hinein und zog eine lange 38er mit sechszölligem Lauf heraus. Ich ließ sie in meine Manteltasche gleiten.

Der Mann vor mir bewegte sich, führte die linke Hand zum Gesicht. Er sog an einer Zigarette, die er in der hohlen Hand barg, und die Glut warf einen kurzen Schein auf ein massives Kinn, dunkle Nasenlöcher und eine breite, aggressive Nase, die Nase eines Boxers.

Dann ließ er die Zigarette fallen, trat sie aus, und ein schneller, leichter Schritt machte ein schwaches Geräusch hinter mir. Ich drehte mich um, aber bei weitem nicht schnell genug.

Irgend etwas sauste durch die Luft, und ich ging aus wie ein Licht.

IV

Als ich wieder zu mir kam, war mir kalt und naß, und ich hatte Kopfschmerzen von einem halben Meter Breite. Hinter meinem rechten Ohr spürte ich eine leichte Beule, die aber nicht blutete. Ich war mit einem Totschläger umgelegt worden.

Ich brachte mich aus der Rückenlage hoch und stellte fest, daß ich mich nur ein paar Meter von der Zufahrt entfernt befand, zwischen zwei Bäumen, die vom Nebel näßten. Am Fersenleder meiner Schuhe klebte etwas Dreck. Ich war zur Seite geschleift worden, aber nicht sehr weit.

Ich ging meine Taschen durch. Meine Kanone war futsch, natürlich, aber mehr nicht – wenn man den Verlust des schönen Gedankens, einen Vergnügungsausflug gemacht zu haben, nicht rechnet.

Ich schnüffelte im Nebel herum, fand aber nichts und sah auch niemanden, ließ es mir dann egal sein und ging an der fensterlosen Wand des Hauses entlang auf eine Gruppe Palmen zu und eine alte Bogenlampe, die zischend über der Einfahrt zu einer Art Gasse flackerte, wo ich den 1925er Marmon-Tourenwagen abgestellt hatte, den ich immer noch als Transportmittel benutzte. Ich stieg ein, nachdem ich den Sitz mit einem Handtuch abgewischt hatte, kitzelte den Motor wach und tuckerte zu einer großen leeren Straße hinüber, auf deren Mitte ein ausgedienter Schienenstrang lief.

Ich fuhr von dort zum De Cazens Boulevard, der Hauptverkehrsstraße von Las Olindas, genannt nach dem Mann, der vor langer Zeit das Lokal von Canales gebaut hatte. Nach einer Weile hatte ich Stadt um mich, Gebäude, wie tot daliegende Geschäfte, eine Tankstelle mit Nachtglocke, und schließlich einen Drugstore, der noch geöffnet hatte.

Ein aufgedonnerter Sedan war vor dem Drugstore abgestellt, und ich parkte direkt dahinter, stieg aus und sah, daß ein hutloser Mann an der Theke saß und mit einem Verkäufer in blauem Kittel sprach. Sie wirkten, als wären sie ganz allein auf der Welt. Ich wollte schon hineingehen, da hielt ich doch inne und warf noch einen zweiten Blick auf den aufgedonnerten Sedan.

Es war ein Buick, und die Farbe hätte bei Tageslicht Nilgrün sein können. Er hatte zwei Scheinwerfer und zwei kleine, eiförmige, bernsteinfarbene Lampen über der vorderen Stoßstange, an dünnen verchromten Stäben montiert. Das Fenster neben dem Fahrersitz war heruntergedreht. Ich ging zum Marmon zurück und holte mir eine Taschenlampe, langte hinein und drehte die Zulassung am Armaturenbrett herum, richtete kurz den Lichtstrahl darauf, schaltete die Lampe wieder ab.

Der Buick lief auf den Namen Louis N. Harger.

Ich entledigte mich der Taschenlampe und ging in den Drugstore. An der einen Seite gab es einen Schnapsausschank, und der Verkäufer in dem blauen Kittel ließ mir eine halbe Flasche Canadian Club ab, die ich zur Theke hinübertrug und öffnete. Es gab zehn Hocker an der Theke, aber ich setzte mich auf den neben dem hutlosen Mann. Er begann mich zu mustern, im Spiegel, sehr sorgfältig.

Ich ließ mir eine Tasse schwarzen Kaffee bringen, nur zu zwei Dritteln voll, und füllte mit dem Whisky auf. Dann trank ich das Gebräu runter und wartete eine Minute, um mich so richtig davon durchwärmen zu lassen. Dann erst sah ich mir den hutlosen Mann näher an.

Er war etwa achtundzwanzig, ein bißchen dünn auf dem Schädel, hatte ein gesundes rotes Gesicht, einigermaßen ehrliche Augen, schmutzige Hände und sah nicht so aus, als ob er sein Geld scheffelweise verdiente. Er trug eine graue Whipcord-Jacke mit metallenen Knöpfen und eine Hose, die nicht dazu paßte.

Ich sagte ganz beiläufig, mit leiser Stimme: »Gehört Ihnen der Schlitten da draußen?«

Er saß sehr still. Sein Mund wurde klein und verkniffen, und er hatte Mühe, mit seinen Augen meinem Blick auszuweichen, im Spiegel.

»Meinem Bruder«, sagte er, nach einem Moment.

Ich sagte: »Kleiner Schluck gefällig? ... Ihr Bruder ist ein alter Freund von mir.«

Er nickte langsam, schluckte, bewegte langsam die Hand,

aber schließlich griff er sich die Flasche und stärkte sich den Kaffee damit. Er trank die ganze Bescherung auf einen Sitz. Dann sah ich ihm zu, wie er eine zerknüllte Packung Zigaretten hervorkramte, sich eine in den Mund spießte, ein Streichholz auf der Theke anriß, nachdem es ihm mit dem Daumennagel zweimal mißlungen war, und mit einer so armselig dick aufgetragenen Nonchalance inhalierte, daß ihm wohl selber klar war, daß er damit bei mir nicht ankam.

Ich beugte mich dicht zu ihm heran und sagte beiläufig: »Deshalb muß es aber nicht unbedingt Krach zwischen uns geben.«

Er sagte: »Ah ja?... W-w-wo brennt's denn?«

Der Verkäufer kam nähergeschlichen. Ich bestellte mir einen weiteren Kaffee. Als ich ihn bekommen hatte, starrte ich den Verkäufer so lange an, bis er sich trollte und vor dem Schaufenster Aufstellung nahm, mit dem Rücken zu mir. Ich veredelte mir meine zweite Tasse Kaffee und trank einen Schluck. Ich betrachtete den Rücken des Verkäufers und sagte: »Der Bursche, dem der Wagen gehört, hat gar keinen Bruder.«

Er behielt die Fassung, wandte sich mir nun aber zu. »Sie glauben, die Karre ist heiß?«

»Nein.«

»Sie halten den Wagen nicht für gestohlen?«

Ich sagte: »Nein. Ich will bloß die Story.«

»Polizei?«

»Hm-hm – aber es geht nicht um Erpressung, falls Ihnen das Kopfschmerzen macht.«

Er zog heftig an seiner Zigarette und rührte mit dem Löffel in der leeren Tasse herum.

»Ich kann meinen Job verlieren deswegen«, sagte er langsam. »Aber ich brauch die hundert Eier. Ich bin Taxifahrer.«

»Hab ich mir schon gedacht«, sagte ich.

Er machte ein überraschtes Gesicht, wandte den Kopf und starrte mich an.

»Jetzt trinken Sie mal erst noch einen, und dann machen wir weiter«, sagte ich. »Autodiebe parken nicht an der Hauptstraße und hocken dann in Drugstores herum.«

Der Verkäufer kam vom Fenster zurück und lungerte in unserer Nähe herum, machte sich mit einem Lappen an der Kaffeemaschine zu schaffen. Ein lastendes Schweigen entstand. Der Verkäufer legte den Lappen hin, begab sich in den Hintergrund des Ladens, hinter die Trennwand, und begann aggressiv zu pfeifen.

Der Mann neben mir genehmigte sich einen weiteren Whisky, goß ihn sich hinter die Binde und nickte mir mit wichtiger Miene zu. »Also das war so – ich hatte hier jemanden rausgefahren und sollte auf ihn warten. Da kommt dieser Bursche mit seiner Hübschen in dem Buick angebraust und bietet mir hundert Eier, wenn ich ihm meine Mütze überlasse und mein Taxi, daß er damit in die Stadt fahren kann. Ich soll hier so eine Stunde etwa hocken bleiben und ihm dann seinen Schlitten zum Hotel Carillon bringen, am Towne Boulevard. Da stünde dann auch mein Taxi. Tja, und schon drückt er mir die hundert Eier in die Hand.«

»Was hat er denn als Grund angegeben?« fragte ich.

»Er sagte, sie wären in einem Spielkasino gewesen und hätten zur Abwechslung mal Glück gehabt. Da wären sie jetzt in Sorge, man könnte ihnen auf dem Heimweg auflauern. Es gäb ja so Leute, die hockten bloß rum da und paßten auf, wer gewinnt.«

Ich nahm eine von seinen Zigaretten und strich sie zwischen den Fingern gerade. »Eine Geschichte, an der ich eigentlich nichts auszusetzen finde«, sagte ich. »Kann ich mal Ihre Papiere sehen?«

Er gab sie mir. Er hieß Tom Sneyd und war Fahrer bei der Green Top Cab Company, einem Taxiunternehmen. Ich verkorkte meine Flasche, schob sie in die Seitentasche und ließ einen halben Dollar über die Theke tanzen.

Der Verkäufer erschien und gab mir heraus. Er platzte fast vor Neugier.

»Dann wolln wir mal, Tom«, sagte ich vor seinen Ohren. »Holen wir das Taxi ab. Ich glaube, es hat keinen Sinn, hier noch länger zu warten.«

Wir gingen nach draußen, und ich überließ dem Buick die Führung, fort aus dem Lichtergewimmel von Las Olindas, durch eine Reihe von kleinen Ortschaften am Meer, mit kleinen Häusern, die auf Strandparzellen standen, und größeren am Hang der Hügel dahinter. Hier und da war ein Fenster erleuchtet. Die Reifen sangen auf dem nassen Beton, und in den Kurven sah ich die kleinen bernsteinfarbenen Lampen auf der vorderen Stoßstange des Buick zu mir herüberblinzeln.

Bei West Cimarron bogen wir landeinwärts ab, knatterten durch Canal City und gingen auf den Zubringer von San Angelo. Es kostete uns fast eine Stunde, um zum Towne Boulevard 5640 zu kommen, der Nummer des Hotels Carillon. Das ist ein großes, weiträumiges, schiefergedecktes Gebäude mit einer Tiefgarage und einem Springbrunnen vor dem Eingang, der am Abend blaßgrün angestrahlt wird.

Das Green-Top-Taxi Nummer 469 war auf der gegenüberliegenden Straßenseite, der dunklen, abgestellt. Äußerlich war nicht zu sehen, daß etwa jemand darauf geschossen hatte. Tom Sneyd fand seine Mütze im Handschuhfach und kletterte mit Eifer hinters Steuer.

»Bin ich damit abgefertigt? Kann ich fahren jetzt?« Seine Stimme war schrill vor Erleichterung.

Ich sagte ihm, von mir aus könnte er, und gab ihm meine Karte. Es war zwölf Minuten nach eins, als er um die Ecke verschwand. Ich kletterte in den Buick, manövrierte ihn die Rampe hinunter zur Garage und überließ ihn einem jungen Farbigen, der dort mit langsamen Bewegungen Autos wusch. Dann ging ich außen herum in die Halle.

Der Portier war ein junger Mann mit asketischen Zügen, der unter der Lampe der Telefonvermittlung in einem Band *Entscheidungen des Oberlandesgerichts von Kalifornien* las. Er sagte, Lou wäre nicht im Haus und seit elf, wo er Dienstantritt gehabt hätte, auch nicht dagewesen. Nach kurzer Debatte über die Späte der Stunde und die Wichtigkeit meines Besuchs läutete er in Lous Apartment an, aber es kam niemand an den Apparat.

Ich ging wieder hinaus, setzte mich in meinen Marmon für ein paar Minuten, rauchte eine Zigarette, trichterte mir einen Schluck Canadian Club ein. Dann ging ich ins Carillon zurück und schloß mich in einer Münz-Zelle ein. Ich wählte die Nummer des *Telegram*, verlangte die Lokalredaktion, bekam einen Mann namens Von Ballin.

Er jaulte fast auf, als ich ihm sagte, wer ich war. »Was, Sie laufen immer noch unbeschädigt herum? Mann, das ist ja direkt eine Story! Ich dachte, Manny Tinnens Freunde hätten Sie längst unter uraltem Lavendel beigesetzt.«

Ich sagte: »Jetzt halten Sie mal die Luft an und hören Sie mir zu. Kennen Sie einen Mann namens Lou Harger? Er ist Spieler. Hatte ein Lokal, in dem vor etwa einem Monat eine Razzia war. Die Polizei hat's zugemacht.«

Von Ballin sagte, er kenne Lou nicht persönlich, wisse aber, wer er sei.

»Wer in Ihrem Zirkus kennt ihn denn genauer?«

Er dachte einen Moment nach. »Da hätten wir den Jerry Cross zu bieten«, sagte er, »der gilt bei uns als Experte fürs hiesige Nachtleben. Was wollten Sie denn wissen?«

»Wo er eventuell feiern würde«, sagte ich. Dann ließ ich ihn ein paar Fetzen von der Geschichte sehen, nicht allzuviel allerdings. Nicht dabei war die Sache mit dem Totschläger, den ich hinters Ohr gekriegt hatte, und das mit dem Taxi. »Er hat sich noch nicht wieder in seinem Hotel blicken lassen«, schloß ich. »Ich muß mir da mal Klarheit verschaffen.«

»Sicher, wenn Sie ein Freund von seiner – – –«

»Von ihm – nicht von seiner Bande«, sagte ich scharf.

Von Ballin unterbrach, um irgendwem zuzubrüllen, er solle gefälligst drüben an den Apparat gehen, wo es klingelte, und sagte dann leise zu mir, dicht an der Sprechmuschel: »Also nun kommen Sie mal über damit, mein Junge. Wo liegt der Hund begraben?«

»Also gut. Aber ich erzähle das nur für Ihre Ohren, nicht für Ihr Blättchen. Ich hab draußen vor dem Lokal von Canales eins auf den Detz gekriegt und bei der Gelegenheit meine Kanone eingebüßt. Lou und sein Mädchen haben ihren Wagen mit einem Taxi vertauscht, das ihnen zufällig über den Weg kam. Dann haben sie sich in Luft aufgelöst. Das gefällt mir ganz und gar nicht. Lou war nicht besoffen genug, um mit soviel Kies in den Taschen noch groß in der Stadt rumzugondeln. Und wenn er's gewesen wäre, hätte das Mädchen ihn nicht gelassen. Die hatte einen Blick fürs Praktische.«

»Ich werde sehn, was sich machen läßt«, sagte Von Ballin. »Aber sehr aussichtsreich klingt die Sache nicht. Ich läute Sie an.«

Ich teilte ihm mit, daß ich am Merritt Plaza wohnte, falls er's vergessen haben sollte, ging nach draußen und stieg wieder in den Marmon. Ich fuhr nach Hause und legte mir fünfzehn Minuten lang heiße Handtücher auf den Kopf, dann saß ich im Pyjama herum und trank heißen Whisky mit Zitrone und rief von Zeit zu Zeit immer wieder im Carillon an. Um halb drei kam ein Anruf vom *Telegram*, und Von Ballin sagte, wir hätten Pech. Lou sei weder von der Polizei aufgegriffen worden noch in einem der Notdienst-Krankenhäuser gelandet, und auch die Nachtklubs, die Jerry Cross eingefallen wären, hätten sämtlich nichts von ihm gesehen.

Um drei rief ich zum letztenmal im Carillon an. Dann machte ich das Licht aus und ging schlafen.

Am Morgen lief alles wie bereits gehabt. Ich versuchte dem rothaarigen Mädchen ein bißchen auf die Spur zu kommen. Es gab achtundzwanzig Leute namens Glenn im Telefonbuch, darunter drei Frauen. Bei einer klingelte ich vergeblich, die beiden andern versicherten mir, sie hätten kein rotes Haar. Eine erbot sich, es mir zu zeigen.

Ich rasierte mich, duschte, machte mir Frühstück, ging zu Fuß die drei Blocks den Berg hinunter zum Condor Building.

In meinem kleinen Wartezimmer saß Miss Glenn.

V

Ich schloß die zweite Tür auf, und sie trat ein und setzte sich auf den Stuhl, auf dem Lou am Nachmittag vorher gesessen hatte. Ich machte ein paar Fenster auf, schloß die Außentür des Wartezimmers ab und riß ein Streichholz an für die unangezündete Zigarette, die sie in ihrer unbehandschuhten und ringlosen linken Hand hielt.

Sie trug eine Bluse und einen buntkarierten Rock, einen lockeren Mantel darüber und einen knapp sitzenden Hut, der schon lange genug aus der Mode war, um auf eine Pechsträhne bei ihr schließen zu lassen. Aber er verbarg fast ihr ganzes Haar. Ihre Haut war ohne Make-up, und sie sah wie etwa dreißig aus und hatte das starre Gesicht der Erschöpfung.

Sie hielt ihre Zigarette in einer Hand, die schon fast zu ruhig war, einer Hand, die auf der Hut war. Ich setzte mich und wartete, daß sie anfing zu reden.

Sie starrte die Wand an über meinem Kopf und sagte keinen Ton. Nach einem Weilchen stopfte ich mir die Pfeife und rauchte eine Minute vor mich hin. Dann stand ich auf, ging hinüber zu der Tür, die auf den Flur führte, und hob ein paar Briefe auf, die durch den Schlitz gefallen waren.

Ich setzte mich wieder an den Schreibtisch, sah sie durch, las einen von ihnen zweimal, ganz wie wenn ich alleine wäre. Während ich das tat, sah ich sie nicht direkt an und sprach auch kein Wort mit ihr, behielt sie aber gleichwohl im Auge. Sie sah aus wie ein Mensch, der langsam für irgend etwas Kräfte sammelte.

Schließlich bewegte sie sich. Sie öffnete eine große schwarze Lackledertasche und nahm einen dicken Umschlag aus Manila-Papier heraus, zog ein Gummiband ab und saß dann da, den Umschlag zwischen den Handflächen und den Kopf leicht zurückgeneigt, während die Zigarette von ihren Mundwinkeln grauen Rauch tröpfeln ließ.

Sie sagte langsam: »Lou meinte immer, wenn ich je mal vom Regen überrascht würde, sollt ich mich bei Ihnen unterstellen. Wo ich bin, gießt's jetzt in Strömen.«

Ich starrte den Manila-Umschlag an. »Lou ist ein ziemlich guter Freund von mir«, sagte ich. »Ich würde alles für ihn tun, was nur halbwegs vernünftig wäre. Und sogar einiges Unvernünftige – wie gestern abend. Das heißt aber noch lange nicht, daß Lou und ich immer auf demselben Dampfer führen.«

Sie ließ ihre Zigarette in die Glasschale des Aschenbechers fallen und dort weiterkokeln. Eine dunkle Flamme brannte plötzlich in ihren Augen, ging dann aus.

»Lou ist tot.« Ihre Stimme war völlig tonlos.

Ich langte mit einem Bleistift hinüber und stieß damit nach dem glühenden Ende der Zigarette, bis sie aufhörte zu qualmen.

Sie fuhr fort: »Ein paar von Canales' Leuten haben ihn in meinem Apartment erwischt – mit einem einzigen Schuß aus einer kleinen Pistole, die aussah wie meine eigene. Die war nämlich verschwunden, als ich hinterher danach suchte. Ich habe die ganze Nacht dort bei seiner Leiche zugebracht ... ich mußte.«

Sie brach ganz plötzlich ab. Die Augen verdrehten sich

ihr im Kopf, und ihr Kopf sackte nach vorn und schlug auf den Tisch. Sie lag still, den Manila-Umschlag vor den schlaffen Händen.

Ich riß eine Schublade auf und holte eine Flasche und ein Glas heraus, goß ihr einen steifen Schluck ein und ging damit um den Schreibtisch, hievte sie hoch in ihrem Stuhl. Ich schob ihr den Rand des Glases hart gegen den Mund – hart genug, daß es ihr wehtun mußte. Sie wehrte sich und schluckte. Ein bißchen lief ihr übers Kinn, aber in ihre Augen kam wieder Leben.

Ich ließ den Whisky vor ihr stehen und setzte mich wieder hin. Die Lasche des Umschlags war weit genug aufgegangen, daß ich Geldscheine darin sehen konnte, einen ganzen Packen Geldscheine.

Sie begann wie mit einer Traumstimme wieder zu sprechen.

»Wir hatten von der Kasse lauter große Scheine gekriegt, aber selbst damit war's noch ein dicker Packen. In dem Umschlag stecken genau zweiundzwanzigtausend. Ein paar überschüssige Hunderter hab ich behalten. Lou machte sich Sorgen. Er rechnete sich aus, daß es ziemlich leicht für Canales sein würde, uns einzuholen. Dabei hätten Sie durchaus gleich hinter uns sein können und wären vielleicht doch nicht imstande gewesen, groß was zu machen.«

Ich sagte: »Canales hat das Geld vor aller Augen verloren. Das war eine gute Reklame für ihn – auch wenn's wehtat.«

Sie berichtete weiter, als hätte ich gar nichts gesagt. »Als wir durch die Stadt fuhren, sahen wir auf einmal einen Taxifahrer, der in seiner geparkten Karre saß, und da hatte Lou einen tollen Einfall. Er bot dem Jungen einen Hunderter, wenn er ihm das Taxi für die Fahrt nach San Angelo rein abträte und den Buick nach einer Weile zum Hotel brächte. Der Junge machte mit, und wir fuhren auf eine Nebenstraße und tauschten da. An sich tat's uns leid, daß wir Sie damit abgehängt hatten, aber Lou meinte, Sie wären bestimmt nicht böse deswegen. Und vielleicht ergäbe sich ja auch eine Gelegenheit, Ihnen ein Zeichen zu geben. Wir sind dann zu seinem Hotel gefahren, aber nicht reingegangen. Wir haben uns da ein anderes Taxi genommen und sind damit rüber zu meiner Wohnung. Ich wohne im Hobart Arms, Block achthundert an der South Minter. Ist ein Haus, wo man nicht erst lange Fragen gestellt kriegt, wenn man reinkommt. Wir gingen in mein Apartment rauf und machten Licht, und da kamen zwei Kerle mit Masken hinter der Halbwand zwischen Wohnzimmer und Eßnische vor. Einer war klein und dünn und der andere ein richtiggehender Klotz, mit einem Kinn, das wie ein Sims unter der Maske vorragte. Lou machte eine falsche Bewegung, und der Klotz schoß – bloß einmal, einfach so. Die Pistole machte bloß einen matten Klack, gar nicht besonders laut, und Lou fiel auf den Boden und rührte sich nicht mehr.«

Ich sagte: »Es könnten die beiden gewesen sein, die auch mich zum Deppen gemacht haben. Das habe ich Ihnen noch nicht erzählt.«

Sie schien auch das überhaupt nicht zu hören. Ihr Gesicht war weiß und gefaßt, aber so ausdruckslos wie Gips. »Vielleicht täte mir noch ein Fingerbreit von dem Balkenbrand da gut«, sagte sie.

Ich goß uns beiden was ein, und wir tranken. Dann fuhr sie fort: »Die Kerls durchsuchten uns, aber wir hatten das Geld nicht mehr bei uns. Wir hatten an einem Drugstore gehalten, der die ganze Nacht auf hatte, und das Zeug gewogen und verpackt und bei der nächsten Zweigpost eingeworfen. Sie durchsuchten das ganze Apartment, aber wir waren ja grad erst reingekommen und hatten gar keine Zeit gehabt, irgendwas zu verstecken. Der Klotz schlug mich mit der Faust nieder, und als ich wieder aufwachte, waren sie weg, und ich war allein mit Lous Leiche auf dem Boden.«

Sie deutete auf eine Stelle an ihrem Kieferwinkel. Es war

da was, so eine Art blauer Fleck, aber er machte nicht viel her. Ich drehte mich ein wenig in meinem Stuhl und sagte: »Sie müssen Sie auf dem Hinweg überholt haben. Wenn sie ein bißchen gerissener gewesen wären, hätten sie sich das Taxi an der Straße mal näher angesehn. Woher wußten sie aber, wo sie hin mußten?«

»Darüber habe ich mir schon die ganze Nacht den Kopf zerbrochen«, sagte Miss Glenn. »Canales weiß, wo ich wohne. Er ist mir mal nach Hause nachgefahren und hat probiert, mit raufgenommen zu werden.«

»Tja«, sagte ich, »aber warum sind sie zu Ihrer Wohnung gefahren und wie sind sie überhaupt reingekommen?«

»Ach, das ist nicht weiter schwer. Gleich unter den Fenstern läuft ein Sims, und auf dem kommt ein Mann leicht vor bis zur Feuerleiter. Wahrscheinlich haben ein paar andere Jungens vor Lous Hotel auf der Lauer gelegen. An die Möglichkeit hatten wir gedacht, aber nicht gedacht hatten wir daran, daß sie meine Wohnung wissen könnten.«

»Erzählen Sie mir mal den Rest«, sagte ich.

»Das Geldpäckchen war an mich adressiert«, erklärte Miss Glenn. »Lou war ein toller Junge, aber ein Mädchen muß sich selber vorsehn. Deswegen mußte ich letzte Nacht dortbleiben, neben dem toten Lou. Bis die Post kam. Dann bin ich rübergekommen, hierher.«

Ich stand auf und sah aus dem Fenster. Ein dickes Mädchen hämmerte auf der anderen Seite des Hinterhofs auf einer Schreibmaschine. Ich konnte das Klappern hören. Ich setzte mich wieder hin, starrte auf meinen Daumen.

»Haben die Kerls Ihnen die Kanone untergejubelt?« fragte ich.

»Höchstens wenn sie unter seiner Leiche liegt. Da hab ich nicht nachgesehen.«

»Die haben Sie zu leicht davonkommen lassen. Vielleicht war es ja überhaupt nicht Canales. Hat Lou Sie eigentlich ins Vertrauen gezogen?«

Sie schüttelte ruhig den Kopf. Ihre Augen waren schieferblau jetzt, und nachdenklich, nicht mehr so leer und starrend.

»Also gut«, sagte ich. »Und was haben Sie sich so gedacht, was nun ich in der ganzen Geschichte machen soll?«

Sie verengte ein wenig die Augen, dann streckte sie eine Hand aus und schob den gebauschten Umschlag langsam über den Tisch.

»Ich bin kein kleines Kind, und ich stecke in der Klemme. Aber deswegen lasse ich mich noch lange nicht übers Ohr hauen und fertigmachen. Die Hälfte von diesem Geld gehört mir, und die will ich haben, mitsamt einem sauberen Abgang. Genau die Hälfte. Hätte ich letzte Nacht die Polizei gerufen, dann hätten die Kerls todsicher Mittel und Wege gefunden, mich darum zu prellen ... Ich glaube, Lou wäre es sehr recht, Sie bekämen seine Hälfte, wenn Sie auf meiner Seite mitspielen wollten.«

Ich sagte: »Das ist ein ziemlicher Packen Geld, wie er einem Privatdetektiv nicht oft unter die Nase gehalten wird, Miss Glenn«, und lächelte lahm. »Sie sind nicht besonders gut dran, weil Sie letzte Nacht die Bullen nicht gerufen haben. Aber es gibt auf alles eine Antwort, was die Sie fragen könnten. Ich glaube, es ist am besten, ich gehe mal rüber und sehe nach, wie weit die Aktien gefallen sind – wenn sie überhaupt gefallen sind.«

Sie beugte sich rasch vor und fragte: »Würden Sie das Geld in Verwahrung nehmen?... Riskieren Sie das?«

»Aber sicher. Ich springe mal schnell runter und packe es in ein Schließfach bei der Bank. Sie können einen der Schlüssel haben – und über das Teilen reden wir dann später. Ich glaube, es wäre ein glänzender Gedanke, wenn Canales wüßte, daß er erst mir einen Besuch machen muß, wenn er an das Geld ran will, und noch glänzender wäre es, wenn Sie sich einstweilen in einem kleinen Hotel verstecken würden, wo ich einen Freund habe – wenigstens so lange, bis ich mich etwas umgetan habe.«

Sie nickte. Ich setzte den Hut auf und steckte den Umschlag unter meinen Gürtel. Ich ging aus dem Zimmer, nachdem ich ihr noch gesagt hatte, daß links in der oberen Schublade eine Pistole läge, falls sie nervös werden sollte.

Als ich zurückkam, schien sie sich nicht vom Fleck gerührt zu haben. Aber sie sagte, sie hätte bei Canales im Lokal angerufen und eine Nachricht für ihn hinterlassen, die er wohl verstehen würde.

Auf ziemlich verschlungenen Umwegen fuhren wir zum Lorraine, an der Brant und Avenue C. Niemand schoß unterwegs auf uns, und soweit ich feststellen konnte, wurden wir auch nicht verfolgt.

Ich schüttelte Jim Dolan, dem Tagesportier im Lorraine, die Hand, mit einem gefalteten Zwanziger darin. Er steckte die Hand in die Tasche und sagte, es würde ihm ein Vergnügen sein, dafür zu sorgen, daß ›Miss Thompson‹ keinerlei Belästigungen erführe.

Ich ging. In der Mittagszeitung stand nicht das geringste über Lou Harger und das Hobart Arms.

VI

Das Hobart Arms war nichts als ein Apartmenthaus wie die andern auch, mit denen es in Reih und Glied einen Block bildete. Es hatte fünf Stockwerke und eine ledergelbe Fassade. Eine Menge Fahrzeuge parkten den ganzen Block entlang, auf beiden Straßenseiten. Ich fuhr langsam daran vorbei und machte die Augen auf. Die Umgebung machte nicht den Eindruck, als sei sie in jüngster Zeit durch irgendeinen besonderen Vorfall aufgestört worden. Sie wirkte friedvoll und sonnig, und die geparkten Wagen hatten etwas Behäbiges an sich, ganz als seien sie hier so richtig zu Hause.

Ich bog in eine Seitengasse mit einem hohen Bretterzaun rechts und links und einer Menge primitiver Garagen. Neben einer davon, an der ein Schild mit der Aufschrift ›Zu vermieten‹ hing, parkte ich und ging dann zwischen zwei Mülltonnen durch in den Betonhof des Hobart Arms, der sich hier auf die Gasse öffnete. Ein Mann war gerade damit beschäftigt, Golfschläger in den Kofferraum eines Coupés zu laden. In der Halle zog ein Filipino einen Staubsauger über den Teppich, und an der Telefonvermittlung saß eine dunkle Jüdin und schrieb.

Ich benutzte den automatischen Fahrstuhl und schlich dann den oberen Flur entlang bis zur letzten Tür links. Ich klopfte, wartete, klopfte noch einmal und verschaffte mir dann mit Miss Glenns Schlüssel Zutritt.

Niemand lag tot auf dem Fußboden.

Ich betrachtete mich in dem Spiegel, der die Rückwand eines Klappbetts bildete, ging durch den Raum und sah aus einem der Fenster. Es lief ein Sims darunter, der einmal eine Mauerkrönung gewesen war. Er lief durch bis zur Feuerleiter. Selbst ein Blinder hätte auf diesem Wege hereinkommen können. Aber in dem Staub, der darauf lag, konnte ich nirgends Fußspuren erkennen.

In der Eßnische oder Küche war nichts, was nicht dort hingehörte. Das Schlafzimmer hatte einen lustig-bunten Teppich und graugestrichene Wände. In der Ecke lag ein Haufen Krempel, rund um einen Abfallkorb, und ein zerbrochener Kamm auf dem Frisiertisch enthielt ein paar Strähnen roten Haars. Die Schränke waren leer, bis auf ein paar Gin-Flaschen.

Ich ging ins Wohnzimmer zurück, sah hinter das Wandbett, stand eine Minute herum, verließ das Apartment.

Der Filipino in der Halle hatte inzwischen etwa drei

Meter mit dem Staubsauger geschafft. Ich lehnte mich auf den Tresen neben der Telefonvermittlung. »Miss Glenn?«

Die dunkle Jüdin sagte: »Fünf-zwo-vier«, und machte einen Kontrollvermerk auf die Wäscheliste.

»Sie ist nicht da. Wann hat sie denn das Haus verlassen?«

Sie blickte flüchtig zu mir auf. »Weiß ich nicht, hab's nicht gemerkt. Worum dreht sich's – 'ne Rechnung?«

Ich sagte, ich wäre bloß ein Freund, dankte ihr und ging weg. Damit war bestätigt, daß es in Miss Glenns Apartment keinen Wirbel gegeben hatte. Ich ging in die Seitengasse zurück und zu meinem Marmon.

Die Geschichte war mir sowieso nicht ganz glaubwürdig erschienen, so wie Miss Glenn sie mir erzählt hatte.

Ich überquerte die Cordova, fuhr noch einen Block weit und hielt neben einem vergessenen Drugstore, der hinter zwei riesigen Pfefferbäumen und einem verstaubten, vollgestopften Schaufenster im Schlummer lag. Es gab dort in der Ecke eine einzelne Telefonzelle. Ein alter Mann kam hoffnungsvoll auf mich zugeschlurft, ging wieder weg, als er sah, was ich wollte, ließ seine Stahlbrille auf die Nasenspitze vorrutschen, setzte sich wieder und widmete sich seiner Zeitung.

Ich warf meinen Nickel ein, wählte, und eine Mädchenstimme schrie blechern gedehnt: »Telegra-am!« Ich fragte nach Von Ballin.

Als ich ihn am Apparat und er begriffen hatte, wer ich war, hörte ich, wie er sich räusperte. Dann kam seine Stimme nah an die Sprechmuschel und sagte sehr deutlich: »Ich hab was für Sie, aber nichts Gutes. Tut mir gräßlich leid. Ihr Freund Harger liegt im Leichenschauhaus. Wir haben grad vor zehn Minuten eine Notiz reingekriegt.«

Ich lehnte mich gegen die Wand der Zelle und fühlte, wie mein Blick sich verstörte. »Was war sonst noch dabei?«

»Eine Funkstreife hat ihn bei irgendwem im Vorgarten gefunden oder so, in West Cimarron. Er ist durchs Herz geschossen worden. Ist schon gestern nacht passiert, aber aus irgendeinem Grunde haben sie ihn erst jetzt identifizieren können.«

Ich sagte: »West Cimarron, soso ... Nun, das wäre dann ja endgültig erledigt. Ich komme gelegentlich mal bei Ihnen vorbei.«

Ich dankte ihm und hängte ein, blieb dann aber noch einen Moment stehen und betrachtete durch die Scheibe einen mittelältlichen grauhaarigen Mann, der vor einer Weile in den Laden gekommen war und auf dem Zeitschriftenständer herumklaubte.

Dann warf ich einen weiteren Nickel ein und wählte das Lorraine, fragte nach dem Portier.

Ich sagte: »Gib doch bitte mal euerm Mädchen da einen Stups, daß sie mich mit dem Rotschopf verbindet, Jim.«

Ich zog eine Zigarette heraus und zündete sie an, paffte den Rauch gegen das Glas der Tür. Der Rauch verplattete sich an der Scheibe und trieb in Wirbeln zurück durch die enge Luft. Dann klickte es in der Leitung, und die Stimme der Telefonistin sagte: »Tut mir leid, aber Ihr Teilnehmer antwortet nicht.«

»Geben Sie mir Jim noch einmal«, sagte ich. Dann, als er sich meldete: »Kannst du dir die Zeit nehmen, mal raufzulaufen und nachzusehen, warum sie nicht an den Apparat geht? Vielleicht ist sie bloß übermäßig vorsichtig.«

Jim sagte: »Aber klar. Ich schieße mal schnell mit einem Schlüssel rauf.«

Schweiß brach mir aus allen Poren. Ich legte den Hörer auf ein kleines Wandbrett und stieß die Zellentür auf. Der grauhaarige Mann sah rasch von seinen Zeitschriften auf, dann runzelte er die Stirn und sah auf seine Uhr. Rauch zog aus der Zelle. Nach einem Augenblick ließ ich die Tür zuschnappen und griff wieder nach dem Hörer.

Jims Stimme schien von sehr weit her zu mir zu dringen. »Sie ist nicht da. Vielleicht macht sie einen Spaziergang.«

Ich sagte: »Tja – oder vielleicht auch eine Spazier*fahrt*.«
Ich hängte den Hörer in die Gabel und schob mich aus der Zelle. Der grauhaarige Fremde warf eine Zeitschrift so heftig auf den Ständer zurück, daß sie zu Boden rutschte. Er bückte sich, um sie aufzuheben, als ich an ihm vorbeiging. Dann richtete er sich knapp hinter mir wieder auf und sagte ruhig, aber sehr bestimmt: »Lassen Sie die Hände unten, und keinen Mucks. Gehn Sie langsam raus zu Ihrem Schlitten. Das ist kein Witz.«

Aus dem Augenwinkel konnte ich sehen, daß der alte Mann kurzsichtig zu uns herüberspähte. Aber es war überhaupt nichts für ihn zu erkennen, selbst wenn er so weit sehen konnte. Etwas stach mir in den Rücken. Es hätte ein Finger sein können, aber ich nahm nicht an, daß es das war.

Wir gingen sehr friedlich aus dem Laden.

Ein langer grauer Wagen war dicht hinter dem Marmon aufgefahren. Seine hintere Tür stand offen, und ein Mann mit einem Quadratschädel und einem schiefen Maul lehnte daneben, den einen Fuß auf dem Trittbrett. Die rechte Hand hatte er hinter sich, im Wagen.

Die Stimme meines Begleiters sagte: »Steigen Sie in Ihren Wagen und fahren Sie nach Westen. Biegen Sie an der ersten Ecke ab und gehn Sie bis auf fünfzig, ja nicht höher.«

Die enge Straße war sonnig und still, und die Pfefferbäume flüsterten. Einen kurzen Block entfernt, an der Cordova, rauschte der Verkehr vorbei. Ich zuckte die Achseln, öffnete die Tür meines Wagens und setzte mich hinters Steuer. Der grauhaarige Mann stieg sehr schnell neben mir ein und behielt meine Hände im Auge. Seine rechte Hand fuhr herum, mit einer stupsnasigen Pistole.

»Aufgepaßt, wenn Sie Ihre Schlüssel rausziehen, Freundchen.«

Ich paßte auf. Als ich auf den Starter trat, schlug hinten eine Wagentür zu, ein paar rasche Schritte näherten sich, und jemand stieg auf dem Rücksitz des Marmon ein. Ich ließ die Kupplung kommen und fuhr um die Ecke. Im Spiegel konnte ich sehen, daß der graue Wagen mir um die Kurve nachkam. Dann fiel er ein bißchen zurück.

Ich fuhr nach Westen, auf einer Parallelstraße zur Cordova, und als wir anderthalb Block weiter waren, kam von hinten eine Hand über meine Schulter und nahm mir meine Kanone weg. Der grauhaarige Mann ließ seinen kurzläufigen Revolver auf seinem Oberschenkel ruhen und tastete mich sorgfältig mit der freien Hand ab. Er lehnte sich befriedigt zurück.

»Okay. Fahren Sie rüber zur Hauptstraße und drehn Sie auf«, sagte er. »Aber das bedeutet nicht, daß Sie einen Streifenwagen rammen sollen, wenn Sie einen erspechten ... Das heißt, wenn Sie meinen, können Sie's natürlich probieren und sehn, was passiert.«

Ich nahm die beiden Kurven, ging auf siebzig und blieb drauf. Wir fuhren durch ein paar reizende Wohnviertel, dann begann die Landschaft sich zu lichten. Als sie ganz kahl geworden war, blieb der graue Wagen hinter uns zurück, wendete zur Stadt um und verschwand.

»Wozu soll das Ganze gut sein?« fragte ich.

Der grauhaarige Mann lachte und rieb sich sein breites rotes Kinn. »Bloß ein kleines Geschäft. Der große Bruder will mit Ihnen reden.«

»Canales?«

»Ach was, Canales! Der *große Bruder,* hab ich gesagt.«

Ich beobachtete den Verkehr, sofern man so weit draußen hier von Verkehr reden konnte, und sprach ein paar Minuten lang nicht. Dann sagte ich: »Warum haben Sie das nicht schon in dem Apartment abgezogen oder in der Seitengasse?«

»Wollten sichergehen, daß Sie nicht beschattet wurden.«

»Wer ist denn dieser große Bruder?«

»Schwamm drüber – bis wir da sind. Sonst noch was?«

»Ja. Kann ich rauchen?«

Er hielt das Steuer, während ich mir anzündete. Der Mann auf dem Rücksitz hatte noch überhaupt kein Wort gesprochen. Nach einer Weile ließ der grauhaarige Mann mich rechts ranfahren und herüberrücken und übernahm selber das Steuer.

»Ich hab selber mal so einen gehabt, vor sechs Jahren, wie ich noch arm war«, sagte er jovial.

Darauf wollte mir keine richtig gute Antwort einfallen, und so ließ ich einfach nur den Rauch in meine Lungen ziehen und überlegte, warum Lous Mörder, wenn er in West Cimarron getötet worden war, das Geld nicht bekommen hatten. Und warum sich jemand, wenn er doch in Miss Glenns Apartment getötet worden war, die Mühe gemacht hatte, ihn wieder nach West Cimarron hinauszuschaffen.

VII

Innerhalb von zwanzig Minuten waren wir in den Vorbergen. Wir fuhren über einen langen Gebirgskamm, glitten ein langes weißes Betonband hinunter, überquerten eine Brücke, fuhren halb die nächste Anhöhe hinauf und bogen dann auf eine Schotterstraße ab, die um eine mit Zwergeichen und Manzanita bestandene Bergschulter verschwand. Gefiederte Büschel Pampasgras schossen funkelnd am Hang hinauf, wie Wasserstrahlen. Die Räder knirschten auf dem Schotter und schleuderten in den Kurven.

Wir kamen an eine Berghütte mit einem breiten Portikus und einem Fundament aus mörtelverbundenen Findlingen. Das Windrad eines Generators drehte sich langsam auf dem Grat eines Bergvorsprungs hundert Schritt hinter der Hütte. Ein gebirgsblauer Eichelhäher blitzte quer über die Straße, zog steil hoch, legte sich schräg und fiel außer Sicht wie ein Stein.

Der grauhaarige Mann manövrierte den Wagen zum Portikus hoch, neben ein lohfarbenes Lincoln-Coupé, zog den Zündschlüssel ab und die Handbremse an. Er schob die Schlüssel sorgfältig in das Lederetui zurück und steckte das Etui in die Tasche.

Der Mann auf dem Rücksitz stieg aus und hielt die Tür neben mir auf. Er hatte eine Pistole in der Hand. Ich stieg aus. Der grauhaarige Mann stieg ebenfalls aus. Wir gingen alle ins Haus.

Es gab da einen großen Raum mit Wänden aus knorriger Fichte, herrlich poliert. Wir gingen hindurch, über indianische Teppiche, und der grauhaarige Mann klopfte bedächtig an eine Tür.

Eine Stimme brüllte: »Was ist?«

Der grauhaarige Mann legte sein Gesicht an die Tür und sagte: »Beasley – und der Bursche, mit dem Sie reden wollten.«

Die Stimme drinnen sagte, wir sollten reinkommen. Beasley öffnete die Tür, schob mich hindurch und schloß sie hinter mir.

Ich stand in einem weiteren großen Raum mit Wänden aus knorriger Fichte und indianischen Teppichen auf dem Boden. Ein Treibholzfeuer zischte und knallte auf einer steinernen Feuerstelle.

Der Mann, der hinter einem niedrigen Schreibtisch saß, war Frank Dorr, der große politische Drahtzieher.

Er war ein Mensch von der Sorte, die gern einen Schreibtisch vor sich hat, den fetten Bauch dagegen drückt, an allerlei Sachen darauf herumspielt und ein schlaues Gesicht dazu macht. Er hatte ein fettes, schmieriges Gesicht, von dem ein dünner Kranz weißen Haars ein wenig abstand, kleine scharfe Augen, kleine und sehr zarte Hände.

Was ich von ihm sehen konnte, war in einen schlampigen grauen Anzug gekleidet, und vor ihm auf dem Tisch saß eine große schwarze Perserkatze. Er kraulte der Katze den Kopf mit einer seiner kleinen zarten Hände, und die Katze lehnte sich gegen seine Hand. Ihr buschiger Schwanz wallte über die Tischkante und fiel daran senkrecht nieder.

Er sagte: »Setzen Sie sich«, ohne den Blick von der Katze zu wenden.

Ich setzte mich in einen Ledersessel mit sehr tiefem Sitz. Dorr sagte: »Wie gefällt's Ihnen hier oben? Ganz nett, nicht wahr? Das hier ist Toby, meine Freundin. Die einzige Freundin, die ich habe. Stimmt's, Toby?«

Ich sagte: »Es gefällt mir hier oben – aber die Art, wie ich hergekommen bin, gefällt mir nicht.«

Dorr hob ein paar Zoll den Kopf und sah mich mit leicht offenem Munde an. Er hatte schöne Zähne, aber sie waren nicht in seinem Mund gewachsen. Er sagte: »Ich bin ein vielbeschäftigter Mann, Bruderherz. So ging's einfacher, als wenn wir erst lange debattiert hätten. Was zu trinken?«

»Klar will ich was«, sagte ich.

Er drückte den Kopf der Katze zärtlich zwischen seinen beiden Handflächen, schob sie dann von sich und legte beide Hände auf die Lehnen seines Sessels. Er stemmte sich schwer dagegen, und sein Gesicht wurde ein bißchen rot, aber schließlich kam er auf die Füße. Er watschelte zu einer eingebauten Schrankbar hinüber und nahm eine gedrungene Whisky-Karaffe und zwei goldgeäderte Gläser heraus.

»Kein Eis heute«, sagte er, während er zum Schreibtisch zurückwatschelte. »Müssen ihn pur trinken.«

Er goß uns ein, machte eine Handbewegung, und ich ging hinüber und nahm mir mein Glas. Er setzte sich wieder hin. Ich setzte mich mit meinem Drink. Dorr zündete sich eine Zigarre an, schob die Kiste zwei Zoll auf mich zu, lehnte sich zurück und starrte mich vollkommen entspannt und gelassen an.

»Sie sind also der Bursche, der Manny Tinnen aufs Kreuz gelegt hat«, sagte er. »Aber das geht nicht.«

Ich schlürfte meinen Whisky. Er war gut genug, daß man ihn schlürfen konnte.

»Das Leben wird manchmal ziemlich kompliziert«, fuhr Dorr fort, mit derselben gleichmütigen, entspannten Stimme. »Politik – selbst wenn sie eine Masse Spaß macht – zerrt an den Nerven. Sie kennen mich. Ich bin ein zäher Brocken, und was ich will, das kriege ich auch. Es gibt zwar nicht mehr sonderlich viel, was ich will – aber was ich will, das will ich. Und ich bin verdammt nicht sehr wählerisch, wie ich's kriege.«

»Darin haben Sie einen großen Ruf«, sagte ich höflich.

Dorrs Augen blinzelten. Er sah sich nach der Katze um, zog sie am Schwanz zu sich herüber, legte sie auf die Seite und begann ihr den Bauch zu kraulen. Die Katze schien das zu mögen.

Dorr blickte mich an und sagte sehr sanft und leise: »Sie haben Lou Harger umgelegt.«

»Wie kommen Sie darauf?« fragte ich ohne allen besonderen Nachdruck.

»Sie haben Lou Harger umgelegt. Vielleicht hatte er's verdient – aber Sie sind's jedenfalls gewesen. Er ist durchs Herz geschossen worden, mit einer Achtunddreißiger. Sie haben eine Achtunddreißiger und sind dafür bekannt, daß Sie blendend damit umgehn können. Sie waren gestern abend mit Harger in Las Olindas und haben gesehen, wie er eine Menge Geld gewann. Sie sollten ihm eigentlich als Leibwächter dienen, aber da sind Sie auf eine bessere Idee gekommen. Sie haben ihn und das Mädchen in West Cimarron eingeholt, Harger sein Quantum verpaßt und sich das Geld unter den Nagel gerissen.«

Ich trank meinen Whisky aus, stand auf und goß mir neu ein.

»Sie haben mit dem Mädchen einen Handel vereinbart«, sagte Dorr, »aber die Sache klappte nicht. Sie kam nämlich selber auf eine allerliebste Idee. Aber das macht nichts, weil die Polizei Ihre Waffe bei Harger gefunden hat. Und Sie haben auch das Geld.«

Ich sagte: »Ist schon ein Haftbefehl raus gegen mich?«

»Das kommt erst, wenn ich das Zeichen gebe... Und die Kanone ist auch noch nicht abgeliefert... Ich habe eine Menge Freunde, wissen Sie.«

Ich sagte langsam: »Ich bin vor dem Lokal von Canales niedergeschlagen worden. Geschah mir ganz recht. Dabei wurde mir meine Waffe abgenommen. Ich habe Harger nirgends mehr eingeholt, habe ihn überhaupt nicht mehr gesehen. Das Mädchen kam heute morgen mit dem Geld in einem Umschlag zu mir – und mit einer Geschichte, vonwegen daß Harger in ihrem Apartment umgebracht worden wäre. Aus dem Grund habe ich auch das Geld – um es sicher aufzubewahren. Die Geschichte des Mädchens kam mir zwar nicht ganz astrein vor, aber daß sie das Geld anbrachte, gab ihr ja doch einiges Gewicht. Und Harger war ein Freund von mir. Also fing ich an, der Sache nachzugehen.«

»Das hätten Sie den Bullen überlassen sollen«, sagte Dorr mit einem Grinsen.

»Es bestand die Möglichkeit, daß das Mädchen Opfer eines Komplotts war. Außerdem hatte ich die Chance, mir vielleicht ein paar Dollar zu verdienen – auf ganz gesetzliche Weise. Das soll es geben, sogar in San Angelo.«

Dorr stieß mit dem Finger nach dem Gesicht der Katze, und die Katze biß mit abwesendem Ausdruck hinein. Dann zog sie sich von ihm zurück, setzte sich auf eine Ecke des Schreibtisches und begann sich die Pfote zu lecken.

»Zweiundzwanzig Riesen, und die bringt Ihnen das Frauenzimmer auch noch zum Aufbewahren«, sagte Dorr. »Ausgerechnet – oder finden Sie, das sieht den Weibern ähnlich? Sie haben jedenfalls das Geld«, sagte er. »Und Harger ist mit Ihrer Waffe getötet worden. Das Mädchen ist verschwunden – aber ich könnte sie wieder zum Vorschein bringen. Ich glaube, sie gäbe eine gute Zeugin ab, falls wir eine brauchten.«

»War das Spiel in Las Olindas eigentlich Schmu?« fragte ich.

Dorr trank aus und krümmte die Lippen wieder um seine Zigarre. »Aber klar doch«, sagte er sorglos. »Der Croupier – ein Bursche namens Pina – hat mit unter der Decke gesteckt. Das Roulette war auf Doppel-Zero präpariert. Der alte Trick. Kupferkontakt am Boden, Kupferkontakt an Pinas Schuhsohle, Drähte am Bein entlang, Batterie in der Hüfttasche. Der alte Trick.«

Ich sagte: »Canales machte nicht den Eindruck, als wüßte er was davon.«

Dorr kicherte. »Er wußte, daß sein Roulette präpariert war. Er wußte allerdings nicht, daß sein Chefcroupier auf der andern Seite mitspielte.«

»Ich möchte nicht unbedingt in Pinas Haut stecken«, sagte ich.

Dorr machte eine geringschätzige Bewegung mit seiner Zigarre. »Auf den wird schon aufgepaßt... Das Spiel lief bescheiden und still. Die beiden haben keine phantastischen Einsätze riskiert, bloß immer auf einfache Chancen, und sie haben auch nicht in einer Tour gewonnen. Das konnten sie gar nicht. So gut läßt sich kein Roulette präparieren.«

Ich zuckte die Achseln, drehte mich im Sessel herum. »Sie wissen ja verdammt viel von der Geschichte«, sagte ich. »Und das alles ist bloß gelaufen, um mich in die Mangel nehmen zu können?«

Er grinste sanft. »Zum Teufel, nein! Das meiste ist einfach so gekommen – wie's bei den besten Plänen geht.« Er schwenkte wieder die Zigarre, und eine blaßgraue Rauchranke kräuselte sich an seinen schlauen kleinen Augen vorbei. Aus dem vorderen Zimmer war das Geräusch gedämpfter Unterhaltung zu hören. »Ich habe Verbindungen, denen ich ab und zu mal gefällig sein muß – auch wenn mir ihre Kapriolen nicht alle gefallen«, fügte er schlicht hinzu.

»Wie Manny Tinnen?« sagte ich. »Der ist viel in der

Stadtverwaltung rumgestrichen, wußte zuviel. Okay, Mister Dorr. Was hatten Sie sich denn nun gedacht, was ich für Sie tun soll? Selbstmord begehen?«

Er lachte. Seine fetten Schultern hüpften vergnügt. Er streckte eine seiner kleinen Hände aus, die Fläche abwehrend gegen mich gewendet. »Sowas würde mir nicht im Traum einfallen«, sagte er trocken, »und andersherum ist's das bessere Geschäft. Das kommt der öffentlichen Meinung über den Shannon-Mord auch mehr entgegen. Ich bin nicht sicher, ob diese Laus von Staatsanwalt Tinnen am Ende nicht auch ohne Sie noch überführen würde – wenn er den Leuten die Idee verkaufen könnte, man hätte Sie aus dem Verkehr gezogen, um Ihnen den Mund zu stopfen.«

Ich stand aus meinem Sessel auf, ging hinüber und stützte mich auf den Schreibtisch, beugte mich darauf vor.

Dorr sagte: »Machen Sie keine Witze!« – ein wenig scharf und atemlos. Seine Hand ging zu einer Schublade und zog sie halb auf. Die Bewegungen seiner Hände waren sehr rasch, ganz im Gegensatz zu den Bewegungen seines Körpers.

Ich lächelte auf die Hand nieder, und er nahm sie von der Schublade weg. Ich sah gleich vorn in der Schublade eine Pistole liegen.

Ich sagte: »Ich habe bereits vorm Großen Schwurgericht ausgesagt.«

Dorr lehnte sich zurück und lächelte mich an. »Der Mensch kann sich irren«, sagte er. »Sogar ein gerissener Privatdetektiv... Sie könnten ja mit Ihrem Gewissen zu Rate gegangen sein – und das machen Sie schön schriftlich.«

Ich sagte sehr sanft: »Nein. Dann hätte ich eine Meineidsklage am Hals – und aus der käme ich nicht raus. Dann schon lieber eine wegen Mordes – aus der kann ich rauskommen. Besonders wenn Fenweather was dran liegt, daß ich's schaffe. Er dürfte wohl kaum seinen eigenen Zeugen ruinieren wollen. Der Fall Tinnen ist zu wichtig für ihn.«

Dorr sagte gleichmütig: »Dann müssen Sie's eben probieren, ob Sie's schaffen, Bruder. Und wenn Sie's schaffen sollten, werden Sie trotzdem genug Dreck am Stecken haben, daß kein Geschworenengericht Manny allein auf Ihr Gerede hin verurteilen wird.«

Ich streckte langsam die Hand aus und kraulte der Katze das Ohr. »Was ist mit den zweiundzwanzig Riesen?«

»Die *könnten* alle Ihnen gehören, wenn Sie mitspielen. Schließlich ist's ja nicht mein Geld... Wenn Manny freikommt, könnte ich unter Umständen sogar noch ein bißchen was dazulegen, was mein Geld *ist*.«

Ich kraulte die Katze unter dem Kinn. Sie begann zu schnurren. Ich hob sie auf und hielt sie sanft in meinen Armen.

»Wer hat Lou Harger umgebracht, Dorr?« fragte ich, ohne ihn anzusehen.

Er schüttelte den Kopf. Ich sah ihn an, lächelnd. »Eine hübsche Katze haben Sie«, sagte ich.

Dorr leckte sich die Lippen. »Ich glaube, das kleine Biest kann Sie leiden«, grinste er. Der Gedanke schien ihm zu gefallen.

Ich nickte – und warf ihm die Katze ins Gesicht.

Er jaulte, aber seine Hände fuhren hoch, um die Katze aufzufangen. Die Katze warf sich sauber in der Luft herum und landete mit beiden ausgespreizten Vorderpfoten. Eine davon riß Dorrs Wange auf wie eine Bananenschale. Er heulte sehr laut.

Ich hatte die Pistole aus der Schublade und die Mündung in Dorrs Rücken, als Beasley und der Mann mit dem Quadratschädel hereingestürzt kamen.

Einen Augenblick lang wirkte das Ganze wie eine Art lebendes Bild. Dann riß die Katze sich aus Dorrs Armen los, schoß zu Boden und kroch unter den Schreibtisch. Beasley hob seine stupsnäsige Kanone, aber er machte dabei ein

Gesicht, als sei ihm durchaus nicht ganz klar, was er damit anfangen sollte.

Ich stieß die Mündung meiner Waffe hart in Dorrs Nakken und sagte: »Frankie ist zuerst dran, Jungs... ich mache keine Witze.«

Dorr vor mir gab einen Grunzlaut von sich. »Immer schön mit der Ruhe«, knurrte er seine Radaubrüder an. Er zog ein Taschentuch aus seiner Brusttasche und fing an, seine aufgerissene und blutende Wange damit zu betupfen. Der Mann mit dem schiefen Maul bewegte sich langsam an der Wand entlang.

Ich sagte: »Bilden Sie sich nicht ein, daß mir das hier Spaß macht – notfalls kann es sehr ernst werden. Bleiben Sie stehen, wo Sie sind.«

Der Mann mit dem schiefen Maul beendete seinen Wandgang und schielte mich giftig an. Die Hände behielt er unten.

Dorr drehte halb den Kopf zu mir herum und versuchte über die Schulter mit mir zu reden. Ich konnte nicht genug von seinem Gesicht sehen, um dessen Ausdruck mitzukriegen, aber Angst schien er nicht zu haben. Er sagte: »So kommen Sie auch nicht weiter. Ich hätte Sie ganz leicht doch schon längst umlegen lassen können, wenn ich das gewollt hätte. Was versprechen Sie sich also davon? Sie können hier doch niemanden erschießen, ohne in eine noch viel schlimmere Klemme zu geraten, als wenn Sie täten, um was ich Sie gebeten habe. Das Ganze sieht mir so ziemlich nach Sackgasse aus.«

Ich dachte einen Moment darüber nach, während Beasley mich eigentlich ganz freundlich ansah, als sei das alles bloß Routine für ihn. An dem anderen Mann war allerdings nichts Freundliches zu bemerken. Ich lauschte scharf, aber das übrige Haus schien ganz still zu sein.

Dorr rückte ein bißchen von der Waffe weg und fragte: »Nun?«

Ich sagte: »Ich mache mich jetzt auf den Weg. Ich habe eine Kanone, und sie sieht mir ganz so aus, als ob ich damit treffen könnte, wenn ich müßte. Ich bin aber darauf nicht besonders scharf, und wenn Sie veranlassen, daß Beasley mir meine Schlüssel rüberwirft und der andere da mir die Pistole wiedergibt, die er mir abgenommen hat, dann werde ich die Entführung einfach vergessen.«

Dorr bewegte die Arme zum trägen Beginn eines Achselzuckens. »Was weiter?«

»Ihren Handel werde ich mir ein bißchen durch den Kopf gehen lassen«, sagte ich. »Wenn Sie mir genügend Rückendeckung verschaffen, könnten wir uns vielleicht einig werden... Und wenn Sie so zähe sind, wie Sie's von sich glauben, dann hält das Eis auch noch ein paar Stunden länger, so oder so.«

»Läßt sich hören«, sagte Dorr und kicherte. Dann zu Beasley: »Laß deine Knarre stecken und gib ihm seine Schlüssel. Und auch seine Kanone – das Ding, das ihr ihm heute abgenommen habt.«

Beasley seufzte und schob sehr vorsichtig eine Hand in seine Hose. Er warf mein ledernes Schlüsseletui quer durch das Zimmer, bis in die Nähe des Schreibtischs. Der Mann mit dem verdrehten Maul hob die Hand, führte sie in die Seitentasche, und ich ging hinter Dorrs Rücken in die Hocke, während er das tat. Er brachte meine Pistole hervor, ließ sie auf den Boden fallen und stieß sie mit dem Fuß von sich.

Ich kam wieder hinter Dorrs Rücken vor, hob meine Schlüssel und die Pistole vom Boden auf, bewegte mich seitwärts auf die Tür zu. Dorr sah mir mit leerem Blick zu, dem nichts zu entnehmen war. Beasley folgte meinem Weg mit einer Drehbewegung seines Körpers und trat von der Tür weg, als ich näherkam. Der andere Mann hatte Mühe, sich ruhig zu halten.

Ich erreichte die Tür, zog den Schlüssel heraus, der darin

steckte, und schob ihn von der anderen Seite ins Schloß. Dorr sagte träumerisch: »Sie sind bloß ein kleiner Ball am Ende eines Gummibands. Je weiter Sie sich entfernen, desto schneller kommen Sie zurückgeflitzt.«

Ich sagte: »Das Gummiband könnte aber auch schon ein bißchen morsch sein«, und ging durch die Tür, drehte den Schlüssel im Schloß herum und machte mich auf Schüsse gefaßt, die nicht kamen. Als Bluff war mein Manöver noch dünner als das Gold auf einem Wochenendtrauring. Es klappte, weil Dorr es zuließ, das war alles.

Ich kam aus dem Haus, bekam den Marmon in Gang, wendete und ließ ihn schliddernd um die Bergschulter rasen und immer weiter abwärts bis zur Schnellstraße. Aber kein Laut zeigte an, daß jemand hinter mir herkam.

Als ich die Betonbrücke erreichte, war es kurz nach zwei Uhr, und ich fuhr eine Weile mit nur einer Hand und wischte mir mit der anderen den Schweiß aus dem Nacken.

VIII

Die Leichenhalle lag am Ende eines langen, hellen und stillen Flurs, der von der Haupthalle des Kreisverwaltungsgebäudes abzweigte. Der Flur endete vor zwei Türen und einer kahlen, mit Marmor verkleideten Wand. Die eine Tür trug auf der Glasscheibe die Aufschrift *Untersuchungszimmer,* und hinter ihr war kein Licht. Die andere führte in ein kleines, behagliches Büro.

Ein Mann mit tiefblauen Augen und rostbraunem Haar, das genau in der Mitte seines Kopfes gescheitelt war, klaubte in ein paar gedruckten Formularen auf dem Tisch herum. Er sah auf, musterte mich und lächelte dann plötzlich.

Ich sagte: »Hallo, Landon... Erinnern Sie sich noch an den Fall Shelby?«

Die hellblauen Augen zwinkerten. Er stand auf und kam

mit ausgestreckter Hand um den Tisch herum. »Aber klar. Was kann ich für Sie – – –« Er brach plötzlich ab und schnippte mit den Fingern. »Hölle und Teufel! Sie sind der Bursche, der bei diesem Dreckskiller nicht lockergelassen hat!«

Ich stieß einen Stummel durch die offene Tür auf den Flur. »Deswegen bin ich aber nicht hier«, sagte ich. »Jedenfalls im Moment nicht. Ihr habt hier einen Burschen namens Louis Harger... erschossen aufgefunden worden letzte Nacht oder heute morgen, in West Cimarron, soweit ich mitgekriegt habe. Könnt ich mir den mal kurz ansehen?«

»Daran soll Sie keiner hindern«, sagte Landon.

Er ging mir durch eine Tür im Hintergrund seines Büros voran, in einen Raum, der nur aus weißer Farbe, weißer Emaille, Glas und hellem Licht bestand. Vor der einen Wand stand eine Doppelreihe von großen Behältern mit Glasfenstern drin. Durch die Gucklöcher sah man weiß eingeschlagene Bündel und, weiter hinten, bereifte Rohre.

Eine Leiche lag, mit einem weißen Tuch bedeckt, auf einem Tisch, der am Kopfende hoch war und zum Fußende hin abfiel. Landon zog gleichmütig das Laken von dem toten, friedlichen, gelblichen Gesicht eines Mannes. Langes schwarzes Haar lag lose auf einem kleinen Kissen, dumpfig feucht von Wasser. Die Augen standen halb offen und starrten uninteressiert an die Decke.

Ich trat nah heran, sah in das Gesicht. Landon zog das Laken weiter nach unten und klopfte mit den Knöcheln auf eine Brust, die hohl klang, wie ein Brett. Über dem Herzen war ein Einschußloch zu sehen.

»Netter sauberer Schuß«, sagte er.

Ich wandte mich schnell ab, zog eine Zigarette heraus und rollte sie zwischen den Fingern. Ich starrte zu Boden.

»Wer hat ihn identifiziert?«

»Das Zeug in seinen Taschen«, sagte Landon. »Wir überprüfen natürlich auch noch die Fingerabdrücke. Sie kennen ihn?«

Ich sagte: »Ja.«

Landon kratzte sich mit dem Daumennagel sanft unterm Kinn. Wir gingen zurück in sein Büro, und Landon trat wieder hinter seinen Tisch und setzte sich.

Er fuhr mit dem Daumen über ein paar Papiere, sonderte eins von dem Haufen und studierte es einen Moment lang.

Er sagte: »Eine Funkstreife des Sheriffs hat ihn um 12 Uhr 35 heute nacht gefunden, am Rand der alten Straße, die aus West Cimarron rausführt, eine Viertelmeile von der Stelle, wo der Zubringer beginnt. Die ist zwar nicht besonders befahren, aber der Streifenwagen riskiert hin und wieder mal einen Seitenblick und schaut nach Liebespärchen aus.«

Ich sagte: »Können Sie etwa angeben, wie lange er schon tot war?«

»Nicht sehr lange. Er war noch warm, und die Nächte sind kühl da draußen.«

Ich steckte meine unangezündete Zigarette in den Mund und bewegte sie mit den Lippen auf und nieder. »Und ich wette, Sie haben ein langes Achtunddreißiger aus ihm rausgeholt«, sagte ich.

»Woher wissen Sie das?« fragte Landon rasch.

»Ich hab's bloß geraten. Das Loch sieht so danach aus.«

Er starrte mich mit hellen, interessierten Augen an. Ich dankte ihm, sagte, ich würde mal wieder vorbeischauen, ging durch die Tür und zündete auf dem Flur meine Zigarette an. Ich ging zu den Fahrstühlen zurück und stieg ein, fuhr zum sechsten Stock und ging einen weiteren Flur entlang, der genauso aussah wie der unten, nur daß er nicht zur Leichenkammer führte. Er führte zu ein paar kleinen, kahlen Büros, die von den Ermittlungsbeamten des Oberstaatsanwalts benutzt wurden. Auf halbem Weg öffnete ich eine Tür und trat in eins von ihnen ein.

Bernie Ohls saß bequem mit krummem Rücken an einem Schreibtisch an der Wand. Er war der Chef der Ermittlungsabteilung, von dem Fenweather mir gesagt hatte, daß ich zu ihm gehn sollte, wenn irgendwas schiefliefe. Er war ein mittelgroßer blonder Mann mit weißen Brauen und einem vorgeworfenen, sehr tief gekerbten Kinn. Es gab in dem Raum noch einen weiteren Schreibtisch, an der anderen Wand, ein paar harte Stühle, einen Messing-Spucknapf auf einer Gummimatte und sehr wenig sonst.

Ohls nickte mir gleichgültig zu, erhob sich aus seinem Stuhl und schob den Türriegel vor. Dann zog er eine flache Dose mit dünnen Zigarren aus seinem Schreibtisch, zündete sich eine an, schob die Dose über den Tisch und starrte mich an seiner Nase vorbei an. Ich setzte mich auf einen der kerzengeraden Stühle und kippte mich darauf zurück.

Ohls sagte: »Na?«

»Es ist Lou Harger«, sagte ich. »Ich hatte immer noch gedacht, er wär's vielleicht doch nicht.«

»Einen Dreck haben Sie. Daß es Harger war, hätte ich Ihnen auch sagen können.«

Jemand drückte vergeblich die Türklinke, klopfte dann. Ohls achtete nicht darauf. Wer immer es war, er ging wieder weg.

Ich sagte langsam: »Er wurde zwischen elf-dreißig und zwölf-dreißig getötet. Zeitlich würde das also grade hinkommen: es könnte da passiert sein, wo er gefunden wurde. Aber wie das Mädchen es erzählt hat, das kommt zeitlich nicht hin. Und daß ich's getan haben könnte, kommt zeitlich ebenfalls nicht hin.«

Ohls sagte: »Tja. Vielleicht können Sie das beweisen. Und vielleicht können Sie dann auch beweisen, daß es nicht ein Freund von Ihnen mit Ihrer Kanone getan hat.«

Ich sagte: »Ein Freund von mir würde's wohl kaum mit meiner Kanone tun – wenn er ein Freund von mir wäre.«

Ohls grunzte, lächelte mich säuerlich von der Seite an. Er

sagte: »Das würden die meisten denken. Und grad deswegen könnte er's gemacht haben.«

Ich ließ die Vorderbeine meines Stuhls wieder auf den Boden kommen. Ich starrte ihn an.

»Würde ich dann zu Ihnen laufen und Ihnen das mit dem Geld erzählen und der Kanone – alles, was mich damit in Verbindung bringt?«

Ohls sagte ausdruckslos: »Das würden Sie – wenn Sie nämlich verdammt genau wüßten, daß mir das an Ihrer Stelle schon jemand anders erzählt hat.«

Ich sagte: »Dorr hat nicht viel Zeit verloren.«

Ich drückte meine Zigarette aus und schnippte sie zu dem Messing-Spucknapf hinüber. Dann stand ich auf.

»Okay. Ein Haftbefehl ist ja wohl noch nicht gegen mich erlassen – also werd ich mal rübergehen und meine Geschichte erzählen.«

Ohls sagte: »Jetzt bleiben Sie mal noch einen Moment sitzen.«

Ich setzte mich wieder. Er nahm seine kleine Zigarre aus dem Mund und schleuderte sie mit einer wilden Bewegung von sich. Sie rollte über das braune Linoleum und qualmte in der Ecke weiter. Er legte die Arme auf die Schreibtischplatte und trommelte mit den Fingern beider Hände darauf herum. Seine Unterlippe kam vor und drückte die Oberlippe gegen die Zähne.

»Dorr weiß vermutlich, daß Sie hier sind«, sagte er. »Der einzige Grund, daß Sie noch nicht im Knast sitzen, ist der, daß die verehrten Kollegen oben sich nicht ganz sicher sind, aber es wäre besser, Sie hopszunehmen und dann zu sehn, was sich machen läßt. Wenn Fenweather die Wahl verliert, komme ich in Teufels Küche – wenn ich mit Ihnen rumgekungelt habe.«

Ich sagte: »Wenn er Manny Tinnens Verurteilung durchsetzt, wird er die Wahl nicht verlieren.«

Ohls nahm sich eine weitere von den kleinen Zigarren aus

der Blechdose und zündete sie an. Er griff nach seinem Hut, der auf dem Schreibtisch lag, fingerte einen Moment daran herum, setzte ihn auf.

»Warum hat der Rotschopf Ihnen eigentlich diese ganze Schauerballade vorgesungen – mit dem Bums in ihrem Apartment und der Leiche auf dem Boden?«

»Sie wollten, daß ich rüberging. Sie hatten sich ausgerechnet, daß ich nachschauen würde, ob man dem Mädchen vielleicht eine Kanone untergeschoben hatte – oder überhaupt ob was dran war an ihrer Geschichte. Damit hatten sie mich aus dem belebteren Teil der Stadt heraus. Sie konnten da draußen besser überprüfen, ob der Oberstaatsanwalt irgendwelche Jungs auf mich angesetzt hatte, die meine Kehrseite im Auge behalten sollten.«

»Das ist bloß eine Vermutung«, sagte Ohls säuerlich.

Ich sagte: »Sicher.«

Ohls schwang seine dicken Beine herum, pflanzte die Füße hart auf und stützte die Hände auf die Knie. Seine kleine Zigarre fuchtelte in seinem Mundwinkel.

»Ich würde ja zu gern mal ein paar von diesen Burschen kennenlernen, die zweiundzwanzig Riesen sausen lassen, bloß um einem Märchen einen schöneren Anstrich zu geben«, sagte er garstig.

Ich stand wieder auf und ging an ihm vorbei zur Tür.

Ohls sagte: »Warum so eilig?«

Ich drehte mich um und zuckte die Achseln, sah ihn leer an. »So wie Sie sich aufführen, sind Sie ja wohl nicht weiter interessiert«, sagte ich.

Er wuchtete sich auf die Füße, sagte müde: »Der Taxifahrer ist wahrscheinlich ein dreckiger kleiner Lump. Aber es könnte immerhin sein, daß Dorrs Leute nicht wissen, daß er mitzählt in der Sache. Gehn wir mal zu ihm hin, solange seine Erinnerung noch frisch ist.«

IX

Die Green-Top-Garage lag an der Deviveras, drei Blocks östlich der Hauptstraße. Ich zog die Bremse vor einem Feuermelder und stieg aus. Ohls ließ sich in seinem Sitz zurücksacken und knurrte: »Ich bleibe hier. Vielleicht kann ich ausmachen, ob uns wer beschattet.«

Ich trat in eine riesige, widerhallende Garage, in deren Dunkelheit ein paar funkelnagelneue Spritzarbeiten grelle Farbflecke bildeten. In der Ecke befand sich ein kleines, schmutziges Büro mit Glaswänden, und darin saß ein gedrungener Mann, einen Derby-Hut auf dem Hinterkopf und eine rote Krawatte unter dem Stoppelkinn. Er war damit beschäftigt, sich Tabak auf die Handfläche zu schnippeln.

Ich sagte: »Sind Sie der Fahrdienstleiter?«

»Bin ich.«

»Ich suche einen Ihrer Fahrer«, sagte ich. »Heißt Tom Sneyd.«

Er legte Messer und Tabakrolle hin und begann den abgeschnippelten Tabak zwischen den Handflächen zu mahlen. »Worum dreht sich's?« fragte er vorsichtig.

»Um gar nichts. Ich bin ein Freund von ihm.«

»Schon wieder ein Freund, soso... Er hat Nachtschicht, Mister... Also wird er wohl heimgefahren sein. Siebzehndreiundzwanzig Renfrew. Das ist drüben bei Grey Lake.«

Ich sagte: »Danke. Telefon?«

»Hat er keins.«

Ich zog einen gefalteten Stadtplan aus der Innentasche und entfaltete einen Teil davon auf dem Tisch vor seiner Nase. Er machte ein verdrossenes Gesicht.

»Da an der Wand hängt ein großer«, knurrte er und fing an, sich eine kurze Pfeife mit seinem Tabak zu stopfen.

»Ich bin diesen hier gewöhnt«, sagte ich. Ich beugte mich über den ausgebreiteten Plan, suchte nach der Renfrew

Street. Dann hielt ich inne und sah dem Mann im Derby jäh ins Gesicht. »Die Adresse ist Ihnen aber verdammt schnell eingefallen«, sagte ich.

Er steckte die Pfeife in den Mund, biß fest darauf und schob zwei dicke Finger in die Tasche seiner offenen Weste.

»Warn vor einer Weile schon zwei Typen da, die auch gefragt haben.«

Ich faltete den Stadtplan sehr schnell zusammen und schob ihn in die Tasche zurück, während ich zur Tür hinausschoß. Ich sprang über den Gehsteig, glitt hinters Steuer und trat auf den Starter.

»Wir sind im Hintertreffen«, erklärte ich Bernie Ohls. »Zwei Kerle haben sich vor einem Weilchen schon die Adresse des Jungen geholt. Könnte sein, daß sie – – –«

Ohls hielt sich am Seitengriff des Wagens fest und fluchte, als wir mit quietschenden Reifen um die Ecke schossen. Ich beugte mich über das Steuer und trat das Gaspedal durch. An der Central war Rot. Ich bog bei einer Eck-Tankstelle ein, fuhr zwischen den Zapfsäulen durch, schoß auf die Central raus und schlängelte mich rabiat durch den Verkehr, um wieder nach Osten abbiegen zu können.

Ein farbiger Verkehrspolizist pfiff hinter mir her und starrte mir dann scharf nach, wie wenn er versuchte, meine Zulassungsnummer zu erkennen. Ich fuhr weiter.

Warenhäuser, ein Produktenmarkt, ein großer Gaskessel, noch mehr Warenhäuser, eine Bahnkreuzung und zwei Brücken blieben hinter uns zurück. Ich kam bei drei Verkehrsampeln noch grade haarscharf durch und überfuhr eine vierte bei Rot. Sechs Blocks weiter fing die Sirene eines Motorrad-Polizisten hinter mir an zu heulen. Ohls gab mir einen Bronzestern, und ich hielt ihn aus dem Fenster, drehte ihn so, daß sich die Sonne drin fing und ihn blitzen ließ. Die Sirene hörte auf. Das Motorrad blieb noch ein weiteres Dutzend Blocks hinter uns und scherte sich dann.

Grey Lake ist ein künstliches Staubecken in einem Einschnitt zwischen zwei Hügelgruppen am Ostrand von San Angelo. Schmale, aber aufwendig gepflasterte Straßen winden sich in den Hügeln herum und beschreiben raffinierte Serpentinen an den Hängen, zum Vorteil weniger billiger und verstreut liegender Bungalows.

Wir stießen in die Hügel hinauf, lasen Straßenschilder im Vorbeifahren. Die graue Seide des Sees blieb hinter uns, und der Auspuff des alten Marmon dröhnte zwischen den mürben Böschungen, von denen Erdreich auf die unbenutzten Gehsteige herunterkrümelte. Ein paar Köter streunten im wilden Gras zwischen den Gofferlöchern herum.

Renfrew lag fast auf der Höhe. Es begann mit einem netten kleinen Bungalow, vor dem ein Kind, das nur eine Windel trug und sonst nichts, in einem Drahtställchen auf einem Fleck Rasen herumspielte. Dann kam eine Strecke ohne Häuser. Dann standen wieder zwei Häuser da, dann fiel die Straße ab, machte ein paar scharfe Windungen und lief zwischen Böschungen weiter, die so hoch waren, daß sie ganz im Schatten lag.

Dann hörten wir vor uns hinter einer Kurve einen Schuß.

Ohls fuhr hoch, sagte: »Mann! Da wird aber nicht auf Kaninchen geballert«, riß seine Dienstpistole heraus und klinkte die Tür an seiner Seite auf.

Wir kamen aus der Kurve und sahen zwei weitere Häuser am Hügelhang liegen, mit ein paar steilen, unbebauten Grundstücken dazwischen. Ein langer grauer Wagen stand, offenbar ins Schleudern gekommen, fast quer auf der Straße, auf Höhe der Parzelle zwischen den beiden Häusern. Sein linker Vorderreifen war platt, und beide Vordertüren standen weit offen und wirkten wie die gespreizten Ohren eines Elefanten.

Ein kleiner, dunkelgesichtiger Mann hockte auf beiden Knien an der Straße, neben der offenen rechten Tür. Sein rechter Arm hing schlaff von der Schulter herab, und an der Hand, die dazugehörte, war Blut. Mit der anderen Hand versuchte er gerade eine Automatik zu fassen, die vor ihm auf dem Beton lag.

Ich stieg auf die Bremse, daß der Marmon schlitternd zum Stehen kam, und Ohls taumelte hinaus.

»Fallen lassen!« brüllte er.

Der Mann mit dem lahmen Arm fauchte wütend, entspannte sich dann, sank gegen das Trittbrett zurück, und hinter dem Wagen her kam ein Schuß und pfiff nicht weit von meinem Ohr durch die Luft. Ich stand in dem Moment schon auf der Straße. Den grauen Wagen hatte es so herumgeworfen, daß ich von seiner linken Seite außer der offenen Tür und dem Platten nichts sehen konnte. Der Schuß schien von dort gekommen zu sein. Ohls jagte zwei Kugeln in die Tür. Ich ließ mich fallen, sah unter den Wagen und sah zwei Füße. Ich schoß darauf und verfehlte sie.

In diesem Moment kam ein dünner, aber sehr scharfer Knall von der Ecke des nähergelegenen Hauses. In dem grauen Wagen splitterte Glas. Die Waffe dahinter krachte, und Putz sprang von der Ecke der Hauswand, über den Büschen. Dann sah ich in den Büschen den Oberkörper eines Mannes. Er lag hügelab auf dem Bauch, und er hatte ein Kleinkalibergewehr an der Schulter.

Es war Tom Sneyd, der Taxifahrer.

Ohls grunzte und stürmte den grauen Wagen. Er feuerte noch zweimal in die Tür, dann ging er hinter der Motorhaube in Deckung. Hinter dem Wagen krachte es weiter, noch mehrmals. Ich gab der Pistole des verwundeten Mannes einen Tritt, daß sie aus seiner Nähe flog, glitt an ihm vorbei und riskierte einen Blick über den Benzintank. Aber der Mann dahinter hatte zu viele Richtungen im Auge zu behalten.

Es war ein Klotz von einem Mann, in braunem Anzug, und seine Schuhe klapperten, als er wie gehetzt auf die Hügelböschung zwischen den beiden Bungalows zulief. Ohls' Pistole krachte. Der Mann wirbelte herum und gab einen

Schuß ab, ohne stehenzubleiben. Ohls stand jetzt ganz ohne Deckung. Ich sah, wie die Kugel ihm den Hut vom Kopf riß. Ich sah ihn dastehen, wuchtig auf breit gespreizten Beinen, und zielen, als wäre er auf dem Schießstand der Polizei.

Aber der Klotz sackte bereits zusammen. Meine Kugel hatte ihm den Hals durchbohrt. Ohls feuerte sehr sorgfältig auf ihn, und er fiel, und die sechste und letzte Kugel aus seiner Waffe traf den Mann in die Brust und warf ihn herum. Sein Kopf schlug mit einem Krachen, von dem einem schlecht werden konnte, seitlich gegen den Bordstein.

Wir gingen von beiden Enden des Wagens auf ihn zu. Ohls bückte sich, wälzte den Mann auf den Rücken. Sein Gesicht hatte im Tode einen gelockerten, liebenswürdigen Ausdruck, trotz des Blutes, das aus seinem Hals schoß. Ohls begann ihm die Taschen zu durchsuchen.

Ich sah mich nach dem anderen um, was er machte. Er machte überhaupt nichts, sondern saß nur auf dem Trittbrett und hielt sich den rechten Arm und verzog dabei vor Schmerz das Gesicht.

Tom Sneyd kam über die Böschung geklettert und auf uns zu.

Ohls sagte: »Ein Bursche namens Poke Andrews. Ich hab ihn mal bei den Wettbüros gesehn.« Er stand auf und klopfte sich die Knie ab. Er hatte den Tascheninhalt des Toten in der linken Hand. »Tja, Poke Andrews. Gelegenheitsarbeit als Killer, gegen Stunden-, Tages- oder Wochenlohn. Schätze, er hat davon leben können – ein Weilchen wenigstens.«

»Das ist nicht der Bursche, der mich niedergeschlagen hat«, sagte ich. »Aber es ist der Bursche, den ich vor mir sah, als ich niedergeschlagen wurde. Und wenn an dem, was der Rotschopf heute morgen erzählt hat, überhaupt was Wahres dran war, dann dürfte es auch der Bursche sein, der Lou Harger erschossen hat.«

Ohls nickte, ging rüber und holte sich seinen Hut. In der

Krempe war ein Loch. »Das würde mich ganz und gar nicht überraschen«, sagte er und setzte sich den Hut gelassen auf.

Tom Sneyd stand vor uns, sein kleines Gewehr starr an die Brust gepreßt. Er war ohne Hut und Mantel und hatte Pantoffeln an den Füßen. Seine Augen hatten einen hellen, wie irren Glanz, und er begann zu zittern.

»Ich wußte, ich kriege die Kerls!« krähte er. »Ich wußte, ich mache sie fertig, die lausigen Schufte!« Dann hörte er auf zu reden, und sein Gesicht begann die Farbe zu wechseln. Es wurde grün. Er beugte sich langsam vor, ließ sein Gewehr fallen, stützte beide Hände auf die gebeugten Knie.

Ohls sagte: »Sie lassen sich am besten jetzt mal liegend aufbewahren, Kollege. Wenn ich Farben nur einigermaßen beurteilen kann, dann kommt Ihnen gleich das Frühstück aus dem Hals.«

X

Tom Sneyd lag auf dem Rücken auf einer Schlafcouch im Vorderzimmer seines kleinen Bungalows. Ein nasses Handtuch kühlte seine Stirn. Ein kleines Mädchen mit honigfarbenem Haar saß neben ihm und hielt ihm die Hand. Eine junge Frau, deren Haar ein paar Schattierungen dunkler war als das des kleinen Mädchens, saß in der Ecke und betrachtete Tom Sneyd mit erschöpfter Ekstase.

Es war sehr heiß, als wir hereinkamen. Die Fenster waren sämtlich geschlossen und die Läden herunter. Ohls machte zwei Vorderfenster auf und setzte sich daneben hin, sah auf den grauen Wagen hinaus. Der dunkle Mexikaner war mit seinem heilen Handgelenk am Steuerrad verankert.

»Es war das, was sie über mein kleines Mädelchen gesagt haben«, sagte Tom Sneyd unter dem Handtuch her. »Das hat mich auf die Palme gebracht. Sie sagten, sie würden wiederkommen und sich die Kleine schnappen, wenn ich nicht mitspielte.«

Ohls sagte: »Okay, Tom. Erzählen Sie uns mal alles von Anfang an.« Er steckte sich eine von seinen kleinen Zigarren in den Mund, betrachtete dann zweifelnd Tom Sneyd und zündete sie sich nicht an.

Ich saß auf einem sehr harten Windsor-Stuhl und betrachtete den billigen neuen Teppich.

»Ich war grad eine Illustrierte am Lesen und wartete, daß es Essen gab und ich dann zur Arbeit fahren konnte«, sagte Tom Sneyd vorsichtig. »Das Mädchen machte auf. Sie kamen mit Pistolen rein, holten uns alle hier zusammen und machten die Fenster zu. Zogen dann sämtliche Rolläden runter bis auf einen, und bei dem setzte der Mex sich hin und stierte in einer Tour nach draußen. Er hat überhaupt kein einziges Wort gesagt. Der große Bursche setzte sich hier aufs Bett, und dann mußte ich ihm alles von gestern nacht erzählen – zweimal. Dann sagte er, ich soll vergessen, daß ich wen getroffen habe oder in der Stadt war mit jemand. Der Rest wäre okay.«

Ohls nickte und sagte: »Um welche Zeit haben Sie diesen Mann hier zum erstenmal gesehen?«

»Hab ich nicht drauf geachtet«, sagte Tom Sneyd. »Sagen wir, so halb bis viertel vor zwölf. Im Büro war ich viertel nach eins, gleich nachdem ich mein Taxi am Carillon abgeholt hatte. Wir haben eine gute Stunde gebraucht von der Küste bis zur Stadt. In dem Drugstore waren wir so etwa fünfzehn Minuten am reden, vielleicht auch noch länger.«

»Dann wäre das also so um Mitternacht gewesen, als Sie ihn trafen«, sagte Ohls.

Tom Sneyd schüttelte den Kopf, und das Handtuch fiel ihm übers Gesicht. Er schob es wieder nach oben.

»Nun, nein«, sagte Tom Sneyd. »Der Bursche in dem Drugstore hat mir gesagt, er macht um zwölf dicht. Aber er hat noch nicht dichtgemacht, wie wir weggingen.«

Ohls wandte den Kopf und sah mich ohne Ausdruck an. Dann ging sein Blick zu Tom Sneyd zurück. »Erzählen Sie uns den Rest mit den beiden Ballermännern«, sagte er.

»Der große Bursche meinte, höchstwahrscheinlich brauchte ich überhaupt mit keinem reden über die Sache. Aber wenn ich doch müßte und machte's richtig, dann kämen sie wieder mit etwas Kies. Und wenn ich 'ne falsche Lippe riskierte, dann kämen sie und holten sich die Kleine.«

»Weiter«, sagte Ohls. »Die quatschen viel, wenn der Tag lang ist.«

»Sie fuhren weg. Wie ich dann sah, daß sie weiter die Straße rauf sind, bin ich durchgedreht. Renfrew ist bloß ein toter Sack – eins von diesen typischen Spekulationsobjekten. Die Straße läuft noch eine halbe Meile um den Berg, dann hört sie auf. Man kann nirgends weiter. Also mußten sie hier am Haus vorbei zurückkommen ... Ich holte mir meine Zweiundzwanziger, was anderes habe ich nicht, und versteckte mich in den Büschen. Den Reifen hab ich gleich mit dem zweiten Schuß erwischt. Wahrscheinlich haben sie gedacht, er ist geplatzt. Der nächste ging dann daneben, und da ist ihnen ein Licht aufgegangen. Sie machten die Kanonen locker. Dann hab ich den Mex erwischt, und der große Bursche ging hinter dem Wagen in Deckung ... Das war eigentlich alles. Ja, und dann sind Sie gekommen.«

Ohls krümmte seine dicken, harten Finger und lächelte ingrimmig zu dem Mädchen in der Ecke hinüber. »Wer wohnt denn da vorn im nächsten Haus, Tom?«

»Ein Mann namens Grandy, er ist Triebwagenführer bei der Stadtbahn. Wohnt ganz allein da. Ist jetzt auf Arbeit.«

»Ich hab auch nicht geglaubt, daß er zu Hause wäre«, grinste Ohls. Er stand auf und ging hinüber und tätschelte dem kleinen Mädchen den Kopf. »Sie werden in die Stadt kommen müssen und Ihre Aussage zu Protokoll geben, Tom.«

»Klar.« Tom Sneyds Stimme war müde, lustlos. »Ich

schätze, ich verlier auch meinen Job, weil ich letzte Nacht das Taxi ausgeliehen habe.«

»Da bin ich gar nicht so sicher«, sagte Ohls sanft. »Jedenfalls nicht, wenn Ihr Boss Wert drauf legt, daß seine Taxis von Leuten gefahren werden, die ein bißchen Mumm in den Knochen haben.«

Er tätschelte dem kleinen Mädchen nochmals den Kopf, ging dann zur Tür und machte sie auf. Ich nickte Tom Sneyd zu und folgte Ohls aus dem Haus. Ohls sagte ruhig: »Er weiß noch gar nichts von dem Mord. War nicht nötig, ihm das vor den Ohren der Kleinen zu stecken.«

Wir gingen zu dem grauen Wagen hinüber. Wir hatten ein paar Säcke aus dem Keller geholt und sie über den verblichenen Andrews gebreitet, mit Steinen beschwert. Ohls blickte darauf nieder und sagte abwesend: »Jetzt muß ich aber doch ziemlich schnell zusehn, daß ich an ein Telefon komme irgendwo.«

Er lehnte sich an die Wagentür und betrachtete den Mexikaner drinnen. Der Mexikaner saß da, den Kopf zurückgelegt, die Augen halb geschlossen und einen verzerrten Ausdruck auf dem braunen Gesicht. Sein linkes Handgelenk war mit einer Handschelle an das Lenkrad gefesselt.

»Wie heißen Sie?« fuhr Ohls ihn an.

»Luis Cadena«, sagte der Mexikaner mit leiser Stimme, ohne die Augen weiter zu öffnen.

»Wer von euch beiden Lumpen hat letzte Nacht den Burschen in West Cimarron umgepustet?«

»Nix verstehn, Senor«, sagte der Mexikaner schnurrend.

»Komm mir bloß nicht auf die Tour, Jumbo«, sagte Ohls leidenschaftslos. »Da werd ich leicht sauer.« Er stützte sich auf das Fenster und ließ seine kleine Zigarre im Mundwinkel hüpfen.

Der Mexikaner machte ein leicht amüsiertes Gesicht, wirkte zugleich aber auch sehr müde. Das Blut an seiner rechten Hand war schwarz getrocknet.

Ohls sagte: »Andrews hat den Jungen in einem Taxi in West Cimarron totgemacht. Es war ein Mädchen dabei. Das Mädchen haben wir. Sie haben kaum eine lausige Chance, zu beweisen, daß Sie nicht auch mit dringesteckt haben.«

Licht flackerte in den halboffenen Augen des Mexikaners auf und erstarb wieder. Er lächelte mit einem Glitzern seiner kleinen weißen Zähne.

Ohls fragte: »Was hat er mit der Kanone gemacht?«

»Nix verstehn, Senor.«

Ohls sagte: »Ein zäher Bursche. Bei der Sorte krieg ich's immer mit der Angst.«

Er ging vom Wagen weg und scharrte etwas lockere Erde vom Gehsteig neben den Säcken, die den toten Mann bedeckten. Seine Fußspitze legte nach und nach die Firmenprägung im Zement frei. Er las laut vor: »Dorr Straßenbau GmbH, San Angelo. Direkt ein Wunder, daß die fette Laus nicht bei ihrem Leisten geblieben ist.«

Ich trat neben Ohls und schaute zwischen den beiden Häusern den Hügel hinunter. Jähe Lichtblitze schossen von den Windschutzscheiben der Wagen auf, die tief unten auf dem Boulevard um den Grey Lake dahinfuhren.

Ohls sagte: »Nun?«

Ich sagte: »Die Mörder wußten über das Taxi Bescheid – möglicherweise jedenfalls –, und die saubere Freundin kam doch mit der Beute wohlbehalten in die Stadt. Also hat nicht Canales dahintergesteckt. Canales ist nicht der Mann, der jemand mit zweiundzwanzig Riesen aus seiner Kasse durch die Gegend gondeln läßt. Der Rotschopf hat die Finger in dem Mord mit drin gehabt, und der hatte einen ganz bestimmten Grund.«

Ohls grinste. »Aber gewiß doch. Der Grund war, daß man Ihnen das Ding anhängen wollte.«

Ich sagte: »Es ist eine Schande, wie wenig sich manche Leute aus einem Menschenleben machen – oder aus zweiundzwanzig Riesen. Harger wurde umgebracht, damit man's mir anhängen konnte, und den Kies haben sie mir in die Hände gespielt, um die Sache hieb- und stichfest zu machen.«

»Vielleicht haben sie gedacht, Sie würden sich aus dem Staub machen«, grunzte Ohls. »Das wäre dann das i-Tüpfelchen drauf gewesen.«

Ich drehte eine Zigarette zwischen den Fingern. »Wäre aber doch ein bißchen zu dämlich gewesen, selbst für meine Verhältnisse. Was machen wir denn jetzt? Warten, bis der Mond aufgeht, damit wir ein schönes Lied singen können – oder steigen wir wieder zu Tal und erzählen noch ein paar unschuldige kleine Lügen?«

Ohls spuckte auf einen von Poke Andrews' Säcken. Er sagte brummig: »Das gehört hier zum Landkreis. Ich könnte die ganze Schose zur Zweigstelle nach Solano rüberschieben und da für ein Weilchen unter den Tisch fallen lassen. Der Taxifahrer kann sich ins Fäustchen lachen, wenn er die Geschichte unter dem Hut behalten darf. Und ich selber bin schon so weit gegangen, daß ich größte Lust hätte, den Mexikaner in meinem eigenen Stübchen in die Mangel zu nehmen.«

»Auf die Art würde's mir auch am besten schmecken«, sagte ich. »Lange werden Sie ja den Daumen wohl nicht draufhalten können, aber vielleicht doch so lange, daß ich einen fetten Kerl wegen einer Katze besuchen kann.«

XI

Es war Spätnachmittag, als ich ins Hotel zurückkam. Der Portier händigte mir einen Zettel aus, auf dem die Notiz stand: »Bitte so bald wie möglich F. D. anrufen.«

Ich ging nach oben und trank einen Schluck, der sich noch auf dem Grund einer Flasche gehalten hatte. Dann telefonierte ich runter nach einer neuen Flasche, kratzte mir das

Kinn glatt, zog mich um und schaute Frank Dorrs Nummer im Telefonbuch nach. Er wohnte in einem schönen alten Haus am Greenview Park Crescent.

Ich goß mir ein steifes Glas voll, tat was zum Klingeln rein und setzte mich dann in einen bequemen Sessel, das Telefon am Ellbogen. Zuerst bekam ich ein Dienstmädchen. Dann bekam ich einen Mann, der Mister Dorrs Namen aussprach, als hätte er Angst, er könnte ihm im Mund explodieren. Nach ihm bekam ich eine Stimme mit einer Menge Seide drin. Dann bekam ich ein langes Schweigen, und am Ende des Schweigens bekam ich Frank Dorr persönlich und selbst. Er schien sehr erfreut zu sein, von mir zu hören.

Er sagte: »Ich habe über unser Gespräch heute morgen noch nachgedacht, und mir ist da was Besseres eingefallen. Kommen Sie her und besuchen Sie mich... Und eigentlich könnten Sie auch gleich das bewußte Geld mitbringen. Sie haben grad noch Zeit genug, um es von der Bank zu holen.«

Ich sagte: »Stimmt. Bei den Schließfächern wird um sechs zugemacht. Aber das Geld gehört doch gar nicht Ihnen.«

Ich hörte ihn kichern. »Seien Sie nicht albern. Es ist alles markiert, und ich möchte Sie nicht gern wegen Diebstahl anzeigen müssen.«

Ich dachte darüber nach und glaubte es nicht recht – das mit der Markierung der Scheine. Ich nahm einen Schluck aus meinem Glas und sagte: »Ich wäre unter Umständen bereit, es der Person zu übergeben, von der ich es bekommen habe – in Ihrer Gegenwart.«

Er sagte: »Nun – ich hab Ihnen doch erzählt, daß die betreffende Person die Stadt verlassen hat. Aber ich will sehn, was sich machen läßt. Keine Tricks bitte!«

Ich sagte, daran dächte ich nicht im Traum, und legte auf. Ich trank mein Glas leer und rief Von Ballin beim *Telegram* an. Er sagte, die Leute vom Sheriffsamt hätten keinen blassen Schimmer, was mit Lou Harger wäre – oder es wäre ihnen schnurzegal. Er war ein bißchen vergrätzt darüber, daß ich ihm meine Geschichte immer noch nicht freigeben wollte. An der Art, wie er redete, konnte ich merken, daß er von den Vorfällen bei Grey Lake noch nichts erfahren hatte.

Ich rief noch bei Ohls an, konnte ihn aber nicht erreichen.

Ich mixte mir noch einen weiteren Drink, schluckte ihn halb rein und merkte, daß ich ihn ein bißchen zu sehr zu spüren begann. Ich setzte den Hut auf, änderte meinen Entschluß bezüglich der zweiten Hälfte des Drinks, ging runter zum Wagen. Der frühe Abendverkehr wimmelte von Familienvätern, die heim zum Essen flitzten. Ich war nicht ganz sicher, ob mir zwei Wagen folgten oder nur einer. Jedenfalls versuchte niemand, neben mir aufzuholen und mir eine Handgranate auf den Schoß zu schmeißen.

Das Haus war ein quadratisches zweistöckiges Gebäude aus altem rotem Backstein, das auf einem schönen Gartengelände lag und von einer roten Backsteinmauer mit weißer Steinkrönung umgeben war. Eine glänzende schwarze Limousine parkte an der Seite unter dem Vordach. Ich folgte einem mit roten Sandsteinplatten belegten Weg hinauf über zwei Terrassen, und ein blasser Schmächtling von Mann, der einen Cut trug, ließ mich in eine weite, stille Halle ein, mit dunklem altem Mobiliar und einem Durchblick in den Garten am Ende. Er führte mich hindurch und dann durch eine weitere Halle, die rechtwinklig dazu lag, und geleitete mich auf Zehenspitzen in ein getäfeltes Arbeitszimmer, das bei der sich sammelnden Dämmerung nur trübe erhellt war. Er ging weg und ließ mich allein.

Das Ende des Raums bestand fast nur aus offenen, bis zum Boden reichenden Glasfenstern, durch die hinter einer Reihe stiller Bäume ein bronzefarbener Himmel hereinschimmerte. Vor den Bäumen drehte sich langsam ein Rasensprenger auf einem samtenen Grasteppich, der bereits dunkel war. Es gab große düstere Ölgemälde an den Wänden, einen riesigen schwarzen Schreibtisch mit einer Bücherreihe am Ende, eine Menge tiefe Klubsessel, einen schweren weichen Teppich, der von Wand zu Wand reichte. Ein schwacher Duft von guten Zigarren lag in der Luft und dahinter irgendwo der Duft von Gartenblumen und feuchter Erde. Die Tür ging auf, und ein jüngerer Mann mit Kneifer trat ein, schenkte mir ein leichtes, förmliches Nicken, sah sich vage um und teilte mir mit, daß Mr. Dorr sogleich erscheinen würde. Er ging wieder hinaus, und ich zündete mir eine Zigarette an.

Nach einem Weilchen ging erneut die Tür auf, und Beasley kam herein, ging mit einem Grinsen an mir vorbei und nahm unmittelbar vor den Fenstern Platz. Dann kam Dorr und hinter ihm Miss Glenn.

Dorr hatte seine schwarze Katze auf den Armen und, glänzend von Kollodium, zwei wunderschöne rote Kratzer auf der rechten Backe. Miss Glenn trug dieselbe Kleidung, die ich am Morgen an ihr gesehen hatte. Sie wirkte düster und erschöpft und mutlos, und sie ging an mir vorbei, als hätte sie mich noch nie im Leben gesehen.

Dorr quetschte sich in einen hochlehnigen Stuhl hinter dem Schreibtisch und setzte die Katze vor sich auf die Platte. Die Katze schritt zu einer Ecke des Tisches und begann sich dort mit langen, fegenden, geschäftsmäßigen Bewegungen die Brust zu lecken.

Dorr sagte: »Nun, nun. Da wären wir ja alle«, und kicherte freundlich.

Der Mann im Cut kam mit einem Tablett Cocktails herein, reichte sie herum, setzte das Tablett mit dem Shaker auf ein Tischchen neben Miss Glenn. Er ging wieder hinaus und schloß die Tür so behutsam, als hätte er Angst, sie könnte ihm unter den Händen zerbrechen.

Wir tranken alle und machten sehr feierliche Gesichter.

Ich sagte: »Wir sind alle da bis auf zwei. Aber wir dürften wohl beschlußfähig sein.«

Dorr sagte: »Was soll das heißen?«, scharf, und legte den Kopf auf die Seite.

Ich sagte: »Lou Harger liegt im Leichenschauhaus, und Canales ist damit beschäftigt, vor den Bullen Haken zu schlagen. Sonst sind wir vollzählig. Alle interessierten Parteien.«

Miss Glenn machte eine abrupte Bewegung, entspannte sich dann jäh wieder und hackte mit den Fingern nach der Armlehne ihres Sessels.

Dorr nahm zwei Schlucke von seinem Cocktail, setzte das Glas ab und faltete die kleinen, adretten Hände auf dem Schreibtisch. Sein Gesicht wirkte ein bißchen finster.

»Das Geld«, sagte er kalt. »Ich werde es jetzt in Verwahrung nehmen.«

Ich sagte: »Weder jetzt noch später. Ich habe es gar nicht mitgebracht.«

Dorr starrte mich an, und sein Gesicht wurde ein wenig rot. Ich sah zu Beasley hinüber. Beasley hatte eine Zigarette im Mund und die Hände in den Taschen, und sein Hinterkopf ruhte auf der Sessellehne. Er sah aus, als schliefe er halb.

Dorr sagte leise, nachdenklich: »Sie wollen es mir vorenthalten, eh?«

»Genau das«, sagte ich grimmig. »Solange ich es nämlich habe, bin ich ziemlich sicher. Sie haben den Bogen überspannt, als Sie's mir in die Pfoten kommen ließen. Ich wäre ein Narr, wenn ich den Vorteil, den mir das verschafft, nicht festhielte.«

Dorr sagte: »Sicher?«, mit einem sanft sinistren Unterton in der Stimme.

Ich lachte. »Nicht sicher davor, daß man mir mit falschen Beschuldigungen kommt«, sagte ich. »Wenn das auch letztesmal nicht so besonders geklappt hat... Nicht sicher davor, daß man mir wieder mit Kanonen auflauert. Wenn das auch beim nächstenmal nicht mehr so einfach sein dürfte...

Aber ziemlich sicher davor, daß ich einen Schuß in den Rücken kriege und aus dem Himmel zusehen muß, wie Sie das Geld aus meiner Erbmasse einklagen.«

Dorr streichelte der Katze den Rücken und sah mich unter den Brauen hervor an.

»Bringen wir erstmal ein paar wichtigere Sachen ins reine«, sagte ich. »Wer badet die Sache mit Lou Harger aus?«

»Was macht Sie so sicher, daß Sie das nicht müssen?« fragte Dorr garstig.

»Ich habe inzwischen mein Alibi auf Hochglanz gebracht. Ich wußte gar nicht, wie gut es war, bis ich erfuhr, wie genau Lous Tod zeitlich festgelegt werden konnte. Ich bin jetzt aus dem Schneider... Und die Bürschchen, die ausgeschickt wurden, um meinem Alibi eine Schramme beizubringen, sind auf unerwartete Schwierigkeiten gestoßen.«

Dorr sagte: »Ach tatsächlich?«, ohne jede erkennbare Gefühlsbewegung.

»Ein Killer namens Andrews und ein Mexikaner, der sich Luis Cadena nennt. Ich möchte meinen, Sie haben schon von ihnen gehört.«

»Ich kenne solche Leute nicht«, sagte Dorr scharf.

»Dann wird es Sie auch nicht weiter aufregen, wenn Sie hören, daß Andrews ins Gras gebissen hat und Cadena sich bei der Polizei in Gewahrsam befindet.«

»Gewiß nicht«, sagte Dorr. »Die waren von Canales. Canales hat Harger töten lassen.«

Ich sagte: »Das ist also Ihr neuester Einfall. Ich finde ihn lausig.«

Ich beugte mich vor und schob mein leeres Glas unter den Sessel. Miss Glenn wandte mir den Kopf zu und sprach in sehr ernstem Ton, ganz als sei es von ausschlaggebender Wichtigkeit für die Zukunft der menschlichen Rasse, daß ich auch glaubte, was sie sagte: »Natürlich – *natürlich* hat Canales Lou töten lassen... Zumindest haben die Männer, die er hinter uns herschickte, Lou getötet.«

Ich nickte höflich. »Und weswegen? Wegen einem Packen Geld, das sie nicht bekamen? Nein, die hätten ihn nicht umgebracht. Sie hätten euch beide zu Canales geschafft. Arrangiert haben den Mord Sie, und der Trick mit dem Taxi sollte *mich* von der Spur abbringen und nicht die Jungs von Canales.«

Sie streckte schnell die Hand aus. Ihre Augen schimmerten. Ich fuhr fort:

»Ich mag ja nicht sehr helle sein, aber an so einen Aufwand hatte ich tatsächlich nicht gedacht. Wer würde auch schon darauf verfallen! Canales hatte kein Motiv, Lou umpaffen zu lassen, wenn er nicht das Geld zurückbekam, das man ihm abgeschwindelt hatte. Mal angenommen, er hat überhaupt so schnell spitzgekriegt, daß es ihm abgeschwindelt worden war.«

Dorr leckte sich die Lippen, wabbelte mit Kinn und Doppelkinn und sah mit seinen kleinen verkniffenen Augen von einem von uns zum andern. Miss Glenn sagte trübe: »Lou wußte genau, wie das Spiel laufen würde. Er hatte alles mit dem Croupier geplant, Pina. Pina brauchte etwas Geld, um zu verschwinden, wollte nach Havanna weg. Natürlich wäre Canales irgendwann mal dahintergekommen, aber doch nicht so bald, wenn ich nicht im Kasino soviel Wind gemacht hätte. *Ich* habe Lou getötet – aber nicht so, wie Sie meinen.«

Mir fiel ein Zoll Asche von der Zigarette, die ich ganz vergessen hatte. »So ist das also«, sagte ich grimmig. »Canales soll den Mord ausbaden... Und wahrscheinlich bildet ihr beiden Schwindler euch ein, damit hat sich's... Wo sollte Lou denn sein, wenn Canales *möglicherweise* dahinterkam, daß man ihn reingelegt hatte?«

»Er sollte weg sein«, sagte Miss Glenn tonlos. »Sehr weit weg. Und ich sollte zusammen mit ihm weg sein.«

Ich sagte: »Quatsch! Sie scheinen zu vergessen, daß *ich* ja doch weiß, warum Lou getötet wurde.«

Beasley richtete sich in seinem Sessel auf und bewegte mit fast so etwas wie Anmut die rechte Hand zur linken Schulter. »Ist dieser Schlauberger Ihnen lästig, Chef?«

Dorr sagte: »Noch nicht. Laß ihn weiterdeklamieren.«

Ich setzte mich so, daß ich Beasley etwas mehr im Auge hatte. Der Himmel draußen war dunkel geworden und der Rasensprenger abgestellt. Eine feuchtige Kühle drang langsam in den Raum. Dorr öffnete ein Kistchen aus Zedernholz und steckte sich eine lange braune Zigarre in den Mund, biß das Ende mit einem trockenen Schnapp seiner falschen Zähne ab. Man hörte das rauhe Geräusch eines angerissenen Streichholzes, dann das langsame, ziemlich mühselige Paffen seines Atems in der Zigarre.

Er sagte bedächtig, durch eine Wolke Rauch: »Vergessen wir das alles, und einigen wir uns über das Geld... Manny Tinnen hat sich heute nachmittag in seiner Zelle erhängt.«

Miss Glenn stand jäh auf, ließ die Arme an den Seiten niederfallen. Dann sank sie langsam wieder in ihren Sessel zurück, saß reglos da. Ich sagte: »Hat er vielleicht Hilfe dabei gehabt?« Dann machte ich eine plötzliche scharfe Bewegung – und hielt inne.

Beasley warf mir einen raschen Blick zu, aber es war nicht Beasley, zu dem ich hinübersah. Draußen vor einem der Fenster war ein Schatten aufgetaucht – ein Schatten, der heller war als der dunkle Rasen und die noch dunkleren Bäume. Es gab ein hohles, bitteres, hustendes Plopp, ein dünnes Sprühen von weißlichem Rauch im Fenster.

Beasley zuckte, hob sich halb auf die Füße, fiel dann vornüber aufs Gesicht, den einen Arm schräg unter der Brust.

Canales trat durch das Fenster, an Beasleys Körper vorbei, kam drei Schritte näher und stand schweigend da, eine lange schwarze, kleinkalibrige Pistole in der Hand, an deren Ende das stärkere Rohr eines Schalldämpfers schimmerte.

»Seien Sie alle sehr still«, sagte er. »Ich bin ein guter Schütze – selbst mit dieser Elefantenbüchse hier.«

Sein Gesicht war so weiß, daß es fast leuchtete. Seine dunklen Augen schienen nur noch aus rauchgrauer Iris zu bestehen, ohne Pupillen.

»Schall trägt weit bei Nacht und bei offenen Fenstern«, sagte er tonlos.

Dorr legte seine Hände auf die Schreibtischplatte und begann darauf herumzuklopfen. Die schwarze Katze bog den Körper sehr tief durch, glitt vom Tischende herunter und verzog sich unter einen Sessel. Miss Glenn wandte Canales ganz langsam den Kopf zu, als bewege ihn eine Art Mechanismus.

Canales sagte: »Vielleicht haben Sie einen Summer an Ihrem Tisch. Wenn die Zimmertür aufgeht, schieße ich. Es wird mir ein ausgesprochenes Vergnügen sein, das Blut aus Ihrem fetten Hals schießen zu sehen.«

Ich bewegte die Finger meiner rechten Hand zwei Zoll weit auf der Armlehne meines Sessels. Die schallgedämpfte Pistole schwenkte zu mir herüber, und ich hörte auf, die Finger zu bewegen. Canales lächelte ganz kurz unter seinem gewinkelten Schnurrbart.

»Sie sind ein gerissener Detektiv«, sagte er. »Ich wußte doch, ich hatte Sie richtig erkannt. Aber Sie haben etwas an sich, was mir gefällt.«

Ich sagte nichts. Canales wandte sich wieder an Dorr. Er sagte sehr präzis: »Ich bin von Ihrer Organisation lange ausgesaugt worden. Aber das ist etwas anderes. Gestern nacht wurde ich um einiges Geld betrogen. Aber auch das ist nebensächlich. Ich werde wegen Mordes an diesem Harger gesucht. Ein Mann namens Cadena ist zu dem Geständnis gebracht worden, ich hätte ihn angeheuert... Das ist einfach ein bißchen zuviel.«

Dorr schwankte leicht über seinem Schreibtisch, setzte die Ellbogen hart darauf, hielt das Gesicht in den kleinen Händen und fing an zu zittern. Seine Zigarre qualmte auf dem Boden.

Canales sagte: »Ich möchte gern mein Geld wiederhaben, und ich möchte gern sauber aus dieser Mordsache rauskommen – aber am liebsten von allem möchte ich, daß Sie etwas sagen – damit ich Ihnen in den offenen Mund schießen kann und sehen, wie das Blut herauskommt.«

Beasleys Körper auf dem Teppich regte sich. Seine Hände tasteten um sich. Dorrs Augen waren ein einziger Krampf bei dem Versuch, nicht zu ihm hinzublicken. Canales war wie von Sinnen und blind zu diesem Zeitpunkt. Ich bewegte meine Finger ein klein wenig weiter auf der Lehne meines Sessels. Aber ich hatte noch einen langen Weg zurückzulegen.

Canales sagte: »Pina hat vor mir den Mund aufgemacht. Dafür habe ich gesorgt. Sie haben Harger getötet. Und zwar weil er ein geheimer Zeuge gegen Manny Tinnen war. Der Staatsanwalt hat dichtgehalten, und auch der Detektiv hier hat dichtgehalten. Aber Harger selbst konnte nicht dichthalten. Er hat es seinem Frauenzimmer erzählt – und das Frauenzimmer erzählte's Ihnen... Folglich wurde der Mord arrangiert, und zwar so, daß der Verdacht mit einem Motiv auf mich fallen mußte. Zuerst auf diesen Detektiv, und wenn das nicht klappte, auf mich.«

Es herrschte Stille. Ich wollte etwas sagen, aber ich bekam nichts heraus. Mir war so, als würde niemand außer Canales je wieder etwas sagen.

Canales sagte: »Sie haben Pina bestochen, Harger und sein Mädchen mein Geld gewinnen zu lassen. Das war nicht schwer – denn bei mir wird nicht mit präparierten Roulettes gespielt.«

Dorr hatte aufgehört zu zittern. Sein Gesicht hob sich, kalkweiß, und wandte sich Canales zu, langsam, wie das Gesicht eines Menschen, der kurz vor einem epileptischen Anfall steht. Beasley war auf einen Ellbogen hochgekommen. Er hatte die Augen fast geschlossen, aber eine Kanone quälte sich aufwärts in seiner Hand.

Canales beugte sich vor und begann zu lächeln. Sein Finger am Abzug wurde in genau dem Augenblick weiß, in dem Beasleys Waffe anfing zu vibrieren und zu krachen.

Canales krümmte den Rücken durch, bis sein Körper ein starrer Bogen war. Er fiel steif vornüber, schlug auf die Schreibtischkante und glitt daran entlang zu Boden, ohne die Hände zu heben.

Beasley ließ seine Waffe fallen und fiel selber wieder aufs Gesicht. Sein Körper wurde schlaff, und seine Finger bewegten sich krampfhaft, waren dann still.

Ich brachte Bewegung in meine Beine, stand auf und beförderte Canales' Pistole mit einem Tritt unter den Schreibtisch – sinnloserweise. Noch während ich das tat, sah ich, daß Canales wenigstens einmal gefeuert hatte, denn Frank Dorr hatte kein rechtes Auge mehr.

Er saß ganz still und friedlich da, das Kinn auf der Brust und einen freundlichen Hauch von Melancholie auf der heilen Seite seines Gesichts.

Die Zimmertür ging auf, und der Sekretär mit dem Kneifer glitt herein, mit hervorquellenden Augen. Er taumelte gegen die Tür zurück und schloß sie wieder. Ich konnte sein hastiges Atmen durch das ganze Zimmer hören.

Er keuchte: »Ist – ist irgend etwas nicht in Ordnung?«

Ich fand das sehr komisch, selbst jetzt. Dann ging mir auf, daß er vielleicht kurzsichtig war, und von der Stelle aus, wo er stand, sah Frank Dorr wohl ganz natürlich aus. Das übrige mochte für einen Gehilfen Dorrs bloße Routine gewesen sein.

Ich sagte: »Ganz recht – aber wir schaffen das schon allein. Bleiben Sie draußen.«

Er sagte: »Jawohl, Sir«, und ging wieder hinaus. Das überraschte mich derart, daß ich einen Augenblick mit offenem Mund dastand. Dann ging ich durchs Zimmer und beugte mich über den grauhaarigen Beasley. Er war bewußtlos, hatte aber einen gleichmäßigen Puls. Er blutete an der Seite, nur leicht.

Miss Glenn stand langsam auf und sah fast so irr und benommen aus, wie Canales ausgesehen hatte. Sie redete jäh auf mich ein, mit brüchiger, aber sehr entschiedener Stimme: »Ich wußte nicht, daß Lou getötet werden sollte, aber ich hätte sowieso nichts dran ändern können. Sie haben mich mit einem Brenneisen verbrannt – nur als Beispiel, was mir bevorstünde. Sehen Sie!«

Ich sah hin. Sie riß ihre Bluse vorn auf, und fast genau zwischen den beiden Brüsten hatte sie eine scheußliche Brandwunde.

Ich sagte: »Okay, Schwester. Das war eine bittere Medizin. Aber jetzt müssen wir ein bißchen Polizei herholen und einen Krankenwagen für Beasley.«

Ich schob mich an ihr vorbei zum Telefon, schüttelte ihre Hand von meinem Arm, als sie nach mir griff. Sie fuhr fort und redete auf meinen Rücken ein, mit dünner, verzweifelter Stimme.

»Ich dachte, sie wollten Lou bloß aus dem Weg halten, bis nach dem Prozeß. Aber sie zerrten ihn aus dem Taxi und schossen ihn ohne ein Wort nieder. Dann fuhr der Kleine das Taxi in die Stadt, und der Klotz brachte mich in die Berge rauf, zu einer Hütte. Dorr war dort. Er erzählte mir, wie Sie reingelegt werden müßten. Er versprach mir das Geld, wenn ich mitzöge, aber wenn ich sie auffliegen ließe, würden sie mich zu Tode foltern.«

Mir ging auf, daß ich den Leuten zuviel den Rücken zukehrte. Ich fuhr herum, nahm das Telefon in die Hände, den Hörer immer noch auf der Gabel, und legte meine Kanone auf den Schreibtisch.

»Hören Sie! Geben Sie mir eine Chance«, sagte sie wild. »Dorr hat das alles mit Pina ausgeheckt, dem Croupier. Pina war einer von der Bande, die Shannon dahin geschafft hat, wo sie ihn fertigmachen konnten. Ich habe nicht das geringste – – –«

Ich sagte: »Aber ja doch – ist ja gut. Tragen Sie's mit Fassung.«

Das Zimmer, das ganze Haus wirkte sehr still, wie wenn eine Menge Leute draußen vor der Tür hockten und lauschten.

»Der Einfall war gar nicht so schlecht«, sagte ich, als hätte ich alle Zeit der Welt. »Lou bedeutete für Frank Dorr nicht mehr als einen weißen Chip. Das Spiel, das er sich ausgedacht hatte, hätte uns beide als Zeugen ausgeschaltet. Aber es war zu kompliziert, hatte zu viele Beteiligte. So eine Ladung geht immer nach hinten los.«

»Lou wollte aus der ganzen Gegend hier weg«, sagte sie, die Hände in ihre Bluse verkrampft. »Er hatte Angst. Er betrachtete den Trick mit dem Roulette als so eine Art Abschlagszahlung für sich.«

Ich sagte: »Tja«, hob den Hörer und verlangte die Kriminalpolizei.

Die Zimmertür ging wieder auf, und der Sekretär kam mit einer Pistole hereingeplatzt. Ein uniformierter Chauffeur war hinter ihm, ebenfalls mit Pistole.

Ich sagte sehr laut in das Telefon: »Hier ist das Haus von Frank Dorr. Es hat eine Schießerei gegeben...«

Der Sekretär und der Chauffeur verdrückten sich im Nu. Ich hörte sie durch den Flur rennen. Ich drückte die Gabel nieder, wählte die Redaktion des *Telegram* und bekam Von Ballin. Als ich damit fertig war, ihm die Notiz durchzugeben, hatte Miss Glenn sich durch das Fenster in den dunklen Garten davongemacht.

Ich lief ihr nicht nach. Es war mir ziemlich egal, ob sie entwischte.

Ich versuchte Ohls zu erreichen, aber man sagte mir, er wäre noch immer unten in Solano. Und um diese Zeit war die Nacht schon voller Sirenengeheul.

Ich hatte noch ein paar Schwierigkeiten, aber es lief alles glimpflich ab. Fenwaethers Arm reichte zu weit. Nicht die ganze Geschichte kam ans Licht, aber doch genug, daß die Jungs von der Stadtverwaltung in den Zweihundert-Dollar-Anzügen eine Zeitlang mit dem linken Ellbogen vorm Gesicht herumliefen.

Pina wurde in Salt Lake City gefaßt. Er gab auf und nannte vier andere von Manny Tinnens Bande. Zwei von ihnen widersetzten sich der Verhaftung und wurden dabei erschossen, die beiden andern bekamen lebenslänglich.

Miss Glenn tauchte glatt und sauber unter, und man hat nie wieder etwas von ihr gehört. Ich glaube, das ist alles, außer daß ich die zweiundzwanzig Riesen dem Nachlaßverwalter des Fiskus aushändigen mußte. Er genehmigte mir zweihundert Dollar Honorar und neun Dollar zwanzig Kilometergeld. Manchmal grüble ich der Frage nach, was er wohl mit dem Rest gemacht hat.

Der superkluge Mord

I

Der Türsteher des Kilmarnock war an die einsneunzig groß. Er trug eine blaßblaue Uniform, und weiße Handschuhe ließen seine Hände riesig erscheinen. Er öffnete die Tür des Yellow-Taxis so behutsam, wie eine alte Jungfer eine Katze streichelt.

Johnny Dalmas stieg aus und drehte sich zu dem rothaarigen Fahrer um. Er sagte: »Fahr doch lieber um die Ecke und warte da auf mich, Joey.«

Der Fahrer nickte, schob einen Zahnstocher in seinem Mundwinkel noch etwas weiter zurück und schwang sein Taxi gekonnt aus dem weiß markierten Parkverbot vor dem Hotel. Dalmas überquerte den sonnigen Gehsteig und trat in die riesige kühle Halle des Kilmarnock. Die Teppiche waren dick, man ging völlig geräuschlos. Pagen standen mit verschränkten Armen herum, und die beiden Portiers hinter dem Marmor der Rezeption blickten streng in die Luft.

Dalmas ging zu den Fahrstühlen hinüber. Er stieg in einen getäfelten Lift und sagte: »Endstation bitte.«

Das Dachgeschoß hatte einen kleinen stillen Flur, auf den drei Türen führten, eine in jeder Wand. Dalmas trat vor eine davon und betätigte die Klingel.

Derek Walden öffnete die Tür. Er war etwa fünfundvierzig, möglicherweise etwas drüber, und hatte volles, staubiggraues Haar und ein hübsches, von Ausschweifungen gezeichnetes Gesicht, das schon langsam schwammig wurde. Er trug einen Morgenrock mit Monogramm und in der

Hand ein volles Glas Whisky. Er war ein bißchen betrunken.

Er sagte mit belegter Stimme, mürrisch: »Ach, Sie sind's, Dalmas. Rein mit Ihnen.«

Er ging zurück in das Apartment, ließ die Tür offen. Dalmas schloß sie und folgte ihm in ein langes, hochdeckiges Zimmer mit einem Balkon am einen Ende und einer Reihe Fenstertüren zur Linken. Sie führten auf eine Dachterrasse.

Derek Walden setzte sich in einen braungoldenen Sessel an der Wand und streckte die Beine über einen Schemel. Er schwenkte den Whisky in seinem Glas herum und sah darauf nieder.

»Was haben Sie auf dem Herzen?« fragte er.

Dalmas starrte ihn ein wenig grimmig an. Nach einem Augenblick sagte er: »Ich bin vorbeigekommen, um Ihnen zu sagen, daß ich Ihnen den Job zurückgebe.«

Walden trank sein Glas leer und setzte es dann auf die Ecke eines Tisches. Er tastete nach einer Zigarette, steckte sie in den Mund und vergaß sie anzuzünden.

»Was Sie nicht sagen.« Seine Stimme war verschwommen, aber von deutlicher Gleichgültigkeit.

Dalmas wandte sich von ihm weg und ging zu einem der Fenster hinüber. Es stand offen, und eine Markise flatterte draußen. Der Verkehrslärm vom Boulevard drang nur schwach herauf.

Er sprach über die Schulter: »Die Untersuchung führt zu nichts – weil Sie selber wollen, daß sie zu nichts führt. *Sie* wissen, warum Sie erpreßt werden. *Ich* nicht. Interessiert ist nur die Eclipse Films, weil sie nämlich eine Menge Zucker in die Filme gerührt hat, die Sie gebacken haben.«

»Ach, zum Teufel mit der Eclipse«, sagte Walden, fast ruhig.

Dalmas schüttelte den Kopf und wandte sich um. »Nicht von meinem Standpunkt aus. Der Firma steht ein handfester Verlust ins Haus, wenn Sie in einen Skandal verwikkelt werden, mit dem ihre Publicity-Meute nicht fertig wird. Sie haben mich genommen, weil es von Ihnen verlangt wurde. Aber es war reine Zeitverschwendung. Nicht für einen Cent Kooperation von Ihrer Seite.«

Walden sagte in unfreundlichem Ton: »Ich deichsle diese Sache auf meine eigene Art, und von einem Skandal kann gar keine Rede sein. Ich werde alleine ein Abkommen treffen – sobald ich etwas kaufen kann, was dann auch ein für allemal gekauft ist... Und Sie haben nichts weiter zu tun, als den Leuten von der Eclipse das Gefühl zu geben, daß jemand die Lage im Auge behält. Ist das klar?«

Dalmas kam wieder halb durchs Zimmer zurück. Er blieb stehen, eine Hand auf der Tischplatte neben einem Aschenbecher voller Zigarettenstummel, an denen sehr dunkles Lippenrouge zu sehen war. Er blickte abwesend auf sie nieder.

»So ist mir das nicht erklärt worden, Walden«, sagte er kalt.

»Ich dachte, Sie wären schlau genug, um von selber draufzukommen«, sagte Walden mit höhnischem Grinsen. Er beugte sich zur Seite und schlabberte sich einen neuen Whisky in sein Glas. »Wolln Sie auch was?«

Dalmas sagte: »Nein, danke.«

Walden fand die Zigarette in seinem Mund und warf sie auf den Boden. Er trank. »Was, zum Teufel, wollen Sie denn eigentlich?« schnaubte er. »Sie sind Privatdetektiv und werden dafür bezahlt, daß Sie ein paar Freiübungen machen, die Sie nichts kosten. Das ist doch ein sauberer Auftrag – im Vergleich zu dem, was Ihr Gewerbe sonst so mit sich bringt.«

Dalmas sagte: »Solche Bemerkungen können Sie sich an den Hut stecken.«

Walden machte eine abrupte, ärgerliche Bewegung. Seine Augen glitzerten. Seine Mundwinkel zogen sich nach unten, und sein Gesicht wurde mürrisch. Er mied Dalmas' Blick.

Dalmas sagte: »Ich habe nichts gegen Sie, aber ich bin

auch nicht sonderlich für Sie eingenommen. Sie sind nicht der Typ, mit dem ich mich befreunden könnte. Aber wenn Sie mitgespielt hätten, dann hätte ich mein Möglichstes getan. Ich werde das auch immer noch tun – aber nicht Ihretwegen. Ich will Ihr Geld nicht – und Ihre Beschatter können Sie auch gern von mir abziehen, sobald Sie nur Lust haben.«

Walden stellte die Füße auf den Boden. Er setzte sehr vorsichtig das Glas neben seinem Ellbogen auf den Tisch. Der ganze Ausdruck seines Gesichts hatte sich verändert.

»Beschatter? ... Ich verstehe Sie nicht.« Er schluckte. »Ich lasse Sie gar nicht beschatten.«

Dalmas starrte ihn an. Nach einem Augenblick nickte er. »Okay denn. Ich werde den nächsten mal beim Kragen nehmen und sehn, ob ich aus ihm rauskriege, für wen er arbeitet ... Ich werd's schon feststellen.«

Walden sagte sehr ruhig: »Das würde ich nicht tun, wenn ich Sie wäre. Sie – Sie lassen sich da mit Leuten ein, die sehr häßlich werden könnten ... Ich weiß, wovon ich rede.«

»Das wird mir kaum den Nachtschlaf rauben«, sagte Dalmas gleichmütig. »Und wenn's die Leute sind, die Ihr Geld wollen, dann sind die schon vor einer ganzen Weile häßlich geworden.«

Er hielt seinen Hut vor sich hin und betrachtete ihn. Waldens Gesicht schimmerte vor Schweiß. Seine Augen sahen krank aus. Er öffnete den Mund, um etwas zu sagen.

Der Türsummer erklang.

Walden runzelte finster die Stirn, fluchte. Er starrte durchs Zimmer, rührte sich aber nicht.

»Verdammt nochmal, es kommen doch andauernd Leute rauf, ohne sich anmelden zu lassen«, grollte er. »Mein japanischer Boy hat heute Ausgang.«

Der Türsummer erklang zum zweitenmal, und Walden wollte aufstehen. Dalmas sagte: »Ich werde mal nachsehen, was ist. Ich bin sowieso im Aufbruch.«

Er nickte Walden zu, ging durchs Zimmer und öffnete die Tür.

Zwei Männer kamen herein, Pistolen in den Händen. Eine der Pistolen grub sich Dalmas scharf in die Rippen, und der Mann, der sie hielt, sagte nachdrücklich: »Zurück in die gute Stube, und zwar ein bißchen dalli. Das ist so ein Überfall, wie man ihn manchmal in der Zeitung liest.«

Er war dunkel, sah gut aus und schien sich in aufgeräumter Stimmung zu befinden. Sein Gesicht war so klar geschnitten wie eine Kamee und hatte fast gar keine Härte. Er lächelte.

Der Mann hinter ihm war untersetzt und hatte sandfarbenes Haar. Er machte ein finsteres Gesicht. Der Dunkle sagte: »Das ist Waldens Schnüffler, Noddy. Kümmere dich mal um ihn und schau nach seiner Artillerie.«

Der sandfarbene Mann, Noddy, setzte Dalmas einen kurzläufigen Revolver auf den Bauch, und sein Partner trat die Tür zu und schlenderte dann sorglos durch das Zimmer auf Walden zu.

Noddy zog Dalmas seinen 38er Colt unter dem Arm hervor, ging um ihn herum und klopfte ihm die Taschen ab. Er steckte seine eigene Pistole weg und nahm statt dessen Dalmas' Colt in seine Geschäftshand.

»Okay, Ricchio. Der hier wäre sauber«, sagte er mit grummelnder Stimme. Dalmas ließ die Arme fallen, drehte sich um und ging ins Zimmer zurück. Er sah nachdenklich auf Walden hinunter. Walden hatte sich vorgebeugt, den Mund offen und einen Ausdruck angestrengter Konzentration auf dem Gesicht. Dalmas sah den dunkelhaarigen Gangster an und sagte leise: »Ricchio?«

Der dunkle Junge warf ihm einen kurzen Blick zu. »Rüber da an den Tisch mit Ihnen, Süßer. Jetzt redet niemand, und das bin ich.«

Walden gab ein heiseres Räuspern von sich. Ricchio stand vor ihm und blickte mit freundlicher Miene auf ihn nieder, die Pistole baumelnd an einem Finger, am Abzugsbügel.

»Sie sind mit den Ratenzahlungen in Verzug, Walden. Verdammt lange schon! Darum sind wir mal vorbeigekommen, um mit Ihnen zu reden. Haben auch Ihren Schnüffler hier beschattet. War das nicht ganz reizend von uns?«

Dalmas sagte ernst, ruhig: »Dieses Arschloch war doch mal Ihr Leibwächter, Walden – wenn er Ricchio heißt.«

Walden nickte schweigend und leckte sich die Lippen. Ricchio knurrte Dalmas an: »Lassen Sie die Klugschnackerei, Schnüffler. Ich sag's Ihnen zum letztenmal.« Er starrte mit heißen Augen, sah dann wieder Walden an, sah auf eine Uhr an seinem Handgelenk.

»Es ist acht Minuten nach drei, Walden. Ich denke, so wie Sie bei den Leuten ziehen, kriegen Sie immer noch Geld von der Bank. Wir geben Ihnen eine Stunde, um zehn Riesen abzuheben. Genau eine Stunde. Und Ihren Schnüffler hier nehmen wir mit, um mit ihm die Übergabe zu arrangieren.«

Walden nickte wieder, immer noch still. Er legte die Hände auf die Knie und umklammerte sie, bis seine Knöchel sich weißten.

Ricchio fuhr fort: »Wir spielen sauber. Unser Gewerbe wäre keine zerquetschte Fliege wert, wenn wir das nicht täten. Auch Sie werden sauber spielen. Wenn nicht, wacht Ihr Schnüffler auf einem Misthaufen auf. Das heißt, zum Aufwachen kommt er dann nicht mehr. Kapiert?«

Dalmas sagte verächtlich: »Und wenn er zahlt – dann laßt ihr mich vermutlich laufen, damit ich euch an den Kragen kann.«

Geschmeidig, ohne ihn anzusehen, sagte Ricchio: »Auch dafür gibt es eine Lösung... Zehn Riesen heute, Walden. Die andern zehn am ersten der Woche. Es sei denn, wir kriegen Schwierigkeiten... Wenn ja, kommen die zusätzlich auf die Rechnung.«

Walden machte eine ziellose, besiegte Geste mit beiden

ausgebreiteten Händen. »Ich denke, ich kann's arrangieren«, sagte er eilig.

»Famos. Dann wolln wir uns mal auf den Weg machen.«

Ricchio nickte kurz und steckte seine Pistole weg. Er zog einen braunen Wildlederhandschuh aus der Tasche, streifte ihn über die rechte Hand, ging hinüber, nahm dann dem sandhaarigen Mann Dalmas' Colt ab. Er überprüfte ihn, ließ ihn in seine Seitentasche gleiten und hielt ihn dort mit der behandschuhten Hand.

»Los geht's«, sagte er mit einem Kopfrucken.

Sie gingen hinaus. Derek Walden starrte ihnen trübe nach.

Der Fahrstuhl war leer bis auf den Bediener. Sie stiegen im Entresol aus und gingen durch ein stilles Schreibzimmer, an einem bunten Glasfenster vorbei, hinter dem elektrisches Licht die Wirkung von Sonnenschein erzeugte. Ricchio ging einen halben Schritt links hinter Dalmas. Der sandhaarige Mann hielt sich zu seiner Rechten, drängte ihn vorwärts.

Sie gingen teppichbelegte Stufen hinunter, durch eine Passage mit Luxusgeschäften, aus dem Hotel durch den Seiteneingang. Ein kleiner brauner Sedan parkte gegenüber an der Straße. Der sandhaarige Mann glitt hinters Steuer, schob sich die Pistole unter den Oberschenkel und trat auf den Starter. Ricchio und Dalmas stiegen hinten ein. Ricchio sagte gedehnt: »Auf dem Boulevard nach Osten, Noddy. Ich muß nachdenken.«

Noddy grunzte. »Das ist auch ein Einfall«, grollte er über die Schulter. »Bei hellichtem Tag mit so einem Burschen über den Wilshire zu gondeln.«

»Drück schon auf die Tube, Kerl.«

Der Sandhaarige grunzte erneut und löste den kleinen Sedan von der Bordsteinkante, verlangsamte einen Augenblick später am Boulevard-Stop. Ein leeres Yellow startete auf der westlichen Straßenseite, wendete in der Mitte des Blocks und schloß sich an. Noddy hielt vor dem Stopschild, bog nach rechts und fuhr weiter. Das Taxi tat dasselbe.

Ricchio warf ohne sonderliches Interesse einen Blick darauf zurück. Es war starker Verkehr auf dem Wilshire.

Dalmas lehnte sich gegen die Polsterung zurück und sagte nachdenklich: »Warum hat Walden sich eigentlich nicht ans Telefon gehängt, während wir runterfuhren?«

Ricchio lächelte ihn an. Er setzte den Hut ab und ließ ihn auf seinen Schoß fallen, dann nahm er die rechte Hand aus der Tasche und schob sie mit der Pistole drin unter den Hut.

»Er hat eben nicht gewollt, daß wir böse auf ihn werden, Schnüffler.«

»Und da läßt er denn lieber zu, daß zwei Gannefs mit mir spazierenfahren.«

Ricchio sagte kalt: »Wir fahren nicht so spazieren, wie Sie meinen. Wir brauchen Sie bei unserm Geschäft ... Und wir sind keine Gannefs, verstanden?«

Dalmas rieb sich mit zwei Fingern das Kinn. Er lächelte leicht, sagte nichts. Der sandhaarige Mann wandte rasch den Kopf und fauchte: »An der Robertson weiter gradeaus?«

»Ja-ah. Ich bin immer noch am Nachdenken«, sagte Ricchio.

»Ein Superhirn!« höhnte der sandhaarige Mann.

Ricchio grinste verkniffen und zeigte ebenmäßige weiße Zähne. Einen halben Block vor ihnen sprang die Ampel auf Rot. Noddy ließ den Sedan aufholen und wurde der erste der Schlange an der Kreuzung. Das Yellow fuhr links von ihm auf. Nicht ganz bis auf gleiche Höhe. Der Fahrer hatte rotes Haar. Die Mütze saß ihm schräg auf dem Kopf, und er pfiff vergnügt an einem Zahnstocher vorbei vor sich hin.

Dalmas zog die Füße gegen den Sitz zurück und legte sein ganzes Gewicht hinein. Er preßte den Rücken hart gegen die Polsterung. Die große Verkehrsampel wurde grün, und der Sedan startete, blieb dann aber noch einen Moment hängen, um einen Wagen vorzulassen, der mit einem raschen Schlenker von rechts die Spur gewechselt hatte. Das Yellow schlüpfte zur Linken vor, und der rothaarige Fahrer beugte sich über sein Steuer und riß es ganz plötzlich nach rechts. Es gab ein mahlendes, reißendes Geräusch. Der genietete Kotflügel des Taxis pflügte über den tiefgezogenen Kotflügel des braunen Sedan und blockierte sein linkes Vorderrad. Die beiden Wagen kamen mit einem Ruck zum Stehen.

Hinter ihnen begann es wütend zu hupen, ungeduldig.

Dalmas' rechte Faust krachte gegen Ricchios Kiefer. Seine linke Hand schloß sich über der Pistole in Ricchios Schoß. Er riß sie los, als Ricchio in die Ecke sackte. Ricchios Kopf schwankte. Seine Augen öffneten und schlossen sich flatternd. Dalmas glitt von ihm weg, am Sitz entlang, und schob sich den Colt unter den Arm.

Noddy saß ganz still auf dem Fahrersitz. Seine rechte Hand bewegte sich langsam auf die Pistole unter seinem Schenkel zu. Dalmas öffnete die Tür des Sedan und stieg aus, schloß die Tür, tat zwei Schritte und öffnete die Tür des Taxis. Er blieb neben dem Taxi stehen und beobachtete den sandhaarigen Mann.

Die Hupen der steckengebliebenen Wagen heulten wie wild. Der Fahrer des Yellow stand draußen und zerrte vorn an den beiden Wagen, mit großem Energieaufwand und ohne den geringsten Erfolg. Der Zahnstocher hüpfte auf und ab in seinem Mund. Ein Polizist mit bernsteinfarbener Schutzbrille fädelte sich auf seinem Motorrad durch den Verkehr, verschaffte sich einen Überblick über die Lage, gab dem Fahrer einen Wink mit dem Kopf.

»Steigen Sie ein und stoßen Sie zurück«, empfahl er. »Ausstreiten können Sie's anderswo – die Kreuzung brauchen wir zufällig auch noch für andere Zwecke.«

Der Fahrer grinste und drückte sich eiligst um den Kühler seines Taxis. Er kletterte hinein, legte den Gang ein und ruckte unter aufwendigem Hupen und Gestikulieren zurück. Er kam frei. Der sandhaarige Mann blickte hölzern aus dem

Sedan. Dalmas stieg in das Taxi und zog die Tür hinter sich zu.

Der Polizist auf dem Motorrad holte eine Trillerpfeife heraus, gab zwei scharfe Pfiffe damit ab und breitete die Arme von Ost nach West. Der braune Sedan schoß über die Kreuzung, so schnell wie eine Katze, die von einem Polizeihund gejagt wird.

Das Yellow fuhr hinterher. Einen halben Block weiter beugte sich Dalmas vor und pochte an die Scheibe.

»Laß sie sausen, Joey. Einholen kannst du sie doch nicht, und ich hab auch gar nichts weiter mit ihnen im Sinn... Das da eben hast du ganz famos gemacht.«

Der Rotschopf wandte das Kinn zur Öffnung in der Trennscheibe hinüber. »Wenn's weiter nichts ist, Chef«, sagte er grinsend. »Da sollten Sie mich mal sehen, wenn's richtig hart auf hart geht!«

II

Das Telefon klingelte um zwanzig vor fünf. Dalmas lag auf dem Rücken auf seinem Bett. Er war in seinem Zimmer im Merrivale. Er griff, ohne hinzusehen, nach dem Hörer, sagte: »Hallo.«

Die Stimme des Mädchens war angenehm und ein bißchen gespannt. »Hier spricht Mianne Crayle. Erinnern Sie sich?«

Dalmas nahm eine Zigarette aus den Lippen. »Ja, Miss Crayle.«

»Hören Sie zu. Sie müssen bitte rübergehn und Derek Walden aufsuchen. Er ist zu Tode bedrückt und säuft sich noch blind. Man muß etwas machen.«

Dalmas starrte am Telefon vorbei gegen die Decke. Die Hand, die seine Zigarette hielt, trommelte einen Wirbel auf die Bettkante. Er sagte langsam: »Er geht nicht ans Telefon,

Miss Crayle. Ich habe schon ein- oder zweimal versucht, ihn anzurufen.«

Am andern Ende der Leitung entstand ein kurzes Schweigen. Dann sagte die Stimme: »Ich habe meinen Schlüssel unter der Tür gelassen. Es wäre am besten, Sie gingen doch gleich mal hin.«

Dalmas' Augen verengten sich. Der Finger seiner rechten Hand wurde still. Er sagte langsam: »Ich mache mich sofort rüber, Miss Crayle. Wo kann ich Sie erreichen?«

»Ich weiß nicht genau ... Im Lokal von John Sutro vielleicht. Wir wollten da hingehen.«

Dalmas sagte: »Ist gut.« Er wartete auf das Klicken, legte dann auf und stellte das Telefon auf den Nachttisch zurück. Er setzte sich auf die Bettkante und starrte eine oder zwei Minuten lang auf einen Fleck Sonnenlicht an der Wand. Dann zuckte er die Achseln, stand auf. Er trank sein Glas aus, das neben dem Telefon stand, setzte den Hut auf, fuhr im Fahrstuhl nach unten und stieg in das zweite der vor dem Hotel wartenden Taxis.

»Nochmal ins Kilmarnock, Joey. Drück auf die Tube.«

Sie brauchten fünfzehn Minuten, um zum Kilmarnock zu kommen.

Der Tanztee war gerade zu Ende gegangen, und die Straßen um das große Hotel wimmelten nur so von Wagen, die sich von den drei Einfahrten aus einen Weg in den Verkehr zu bahnen versuchten. Dalmas stieg einen halben Block entfernt aus dem Taxi und ging, vorüber an erregten Debütantinnen und ihren Begleitern, zu Fuß zur Eingangspassage. Er stieg die Treppe zum Entresol hinauf, durchquerte das Schreibzimmer und betrat einen Fahrstuhl voller Leute. Sie alle stiegen noch vor dem Dachgeschoß aus.

Dalmas drückte zweimal auf Waldens Klingel. Dann beugte er sich nieder und sah unter die Tür. Der feine Lichtfaden darunter war von einem Hindernis unterbrochen. Er schaute zum Fahrstuhlanzeiger hinüber, dann bückte er sich und zupfte mit der Klinge eines Federmessers ein Etwas unter der Tür hervor. Es war ein flacher Schlüssel. Er schloß damit auf, ging hinein ... blieb stehen ... starrte ...

In dem großen Zimmer war der Tod. Dalmas ging langsam darauf zu, mit leisem Schritt, lauschend. In seinen grauen Augen lag ein hartes Licht, und sein Kinnbackenknochen bildete eine scharfe Linie, die sich blaß vom Braun seiner Wange abhob.

Derek Walden hing fast lässig in dem braungoldenen Sessel. Sein Mund stand leicht offen. In seiner rechten Schläfe war ein geschwärztes Loch, und ein Spitzenmuster aus Blut zog sich über sein Gesicht und die Halsgrube bis auf den weichen Hemdkragen nieder. Seine rechte Hand hing schlaff auf den dicken Flor des Teppichs hinunter. Die Finger hielten eine kleine schwarze Automatik.

Das Tageslicht begann schon im Zimmer zu verblassen. Dalmas stand vollkommen still und starrte Derek Walden lange an. Nirgends war ein Laut zu vernehmen. Die Brise hatte sich gelegt, und das Markisentuch draußen vor den Fenstertüren hing unbewegt.

Dalmas zog ein Paar dünne Wildlederhandschuhe aus der linken Hüfttasche und streifte sie über. Er kniete neben Walden auf dem Teppich nieder und löste behutsam die Pistole aus dem Griff der schon steif werdenden Finger. Es war eine 32er mit Nußbaumgriff, schwarz poliert. Er drehte sie um und sah nach dem Schaft. Seine Lippen verkniffen sich. Die Nummer war abgefeilt worden, und die Feilstelle schimmerte schwach im matten Schwarz der Brünierung. Er legte die Pistole auf den Teppich und stand auf, ging langsam zum Telefon, das auf einem Bibliothekstisch stand, neben einer flachen Schale mit Schnittblumen.

Er streckte die Hand nach dem Telefon aus, berührte es aber dann doch nicht. Er ließ die Hand niedersinken. Er stand einen Augenblick lang da, drehte sich dann um und ging rasch zurück und hob die Pistole wieder auf. Er ließ das Magazin herausschnappen, stieß die Patronenhülse aus, die in der Kammer steckte, hob sie auf und drückte sie in das Magazin. Er gabelte zwei Finger seiner linken Hand über dem Lauf, hielt das Spannstück zurück, drehte den Verschlußblock und zerlegte die Waffe in zwei Teile. Er ging mit dem Kolbenteil zum Fenster hinüber.

Die Nummer, von der sich ein Doppel auf der Innenseite des Schafts befand, war hier nicht weggefeilt worden.

Er setzte die Waffe rasch wieder zusammen, steckte die leere Patronenhülse in die Kammer zurück, schob das Magazin an seinen Ort, spannte die Waffe und legte sie wieder in Derek Waldens tote Hand. Er zog die Wildlederhandschuhe von den Händen und schrieb sich die Nummer in ein kleines Notizbuch.

Er verließ das Apartment, fuhr im Fahrstuhl nach unten, verließ das Hotel. Es war halb sechs, und manche der Wagen auf dem Boulevard hatten bereits Licht eingeschaltet.

III

Der blonde Mann, der bei Sutro die Tür öffnete, tat es sehr gründlich. Die Tür schmetterte gegen die Wand zurück, und der blonde Mann saß auf dem Boden, die Hand immer noch an der Klinke. Er sagte indigniert: »Herrje, ein Erdbeben!«

Dalmas blickte ohne Belustigung auf ihn nieder.

»Ist Miss Mianne Crayle hier – oder wissen Sie das nicht?« fragte er.

Der blonde Mann stand vom Boden auf und gab der Tür einen Stoß. Sie schlug mit einem zweiten Krach ins Schloß. Er sagte mit lauter Stimme: »Alle Welt ist hier außer dem Kater des Papstes – und der muß jeden Moment kommen.«

Dalmas nickte. »Da muß es ja hoch hergehn bei Ihnen.«

Er ging an dem blonden Mann vorbei, die Halle hinunter, und trat durch einen Türbogen in einen großen altmodischen Raum mit eingebauten Porzellanschränken und einer Menge schäbigen Mobiliars. Es waren etwa sieben oder acht Leute in dem Raum, und sie hatten alle schon einen sitzen.

Ein Mädchen in Shorts und grünem Polohemd würfelte auf dem Fußboden mit einem Mann im Abendanzug. Ein fetter Mensch mit Kneifer redete mit strenger Miene in ein Spielzeugtelefon. Er sagte gerade: »Ferngespräch – Sioux City – und machen Sie ein bißchen Dampf dahinter, Frollein.«

Das Radio plärrte *Sweet Madness*.

Zwei Paare tanzten achtlos durch die Gegend, traten sich gegenseitig auf die Füße, stießen gegen die Möbel. Ein Mann, der wie Al Smith aussah, tanzte ganz allein vor sich hin, einen Drink in der Hand und einen abwesenden Ausdruck auf dem Gesicht. Eine hochgewachsene Blondine mit weißem Gesicht winkte Dalmas zu und schwappte dabei Schnaps aus ihrem Glas. Sie kreischte: »Hallo, Schatz! Nein, daß wir uns hier wiedersehen!«

Dalmas ging um sie herum, ging auf eine safranfarbene Frau zu, die gerade mit einer Flasche Gin in jeder Hand in den Raum gekommen war. Sie stellte die Flaschen auf das Klavier und lehnte sich mit gelangweiltem Gesicht dagegen. Dalmas ging zu ihr und fragte nach Miss Crayle.

Die safranfarbene Frau angelte sich eine Zigarette aus einer offenen Dose auf dem Klavier. »Draußen – im Hof«, sagte sie tonlos.

Dalmas sagte: »Vielen Dank, Mrs. Sutro.«

Sie starrte ihn leer an. Er ging durch einen weiteren Türbogen, trat in ein verdunkeltes Zimmer mit Korbmobiliar. Eine Tür führte auf eine verglaste Veranda und aus dieser wieder eine Tür ein paar Stufen hinunter zu einem Weg, der sich zwischen dämmrigen Bäumen hinwand. Dalmas folgte dem Weg bis zum Rand eines Steilhangs, von dem man einen Ausblick über den erleuchteten Teil von Hollywood hatte. Am Rand des Hanges stand eine Steinbank. Ein

Mädchen saß darauf, mit dem Rücken zum Haus. Eine Zigarette glühte in der Dunkelheit. Sie wandte langsam den Kopf und stand auf.

Sie war klein und dunkel und hatte eine zarte Figur. Ihr Mund zeigte ein dunkles Rouge, aber es war nicht hell genug, um ihr Gesicht deutlich zu erkennen. Ihre Augen waren verschattet.

Dalmas sagte: »Ich habe ein Taxi draußen, Miss Crayle. Oder sind Sie mit dem Wagen da?«

»Ohne Wagen. Gehn wir. Es ist hier zum Kotzen, und ich trinke keinen Gin.«

Sie gingen den Weg zurück und seitlich ums Haus. Ein Gittertor ließ sie auf den Gehsteig hinaus, und sie gingen am Zaun entlang zu der Stelle, wo das Taxi wartete. Der Fahrer lehnte daran, den einen Schuhabsatz auf die Kante des Trittbretts gehakt. Er machte die Taxitür auf. Sie stiegen ein.

Dalmas sagte: »Halte mal an einem Drugstore, ich brauche ein paar Glimmstengel, Joey.«

»Wird gemacht.«

Joey glitt hinters Steuer und startete. Das Taxi fuhr in Serpentinen einen steilen Berg hinunter. Der Asphalt hatte eine leicht feuchte Oberfläche, und die Ladenfronten warfen das wischende Geräusch der Reifen zurück.

Nach einer Weile sagte Dalmas: »Wann haben Sie Walden verlassen?«

Das Mädchen sprach, ohne ihm den Kopf zuzuwenden. »Gegen drei Uhr.«

»Setzen wir's mal ein bißchen später an, Miss Crayle. Um drei Uhr lebte er nämlich noch – und da war jemand anders bei ihm.«

Das Mädchen gab einen kleinen elenden Laut von sich, wie ein ersticktes Schluchzen. Dann sagte sie sehr leise: »Ich weiß ... er ist tot.« Sie hob die behandschuhten Hände und preßte sie gegen die Schläfen.

Dalmas sagte: »Genau. Spielen wir mal nicht mehr Versteck, als wir unbedingt müssen... Vielleicht müssen wir's noch genug.«

Sie sagte sehr langsam, mit leiser Stimme: »Ich war da, als er schon tot war.«

Dalmas nickte. Er sah sie nicht an. Das Taxi fuhr weiter und hielt nach einer Weile vor einem Drugstore, an einer Ecke. Der Fahrer drehte sich auf seinem Sitz herum und blickte nach hinten. Dalmas starrte ihn an, sprach aber zu dem Mädchen.

»Sie hätten mir am Telefon ruhig etwas mehr sagen können. Ich hätte in Teufels Küche kommen können. Vielleicht stecke ich schon mitten drin – in Teufels Küche.«

Das Mädchen schwankte nach vorn und sackte in sich zusammen. Dalmas streckte schnell den Arm aus und fing sie auf, schob sie gegen das Polster zurück. Ihr Kopf taumelte auf ihren Schultern, und ihr Mund war ein dunkel klaffender Riß in ihrem kalkweißen Gesicht. Dalmas hielt ihre Schulter und fühlte ihr mit der freien Hand den Puls. Er sagte scharf, grimmig: »Fahrn wir zu Carli, Joey. Die Glimmstengel sind jetzt egal... Die Kleine hier muß was zu trinken haben – und zwar dalli.«

Joey warf den Gang ein und trat aufs Gas.

IV

Das Carli war ein kleines Klublokal am Ende einer Passage zwischen einem Sportgeschäft und einer Leihbücherei. Es hatte eine vergitterte Tür, und hinter ihr stand ein Mann, der es längst aufgegeben hatte, eine Miene zu machen, als wäre es irgendwie wichtig, wer hier hereinkam.

Dalmas und das Mädchen setzten sich in eine kleine Nische mit harten Stühlen und zurückgebundenen grünen Vorhängen. Zwischen den Nischen waren hohe Trennwände.

Es gab eine lange Bar auf der anderen Seite des Raums und an deren Ende eine große Jukebox. Hin und wieder, wenn nicht genügend Krach war, steckte der Barmann in die Jukebox einen Nickel.

Der Kellner stellte zwei kleine Gläser Brandy auf den Tisch, und Mianne Crayle stürzte ihres auf einen Schluck herunter. Ein wenig Licht kam in ihre verschatteten Augen. Sie schälte einen schwarzweißen Handschuh von ihrer rechten Hand und saß da und spielte mit seinen leeren Fingern und starrte dabei vor sich auf den Tisch. Nach einer kleinen Weile kam der Kellner wieder, mit zwei Brandy-Highballs.

Als er gegangen war, begann Mianne Crayle mit leiser, klarer Stimme zu sprechen, ohne den Kopf zu heben: »Er hatte diverse Dutzend Frauen, und ich war nicht die erste. Er hätte auch noch diverse weitere Dutzend gehabt – und ich wäre nicht die letzte gewesen. Aber er hatte auch seine anständige Seite. Und ob Sie's glauben oder nicht, die Miete hat er nicht für mich bezahlt.«

Dalmas nickte, sagte nichts. Das Mädchen fuhr fort, ohne ihn anzusehen: »Er war in vieler Hinsicht ein Schuft. Wenn er nüchtern war, hatte er Depressionen wie der leibhaftige blaue Montag. Wenn er voll war, wurde er gemein. Nur wenn er ganz leicht einen in der Krone hatte, dann war er ein netter und umgänglicher Kerl – und außerdem der geschickteste Sex-Produzent in Hollywood. Was diesen ganzen schlüpfrigen Kitsch betrifft, so hat er davon bei Hays mehr durch die Zensur gekriegt als drei andere zusammen.«

Dalmas sagte ohne Ausdruck: »Er war auf dem absteigenden Ast. Der Sex-Kitsch zieht nicht mehr, und das hat er genau gewußt.«

Das Mädchen sah ihn kurz an, senkte den Blick dann wieder und trank ein bißchen von ihrem Highball. Sie zog ein winziges Taschentuch aus ihrer Sportjacke und tupfte sich die Lippen.

Die Leute auf der anderen Seite der Trennwand machten einen Heidenkrach.

Mianne Crayle sagte: »Wir hatten auf dem Balkon zu Mittag gegessen. Derek war betrunken und strengte sich an, noch immer betrunkener zu werden. Irgendwas lag ihm auf der Seele. Es schien ihm schwere Sorgen zu machen.«

Dalmas lächelte schwach. »Vielleicht waren es die zwanzig Riesen, die ihm jemand aus dem Kreuz zu leiern versuchte – oder haben Sie davon nichts gewußt?«

»Das könnte es gewesen sein. Er war mit Geld ein bißchen eigen.«

»Der Schnaps hat ihn eine schöne Stange gekostet«, sagte Dalmas trocken. »Und auch der Motorkreuzer, mit dem er so gern in – in den Gewässern südlich der Zollgrenze herumgekurvt ist.«

Das Mädchen hob mit einem raschen Ruck den Kopf. Scharfe Lichter von Schmerz waren in ihren dunklen Augen. Sie sagte sehr langsam: »Er hat seinen ganzen Schnaps in Ensenada gekauft. Hat ihn selber hergeschafft. Er mußte aufpassen – bei dem Konsum, den er hatte.«

Dalmas nickte. Ein kaltes Lächeln spielte um seine Mundwinkel. Er trank sein Glas leer und steckte sich eine Zigarette in den Mund, tastete in der Tasche nach einem Streichholz. Der Behälter auf dem Tisch war leer.

»Erzählen Sie zu Ende, Miss Crayle«, sagte er.

»Wir gingen nach oben in sein Apartment. Er holte zwei frische Flaschen raus und sagte, jetzt trinkt er sich so richtig einen an ... Dann stritten wir uns ... Ich konnte es nicht länger aushalten. Ich ging weg. Als ich zu Hause war, fing ich an, mir Sorgen zu machen wegen ihm. Ich rief an, aber er kam nicht an den Apparat. Schließlich ging ich wieder hin ... machte mir selber mit dem Schlüssel, den ich hatte, auf ... und da lag er tot im Sessel.«

Nach einem Augenblick sagte Dalmas: »Warum haben Sie mir am Telefon kein bißchen davon erzählt?«

Sie preßte die Ballen ihrer Hände zusammen, sagte sehr leise: »Ich hatte ganz furchtbar Angst... Und dann war da noch etwas, das... das stimmte nicht.«

Dalmas legte den Kopf zurück gegen die Trennwand, starrte sie mit halbgeschlossenen Augen an.

»Ein alter Gag«, sagte sie. »Ich schäme mich fast, damit zu kommen. Aber Derek Walden war Linkshänder... Ich muß das ja wohl wissen, nicht?«

Dalmas sagte sehr leise: »Eine Menge Leute müssen das gewußt haben – aber einer von ihnen hat vielleicht nicht mehr dran gedacht.«

Dalmas starrte auf Mianne Crayles leeren Handschuh. Sie drehte ihn zwischen den Fingern.

»Walden war Linkshänder«, sagte er langsam. »Das bedeutet, daß er nicht Selbstmord begangen hat. Die Pistole war in seiner anderen Hand. Es gab keinerlei Anzeichen für einen Kampf, und das Loch in seiner Schläfe war pulvergeschwärzt und sah ganz so aus, als wäre der Schuß etwa aus dem richtigen Winkel gekommen. Das bedeutet, wer immer ihn erschossen hat, es war jemand, den er hereinließ und der nah an ihn heran konnte. Es sei denn, er war sinnlos betrunken – aber in dem Fall hätte der Betreffende einen Schlüssel haben müssen.«

Mianne Crayle schob den Handschuh von sich. Sie krampfte die Hände ineinander. »Sie brauchen nicht noch deutlicher zu werden«, sagte sie scharf. »Ich weiß, die Polizei wird denken, ich hätte's getan. Also – ich war's nicht. Ich habe den blöden armen Kerl geliebt. Was halten Sie *davon*?«

Dalmas sagte ungerührt: »Sie *könnten* es getan haben, Miss Crayle. Man wird immerhin daran denken, oder? Und Sie wären vielleicht auch klug genug gewesen, sich hinterher so zu verhalten, wie Sie's getan haben. Auch daran wird man denken.«

»Das wäre nicht klug gewesen«, sagte sie bitter. »Bloß superklug.«

»Der superkluge Mord!« Dalmas lachte grimmig. »Nicht schlecht.« Er fuhr sich mit den Fingern durch sein krauses Haar. »Nein, ich glaube nicht, daß wir's Ihnen anhängen können – und vielleicht kriegt die Polizei auch nicht heraus, daß er Linkshänder war... bis jemand Gelegenheit gehabt hat, die Sache aufzuklären.«

Er beugte sich ein wenig über den Tisch, legte die Hände auf die Kante, als wollte er aufstehen. Seine Augen, nachdenklich verengt, blickten ihr ins Gesicht.

»Ich kenne nur einen einzigen Mann in der Stadt, der mir vielleicht eine Chance gäbe. Er ist Bulle durch und durch, aber inzwischen ist er alt geworden und schert sich einen Dreck um Publicity. Wenn Sie mit mir hingehn, damit er Ihre Geschichte hören und sich ein Bild von Ihnen machen kann, ist er vielleicht bereit, den Fall für ein paar Stunden auf Eis zu legen und dafür zu sorgen, daß die Zeitungen noch nicht rankommen.«

Er sah sie fragend an. Sie zog den Handschuh über und sagte ruhig: »Gehn wir.«

v

Als die Fahrstuhltüren im Merriva˙e sich schlossen, ließ der große Mann die Zeitung vor seinem Gesicht niedersinken und gähnte. Er stand langsam auf von der Polsterbank in der Ecke und bummelte quer durch die kleine, aber ruhig daliegende Halle. Er quetschte sich in eine Zelle am Ende einer Reihe von Haustelefonen. Er steckte eine Münze in den Schlitz, wählte mit dickem Zeigefinger und bildete die Nummer dabei mit den Lippen.

Nach einer Pause lehnte er sich dicht an die Sprechmuschel und sagte: »Hier ist Denny. Ich bin im Merrivale. Unser Mann ist grad aufgetaucht. Ich hatte ihn draußen verloren und bin hergefahren, um hier zu warten, bis er zurückkam.«

Er hatte eine schwere Stimme, mit einem gutturalen Schnarren darin. Er lauschte der Stimme am anderen Ende, nickte und hängte ein, ohne noch etwas zu sagen. Er trat aus der Zelle, ging zu den Fahrstühlen hinüber. Unterwegs ließ er einen Zigarrenstummel in eine lasierte, mit weißem Sand gefüllte Bodenvase fallen.

Im Fahrstuhl sagte er: »Neunter«, und nahm den Hut ab. Er hatte straffes schwarzes Haar, das feucht vom Schwitzen war, ein breites, flaches Gesicht und kleine Augen. Sein Anzug war ungebügelt, aber nicht schäbig. Er war Atelierdetektiv, und er arbeitete für die Eclipse Films.

Er stieg im neunten Stock aus und ging einen dämmrigen Korridor entlang, bog um eine Ecke und klopfte an eine Tür. Innen war ein Geräusch von Schritten. Die Tür ging auf. Dalmas öffnete sie.

Der große Mann trat ein, warf achtlos den Hut aufs Bett, setzte sich unaufgefordert in einen Sessel am Fenster.

Er sagte: »Hallo, mein Junge. Ich höre, du brauchst Hilfe.«

Dalmas sah ihn einen Moment an, ohne zu antworten. Dann sagte er langsam, mit einem Stirnrunzeln: »Vielleicht – jemanden zu beschatten. Ich hatte um Collins gebeten. Du bist mir eigentlich ein bißchen zu auffällig.«

Er wandte sich ab und ging ins Bad, kam mit zwei Gläsern wieder. Er mixte die Drinks an der Kommode, reichte einen hinüber. Der große Mann trank, schmatzte mit den Lippen und stellte sein Glas auf die Bank des offenen Fensters. Er zog eine kurze, plumpe Zigarre aus der Westentasche.

»Collins war grad nicht greifbar«, sagte er. »Und ich hab sowieso bloß rumgesessen und Däumchen gedreht. Da hat der große Sultan mir den Job gegeben. Muß ich mir die Beine dabei vertreten?«

»Weiß ich nicht. Wahrscheinlich kaum«, sagte Dalmas gleichgültig.

»Wenn ich jemand im Wagen folgen soll, geht alles klar. Ich hab mein kleines Coupé dabei.«

Dalmas nahm sein Glas und setzte sich auf die Bettkante. Er starrte den großen Mann mit einem schwachen Lächeln an. Der große Mann biß von seiner Zigarre die Spitze ab und spuckte sie aus. Dann beugte er sich vor und hob das Stückchen auf, betrachtete es, warf es aus dem Fenster.

»Famoser Abend. Ein bißchen warm für die späte Jahreszeit«, sagte er.

Dalmas sagte langsam: »Wie gut kennst du Derek Walden, Denny?«

Denny sah aus dem Fenster. Es lag eine Art Dunst über dem Himmel, und der Widerschein einer roten Neon-Reklame hinter einem Gebäude in der Nähe wirkte wie ein Feuer.

Er sagte: »Eigentlich kennen tu ich ihn überhaupt nicht. Hab ihn mal so gelegentlich gesehn. Ich weiß nur, daß er einer der großen Kiesbagger auf dem Gelände ist.«

»Dann wird's dich ja nicht grad umwerfen, wenn ich dir erzähle, daß er tot ist«, sagte Dalmas gleichmütig.

Denny drehte sich langsam herum. Die Zigarre, immer noch unangezündet, bewegte sich auf und ab in seinem breiten Mund. Er machte ein milde interessiertes Gesicht.

Dalmas fuhr fort: »Das ist eine ganz komische Sache. Eine Erpresserbande hatte ihn in der Mangel, Denny. Sieht so aus, als hätte sie ihm ziemlich die Hölle heißgemacht. Er ist tot – hat ein Loch im Kopf und eine Kanone in der Hand. Ist heute nachmittag passiert.«

Denny machte die kleinen Augen ein wenig weiter auf. Dalmas schlürfte seinen Drink und ließ das Glas auf dem Schenkel ruhen.

»Seine Freundin hat ihn gefunden. Sie hatte einen Schlüssel zu dem Apartment im Kilmarnock. Der japanische Boy war weg, und sonst hat er sich keine Hilfe geholten. Das Mädel hat noch keinem was erzählt. Hat nur gemacht, daß sie wegkam, und mich angerufen. Ich bin sofort hin ... und ich hab ebenfalls noch keinem was erzählt.«

Der große Mann sagte sehr langsam: »Ach Herrjemine! Die Bullen werden's dir in die Schuhe schieben und dann Schlitten mit dir fahren, Bruder. Da kommst du nicht mit heiler Haut mehr raus.«

Dalmas starrte ihn an, dann wandte er den Kopf weg und starrte auf ein Bild an der Wand. Er sagte kalt: »Ich versuch's immerhin – und du hilfst mir dabei. Wir haben einen Job und hinter uns eine verdammt mächtige Organisation. Für die steht eine Menge Moos auf dem Spiel.«

»Und wie stellst du dir die Sache vor?« fragte Denny grimmig. Er sah nicht so aus, als wäre er sehr angetan.

»Die Freundin glaubt nicht, daß Walden sich umgebracht hat, Denny. Ich ebenfalls nicht, und ich hab da so eine Art Anhaltspunkt. Aber das Ganze muß schnell über die Bühne gehen, denn der Anhaltspunkt ist für die Polente genau soviel wert wie für uns. Ich hatte eigentlich gar nicht damit gerechnet, daß ich's gleich überprüfen könnte, aber es ergab sich so.«

Denny sagte: »Hm-hm. Fang's bloß nicht zu schlau an. Ich bin ein langsamer Denker.«

Er riß ein Streichholz an und gab sich Feuer. Seine Hand zitterte ein ganz klein wenig.

Dalmas sagte: »Von schlau kann keine Rede sein. Eher von saudämlich. Auf der Waffe, die Walden getötet hat, ist die Nummer weggefeilt. Aber ich hab das Ding aufgemacht, und innen war die Nummer noch da. Und das Hauptquartier hat die Nummer, in der Spezialkartei.«

»Und da bist du einfach hingegangen und hast danach gefragt, und sie haben dir Auskunft gegeben«, sagte Denny grimmig. »Und wenn sie Walden finden und selber der Waffe nachgehen, werden sie dir einen Orden umhängen, weil du ihnen so schön zuvorgekommen bist.« Aus seiner Kehle kam ein heiser rauhes Geräusch.

Dalmas sagte: »Bloß keine Aufregung, Junge. Der Bursche, der's nachgeprüft hat, ist okay. Deswegen brauche ich mir keine Sorgen zu machen.«

»Den Teufel brauchst du! Und was soll ein Bursche wie Walden mit einer Kanone im Sinn gehabt haben, an der die Nummer weggefeilt war? Da steht doch schwere Strafe drauf.«

Dalmas trank sein Glas leer und trug es hinüber zur Kommode. Er streckte fragend die Whiskyflasche aus. Denny schüttelte den Kopf. Er machte ein angewidertes Gesicht.

»Wenn die Kanone in seinem Besitz war, dann muß er's nicht unbedingt gewußt haben, Denny. Es könnte auch sein, daß es gar nicht seine Kanone war. Wenn sie allerdings einem Killer gehörte, dann war der Killer ein Amateur. Ein Professioneller gäbe sich mit so einer Artillerie nicht ab.«

Der große Mann sagte langsam: »Okay, was hast du rausgekriegt über die Knarre?«

Dalmas setzte sich wieder aufs Bett. Er grub eine Packung Zigaretten aus der Tasche, zündete sich eine an und beugte sich vor, um das Streichholz durch das offene Fenster zu werfen. Er sagte: »Die Lizenz war vor etwa einem Jahr auf einen Notizenkritzler vom *Press-Chronicle* namens Dart Burwand ausgestellt worden. Diesen Burwand hat's letzten April auf der Rampe des Arcade Depot erwischt. Er war drauf und dran, die Stadt zu verlassen, hat's aber nicht geschafft. Der Fall ist nie geknackt worden, aber die Vermutung geht dahin, daß dieser Burwand die Finger bei irgendeiner Bande drin hatte – ganz wie im Mordfall Lingle in Chi – und daß er versucht hat, einen der großen Jungs auszunehmen. Der hat die Idee nicht gemocht und zurückgefeuert. Burwand ab.«

Der große Mann atmete tief. Er hatte seine Zigarre ausgehen lassen. Dalmas betrachtete ihn ernst, während er weitersprach.

»Ich hab das von Westfalls, vom *Press-Chronicle*«, sagte er. »Ist ein Freund von mir. Aber es kommt noch mehr. Die bewußte Kanone wurde Burwands Frau zurückgegeben – vermutlich. Sie wohnt noch hier – draußen an der North Kenmore. Sie könnte mir vielleicht sagen, was sie damit gemacht hat ... und sie könnte unter Umständen selber die Finger bei irgendeiner Bande drinhaben, Denny. In dem Fall würde sie mir nichts erzählen, dafür aber, wenn ich mit ihr fertig bin, ein paar Kontakte aufnehmen, die wir vielleicht kennen sollten. Merkst du, worauf ich hinauswill?«

Denny strich ein weiteres Streichholz an und hielt es ans Ende seiner Zigarre. Seine Stimme sagte belegt: »Was mache ich dabei – die Zicke beschatten, wenn du ihr den Einfall mit der Kanone gesteckt hast?«

»Richtig.«

Der große Mann stand auf, tat, als ob er gähnte. »Kann ich machen«, grunzte er. »Aber wieso diese ganze Heimlichtuerei mit Walden? Warum läßt du das nicht die Bullen rauskriegen? Wir machen uns im Hauptquartier doch nur unbeliebt auf die Tour.«

Dalmas sagte langsam: »Das muß riskiert werden. Wir wissen nicht, was dieses Erpressergesocks gegen Walden in der Hand hatte, und für die Firma steht zuviel Geld auf dem Spiel, wenn's bei der Untersuchung rauskommt und im ganzen Land auf den Titelseiten verbreitet wird.«

Denny sagte: »Du redest, wie wenn Walden sich Valentino schriebe. Zum Teufel, der Kerl war doch bloß Regisseur. Die brauchten doch nichts weiter zu tun, als seinen Namen von ein paar Filmen runterzuradieren, die noch nicht freigegeben sind.«

»Sie rechnen anders«, sagte Dalmas. »Vielleicht ist das auch der Grund, weshalb sie mit dir nicht darüber geredet haben.«

Denny sagte grob: »Okay. Aber ich, ich würde diese Freundin die Suppe auslöffeln lassen! Was die Polizei braucht, ist doch bloß ein Sündenbock.«

Er ging zum Bett, um nach seinem Hut zu greifen, knüllte ihn sich auf den Kopf.

»Einfach toll«, sagte er säuerlich. »Wir sollen den ganzen Fall aufdrieseln, bevor die Bullen auch nur spitzkriegen, daß Walden hin ist.« Er fuchtelte mit einer Hand und lachte freudlos. »Ganz wie im Kino.«

Dalmas verstaute die Whiskyflasche in der Kommodenschublade und setzte seinen Hut auf. Er öffnete die Tür und trat beiseite, um Denny vorbeizulassen. Er knipste das Licht aus.

Es war zehn Minuten vor neun.

VI

Die große Blondine sah Dalmas aus grünlichen Augen mit sehr kleinen Pupillen an. Er ging rasch an ihr vorbei hinein, ohne daß er sich aber rasch zu bewegen schien. Er schob die Tür mit dem Ellbogen zu.

Er sagte: »Ich bin Detektiv – privat – Mrs. Burwand. Ich ermittle zur Zeit in einer Sache, in der Sie mir vielleicht weiterhelfen können.«

Die Blondine sagte: »Dalton ist mein Name, Helen Dalton. Vergessen Sie den Burwand-Kram.«

Dalmas lächelte und sagte: »Tut mir leid. Das hätte ich wissen müssen.«

Die Blondine zuckte die Achseln und schwebte von der Tür fort. Sie setzte sich auf die Kante eines Sessels, der auf der Armlehne ein Zigarettenbrandloch hatte. Der Raum war das Wohnzimmer einer möblierten Wohnung, in dem eine Menge Warenhaus-Schnickschnack herumstand. Zwei Stehlampen brannten. Auf dem Boden lagen Kissen mit

Volantbesatz, eine französische Puppe lehnte hingefläzt am Fuß der einen Lampe, und auf dem Kaminsims, über dem Gasfeuer, stand eine Reihe Kitschromane.

Dalmas schwenkte den Hut und sagte höflich: »Es dreht sich um eine Pistole, die einmal Dart Burwand gehört hat. Sie ist in einem Fall aufgetaucht, an dem ich arbeite. Ich versuche zur Zeit, ihrer Spur nachzugehen – von der Zeit an, wo sie in Ihrem Besitz war.«

Helen Dalton kratzte sich am Oberarm. Sie hatte halbzoll-lange Fingernägel. Sie sagte kurz angebunden: »Ich habe keine Ahnung, wovon Sie reden.«

Dalmas starrte sie an und lehnte sich gegen die Wand. Seine Stimme verschärfte sich.

»Vielleicht erinnern Sie sich vage, daß Sie einmal mit Dart Burwand verheiratet waren und daß er letzten April umgelegt wurde... Oder liegt das schon zu weit zurück?«

Die Blondine biß sich auf einen ihrer Knöchel und sagte: »Sie gehn ja gewaltig ran, was?«

»Nur wenn's sein muß. Aber nun schlafen Sie mir mal nicht ein von Ihrer letzten Spritze in den Arm.«

Helen Dalton straffte sich, ganz plötzlich. Alles Verschwommene wich aus ihrem Ausdruck. Sie sprach zwischen verkniffenen Lippen.

»Wozu der Lärm wegen der Kanone?«

»Es ist jemand damit umgebracht worden, das ist alles«, sagte Dalmas leichthin.

Sie starrte ihn an. Nach einem Augenblick sagte sie: »Ich war pleite. Da hab ich sie versetzt. Hab sie nie ausgelöst. Ich hatte einen Mann, der sechzig Eier die Woche verdiente, aber nie was für mich davon springen ließ. Ich hab nie einen Penny gehabt.«

Dalmas nickte. »Erinnern Sie sich an die Pfandleihe, wo Sie das Ding hingebracht haben?« fragte er. »Vielleicht haben Sie ja sogar noch den Schein.«

»Nein. Es war an der Hauptstraße. Da liegt eine neben der andern. Und den Schein habe ich nicht mehr.«

Dalmas sagte: »Das hab ich schon befürchtet.«

Er ging langsam durch das Zimmer, sah nach den Titeln einiger der Bücher auf dem Kaminsims. Er ging weiter und blieb vor einem kleinen Klappschreibtisch stehen. Ein Foto in silbernem Rahmen stand auf dem Tisch. Dalmas starrte eine ganze Zeitlang darauf nieder. Er wandte sich langsam um.

»Ein richtiger Jammer, das mit der Pistole, Helen. Ein sehr bekannter Name ist heute nachmittag damit ausradiert worden. Die Nummer außen war abgefeilt. Wenn Sie das Ding versetzt haben, dann hat's irgendein Gannef dem Kerl von der Pfandleihe abgekauft, würde ich meinen, bloß daß ein richtiger Gannef nicht so an der Nummer rumgefeilt hätte. Er hätte gewußt, daß die Nummer innen noch einmal stand. Ein Professioneller war's also nicht – und der Mann, bei dem das Ding gefunden wurde, würde sich sowas kaum in einer Pfandleihe kaufen.«

Die Blondine stand langsam auf. Rote Flecken brannten auf ihren Wangen. Die Arme hingen ihr steif an den Seiten nieder, und ihr Atem flüsterte. Sie sagte langsam, mit Anstrengung: »So können Sie mit mir nicht umspringen, Schnüffler. Ich will mit Polizeisachen nichts zu tun haben – und ich hab ein paar gute Freunde, die auf mich aufpassen. Am besten, Sie verkrümeln sich.«

Dalmas blickte zu dem Rahmen auf dem Schreibtisch hinüber. Er sagte: »Johnny Sutro sollte sein Konterfei nicht so rumstehen lassen. Man könnte auf falsche Gedanken kommen.« Die Blondine ging steifbeinig durchs Zimmer und knallte das Foto in die Schreibtischschublade. Sie knallte die Schublade zu und lehnte sich mit den Hüften gegen den Tisch.

»Sie sind auf dem Holzweg, Schnüffler. Das ist keiner, der Sutro heißt. Wollen Sie jetzt endlich machen, daß Sie wegkommen, Mann?«

Dalmas lachte unfreundlich. »Ich hab Sie heute nachmittag in Sutros Haus gesehen. Sie waren so betrunken, daß Sie's nicht mehr wissen.«

Die Blondine machte eine Bewegung, als wollte sie zur Tür gehen. Da ging die Tür auf, und ein Mann kam herein. Er blieb davor stehen und schob sie sehr langsam hinter sich zu. Er hatte die rechte Hand in der Tasche eines leichten Tweed-Mantels. Er war dunkelhäutig, hochschultrig, eckig, hatte eine scharfe Nase und ein scharfes Kinn.

Dalmas sah ihn ruhig an und sagte: »Guten Abend, Stadtrat Sutro.«

Der Mann sah an Dalmas vorbei, zu dem Mädchen hinüber. Er nahm keine Notiz von Dalmas. Das Mädchen sagte zittrig: »Der Bursche sagt, er ist Detektiv. Er hat mich in die Mangel genommen, richtig dritter Grad, wegen irgendeiner Pistole, die ich mal gehabt haben soll. Schmeiß ihn raus, ja?«

Sutro sagte: »Ein Detektiv, soso.«

Er ging an Dalmas vorbei, ohne ihn anzusehen. Die Blondine wich vor ihm zurück und fiel in einen Sessel. Ihr Gesicht bekam ein teigiges Aussehen, und in ihren Augen war Angst. Sutro blickte einen Moment lang auf sie nieder, dann drehte er sich um und zog eine kleine Automatik aus der Tasche. Er hielt sie ganz locker, die Mündung auf den Boden gerichtet.

Er sagte: »Ich habe nicht übermäßig viel Zeit.«

Dalmas sagte: »Ich war sowieso im Gehen.« Er bewegte sich auf die Tür zu.

Sutro sagte scharf: »Rücken Sie erstmal mit der Geschichte raus.«

Dalmas sagte: »Aber gewiß doch.«

Er bewegte sich geschmeidig weiter, ohne Hast, und stieß die Tür weit auf. Die Pistole in Sutros Hand fuhr hoch. Dalmas sagte: »Seien Sie kein Trottel. Sie können hier doch keine Ballerei anfangen, und das wissen Sie genau.«

Die beiden Männer starrten sich an. Nach einem Augenblick oder zwei steckte Sutro die Pistole in die Tasche zurück und leckte sich die dünnen Lippen. Dalmas sagte: »Miss Dalton hat früher mal eine Kanone gehabt, mit der ein Mann getötet worden ist – ganz vor kurzem erst. Aber sie hatte sie nicht sehr lange. Das war alles, was ich wissen wollte.«

Sutro nickte langsam. In seinen Augen lag ein eigenartiger Ausdruck.

»Miss Dalton ist eine Freundin meiner Frau. Ich wünsche nicht, daß sie belästigt wird«, sagte er kalt.

»Geht in Ordnung. Das wünschen Sie nicht«, sagte Dalmas. »Aber ein gesetzlich zugelassener Privatdetektiv hat ein Recht, gesetzlich zugelassene Fragen zu stellen. Ich bin hier nicht eingebrochen.«

Sutro beäugte ihn langsam. »Okay, aber bei meinen Freunden nehmen Sie sich Zeit. Ich hab hier allerlei zu sagen in der Stadt, und ich könnte Ihnen das Leben sauer machen.«

Dalmas nickte. Er ging ruhig zur Tür hinaus und schloß sie hinter sich. Er lauschte einen Moment. Es gab keinen Laut drinnen, den er hätte hören können. Er zuckte die Achseln und ging weiter, über den Flur, drei Stufen hinunter und durch eine kleine Halle, die keine Telefonvermittlung hatte. Vor dem Apartmenthaus sah er die Straße entlang. Der ganze Bezirk bestand aus Apartmenthäusern, und nach beiden Seiten parkten Wagen an der Straße. Er ging auf die Lichter des Taxis zu, das auf ihn wartete.

Joey, der rothaarige Fahrer, stand vor seinem Taxi auf der Bordsteinkante. Er rauchte eine Zigarette und starrte über die Straße hinüber, offenbar auf ein großes dunkles Coupé, das mit der linken Seite am Gehsteig parkte. Als Dalmas näherkam, warf er die Zigarette weg und ging ihm entgegen.

Er sagte hastig: »Hören Sie, Boss. Ich hab mir den Burschen in dem Cad – – –«

Blasse Flammen schossen in jähem Strahl über der Tür aus dem Coupé. Pistolenknall hallte zwischen den Gebäuden, die auf der anderen Straßenseite einander gegenüberstanden. Joey fiel gegen Dalmas. Das Coupé setzte sich mit einem jähen Ruck in Bewegung. Dalmas ließ sich seitlich zu Boden fallen, fing sich mit einem Knie ab, während der Fahrer sich an ihn klammerte. Er versuchte an seine Pistole zu kommen, schaffte es aber nicht. Das Coupé zog gummiquietschend um die Ecke, und Joey fiel an Dalmas' Seite nieder, auf den Gehsteig, und rollte auf den Rücken. Er schlug mit den Händen um sich auf dem Zement, und ein heiseres, qualvolles Stöhnen kam tief aus seinem Innern.

Wieder quietschten Reifen, und Dalmas sprang auf die Füße und fuhr mit der Hand unter seine linke Achsel. Er beruhigte sich, als ein kleiner Wagen schleudernd zum Halten kam und Denny sich herausfallen ließ und auf ihn zurobbte.

Dalmas beugte sich über den Fahrer. Licht von den Laternen neben dem Eingang zum Apartmenthaus zeigte Blut vorn auf Joeys Whipcordjacke, Blut, das durch den Stoff gesickert kam. Joeys Augen öffneten und schlossen sich wie die Augen eines sterbenden Vogels.

Denny sagte: »Hat keinen Zweck, der Kiste zu folgen. Zu schnell.«

»Häng dich ans Telefon und ruf einen Krankenwagen«, sagte Dalmas rasch. »Der Kleine hat schlimm was abgekriegt... Und dann schnapp dir die Blondine.«

Der große Mann eilte zu seinem Wagen zurück, sprang hinein und preschte um die Ecke. Irgendwo ging ein Fenster auf, und ein Mann brüllte herunter. Ein paar Wagen hielten.

Dalmas beugte sich über Joey und murmelte: »Nicht die Ruhe verlieren, Alterchen... Ruhig, mein Junge... ganz ruhig.«

VII

Der Leutnant bei der Mordkommission hieß Weinkassel. Er hatte dünnes blondes Haar, eisige blaue Augen und eine Menge Pockennarben. Er saß in einem Drehstuhl, die Füße auf der Kante einer herausgezogenen Schublade und ein Telefon dicht neben seinem Ellbogen. Das Zimmer roch nach Staub und Zigarrenstummeln.

Ein Mann namens Lonergan, ein korpulenter Polizeibeamter mit grauem Haar und einem grauen Schnurrbart, stand an einem offenen Fenster und blickte mürrisch hinaus.

Weinkassel kaute auf einem Streichholz, starrte Dalmas an, der ihm auf der anderen Schreibtischseite gegenübersaß. Er sagte: »Nun reden Sie mal lieber ein bißchen. Der Taxikutscher kann nicht. Sie haben Glück gehabt hier in der Stadt und werden nicht wollen, daß Ihnen das in die Binsen geht.«

Lonergan sagte: »Der ist hart. Der redet nicht.« Er drehte sich nicht um, als er das sagte.

»Wenn du etwas weniger Quatsch abließest, kämen wir weiter, Lonnie«, sagte Weinkassel mit toter Stimme.

Dalmas lächelte schwach und rieb mit der flachen Hand die Seitenwand des Schreibtisches. Es gab ein quietschendes Geräusch.

»Was soll ich groß sagen?« fragte er. »Es war dunkel, und ich hab keinen blassen Schimmer von dem Mann hinter der Kanone mitgekriegt. Der Wagen war ein Cadillac-Coupé, ohne Licht. Das habe ich Ihnen bereits erzählt, Leutnant.«

»Hört sich aber nicht gut an«, grummelte Weinkassel. »Irgendwas ist krumm an der Geschichte. Sie müssen doch so ungefähr eine Ahnung haben, wer's gewesen sein könnte. Ist doch klar wie Kloßbrühe, daß es auf Sie abgesehen war.«

Dalmas sagte: »Aber wieso denn? Der Taxifahrer ist getroffen worden und nicht ich. Die Burschen kommen doch eine Menge herum. Da kann einer leicht bei ein paar harten Jungs mal querliegen.«

»Wie zum Beispiel Sie«, sagte Lonergan. Er stierte weiter aus dem Fenster.

Weinkassel betrachtete stirnrunzelnd Lonergans Rücken und sagte geduldig: »Der Wagen wartete draußen, während Sie noch drinnen waren. Auch der Taxifahrer war draußen. Hätte der Kerl mit der Kanone es auf ihn abgesehen gehabt, dann hätte er nicht zu warten brauchen, bis Sie rauskamen.«

Dalmas breitete die Hände und zuckte die Achseln. »Ihr Jungens denkt also, ich weiß, wer es war?«

»Das nun auch wieder nicht. Wir denken aber, Sie können uns ein paar Namen nennen, zum Überprüfen. Wen sind Sie denn besuchen gegangen in dem Apartmenthaus?«

Dalmas sagte einen Moment lang nichts. Lonergan wandte sich vom Fenster ab, setzte sich auf das Schreibtischende und ließ die Beine baumeln. Auf seinem flachen Gesicht lag ein zynisches Grinsen.

»Na kommen Sie schon über damit, Jungchen«, sagte er aufgeräumt.

Dalmas kippte seinen Stuhl zurück und steckte die Hände in die Taschen. Er starrte Weinkassel nachdenklich an, ignorierte den grauhaarigen Polizeibeamten aber so völlig, als existierte er nicht.

Er sagte langsam: »Ich war geschäftlich da, im Auftrag eines Klienten. Sie können mich nicht zwingen, darüber zu reden.«

Weinkassel zuckte die Achseln und starrte ihn kalt an. Dann nahm er das zerkaute Streichholz aus dem Mund, betrachtete das flachgebissene Ende, stieß es weg.

»Mir könnte ja so der leichte Verdacht kommen, daß Ihre Geschäfte was mit der Schießerei zu tun hatten«, sagte er grimmig. »Dann wär's Sense mit der Heimlichtuerei. Oder?«

»Vielleicht«, sagte Dalmas. »Wenn ein begründeter Verdacht bestünde, dann ja. Aber auch dann sollte ich die Chance haben, vorher mit meinem Klienten zu reden.«

Weinkassel sagte: »Okay. Haben Sie bis morgen. Dann legen Sie die Karten auf den Tisch – oder Ihre Lizenz, verstanden?«

Dalmas nickte und stand auf. »Das ist nur fair, Leutnant.«

»Maulhalten ist alles, was so ein Schnüffler kann«, sagte Lonergan ruppig.

Dalmas nickte Weinkassel zu und ging aus dem Zimmer. Er schlenderte einen öden Korridor entlang und ein paar Stufen hinauf zur Eingangshalle. Vor dem Rathaus ging er eine lange Betonstufenflucht hinunter und über die Spring Street auf die andere Seite, wo ein blauer, nicht mehr ganz neuer Packard Roadster parkte. Er stieg ein, fuhr um die Ecke, dann durch die Unterführung der Second Street, einen Block weit geradeaus und dann nach Westen. Er behielt beim Fahren den Rückspiegel im Auge.

In Alvarado ging er in einen Drugstore und rief sein Hotel an. Der Portier gab ihm eine Nummer, bei der er zurückrufen sollte. Er wählte und hörte Dennys schwere Stimme am anderen Ende der Leitung. Denny sagte drängend: »Wo hast du gesteckt? Ich hab das Frauenzimmer hier draußen bei mir in der Wohnung. Sie ist besoffen. Komm her, wir werden sie schon so weit kriegen, daß sie uns erzählt, was du wissen willst.«

Dalmas starrte durch das Glas der Telefonzelle nach draußen, ohne etwas zu sehen. Nach einer Pause sagte er langsam: »Die Blondine? Wie ist denn das gekommen?«

»Eine Geschichte für sich, mein Junge. Komm raus, und du erfährst sie. Vierzehn-vierundfünfzig South Livesay. Weißt du, wo das ist?«

»Ich hab eine Karte. Werd's schon finden«, sagte Dalmas im selben Ton.

Denny erklärte ihm trotzdem, etwas langwierig, den Weg. Als er damit zu Ende war, sagte er: »Beeil dich ein bißchen.

Sie schläft im Moment, aber sie kann jederzeit aufwachen und schreit dann vielleicht Zeter und Mordio.«

Dalmas sagte: »Da draußen, wo du wohnst, spielt das vermutlich keine große Rolle ... Ich mache mich gleich auf den Weg, Denny.«

Er hängte ein und ging hinaus zu seinem Wagen. Er holte eine Pintflasche Bourbon aus dem Handschuhfach und tat einen tiefen Zug. Dann startete er und fuhr in Richtung Fox Hills. Zweimal unterwegs hielt er an, saß still im Wagen, dachte nach. Aber jedesmal fuhr er weiter.

VIII

Die Straße bog bei Pico in eine Streusiedlung ab, die sich zwischen zwei Golfplätzen über hügeliges Gelände hinzog. Sie führte an einem der Golfplätze direkt vorbei, nur durch einen hohen Drahtzaun von ihm getrennt. Hier und da gab es Bungalows, über die Hänge getüpfelt. Nach einer Weile tauchte die Straße in eine Senkung, und in der Senkung lag ein einzelner Bungalow, dem Golfplatz gleich gegenüber.

Dalmas fuhr daran vorbei und parkte unter einem riesigen Eukalyptus, der einen tiefen, scharf begrenzten Schatten auf die mondbeschienene Straßenfläche warf. Er stieg aus und ging zurück, betrat einen Zementweg, der zum Bungalow führte. Dieser war flach in die Breite gebaut und hatte Verandafenster nach vorn heraus. Büsche wuchsen davor, bis zu halber Höhe der Jalousien. Drinnen war schwaches Licht, und der Klang eines leisegedrehten Radios drang durch die offenen Fenster.

Ein Schatten bewegte sich hinter den Jalousien entlang, und die Haustür ging auf. Dalmas trat in ein Wohnzimmer, das über die ganze Breite des Hauses ging. In einer Lampe brannte eine schwache Birne, und die Leuchtskala des

Radios schimmerte. Auch ein wenig Mondlicht fiel in den Raum.

Denny hatte den Rock abgelegt und die Hemdsärmel an seinen dicken Armen hochgerollt.

Er sagte: »Das Frauenzimmer schläft immer noch. Ich werde sie wecken, sobald ich dir erzählt habe, wie's mit ihr gelaufen ist.«

Dalmas fragte: »Sicher, daß dich keiner beschattet hat?«

»Ausgeschlossen.« Denny breitete eine große Hand.

Dalmas setzte sich in einen Korbstuhl in der Ecke, zwischen dem Radio und dem Ende der Fensterreihe. Er legte den Hut auf den Boden, zog die Bourbonflasche heraus und betrachtete sie mit unzufriedener Miene.

»Besorg uns mal was Richtiges zu trinken, Denny. Ich bin hundemüde. Hab auch noch nichts zu Abend gegessen.«

Denny sagte: »Ich hab einen Drei-Sterne-Martell. Bin sofort wieder da.«

Er ging aus dem Zimmer, und im hinteren Teil des Hauses ging ein Licht an. Dalmas stellte die Flasche auf den Boden neben seinen Hut und rieb sich mit zwei Fingern die Stirn. Sein Kopf schmerzte. Nach einem Weilchen ging das Licht hinten wieder aus, und Denny kam mit zwei großen Gläsern zurück.

Der Brandy schmeckte sauber und hart. Denny setzte sich in einen anderen Korbstuhl. Er wirkte sehr groß und dunkel in dem halberleuchteten Zimmer. Er begann langsam zu reden, mit seiner gewohnten Grummelstimme.

»Es klingt verrückt, aber es hat funktioniert. Als die Bullen mit ihrem Gemurks endlich zurande gekommen waren, hab ich meinen Wagen in der Seitengasse abgestellt und bin durch den Hintereingang rein. Ich wußte zwar die Nummer von der Zicke, aber sie selbst hatte ich noch nicht gesehn. Ich dachte, ich probier's erstmal mit einem Vorwand und schaue, was dabei rauskommt. Hab ich also an die Tür geklopft, aber sie machte nicht auf. Ich konnte hören, wie sie drinnen rumlief, und nach einer Minute hörte ich, daß sie den Telefonhörer abnahm und wählte. Ich ging zurück durch die Halle und probierte den Dienstboteneingang. Die Tür ließ sich öffnen, und ich bin rein. Sie war mit einem dieser Schraubenbolzen gesichert, die manchmal locker werden und nicht so schließen, wie man meinen sollte.«

Dalmas nickte, sagte: »Ich hab schon verstanden, Denny.«

Der große Mann trank aus seinem Glas und rieb den Rand an seiner Unterlippe entlang. Er fuhr fort.

»Sie telefonierte mit einem Burschen namens Gayn Donner. Dir ein Begriff?«

»Hab von ihm gehört«, sagte Dalmas. »Solche Verbindungen hat sie also.«

»Sie hat ihn mit Namen angeredet, und es klang richtig wütend«, sagte Denny. »Daher weiß ich ihn. Donner hat dieses Lokal am Mariposa Canyon Drive – den Mariposa Club. Man hört seine Band oft im Rundfunk – Hank Munn und seine Jungs.«

Dalmas sagte: »Hab sie schon gehört, Denny.«

»Okay. Als sie auflegte, bin ich rein zu ihr. Sie sah aus, als wäre sie high, schwankte ganz komisch rum, schien gar nicht richtig mitzukriegen, was lief. Ich hab mich ein bißchen umgeschaut, und auf dem Schreibtisch stand ein Foto von John Sutro, dem Stadtrat. Das hab ich für meinen Trick benutzt. Hab ihr erzählt, Sutro will, daß sie für ein Weilchen untertaucht, und ich wär einer von seinen Jungs, und sie sollte mitkommen. Darauf ist sie prompt reingefallen. Verrückt. Sie wollte was zu trinken. Ich sagte, ich hätte im Wagen was. Worauf sie Hütchen und Mantel nahm.«

Dalmas sagte leise: »So leicht ist das gegangen, tatsächlich?«

»Tja«, sagte Denny. Er trank sein Glas leer und stellte es irgendwo hin. »Im Auto hab ich ihr dann die Flasche an den Hals gesetzt, damit sie ruhig blieb, und wir sind glatt hier rausgekommen. Sie schlief sofort ein, und damit hatte sich's. Na, wie findest du das? War's übrigens schlimm in der Stadt?«

»Es reichte«, sagte Dalmas. »Ich hab den Jungs nicht viel vormachen können.«

»Irgendwas über den Walden-Mord?«

Dalmas schüttelte langsam den Kopf.

»Ich nehme an, der Japs ist noch nicht wieder nach Hause gekommen, Denny.«

»Willst du jetzt mit dem Frauenzimmer reden?«

Das Radio spielte einen Walzer. Dalmas lauschte ihm einen Augenblick, ehe er antwortete. Dann sagte er mit müder Stimme: »Schätze, daß ich deswegen ja doch hergekommen bin.«

Denny stand auf und ging aus dem Zimmer. Man hörte eine Tür aufgehen und gedämpfte Stimmen.

Dalmas zog seine Pistole unter dem Arm hervor und legte sie neben seinem Oberschenkel auf den Stuhl.

Die Blondine taumelte ein bißchen zu sehr, als sie hereinkam. Sie starrte in die Runde, kicherte, machte vage Bewegungen mit ihren langen Händen. Sie blinzelte Dalmas an, stand einen Moment schwankend, sank dann in den Sessel, in dem Denny vorher gesessen hatte. Der große Mann hielt sich in ihrer Nähe und lehnte sich gegen einen Bibliothekstisch, der an der Innenwand stand.

Sie sagte betrunken: »Mein alter Freund, der Schnüffler. Hallo, Fremder! Wie wär's, wenn Sie 'ner Dame mal was zu trinken spendierten?«

Dalmas starrte sie ohne Ausdruck an. Er sagte langsam: »Ist Ihnen noch was eingefallen wegen der Pistole? Sie wissen doch, die Pistole, von der wir sprachen, als Johnny Sutro reingeplatzt kam ... Die mit der weggefeilten Nummer ... Die Pistole, die Derek Walden getötet hat.«

Denny versteifte sich, machte dann eine plötzliche Bewegung nach der Hüfte. Dalmas hob seinen Colt und stand damit auf. Denny sah ihn und wurde ganz still, entspannte sich. Das Mädchen hatte sich überhaupt nicht gerührt, aber die Betrunkenheit fiel von ihr ab wie ein welkes Blatt. Ihr Gesicht war plötzlich verspannt und bitter.

Dalmas sagte gleichmütig: »Halt die Hände so, daß ich sie sehen kann, Denny, und alles läuft glatt... Und jetzt, denke ich, erzählt ihr beiden billigen Betrüger mir mal, wozu ich hier bin.«

Der große Mann sagte mit belegter Stimme: »Ja um Gottes willen! Was ist denn auf einmal in dich gefahren? Du hast mich erschreckt, als du dem Mädchen so plötzlich den Namen Walden nanntest.«

Dalmas grinste. »Schon recht, Denny. Vielleicht hat sie noch nie von ihm gehört. Jetzt wollen wir die Geschichte hier mal ganz schnell über die Bühne bringen. Ich hab so das Gefühl, daß hier noch allerlei Ärger auf mich wartet.«

»Du bist total verrückt!« knurrte der große Mann.

Dalmas bewegte leicht die Pistole. Er lehnte sich mit dem Rücken gegen die Endwand des Zimmers, beugte sich vor und drehte mit der linken Hand das Radio aus. Dann sprach er bitter: »Du hast mich verkauft, Denny. Das war leicht zu entdecken. Du bist ein zu großer Klotz, um jemanden zu beschatten, und mir ist nicht entgangen, daß du mir in letzter Zeit ein halbes dutzendmal gefolgt bist. Als du dich in die Sache heute abend einmischtest, war ich schon so gut wie sicher... Und als du mir dann mit dieser komischen Geschichte kamst, vonwegen wie du das Kindchen hierhergelotst hättest, da war ich ganz *verdammt* sicher... Ja zum Teufel, denkst du denn im Ernst, ein Bursche, der so lange am Leben geblieben ist wie ich, würde dir so einen Quatsch glauben? Komm schon, Denny, sei kein Idiot und erzähl mir, für wen du arbeitest... Vielleicht lasse ich dich ungeschoren davonkommen... Also, für wen arbeitest du? Donner? Sutro? Oder für jemand, den ich nicht kenne? Und warum das Theater hier draußen im Märchenwald?«

Das Mädchen schoß ganz plötzlich auf die Füße und

sprang ihn an. Er schleuderte sie mit der freien Hand fort, und sie streckte sich auf dem Boden aus. Sie gellte: »Mach ihn fertig, du Tölpel! Mach ihn doch fertig!«

Denny rührte sich nicht. »Halten Sie den Rand, Sie Fixerin!« schnappte Dalmas. »Hier macht keiner einen fertig. Wir unterhalten uns nur unter Freunden. Kommen Sie wieder hoch und hören Sie auf, Ihre Kurven durch die Gegend zu schmeißen!«

Die Blondine stand langsam auf.

Dennys Gesicht hatte ein steinernes, unbewegliches Aussehen in der trüben Beleuchtung. Seine Stimme war dumpf und rauh wie eine Raspel. Er sagte: »Ich habe dich verkauft. Es war eine Sauerei. Okay, das wär's. Ich hatte die Nase voll davon, immer bloß auf ein Rudel Statistinnen aufzupassen, daß die sich nicht gegenseitig die Lippenstifte klauten... Jetzt kannst du mich in die Grütze schicken, wenn dir danach ist.«

Er rührte sich immer noch nicht. Dalmas nickte langsam und sagte noch einmal: »Wer ist es, Denny? Für wen arbeitest du?«

Denny sagte: »Ich weiß nicht. Ich rufe eine Nummer an, krieg meine Weisungen und erstatte auf demselben Wege Bericht. Das Geld kommt mit der Post. Ich hab versucht, aus dem Weibsstück hier was rauszukriegen, hab aber kein Glück gehabt... Ich glaube nicht, daß es auf dich abgesehen ist, und was die Schießerei sollte, da auf der Straße, hab ich keinen blassen Schimmer.«

Dalmas starrte ihn an. Er sagte langsam: »Du hast mich doch nicht hinhalten wollen, Denny – mich festnageln hier – oder?«

Der große Mann hob langsam den Kopf. Das Zimmer schien plötzlich sehr still zu werden. Ein Wagen hatte draußen gehalten. Das schwache Tuckern des Motors erstarb.

Ein roter Scheinwerfer traf das Oberteil der Jalousien.

Er blendete. Dalmas glitt auf ein Knie nieder, schob sich

sehr rasch zur Seite, schweigend. Dennys rauhe Stimme sagte in die Stille: »Das hat uns grad noch gefehlt – Bullen!«

Das rote Licht löste die Metallrippen der Jalousien in rosige Gluten auf, warf einen großen Platsch satter Farbe auf den Ölstrich der rückwärtigen Wand. Das Mädchen gab einen erstickten Laut von sich, und ihr Gesicht war einen Augenblick lang eine rote Maske, bevor sie aus dem Lichtfächer niedersank. Dalmas spähte in das Licht hinaus, den Kopf geduckt hinter der Bank des letzten Fensters. Die Blätter der Büsche waren schwarze Speerspitzen in der roten Glut.

Schritte erklangen auf dem Weg.

Eine krächzende Stimme rief: »Alles rauskommen! Pfoten in die Höhe!«

Ein Laut der Bewegung entstand im Innern des Hauses. Dalmas fuhr mit der Pistole herum – unnötigerweise. Ein Schalter klickte, und auf der Veranda ging Licht an. Einen Augenblick lang, bevor sie sich zurückzogen, zeigten sich zwei Männer in blauen Polizeiuniformen im Lichtkegel der Vorplatzlampe. Der eine von ihnen hatte eine Maschinenpistole in den Händen, der andere eine lange Luger mit angesetztem Spezialmagazin.

Es gab ein knirschendes Geräusch. Denny war an der Tür, hatte das Guckloch geöffnet. Eine Pistole hob sich in seiner Hand und krachte.

Etwas Schweres schlug klirrend auf den Zement, und ein Mann taumelte vor ins Licht, taumelte wieder zurück. Seine Hände waren gegen den Leib gepreßt. Eine Mütze mit steifem Schirm fiel ihm vom Kopf und rollte über den Weg.

Dalmas warf sich auf den Boden, drückte sich flach an die Wandleiste, als die Maschinenpistole losging. Er bohrte das Gesicht in das Holz der Dielen. Das Mädchen hinter ihm schrie.

Der Feuerstoß durchharkte das Zimmer blitzschnell von einem Ende zum andern, und die Luft füllte sich mit Gipsstaub und Splittern. Ein Wandspiegel krachte nieder. Ein scharfer Pulvergestank kämpfte mit dem sauren Geruch des Gipsstaubes. Es schien sehr lange zu dauern. Etwas fiel Dalmas über die Beine. Er hielt die Augen geschlossen, und sein Gesicht preßte sich gegen den Boden.

Das Stottern und Krachen hörte auf. Der Gipsregen innerhalb der vier Wände hielt an. Eine Stimme gellte: »Na, wie hat euch das geschmeckt, Leute?«

Eine andere Stimme, weiter weg, schnappte ärgerlich: »Komm schon – hauen wir ab!«

Wieder erklangen Schritte, dazu ein schleppendes, schleifendes Geräusch. Weitere Schritte. Der Motor des Wagens dröhnte auf. Eine Tür schlug schwer zu. Reifen quietschten auf dem Schotter der Straße, und das Singen des Motors schwoll und schwand dann rasch.

Dalmas brachte sich wieder auf die Füße. Die Ohren dröhnten ihm, und seine Nüstern waren trocken. Er hob seine Pistole vom Boden auf, zog eine dünne Taschenlampe aus der Jacke, schaltete sie ein. Sie durchdrang nur schwach die staubige Luft. Die Blondine lag auf dem Rücken, die Augen weit offen und den Mund zu einer Art Grinsen verzerrt. Sie schluchzte. Dalmas beugte sich über sie. Sie schien nicht verletzt zu sein.

Er ging weiter durch das Zimmer. Er fand seinen Hut unbeschädigt neben einem Stuhl, dessen Oberteil halb weggeschossen war. Neben dem Hut lag die Bourbonflasche. Er hob beides auf. Der Mann mit der Maschinenpistole hatte das Zimmer in Gürtelhöhe durchmäht, her und hin, ohne die Waffe weit genug zu senken. Dalmas ging weiter, kam an die Tür.

Denny hockte vor der Tür auf den Knien. Er schwankte nach hinten und nach vorn und hielt sich die eine Hand mit der andern. Blut sickerte zwischen seinen dicken Fingern.

Dalmas machte die Tür auf und ging hinaus. Auf dem Weg war eine verschmierte Blutspur zu sehen, inmitten einer

Spreu von Patronenhülsen. Sonst war niemand in Sicht. Er stand da, und das Blut klopfte in seinem Gesicht wie mit kleinen Hämmern. Die Haut um seine Nase prickelte.

Er trank noch einen Schluck Whisky aus der Flasche, drehte sich um und ging ins Haus zurück. Auch Denny war jetzt aufgestanden. Er hatte ein Taschentuch herausgeholt und war damit beschäftigt, es sich um die blutige Hand zu binden. Er wirkte verstört, benommen, wie betrunken. Er schwankte auf den Beinen. Dalmas richtete den Strahl der Taschenlampe auf sein Gesicht.

Er sagte: »Schlimm was abgekriegt?«

»Nein. Bloß einen Wischer über die Hand«, sagte der große Mann mit belegter Stimme. Seine Finger machten sich unbeholfen an dem Taschentuch zu schaffen.

»Die Blondine ist halbtot vor Angst«, sagte Dalmas. »Das war deine Party, mein Junge. Reizende Freunde hast du. Das hat uns allen dreien gegolten. Du hast ihnen die Tour vermasselt, als du ihnen durch das Guckloch gekommen bist. Ich glaube, dafür bin ich dir was schuldig, Denny . . . Der Killer war nicht so gut.«

Denny sagte: »Wo willst du jetzt hin?«

»Ja, was würdest du vorschlagen?«

Denny sah ihn an. »Sutro ist dein Mann«, sagte er langsam. »Mir reicht's – ich hab die Schnauze voll. Von mir aus können sie alle zur Hölle fahren.«

Dalmas ging wieder durch die Tür, den Weg hinunter zur Straße. Er stieg in seinen Wagen und fuhr ohne Licht davon. Als er um verschiedene Ecken gebogen war und ein Stück zurückgelegt hatte, schaltete er das Licht ein, stieg aus und klopfte sich den Staub ab.

IX

Schwarzsilberne Vorhänge öffneten sich in umgekehrtem V vor einem dichten Dunst aus Zigaretten- und Zigarrenrauch. Die Blechinstrumente der Tanzkapelle schossen kurze Farbblitze durch den Dunst. Es roch nach Essen und Alkohol und Parfüm und Puder. Die Tanzfläche war ein leerer Fleck bernsteinfarbenen Lichts und sah kaum größer aus als die Badematte eines Filmstars.

Dann legte die Kapelle los, und das Licht verdunkelte sich, und ein Oberkellner kam die teppichbelegten Stufen herauf, damit beschäftigt, dauernd mit einem goldenen Bleistift gegen den Satinstreifen an seiner Hose zu klopfen. Er hatte enge, leblose Augen und weißblondes Haar, das ihm aus einer knochigen Stirn gekämmt war.

Dalmas sagte: »Ich hätte gern Mister Donner gesprochen.«

Der Oberkellner klopfte sich mit seinem goldenen Bleistift gegen die Zähne. »Ich fürchte, er ist beschäftigt. Ihr Name?«

»Dalmas. Sagen Sie ihm, ich bin ein spezieller Freund von Johnny Sutro.«

Der Oberkellner sagte: »Ich werd's versuchen.«

Er ging zu einer Schalttafel hinüber, die eine ganze Reihe von Knöpfen hatte sowie ein kleines Telefon. Er nahm den Hörer von der Gabel und hielt ihn sich ans Ohr, und dabei starrte er Dalmas über die Sprechmuschel hinweg an, so unpersönlich wie ein ausgestopftes Tier.

Dalmas sagte: »Ich bin in der Halle.«

Er ging durch die Vorhänge zurück und schlenderte zur Herrentoilette hinüber. Drinnen holte er die Bourbonflasche heraus und trank, was noch übrig war, den Kopf zurückgeworfen, breitbeinig in der Mitte des gefliesten Bodens. Ein verschrumpelter Neger in weißer Jacke kam auf ihn zugeflattert, sagte ängstlich: »Nix trinken dürfen hier, Boss!«

Dalmas warf die leere Flasche in einen Behälter für Handtücher. Er nahm ein sauberes Handtuch von der Glasplatte, wischte sich die Lippen damit ab, legte ein Zehn-Cent-Stück auf den Rand des Waschbeckens und ging hinaus.

Die Toilette hatte Doppeltüren, und zwischen der Innen- und der Außentür war etwas Raum. Dalmas lehnte sich gegen die Außentür und zog eine kleine, etwa vier Zoll lange Automatik aus der Westentasche. Er hielt sie mit drei Fingern unter dem Innenrand seines Hutes fest und ging, den Hut sanft schwingend an der Seite, weiter hinaus.

Nach einer Weile kam ein hochgewachsener Filipino mit seidigem schwarzem Haar in die Halle und sah sich um. Dalmas ging auf ihn zu. Der Oberkellner schaute durch die Vorhänge heraus und nickte dem Filipino zu.

Der Filipino sprach zu Dalmas: »Hier entlang, Boss.«

Sie gingen einen langen, stillen Korridor hinunter. Der Klang der Tanzkapelle erstarb hinter ihnen. Durch eine offene Tür sah man ein paar verlassene, grünbespannte Tische. Der Korridor stieß auf einen anderen, der im rechten Winkel weiterführte, und an seinem Ende drang etwas Licht aus einer angelehnten Tür.

Der Filipino hielt mitten im Schritt inne und machte eine anmutige, komplizierte Bewegung, bei deren Abschluß er eine große schwarze Automatik in der Hand hatte. Er drückte sie Dalmas höflich in die Rippen.

»Muß Sie filzen, Boss. Hausregel.«

Dalmas stand still und nahm die Arme an den Seiten hoch. Der Filipino zog ihm den Colt weg und ließ ihn in seine eigene Tasche gleiten. Er tastete Dalmas ab, trat dann von ihm zurück und steckte seine Pistole wieder ein.

Dalmas senkte die Arme und ließ den Hut auf den Boden fallen, und die kleine Automatik, die er unter dem Innenrand des Huts gehalten hatte, schaute akkurat auf den Bauch des Filipinos. Der Filipino blickte mit einem verstörten Grinsen darauf nieder.

Dalmas sagte: »Das eben war nur Spaß, Jumbo. Jetzt bin ich dran.«

Er schob seinen Colt wieder dahin, wo er hingehörte, zog dem Filipino die große Automatik unter dem Arm weg, ließ das Magazin herausspringen und stieß die Patrone aus, die in der Kammer war. Die leere Pistole gab er dem Filipino zurück.

»Sie können sie immer noch als Totschläger benutzen. Wenn Sie keine Sperenzchen machen, braucht Ihr Boss nicht zu erfahren, daß sie im Moment für sonst nichts mehr zu gebrauchen ist.«

Der Filipino leckte sich die Lippen. Dalmas tastete ihn nach einer anderen Waffe ab, und dann gingen sie weiter den Korridor entlang, gingen durch die Tür, die einen Spalt offen stand. Der Filipino ging zuerst.

Es war ein großer Raum mit diagonaler Streifentäfelung aus Holz. Ein gelber chinesischer Teppich auf dem Boden, sehr viel gutes Mobiliar, versenkte Türen, denen man ansah, daß sie schalldicht waren, keine Fenster. Hoch oben gab es mehrere vergoldete Gitter, und ein eingebauter Ventilator erzeugte ein schwaches, beruhigendes Surren. Vier Männer befanden sich in dem Raum. Keiner von ihnen sagte ein Wort.

Dalmas setzte sich auf ein Ledersofa und starrte Ricchio an, den aalglatten Jungen, dem er aus Waldens Apartment hatte folgen müssen. Ricchio war an einen Stuhl mit hoher Rückenlehne gefesselt. Man hatte ihm die Arme um die Lehne herumgezogen und an den Handgelenken zusammengebunden. Seine Augen waren voll Wut, und sein Gesicht war ein einziges Durcheinander von Blut und Schrammen. Man hatte ihn mit der Pistole behandelt. Der sandhaarige Mann, Noddy, der im Kilmarnock mit ihm zusammen gewesen war, saß auf einer Art Hocker in der Ecke und rauchte.

John Sutro schaukelte gemächlich in einem rotledernen

Schaukelstuhl und starrte vor sich auf den Boden. Er blickte nicht auf, als Dalmas ins Zimmer kam.

Der vierte Mann saß hinter einem Schreibtisch, der ganz so aussah, als hätte er eine Menge Geld gekostet. Er hatte weiches braunes Haar, in der Mitte geteilt und nach hinten und herunter gebürstet, dünne Lippen und rötlich-braune Augen, in denen ein heißes Licht funkelte. Er beobachtete Dalmas, während dieser sich hinsetzte und in die Runde sah. Dann sprach er, mit einem Blick zu Ricchio hinüber:

»Der Lümmel ist ein bißchen zu sehr über die Stränge geschlagen. Wir haben ihm eine Lektion erteilt. Ich schätze, Sie werden deswegen keine Träne vergießen.«

Dalmas lachte kurz, ohne Freude. »Das geht so weit schon in Ordnung, Donner. Aber wie steht's mit dem andern? An dem kann ich keine Belehrungsspuren feststellen.«

»Gegen Noddy ist nichts einzuwenden. Er hat nur auf Befehl gehandelt«, sagte Donner gleichmütig. Er griff nach einer langen Nagelfeile und begann einen seiner Fingernägel damit zu behandeln. »Sie und ich, wir beide müssen uns über verschiedene Sachen unterhalten. Deswegen hat man Sie auch reingelassen. Sie machen mir einen ganz vernünftigen Eindruck – solange Sie nicht versuchen, Ihre Schnüfflernase zu tief in die Angelegenheiten anderer Leute zu stecken.«

Dalmas' Augen weiteten sich ein wenig. Er sagte: »Ich bin ganz Ohr, Donner.«

Sutro hob die Augen und starrte Donners Hinterkopf an. Donner fuhr fort zu sprechen, mit glatter, indifferenter Stimme.

»Ich weiß über alles Bescheid, was sich bei Derek Walden abgespielt hat, und ich weiß auch von der Schießerei an der Kenmore. Wenn ich geahnt hätte, daß Ricchio derart durchdrehn würde, hätte ich ihn rechtzeitig gestoppt. Wie die Dinge jetzt liegen, ist's wohl an mir, alles wieder ins Lot zu bringen... Und wenn wir hier fertig sind, wird

Mister Ricchio sich in die Stadt begeben und bei der Polizei sein Sprüchlein aufsagen... Passiert ist das Ganze folgendermaßen. Ricchio hat mal für Walden gearbeitet, als in Hollywood Leibwächter die große Mode waren. Walden kaufte sich seinen Schnaps in Ensenada – macht er übrigens immer noch, soviel ich weiß – und schaffte ihn selber her. Keiner hat ihn dabei gestört. Ricchio sah eine Chance, bei der Gelegenheit heimlich ein bißchen Schnee mit rüberzubringen. Walden kam ihm drauf. Er wollte keinen Skandal, also wies er Ricchio bloß kurzerhand die Tür. Ricchio nahm seinen Vorteil wahr und versuchte Walden zu erpressen, weil er sich dachte, Walden hätte zuviel Dreck am Stecken, als daß er sich auf eine Untersuchung durch die Bundespolizei einlassen könnte. Walden zahlte aber nicht so eifrig, wie Ricchio sich das vorgestellt hatte, und so kriegte der Bursche den Rappel und beschloß, den starken Mann zu markieren. Sie und Ihr Fahrer haben ihm dann das Konzept verdorben, und so ist er los und hat auf Sie geballert.«

Donner legte die Feile weg und lächelte. Dalmas zuckte die Achseln und warf einen Blick zu dem Filipino hinüber, der an der Wand stand, am Ende des Sofas.

Dalmas sagte: »Ich verfüge nicht über Ihre Organisation, Donner, aber ich komme doch so ein bißchen herum. Ihre Geschichte finde ich nicht schlecht, und sie wäre wohl auch glatt durchgegangen – wenn man dem Verständnis der Behörden ein bißchen nachgeholfen hätte. Bloß, mit den Fakten, wie sie sich inzwischen ergeben haben, stimmt sie leider nicht überein.«

Donner hob die Brauen. Sutro begann mit der Spitze seines polierten Schuhs vor dem Knie auf und ab zu wippen.

Dalmas sagte: »Wie paßt denn Mister Sutro in das alles rein?«

Sutro starrte ihn an und hörte auf zu schaukeln. Er machte eine rasche, ungeduldige Bewegung. Donner lächelte.

»Er ist ein Freund von Walden. Walden hat ihm ein bißchen was erzählt, und Sutro weiß, daß Ricchio schon für mich gearbeitet hat. Aber da er Stadtrat ist, wollte er Walden nicht alles sagen, was er wußte.«

Dalmas sagte grimmig: »Ich will Ihnen mal erzählen, was an Ihrer Geschichte nicht stimmt, Donner. Es ist nicht genug Angst drin. Walden hatte derart Angst, daß er mir nicht einmal helfen wollte, als ich für ihn arbeitete... Und heute nachmittag hat jemand anders vor ihm so viel Angst gehabt, daß er ihn erschossen hat.«

Donner beugte sich vor, und seine Augen wurden schmal und verkniffen. Seine Hände ballten sich zu Fäusten vor ihm auf dem Schreibtisch.

»Walden ist – tot?« fragte er, fast flüsternd.

Dalmas nickte. »Schuß in die rechte Schläfe... mit einer 32er. Sieht wie Selbstmord aus. Ist es aber nicht.«

Sutro hob schnell die Hand und bedeckte sein Gesicht. Der sandhaarige Mann auf dem Hocker in der Ecke erstarrte.

Dalmas sagte: »Wollen Sie mal ganz offen und ehrlich meine Meinung hören, Donner?... Nennen wir's einstweilen noch eine Vermutung... Walden steckte selber im Rauschgiftschmuggel drin – und das nicht ganz im Alleingang. Aber nach der Aufhebung der Prohibition bei uns wollte er Schluß machen. Die Küstenwachen mußten nicht mehr soviel Zeit damit verplempern, die Schnapsschiffe zu beobachten, und so war der Rauschgiftschmuggel an der Küste kein Kinderspiel mehr. Und dann verliebte sich Walden auch noch in ein Mädel, das gute Augen hatte und bis zehn zählen konnte. Also wollte er aus der Schnupfbranche aussteigen.«

Donner befeuchtete sich die Lippen und sagte: »Aus was für einer Schnupfbranche denn?«

Dalmas beäugte ihn. »Von solchen Sachen haben Sie keine Ahnung, Donner, was? Zum Teufel, nein, das ist nur was für böse Buben. Und den bösen Buben hat Waldens

Einfall, so einfach auszusteigen, gar nicht gefallen. Er soff zuviel – und dann konnte er leicht auch anfangen, seiner Freundin mal was zu flüstern. Also fanden sie's besser, er stieg gleich ganz aus – und zwar mit Pauken und Kanonendonner, wie er's ja dann auch getan hat.«

Donner wandte langsam den Kopf und starrte den gefesselten Mann auf dem Stuhl mit der hohen Lehne an. Er sagte sehr leise: »Ricchio.«

Dann stand er auf und ging um seinen Schreibtisch herum. Sutro nahm die Hand vom Gesicht und beobachtete mit zitternden Lippen.

Donner blieb vor Ricchio stehen. Er streckte die Hand gegen Ricchios Kopf aus und ließ ihn gegen die Stuhllehne krachen. Ricchio stöhnte. Donner lächelte auf ihn nieder.

»Ich glaube, ich werde etwas langsam. *Du* hast Walden umgebracht, du Lump! Du bist wieder hingefahren und hast ihn glattgemacht. Das war dir bei deinem Bericht wohl entfallen, was?«

Ricchio öffnete den Mund und spuckte einen Schwall Blut über Donners Hand und Gelenk. Donners Gesicht verzerrte sich, er fuhr zurück und trat von ihm fort, die Hand starr vor sich ausgestreckt. Er zog ein Taschentuch heraus und wischte sie sorgfältig ab, ließ das Taschentuch auf den Boden fallen.

»Leih mir mal deine Kanone, Noddy«, sagte er ruhig und ging auf den sandhaarigen Mann zu.

Sutro zuckte, und der Mund ging ihm auf. Seine Augen sahen aus wie krank. Der hochgewachsene Filipino hatte mit einer blitzschnellen Bewegung seine leere Automatik in der Hand, als wäre ihm ganz entfallen, daß sie doch leer war. Noddy zog einen plumpen Revolver unter dem rechten Arm hervor, hielt ihn Donner hin.

Donner nahm ihn und ging zu Ricchio zurück. Er hob die Waffe.

Dalmas sagte: »Ricchio hat Walden nicht getötet.«

Der Filipino tat einen raschen Schritt vor und schlug mit seiner großen Automatik nach ihm. Die Pistole traf Dalmas am Schultergelenk, und eine Welle von Schmerz flutete seinen Arm hinunter. Er rollte sich zur Seite und zog mit einem Ruck seinen Colt. Der Filipino holte ein zweitesmal gegen ihn aus, verfehlte ihn aber.

Dalmas glitt auf die Füße, warf sich seitlich herum und hieb dem Filipino den Coltlauf gegen den Schädel, mit aller Kraft. Der Filipino grunzte, ging zu Boden, in die Hocke, und seine Augen verdrehten sich und zeigten das Weiße. Langsam fiel er vornüber, krampfhaft an das Sofa geklammert.

Donners Gesicht war völlig ohne Ausdruck geblieben, und er hielt den plumpen Revolver vollkommen still. Seine lange Oberlippe war mit Schweißperlen bedeckt.

Dalmas sagte: »Ricchio hat Walden nicht getötet. Walden wurde mit einer gefeilten Pistole erschossen, und die Pistole wurde ihm in die Hand gelegt. Ricchio brächte man keine zehn Meter an eine gefeilte Pistole heran.«

Sutros Gesicht war von geisterhafter Blässe. Der sandhaarige Mann war von seinem Hocker gerutscht und stand jetzt da, die rechte Hand schwingend an der Seite.

»Erzählen Sie mehr«, sagte Donner gleichmütig.

»Die gefeilte Pistole führte zu einem Frauenzimmer namens Helen Dalton oder Burwand«, sagte Dalmas. »Es war ihre. Sie erzählte mir, sie hätte sie vor langer Zeit mal versetzt. Ich glaubte ihr aber nicht. Sie ist eine gute Freundin von Sutro, und Sutro war durch meinen Besuch bei ihr so verstört, daß er selber eine Knarre auf mich richtete. Was meinen Sie, warum Sutro wohl so verstört war, Donner, und was meinen Sie, woher er wußte, daß ich dem Frauenzimmer wahrscheinlich einen Besuch machen würde?«

Donner sagte: »Weiter, erzählen Sie's mir.« Er blickte sehr ruhig zu Sutro hinüber.

»Ich will Ihnen sagen, warum und woher. Ich wurde

beschattet, seit ich für Walden zu arbeiten anfing – beschattet von einem plumpen Ochsen von Atelierdetektiv, den man schon auf eine Meile Entfernung entdecken konnte. Er war gekauft, Donner. Der Kerl, der Walden tötete, hatte ihn gekauft. Er rechnete sich aus, der Atelierdetektiv hätte die beste Gelegenheit, in meine Nähe zu kommen, und genau das hab ich auch zugelassen – um ihm auf die Schliche zu kommen und rauszukriegen, was er im Schilde führte. Sein Boss war Sutro. Sutro hat Walden getötet – mit eigener Hand. Es war auch danach. Amateurarbeit – ein superkluger Mord. Was daran besonders schlau sein sollte, gerade das hat die Sache zum Platzen gebracht – der vorgetäuschte Selbstmord nämlich, mit einer gefeilten Pistole, von der sich der Mörder einbildete, daß man ihre Herkunft nicht mehr herauskriegen könnte, weil er nicht wußte, daß die meisten Pistolen auch innen noch eine Nummer haben.«

Donner schwenkte den plumpen Revolver, bis er auf die Mitte zwischen dem sandhaarigen Mann und Sutro zeigte. Er sagte kein Wort. Seine Augen waren nachdenklich und interessiert.

Dalmas verlagerte sein Gewicht ein wenig auf die Ballen seiner Füße. Der Filipino auf dem Boden fuhr mit einer Hand am Sofa entlang, und seine Nägel kratzten über das Leder.

»Das ist noch nicht alles, Donner, aber was soll's. Sutro war Waldens Freund, und er konnte dicht an ihn ran, dicht genug, um ihm eine Pistole an den Kopf zu setzen und abzudrücken. Der Knall war im Dachgeschoß des Kilmarnock wohl kaum zu hören, so ein einziger kleiner Knall aus einer Zweiunddreißiger. Also legte Sutro Walden die Pistole in die Hand und ging seiner Wege. Aber er hatte vergessen, daß Walden Linkshänder war, und er wußte nicht, daß sich die Herkunft der Pistole ermitteln ließ. Als das geschah – und der gekaufte Mann es ihm gesteckt hatte – und ich bei dem Mädchen auf den Busch klopfte – engagierte er selber ein Killerkommando und lotste uns alle drei zu einem Haus in Palms draußen, um uns gründlich und für immer den Mund zu stopfen ... Bloß, daß dabei, wie bei allem in diesem Spiel, bloß Pfusch herauskam.«

Donner nickte langsam. Er betrachtete eine Stelle mitten auf Sutros Bauch und richtete die Pistole darauf.

»Jetzt erzähl du uns mal was, Johnny«, sagte er leise. »Erzähl uns mal, wie du auf deine alten Tage so schlau geworden bist – – –«

Der sandhaarige Mann kam plötzlich in Bewegung. Er duckte sich hinter den Schreibtisch, und noch im Niedergehen riß er mit der rechten Hand seine zweite Pistole heraus. Sie donnerte hinter dem Schreibtisch auf. Die Kugel fuhr darunter durch und klatschte in die Wand, mit einem Geräusch, als schlüge sie hinter der Täfelung auf Metall.

Dalmas zückte den Colt und feuerte zweimal in den Tisch. Ein paar Splitter flogen. Der sandhaarige Mann schrie auf hinter dem Tisch und kam blitzschnell hoch, die flammende Waffe in der Hand. Donner taumelte. Sein Revolver krachte zweimal, sehr schnell hintereinander. Der sandhaarige Mann schrie nochmals auf, und Blut sprang ihm aus einer seiner Backen. Er ging hinter dem Schreibtisch zu Boden und blieb still.

Donner wich zurück, bis er die Wand berührte. Sutro stand auf und legte die Hände vor den Bauch und versuchte zu schreien.

Donner sagte: »Okay, Johnny. Jetzt bist du dran.«

Dann hustete Donner plötzlich und glitt mit trockenem Kleiderrascheln an der Wand nieder. Er beugte sich vor und ließ seine Pistole fallen und stützte die Hände auf den Boden und hustete weiter. Sein Gesicht wurde grau.

Sutro stand wie erstarrt, die Hände vor dem Bauch, mit durchgedrückten Gelenken, die Finger wie Klauen gekrümmt. Es war kein Licht mehr in seinen Augen. Sie wirkten wie tot. Nach einem Augenblick gaben seine Knie nach, und er fiel zu Boden, auf den Rücken.

Donner hustete weiter still vor sich hin.

Dalmas ging rasch zur Tür, lauschte daran, machte auf und sah hinaus. Dann schloß er sie schnell wieder.

»Schalldicht – und wie!« murmelte er.

Er ging zum Schreibtisch zurück und hob den Telefonhörer von der Gabel. Er legte den Colt hin und wählte, wartete, sagte in die Sprechmuschel: »Captain Cathcart... Muß ihn selber sprechen... Aber gewiß doch ist es wichtig... sehr wichtig.«

Er wartete, trommelte auf dem Schreibtisch, starrte mit hartem Blick im Zimmer herum. Er zuckte ein wenig zusammen, als eine schläfrige Stimme über die Leitung kam.

»Dalmas, Chef. Ich bin in der Casa Mariposa, in Gayn Donners Privatbüro. Es hat ein bißchen Krawall gegeben, aber schlimm verletzt ist keiner... Ich habe Derek Waldens Mörder für Sie... Johnny Sutro war's... Tja, der Stadtrat... Machen Sie dalli, Chef... Ich lege keinen Wert darauf, mich womöglich noch mit dem Personal rumzuschlagen, wissen Sie...«

Er legte auf und nahm seinen Colt von der Schreibtischplatte, hielt ihn auf der flachen Hand und starrte zu Sutro hinüber.

»Dann komm mal wieder auf die Beine, Johnny«, sagte er müde. »Steh auf und erzähl einem armen, dummen Detektiv, wie du das nun wieder deichseln willst – du Schlauberger!«

X

Das Licht über dem großen Eichentisch im Hauptquartier war zu hell. Dalmas fuhr mit dem Finger über das Holz, betrachtete ihn, wischte ihn an seinem Ärmel ab. Er bettete sein Kinn in seine mageren Hände und starrte gegen die Wand über dem Zylinderschreibtisch auf der anderen Seite. Er war allein in dem Raum.

Der Lautsprecher an der Wand dröhnte: »Achtung, Wagen 71 W im Bezirk 72 ... Ecke Dritte und Berendo ... in dem Drugstore ... ein Mann ...«

Die Tür ging auf, und Captain Cathcart kam herein, schloß die Tür sorgfältig hinter sich. Er war ein großer, verbrauchter Mann mit einem breiten, feuchten Gesicht, einem fleckigen Schnurrbart, verkrümmten Händen.

Er setzte sich zwischen dem Eichentisch und dem Zylinderschreibtisch und fingerte an einer kalten Pfeife herum, die im Aschenbecher lag.

Dalmas hob den Kopf aus den Händen. Cathcart sagte: »Sutro ist tot.«

Dalmas starrte, sagte nichts.

»Seine Frau hat's getan. Er wollte unterwegs noch einen Sprung bei sich ins Haus. Die Jungs haben gut auf ihn aufgepaßt, aber nicht aufgepaßt haben sie auf sie, die Frau. Sie hat ihm sein Quantum verpaßt, bevor sie auch nur einen Finger rühren konnten.«

Cathcart machte zweimal den Mund auf und zu. Er hatte starke, unsaubere Zähne.

»Sie hat keinen Mucks gesagt dabei. Zog einfach einen kleinen Ballermann hinter sich vor und verpaßte ihm drei Kugeln. Eins, zwei, drei – alles schon vorbei. Einfach so. Dann drehte sie die Kanone in der Hand herum – so elegant, wie man sich's nur denken kann – und reichte sie den Jungs ... Warum, zum Teufel, hat sie das bloß gemacht?«

Dalmas sagte: »Schon ein Geständnis gekriegt?«

Cathcart starrte ihn an und steckte die kalte Pfeife in den Mund. Er sog geräuschvoll daran. »Von ihm? Ja-ah – wenn auch nicht schriftlich ... Was meinen Sie, warum hat sie's gemacht?«

»Sie wußte von der Blondine«, sagte Dalmas. »Sie hielt's

für ihre letzte Chance. Vielleicht wußte sie auch über seine Geschäfte Bescheid.«

Der Captain nickte langsam. »Klar«, sagte er. »Das wird's sein. Sie hat sich ausgemalt, was auf sie zukam. Und warum sollte sie den Lumpen auch nicht wegputzen? Wenn der Oberstaatsanwalt schlau ist, läßt er sich auf Totschlag im Affekt ein. Das sind etwa fünfzehn Monate Tehachapi. Ein reiner Kuraufenthalt.«

Dalmas bewegte sich auf seinem Stuhl. Er runzelte die Stirn.

Cathcart fuhr fort: »Es wäre für uns alle ganz günstig. Kein Dreck auf Ihrer Weste, kein Dreck bei der Stadtverwaltung. Wenn sie's nicht getan hätte, wär's für uns alle ein Tritt in den Hintern geworden. Man sollte ihr eine Rente aussetzen.«

»Man sollte ihr einen Vertrag bei der Eclipse Films verschaffen«, sagte Dalmas. »Als ich auf Sutro stieß, hab ich mir eigentlich ausgerechnet, daß ich den kürzeren ziehen würde – wegen seiner Publicity. Ich hätte Sutro vielleicht selber umgelegt – wenn er nicht gar so stinkfeige gewesen wäre – und wenn er eben nicht Stadtrat gewesen wäre.«

»Nichts da, Freundchen. Das überlassen Sie mal gefälligst Ihren Freunden und Helfern«, grollte Cathcart. »Die Lage sieht jetzt folgendermaßen aus. Ich glaube nicht, daß wir Walden als Selbstmord zu den Akten kriegen. Die gefeilte Kanone spricht dagegen, und wir müssen auch noch die Autopsie und den Bericht des Waffen-Fex abwarten. Und ein Paraffintest der Hand dürfte ergeben, daß er die Kanone nicht abgefeuert hat. Andererseits ist der Fall Sutro abgeschlossen, und was noch dabei rauskommt, dürfte nicht allzusehr wehtun. Hab ich recht?«

Dalmas zog eine Zigarette heraus und rollte sie zwischen den Fingern. Er zündete sie langsam an und schwenkte das Streichholz, bis es ausging.

»Walden war kein Unschuldsengel«, sagte er. »Wenn die

Rauschgiftsache rauskäme, gäb's ein großes Hallo – aber die ist längst kalt. Ich schätze, wir haben den Knoten auseinander – bloß daß ein paar lose Enden übriggeblieben sind.«

»Ach, zum Teufel mit den losen Enden«, grinste Cathcart. »Alle Beteiligten kommen mit einem blauen Auge davon, soweit ich sehe. Ihr reizender Kumpan da, dieser Denny, wird sich schleunigst verdünnisieren, und wenn ich diese Zicke, die Dalton, je in die Klauen kriegen sollte, werd ich sie nach Mendocino zur Kur schicken. Donner könnten wir vielleicht was anhängen – wenn die Brüder im Krankenhaus mit ihm fertig sind. Und dann müssen wir die beiden Ganoven in die Mangel nehmen, wegen dem Überfall und dem Taxifahrer, egal, wer's nun war von den zweien, aber reden werden sie kaum. Sie haben immerhin noch an eine Zukunft zu denken, denn der Taxifahrer ist ja nicht so schlimm verletzt. Bliebe also noch das Killerkommando.« Cathcart gähnte. »Die Kerls müssen aus Frisco sein. Bei uns hier in der Gegend ist die Nachfrage nicht groß genug.«

Dalmas sackte auf seinem Stuhl zusammen. »Sie haben nicht zufällig was zu trinken da, Chef?« fragte er dumpf.

Cathcart starrte ihn an. »Bloß eine Sache wäre da noch«, sagte er grimmig. »Und die kriegen Sie jetzt noch hinter die Ohren geschrieben. Es war okay, daß Sie die Waffe auseinandergenommen haben – solange Sie die Fingerabdrücke nicht verwischten. Und ich schätze auch, es war okay, daß Sie mir nichts gesagt haben – angesichts der Klemme, in der Sie steckten. Aber ich will verdammt sein, wenn's okay war, daß Sie sich mit Hilfe unserer eigenen Kartei einen Vorsprung vor uns verschafft haben!«

Dalmas lächelte ihn nachdenklich an. »Sie haben auf der ganzen Linie recht, Chef«, sagte er unterwürfig. »Es war halt der Job – mehr kann man dazu nicht sagen.«

Cathcart rieb sich heftig die Backen. Sein Stirnrunzeln schwand, und er grinste. Dann beugte er sich vor und zog eine Schublade auf und holte eine Quartflasche Roggenwhisky heraus. Er stellte sie auf den Schreibtisch und drückte auf einen Summer. Ein sehr großer uniformierter Torso erschien halb im Zimmer.

»He, Kleiner!« grölte Cathcart. »Leih mir mal den Korkenzieher, den du mir aus dem Schreibtisch geklaut hast!« Der Torso verschwand und kam zurück.

»Worauf trinken wir?« fragte der Captain ein paar Minuten später.

Dalmas sagte: »Trinken wir einfach so.«

Nevada-Gas

I

Hugo Candless stand mitten in der Squash-Halle, den massigen Körper aus der Hüfte vorgebeugt, den kleinen schwarzen Ball elegant in der Linken, zwischen Daumen und Zeigefinger. Er ließ ihn dicht neben der Grundlinie fallen und hieb mit dem langgriffigen Schläger danach.

Der schwarze Ball traf ein wenig unterhalb der Mitte auf die Frontwand, flog in hohem, lässigem Bogen zurück, dicht unter der weißen Decke und den drahtgeschützten Lampen. Er glitt lasch an der Rückwand nieder, berührte sie aber nirgends fest genug, um wieder davon abzuspringen.

George Dial machte einen nachlässigen Schlenker, streifte aber nur die Zementwand mit seinem Rakett. Der Ball fiel aus dem Spiel.

Er sagte: »Das wär's denn ja, Chef. Einundzwanzig zu vierzehn. Sie sind einfach zu gut für mich.«

George Dial war groß, dunkel, hübsch, typisch Hollywood. Er war braun und schlank und wirkte hart, wie jemand, der sich viel im Freien aufhält. Hart war eigentlich alles an ihm, bis auf die vollen weichen Lippen und die großen Kuhaugen.

»Tja. Ich war immer schon zu gut für dich«, frohlockte Hugo Candless.

Er lehnte sich weit aus der massigen Hüfte zurück und lachte mit aufgerissenem Mund. Schweiß schimmerte ihm auf Brust und Bauch. Er war nackt bis auf blaue Shorts, weiße Wollsocken und schwere Turnschuhe mit Kreppsohlen. Er hatte graues Haar und ein breites Mondgesicht mit kleiner Nase und kleinem Mund und scharfen, blitzflinken Augen.

»Noch 'n Reinfall gefällig?« fragte er.

»Nur wenn's unbedingt sein muß.«

Hugo Candless runzelte finster die Stirn. »Also gut«, sagte er kurz. Er klemmte sich den Schläger unter den Arm und holte einen Öltuchbeutel aus seinen Shorts, nahm eine Zigarette heraus und ein Streichholz. Er zündete sich mit einer großspurigen Bewegung die Zigarette an und warf das Streichholz mitten aufs Spielfeld, wo jemand anders es dann würde aufheben müssen.

Er stieß die Tür der Squash-Halle auf und paradierte den Korridor hinunter zum Umkleideraum, mit herausgereckter Brust. Dial ging still hinter ihm her, katzengleich, weichen Schritts, mit geschmeidiger Anmut. Sie suchten den Duschraum auf.

Candless sang unter der Dusche, bedeckte seinen massigen Körper mit dickem Seifenschaum, duschte heiß und dann eiskalt, und es machte ihm offenbar Vergnügen. Er rieb sich mit unendlicher Muße trocken, nahm ein zweites Handtuch, stolzierte aus dem Duschraum und schrie nach der Bedienung, ihm Eis und Ginger-Ale zu bringen.

Ein Neger in steifer weißer Jacke kam mit einem Tablett herangeeilt. Candless zeichnete mit einem Schnörkel die Rechnung ab, schloß seinen großen Doppelschrank auf und stellte mit wuchtiger Geste eine Flasche Johnny Walker auf den runden grünen Tisch, der im Ankleideraum gegenüber der Schrankwand stand.

Der Kellner mixte sorgfältig zwei Drinks, sagte: »Ssu dienen, Ssörr, Mista Candless«, und ging davon, einen Vierteldollar streichelnd.

George Dial, bereits voll angekleidet, in elegantem grauem Flanell, kam um die Ecke und hob eins der Gläser.

»Schluß für heute, Chef?« Er betrachtete das Deckenlicht durch sein Glas, mit zusammengekniffenen Augen.

»Denke schon«, sagte Candless großzügig. »Denke, ich fahre nach Hause und tue der kleinen Frau mal was Gutes an.« Er warf Dial einen raschen Seitenblick zu aus seinen kleinen Augen.

»Was dagegen, wenn ich nicht mitfahre?« fragte Dial beiläufig.

»Von mir aus. Aber Naomi wird's leid tun«, sagte Candless unfreundlich.

Dial machte ein leises Geräusch mit den Lippen, zuckte die Achseln, sagte: »Sie bringen die Leute gern auf achtzig, stimmt's, Chef?«

Candless gab ihm keine Antwort, sah ihn nicht an. Dial stand schweigend da mit seinem Drink und sah dem massigen Mann zu, wie er monogrammierte Satinunterwäsche anzog, purpurne Socken mit grauer Seitenstickerei, ein monogrammiertes Seidenhemd, einen winzig schwarz-weiß karierten Anzug, der ihn so groß erscheinen ließ wie eine Scheune.

Als er zu seinem purpurnen Binder kam, schrie er nach dem Neger, ihm einen weiteren Drink zu mixen.

Dial lehnte den zweiten Drink ab, nickte, ging weich über den Läufer zwischen den hohen grünen Schränken davon.

Candless zog sich fertig an, trank seinen zweiten Highball, schloß seinen Whisky weg und steckte sich eine fette braune Zigarre in den Mund. Er ließ sich von dem Neger Feuer geben. Dann stolzierte er davon, nach rechts und links laut grüßend.

Der Ankleideraum wirkte sehr still, als er hinausgegangen war. Hier und da klang ein unterdrücktes Kichern auf.

Draußen vor dem Delmar Club regnete es. Der livrierte Portier half Hugo Candless in seinen gegürtelten weißen Regenmantel und ging dann seinen Wagen rufen. Als dieser vorgefahren war, hielt er einen Regenschirm über Hugo und geleitete ihn über den Holzlattensteg zur Bordsteinkante.

Der Wagen war eine königsblaue Lincoln-Limousine, mit lederbrauner Bestreifung. Die Zulassungsnummer war 5 A 6.

Der Chauffeur, in schwarzem, um die Ohren hochgeschlagenem Regenmantel, sah sich nicht um. Der Portier machte die Tür auf, und Hugo Candless stieg ein und ließ sich schwer auf den Rücksitz sinken.

»Nacht, Sam. Sag ihm, er soll mich nach Hause fahren.«

Der Portier berührte seine Mütze, schloß die Tür und gab die Weisung an den Fahrer weiter, der nickte, ohne den Kopf zu wenden. Der Wagen glitt im Regen davon.

Der Regen kam in schrägen Strichen nieder, und an den Kreuzungen prasselte er in jähen Böen gegen das Glas der Limousine. An den Straßenecken bildeten sich Klumpen von Menschen, die alle über den Sunset wollten, ohne angespritzt zu werden. Hugo Candless grinste bedauernd zu ihnen hinaus.

Der Wagen glitt auf dem Sunset hinaus, durch Sherman, kurvte dann auf die Berge zu. Er begann sein Tempo stark zu beschleunigen. Er fuhr jetzt auf einem Boulevard, wo nur noch dünner Verkehr herrschte.

Es war heiß im Wagen. Die Fenster waren sämtlich geschlossen, und bis oben geschlossen war auch die Glastrennwand hinter dem Fahrersitz. Der Rauch von Hugos Zigarre hing schwer und stickig im Rückraum der Limousine.

Candless runzelte die Stirn und streckte die Hand aus, um ein Fenster herunterzudrehen. Die Kurbel ließ sich nicht drehen. Er versuchte es an der anderen Seite. Auch hier ging es nicht. Er wurde langsam wütend. Er griff nach dem kleinen Telefondingsda, um seinem Fahrer kräftig den Marsch zu blasen. Aber es gab kein kleines Telefondingsda mehr.

Der Wagen ging scharf in die Kurve und begann eine lange, schnurgerade Bergstraße hinaufzufahren, an der auf der einen Seite Eukalyptusbäume standen, aber keine Häuser. Candless spürte, wie ihm etwas eiskalt über das Rückgrat strich, hinauf und wieder hinunter. Er beugte sich vor und schlug mit der Faust gegen das Glas. Der Fahrer wandte nicht den Kopf. Der Wagen fuhr sehr schnell die lange dunkle Bergstraße hinan.

Hugo Candless griff heftig nach dem Türöffner. Aber die Türen hatten keine Griffe – auf beiden Seiten nicht. Ein krankes, ungläubiges Grinsen brach über Hugos breites Mondgesicht.

Der Fahrer beugte sich nach rechts hinüber und langte dort nach etwas mit seiner behandschuhten Hand. Es gab ein jähes, scharf zischendes Geräusch. Hugo Candless begann den Geruch von Mandeln zu spüren.

Sehr schwach zuerst – sehr schwach und recht angenehm. Das zischende Geräusch hielt an. Der Mandelgeruch wurde bitter und scharf und sehr tödlich. Hugo Candless ließ seine Zigarre fallen und schlug mit aller Kraft gegen das Glas des ihm nächsten Fensters. Das Glas brach nicht.

Der Wagen war jetzt hoch in den Bergen, schon über die gelegentlichen Straßenlaternen der Wohngegenden hinaus.

Candless ließ sich auf den Sitz zurückfallen und hob den Fuß, um hart gegen die gläserne Trennwand vor ihm zu treten. Der Tritt kam nie mehr zur Ausführung. Seine Augen versagten ihm den Dienst. Sein Gesicht verzerrte sich zu einem Knäuel, und sein Kopf sank nach hinten gegen das Polster und krachte dann seitlich auf seine massige Schulter nieder. Sein weicher weißer Filzhut saß ihm formlos auf dem großen eckigen Schädel.

Der Fahrer warf einen raschen Blick zurück, zeigte für einen kurzen Moment ein hageres, habichtähnliches Gesicht. Dann beugte er sich wieder nach rechts hinüber, und das zischende Geräusch hörte auf.

Er fuhr an den Rand der verlassenen Straße, hielt, schaltete alle Lichter aus. Der Regen trommelte dumpf auf das Dach.

Der Fahrer stieg aus im Regen und öffnete die Hintertür des Wagens, trat dann rasch davon zurück und hielt sich die Nase zu.

Er blieb ein Weilchen in einiger Entfernung stehen und sah die Straße hinauf und hinunter.

Hugo Candless hinten in der Limousine rührte sich nicht.

II

Francine Ley saß in einem niedrigen roten Sessel neben einem Tischchen, auf dem eine Alabasterschale stand. Von der Zigarette, die sie gerade in die Schale gelegt hatte, stieg Rauch auf und bildete Muster in der stillen, warmen Luft. Sie hatte die Hände hinter dem Kopf verschränkt, und ihre rauchblauen Augen hatten einen trägen, einladenden Ausdruck. Ihr dunkles, kastanienbraunes Haar fiel in lockeren Wellen. In den Tälern dieser Wellen schimmerten bläuliche Schatten.

George Dial beugte sich über sie und küßte sie auf die Lippen, fest. Seine eigenen Lippen waren heiß, als er sie küßte, und er schauerte zusammen. Das Mädchen rührte sich nicht. Sie lächelte träge zu ihm empor, als er sich wieder aufrichtete.

Mit belegter, gehemmter Stimme sagte Dial: »Hör zu, Francy. Wann gibst du diesem Spieler den Laufpaß und läßt mich für dich sorgen?«

Francine Ley zuckte die Achseln, ohne die Hände hinter dem Kopf wegzunehmen. »Er spielt fair und ehrlich, George«, sagte sie gedehnt. »Das ist heutzutage immerhin schon was, und du hast einfach nicht genug Geld.«

»Ich kann's mir beschaffen.«

»Wie denn?« Ihre Stimme war leise und heiser. Sie erregte George Dial wie ein Cello.

»Von Candless. Ich hab eine Menge in der Hand gegen den Vogel.«

»Zum Beispiel was?« fragte Francine träge.

Dial grinste sanft auf sie nieder. Er weitete die Augen in gespielter Unschuld. Francine Ley fand, daß das Weiße seiner Augen einen ganz schwachen Farbton hatte, der nicht weiß war.

Dial machte eine großspurige Bewegung mit einer unangezündeten Zigarette. »Eine Menge – zum Beispiel wie er letztes Jahr einen harten Burschen aus Reno aufs Kreuz gelegt hat. Der Halbbruder des harten Burschen stand unter Mordanklage hier, und Candless nahm fünfundzwanzig Riesen, um ihn loszueisen. Aber dann schloß er mit dem Oberstaatsanwalt einen Kuhhandel in einer anderen Sache und ließ das Brüderchen hochgehen.«

»Und was hat der harte Bursche daraufhin unternommen?« fragte Francine Ley sanft.

»Nichts – noch nichts. Er glaubt wahrscheinlich, es wär halt nichts zu machen gewesen. Man kann nicht immer gewinnen.«

»Aber er könnte eine Menge unternehmen, wenn er Bescheid wüßte«, sagte Francine Ley, nickend. »Wer war denn der harte Bursche, Georgie?«

Dial senkte die Stimme und beugte sich wieder über sie. »Ich bin ein Idiot, daß ich's dir sage. Ein Mann namens Zapparty. Bin ihm selber noch nie begegnet.«

»Und solltest es dir auch nicht wünschen – wenn du bei Verstand bist, Georgie. Nein, danke. Ich habe keinerlei Lust, mich mit dir in so eine heikle Sache einzulassen.«

Dial lächelte leicht, zeigte ebenmäßige Zähne in einem dunklen, glatten Gesicht. »Das laß mal meine Sorge sein, Francy. Vergiß erstmal alles wieder – außer daß ich ganz verrückt nach dir bin.«

»Hol uns was zu trinken«, sagte das Mädchen.

Der Raum war das Wohnzimmer in einem Hotel-Apartment. Es war ganz in Rot und Weiß gehalten, diplomatenhaft dekoriert, zu steif. Die weißen Wände hatten rote Schablonenmuster, die weißen Jalousien weiße Kästen und Führungsrahmen, vor dem Gaskamin lag ein halbrunder roter Teppich mit weißer Einfassung. An einer der Wände, zwischen den Fenstern, stand ein nierenförmiger weißer Schreibtisch.

Dial ging zu dem Schreibtisch hinüber und goß Scotch in zwei Gläser, fügte Eis hinzu und füllte mit Wasser auf, trug die Gläser zurück durch den Raum zu dem Tischchen, von dem immer noch ein dünner Rauchfaden aus der Alabasterschale aufstieg.

»Gib dem Spieler den Laufpaß«, sagte Dial und reichte ihr ein Glas. »Wenn du dich mit jemand in heikle Sachen einläßt, dann mit ihm.«

Sie schlürfte den Drink, nickte. Dial nahm ihr das Glas aus der Hand, trank an derselben Stelle des Randes, beugte sich über sie, beide Gläser in den Händen, und küßte sie zum zweitenmal auf die Lippen.

Rote Vorhänge bedeckten eine Tür, die auf einen kurzen Vorplatz führte. Sie teilten sich, nur ein paar Zoll breit, und das Gesicht eines Mannes erschien in der Öffnung, kühle Grauaugen beobachteten nachdenklich den Kuß. Die Vorhänge glitten lautlos wieder zusammen.

Nach einem Augenblick schlug laut eine Tür zu, und Schritte kamen über den Flur. Johnny de Ruse trat durch die Vorhänge ins Zimmer. Dial war gerade damit beschäftigt, sich seine Zigarette anzuzünden.

Johnny de Ruse war hochgewachsen, schlank, ruhig, trug einen elegant geschnittenen dunklen Anzug. Seine kühlen Grauaugen hatten feine Lachfältchen in den Winkeln. Sein dünner Mund war zart, aber nicht weich, und sein langes Kinn hatte eine Spalte.

Dial starrte ihn an, machte eine vage Bewegung mit der Hand. De Ruse ging zum Schreibtisch hinüber, ohne ein

Wort zu sagen, goß sich etwas Whisky in ein Glas und trank ihn pur.

Er stand einen Augenblick lang da, mit dem Rücken zum Zimmer, und klopfte auf die Schreibtischkante. Dann wandte er sich herum, lächelte schwach, sagte: »Hallo, Leute«, mit sanfter, leicht schleppender Stimme, und ging durch eine innere Tür wieder aus dem Zimmer.

Er befand sich in einem großen, übertrieben ausgestatteten Schlafzimmer mit Doppelbett. Er trat an einen Wandschrank und holte einen lohbraunen Kalbslederkoffer heraus, öffnete ihn auf dem Bett. Dann fing er an, die Schubladen einer hochbeinigen Kommode zu durchstöbern und Sachen in den Koffer zu packen, mit aller Sorgfalt, ganz ohne Hast. Er pfiff still durch die Zähne vor sich hin, während er das tat.

Als der Koffer gepackt war, ließ er ihn zuschnappen und zündete sich eine Zigarette an. Einen Moment lang stand er mitten im Zimmer, ohne sich zu bewegen. Seine Grauaugen starrten die Wand an, ohne sie zu sehen.

Nach einem Weilchen trat er wieder an den Wandschrank und holte eine kleine Pistole in weichem Lederhalfter mit zwei kurzen Riemen heraus. Er zog sein linkes Hosenbein hoch und schnallte das Halfter an seinem Bein fest. Dann nahm er den Koffer und ging ins Wohnzimmer zurück.

Francine Leys Augen verengten sich jäh, als sie den Koffer sah.

»Willst du verreisen?« fragte sie mit ihrer leisen, heiseren Stimme.

»Hm-hm. Wo ist Dial?«

»Er mußte weg.«

»Was für ein Jammer«, sagte De Ruse sanft. Er stellte den Koffer auf den Boden, neben sich, und ließ seine kühlen Grauaugen über das Gesicht des Mädchens wandern, auf und nieder an ihrem schlanken Körper, von den Fesseln bis zu ihrem kastanienbraunen Kopf. »Was für ein Jammer«, sagte er. »Ich seh ihn ganz gern hier. Ich selber bin ja doch ein bißchen öde für dich.«

»Vielleicht bist du das wirklich, Johnny.«

Er beugte sich zum Koffer nieder, richtete sich aber wieder auf, ohne ihn berührt zu haben, und sagte beiläufig: »Erinnerst du dich an Mops Parisi? Ich hab ihn heut in der Stadt gesehen.«

Ihre Augen weiteten sich und schlossen sich dann fast. Ihre Zähne schlugen leicht aufeinander. Die Linie ihrer Kinnbacken trat einen Moment lang sehr deutlich hervor.

De Ruse ließ seinen Blick weiter über ihr Gesicht und ihren Körper wandern.

»Gedenkst du da was zu unternehmen?« fragte sie.

»Ich gedenke eine kleine Reise zu machen«, sagte De Ruse. »Ich bin nicht mehr so angriffslustig, wie ich einmal war.«

»Also Rückzug«, sagte Francine Ley leise. »Wo gehen wir hin?«

»Kein Rückzug – nur eine kleine Reise«, sagte De Ruse tonlos. »Und nicht wir gehen – *ich* gehe. Allein.«

Sie saß still, betrachtete sein Gesicht, regte keinen Muskel.

De Ruse griff in seine Jacke und zog eine lange Brieftasche heraus, die sich wie ein Buch aufschlagen ließ. Er warf dem Mädchen einen dicken Packen Geldscheine in den Schoß, steckte die Brieftasche wieder weg. Sie rührte die Scheine nicht an.

»Das wird dich länger über Wasser halten, als du brauchst, um einen neuen Spielgefährten zu finden«, sagte er, ohne Ausdruck. »Das soll nicht heißen, daß ich dir nicht auch noch mehr schicke, wenn du's brauchst.«

Sie stand langsam auf, und der Packen Geldscheine glitt an ihrem Rock nieder zu Boden. Sie ließ die Arme starr an den Seiten herunterhängen, die Hände zu Fäusten geballt, so daß die Sehnen auf den Rücken scharf hervortraten. Ihre Augen waren so stumpf wie Schiefer.

»Das heißt, wir sind miteinander fertig, Johnny?«

Er hob den Koffer an. Sie trat rasch vor ihn hin, mit zwei langen Schritten. Sie legte eine Hand auf seine Jacke. Er stand ganz still, sanft lächelnd mit den Augen, doch mit den Lippen nicht. Der Duft von Shalimar stach ihm in die Nüstern.

»Du weißt, was du bist, Johnny?« Ihre heisere Stimme war fast ein Lispeln.

Er wartete.

»Ein Dummkopf, Johnny. Ein Dummkopf.«

Er nickte leicht. »Einverstanden. Ich hab die Bullen auf Mops Parisi gehetzt. Ich mag das Kidnapper-Gewerbe nicht, Schatz. Ich würde die Bullen jeden Tag darauf hetzen. Sogar wenn ich selber dabei was abkriegen sollte. Das ist doch kalter Kaffee. Sonst noch was?«

»Du hast die Bullen auf Mops Parisi gehetzt und meinst, er weiß es noch nicht, aber möglich ist's immerhin. Also läufst du vor ihm weg. Und läßt mich sitzen.«

»Vielleicht hab ich dich auch einfach satt, Schatz.«

Sie warf den Kopf zurück und lachte scharf, mit fast wildem Klang. De Ruse rührte sich nicht.

»Du bist überhaupt nicht zähe, Johnny. Du bist weich. George Dial ist viel härter als du. Mein Gott, wie weich du bist, Johnny!«

Sie trat zurück, starrte ihm ins Gesicht. Ein Flackern fast unerträglicher Erregung trat in ihre Augen und ging wieder.

»Du bist so ein hübsches Jungchen, Johnny. Gott im Himmel, das bist du wirklich. Jammerschade, daß du so weich bist.«

De Ruse sagte sanft, ohne sich zu bewegen: »Nicht weich, Schatz – bloß ein bißchen sentimental. Ich seh gern kleine Pferdchen laufen und spiele gern mit bunten Kärtchen, und ich fummle gern mit kleinen roten Würfeln rum, die weiße Tupfen haben. Ich mag Glücksspiele, einschließlich Frauen. Aber wenn ich verliere, dann werd ich nicht sauer, und ich mach auch keine krummen Sachen. Ich geh einfach an den nächsten Tisch. Mach's gut.«

Er bückte sich, hob den Koffer und ging um sie herum. Er schritt durchs Zimmer und durch die roten Vorhänge hinaus, ohne sich umzusehen.

Francine Ley starrte mit steifen Augen zu Boden.

III

De Ruse stand unter dem gewölbten Glasvordach des Seiteneingangs zum Chatterton und sah die Irolo hinauf und hinunter, hinüber zu den blitzenden Lichtern des Wilshire und zum dunklen, stillen Ende der Seitenstraße.

Der Regen fiel leise und sanft, in schrägen Strichen. Ein kleiner Tropfen trieb unter das Vordach und traf sprühend das rote Ende seiner Zigarette. Er hob den Koffer und ging die Irolo entlang auf seinen Sedan zu. Er war fast an der nächsten Ecke geparkt, ein glänzender schwarzer Packard mit wenigen diskreten Chromteilen hier und dort.

Er blieb stehen und öffnete die Tür, und eine Pistole hob sich rasch im Innern des Wagens. Die Pistole stieß gegen seine Brust. Eine Stimme sagte scharf: »Keine Bewegung! Die Flossen hoch, Freundchen!«

De Ruse sah den Mann im Wagen nur undeutlich. Ein hageres, habichtartiges Gesicht, auf das etwas reflektiertes Licht fiel, ohne ihm Kontur zu geben. Er spürte die Pistole hart auf seiner Brust, das Brustbein tat ihm weh. Rasche Schritte klangen hinter ihm auf, und eine zweite Pistole stieß ihm in den Rücken.

»Zufrieden?« fragte ein anderer.

De Ruse ließ den Koffer los, hob die Hände und legte sie auf das Wagendach.

»Okay«, sagte er müde. »Was wollt ihr – mich ausrauben?«

Ein schnarrendes Lachen kam von dem Mann im Wagen. Eine Hand klatschte De Ruse von hinten auf die Hüften.

»Jetz zurück – aber schön langsam!«

De Ruse trat zurück, hielt die Hände sehr hoch in die Luft.

»Nicht so hoch, Idiot«, sagte der Mann hinter ihm gefährlich. »Bloß in Schulterhöhe.«

De Ruse senkte sie. Der Mann im Wagen stieg aus, richtete sich auf. Er setzte De Ruse wieder die Pistole auf die Brust, streckte einen langen Arm aus und knöpfte ihm den Mantel auf. De Ruse lehnte sich zurück. Die Hand, die zu dem Arm gehörte, durchsuchte seine Taschen, seine Achselhöhlen. Eine 38er in Hakenhalfter hörte auf, unter seinem Arm Gewicht zu machen.

»Eine habe ich, Chuck. Auf deiner Seite was?«

»Nichts an der Hüfte.«

Der Mann vor ihm trat von ihm weg und griff nach dem Koffer.

»Vorwärts marsch. Wir fahren in unserm.«

Sie gingen weiter die Irolo entlang. Eine große Lincoln-Limousine tauchte auf, ein blauer Wagen mit einem helleren Streifen. Der Mann mit dem Habichtgesicht öffnete die Hintertür.

»Los, rein.«

De Ruse stieg schlaff und teilnahmslos ein, spie seinen Zigarettenstummel in die nasse Dunkelheit, als er sich unter das Dach des Wagens bückte. Ein schwacher Geruch griff seine Nase an, ein Geruch, der von überreifen Pfirsichen oder Mandeln hätte stammen können. Er setzte sich in den Wagen.

»Neben ihn, Chuck.«

»Hör zu. Laß uns doch alle vorne fahren. Ich kann ihn dann – – –«

»Nichts da. Neben ihn, Chuck«, fuhr ihn das Habichtgesicht an.

Chuck murrte, stieg neben De Ruse hinten ein. Der andere Mann knallte die Tür zu. Sein hageres Gesicht zeigte durch das geschlossene Fenster ein sardonisches Grinsen. Dann ging er herum zum Fahrersitz, warf den Wagen an, löste ihn vom Bordstein.

De Ruse kräuselte die Nase, schnüffelte den seltsamen Geruch.

Sie bogen um die Ecke, fuhren auf der Achten ostwärts zum Normandie, auf dem Normandie nordwärts über den Wilshire, über andere Straßen, dann einen steilen Hügel hinauf und auf der anderen Seite wieder hinunter nach Melrose. Der große Lincoln glitt ohne auch nur ein Flüstern durch den leichten Regen. Chuck saß in der Ecke, hielt die Pistole auf dem Knie, mit finster gerunzelter Stirn. Straßenlaternen zeigten ein eckiges, arrogantes, rotes Gesicht, ein Gesicht, dem gar nicht wohl zumute war.

Der Hinterkopf des Fahrers war reglos hinter der gläsernen Trennwand. Sie passierten den Sunset und Hollywood, bogen nach Osten auf den Franklin, dann wieder nach Norden, Los Feliz zu, und dort hinunter zum Flußbett.

Wagen, die den Berg hinaufkamen, warfen jähes, kurzes Grelllicht ins Innere des Lincoln. De Ruse spannte sich, wartete. Als das nächste Scheinwerferlicht breit blendend in den Wagen schoß, beugte er sich rasch vor und zog mit einem Ruck sein linkes Hosenbein hoch. Er hatte sich bereits wieder in die Polsterung zurückgelehnt, als das Blendlicht vorüber war.

Chuck hatte sich nicht bewegt, hatte die Bewegung neben sich nicht bemerkt.

Unten am Fuß des Berges, an der Kreuzung Riverside Drive, wogte ihnen eine ganze Phalanx von Wagen entgegen, als das Ampellicht umsprang. De Ruse wartete, kalkulierte genau die Wirkung der Scheinwerfer. Sein Körper krümmte sich kurz, seine Hand fuhr nieder, riß die kleine Pistole aus dem Beinhalfter.

Er lehnte sich wieder zurück, die Pistole dicht am linken Oberschenkel, so daß sie von Chucks Seite aus nicht zu sehen war.

Der Lincoln schoß hinüber auf den Riverside und passierte die Einfahrt zum Griffith Park.

»Wo geht's eigentlich hin, Kerl?« fragte De Ruse beiläufig.

»Maul halten«, knurrte Chuck. »Werden Sie schon merken.«

»Ihr wollt mich doch nicht ausrauben, he?«

»Maul halten«, knurrte Chuck noch einmal.

»Mops Parisis Jungens?« fragte De Ruse dünn, langsam.

Der rotgesichtige Revolvermann zuckte, hob die Pistole von seinem Knie. »Ich hab gesagt – Maul halten!«

De Ruse sagte: »Entschuldigen Sie schon.«

Er hob die Pistole über den Schenkel, richtete sie kurz aus, drückte mit der Linken auf den Abzug. Die Pistole machte ein kleines flaches Geräusch – fast ein unwichtiges Geräusch.

Chuck schrie auf, und seine Hand zuckte wild. Die Pistole flog ihm heraus und fiel auf den Boden des Wagens. Seine linke Hand fuhr nach seiner rechten Schulter.

De Ruse nahm die kleine Mauser in die rechte Hand und bohrte sie Chuck tief in die Seite.

»Schön ruhig bleiben, Junge, schön ruhig. Keine Dummheiten mit den Händen. Jetzt stoßen Sie die Kanone da mit dem Fuß zu mir rüber – und zwar ein bißchen dalli!«

Chuck stieß die große Automatik mit dem Fuß über den Boden des Wagens. De Ruse griff rasch danach nieder, erwischte sie auch. Der hagergesichtige Fahrer warf einen Blick zurück, und der Wagen geriet ins Schleudern, fing sich dann aber wieder.

De Ruse hob die schwere Pistole. Die Mauser war zu leicht, als daß er sie als Schlagwaffe hätte verwenden können. Er schmetterte sie Chuck seitlich gegen den Kopf.

Chuck stöhnte auf, sackte nach vorn, versuchte sich festzuklammern.

»Das Gas!« jaulte er. »Das Gas! Er wird das Gas anstellen!«

De Ruse traf ihn noch einmal, härter. Chuck war nur noch ein zusammengesackter Haufen auf dem Boden des Wagens.

Der Lincoln bog vom Riverside ab, über eine kurze Brücke und einen Reitweg, eine schmale Landstraße hinunter, die einen Golfplatz teilte. Sie führte in dunkles Gelände und unter Bäume. Der Wagen fuhr schnell, schlingerte von einer Seite zur andern, ganz als läge das in der Absicht des Fahrers.

De Ruse hielt sich fest, tastete nach dem Türöffner. Aber die Türen hatten keine Griffe. Seine Lippen krümmten sich, und er schmetterte die Pistole gegen eins der Fenster. Das schwere Glas war wie eine Mauer aus Stein.

Der habichtgesichtige Mann beugte sich nach rechts hinüber, und es entstand ein zischendes Geräusch. Dann verschärfte sich jäh und stark der Mandelgeruch.

De Ruse riß ein Taschentuch aus der Tasche und preßte es vor die Nase. Der Fahrer hatte sich jetzt vornüber gebeugt beim Fahren, er versuchte den Kopf in Deckung zu halten.

De Ruse setzte die Mündung der großen Pistole an die gläserne Trennwand hinter dem Kopf des Fahrers, der sich zur Seite duckte. Er feuerte viermal rasch hintereinander, die Augen geschlossen und den Kopf abgewandt, wie eine nervöse Frau.

Es flog kein Glas. Als er wieder hinsah, war ein gezacktes rundes Loch in der Scheibe, und die Windschutzscheibe davor war mit Sternen übersät, aber nicht zerbrochen.

Er schmetterte die Pistole gegen die Ränder des Loches, und es gelang ihm, ein Stück Glas loszuschlagen. Er bekam das Gas jetzt ab, durch das Taschentuch. Er hatte das

Gefühl, als wäre sein Kopf ein bis zum Platzen aufgeblasener Ballon. Alles schwankte und verschwamm vor seinen Augen.

Der habichtgesichtige Fahrer duckte sich zusammen, zerrte die Tür an seiner Seite auf, riß das Steuer in entgegengesetzter Richtung herum und sprang hinaus.

Der Wagen raste über eine niedrige Böschung, schlug einen leichten Bogen und krachte seitlich gegen einen Baum. Die Karosserie bekam genügend ab, daß eine der Hintertüren aufsprang.

De Ruse schoß mit einem Hechtsprung durch die Tür hinaus. Weiche Erde traf ihn, und der Aufprall benahm ihm ganz kurz den Atem. Dann sogen seine Lungen saubere Luft.

Er rollte sich herum, auf Bauch und Ellbogen, hielt den Kopf tief, die Pistolenhand hoch.

Der habichtgesichtige Mann hockte auf den Knien, ein Dutzend Yards entfernt. De Ruse sah, wie er eine Pistole aus der Tasche zog und hob.

Chucks Pistole zuckte und krachte in De Ruses Hand, bis sie leer war.

Der habichtgesichtige Mann klappte langsam zusammen, und sein Körper verschmolz mit den dunklen Schatten und dem nassen Grund. Wagen fuhren in der Ferne auf dem Riverside Drive vorbei. Regen tropfte von den Bäumen. Der Leuchtstrahl von Griffith Park drehte sich im dicht verhangenen Himmel. Der Rest war Dunkelheit und Schweigen.

De Ruse holte tief Luft und brachte sich auf die Füße. Er ließ die leere Pistole fallen, zog eine kleine Taschenlampe aus seiner Manteltasche und zog den Mantel hoch gegen Nase und Mund, preßte den festen Stoff dicht an sein Gesicht. Er ging zum Wagen, stellte die Scheinwerfer ab und ließ den Strahl der Taschenlampe in die Fahrerabteilung fallen. Er beugte sich rasch hinein und drehte den Hahn eines Kupferzylinders ab, der aussah wie ein Feuerlöscher. Das zischende Geräusch des Gases verstummte.

Er ging hinüber zu dem habichtgesichtigen Mann. Er war tot. Er hatte etwas loses Geld in den Taschen, kleine Münzen und Silber, dazu Zigaretten, ein Streichholzbriefchen vom Club Egypt, keine Brieftasche, ein paar Ersatzmagazine mit Patronen, De Ruses 38er. De Ruse steckte die letztere wieder an ihren Ort und richtete sich von dem hingestreckten Körper auf.

Er blickte über die Dunkelheit des Los Angeles River hinüber zu den Lichtern von Glendale. Auf halber Entfernung leuchteten, weit von jedem anderen Licht, in Abständen grüne Neon-Zeichen auf: Club Egypt.

De Ruse lächelte still vor sich hin und ging zum Lincoln zurück. Er zerrte Chucks Körper heraus auf den nassen Grund. Chucks rotes Gesicht war jetzt blau unter dem Strahl der kleinen Taschenlampe. Seine offenen Augen starrten reglos und leer. Seine Brust bewegte sich nicht. De Ruse legte die Taschenlampe hin und durchsuchte ein paar weitere Taschen.

Er fand die üblichen Sachen, die ein Mann bei sich trägt, einschließlich einer Brieftasche mit Führerschein, ausgestellt auf Charles Le Grand, Hotel Metropole, Los Angeles. Er fand weitere Streichhölzer vom Club Egypt und einen Hotelschlüssel mit der Anhängeraufschrift: 809, Hotel Metropole.

Er steckte den Schlüssel in die Tasche, schlug die aufgesprungene Tür des Lincoln zu, setzte sich hinters Steuer. Der Motor sprang an. Er löste den Wagen von dem Baum, unter blechernem Ratschen des zerbeulten Kotflügels, wendete langsam auf dem weichen Erdreich und brachte ihn wieder auf die Straße.

Als er den Riverside wieder erreicht hatte, drehte er die Scheinwerfer an und fuhr nach Hollywood zurück. Er stellte den Wagen unter ein paar Pfefferbäumen ab, vor einem großen ziegelsteinernen Apartmenthaus an der Kenmore, einen halben Block nördlich vom Hollywood Boulevard, zog den Zündschlüssel ab und hob seinen Koffer heraus.

Licht vom Eingang des Apartmenthauses lag auf dem vorderen Nummernschild, als er davonging. Er fragte sich verwundert, warum Revolvermänner einen Wagen mit Zulassungsnummer 5 A 6 benutzten, die fast schon eine Prominentennummer war.

In einem Drugstore telefonierte er nach einem Taxi. Das Taxi brachte ihn zum Chatterton zurück.

IV

Das Apartment war leer. Zigarettenrauch und der Duft von Shalimar hingen in der warmen Luft, ganz als sei vor gar nicht langer Zeit noch jemand dagewesen. De Ruse schob sich ins Schlafzimmer, sah nach den Kleidungsstücken in zwei Schränken, nach den Gegenständen auf einem Frisiertisch, ging dann zurück in das rot-weiße Wohnzimmer und mixte sich einen steifen Highball.

Er schob den Nachtriegel an der Außentür vor und trug seinen Drink ins Schlafzimmer, streifte seine verschmutzten Sachen ab und legte einen anderen Anzug an, der aus dunklem Stoff war, aber modisch elegant geschnitten. Er schlürfte seinen Drink, während er sich vor einem weichen weißen Leinenhemd eine schwarze Schleife band.

Er reinigte den Lauf der kleinen Mauser, setzte sie wieder zusammen und schob ergänzend eine Patrone hinter die kleine Magazinkammer, steckte die Pistole dann in das Beinhalfter zurück. Dann wusch er sich die Hände und ging mit seinem Drink zum Telefon.

Die erste Nummer, die er wählte, war die des *Chronicle*. Er verlangte die Lokalredaktion, Werner.

Eine schleppende Stimme tropfte über den Draht: »Werner am Apparat. Schießen Sie los. Binden Sie mir Ihren Bären auf.«

De Ruse sagte: »Hier John De Ruse, Claude. Sieh mir

mal in deiner Liste eine Zulassungsnummer nach – Kalifornien 5 A 6.«

»Muß einer von diesen Scheißpolitikern sein«, sagte die schleppende Stimme und entfernte sich.

De Ruse saß bewegungslos, betrachtete eine kannelierte weiße Säule in der Ecke. Sie trug eine rot-weiße Schale mit roten und weißen künstlichen Rosen. Er rümpfte angeekelt die Nase.

Werners Stimme kam wieder über den Draht: »Eine Lincoln-Limousine, Baujahr 30, zugelassen auf Hugo Candless, Casa de Oro Apartments, 2942 Clearwater Street, West Hollywood.«

De Ruse sagte in einem Ton, dem nichts zu entnehmen war: »Das ist doch dieser großkotzige Rechtsverdreher, nicht?«

»Stimmt. Der Riskierer der großen Lippe. Der Zeugenstandspathetiker.« Werners Stimme senkte sich. »Unter uns, Johnny, und nicht für die große Glocke – ein dicker hinterhältiger Fettsack, der nichtmal besonders gerissen ist – bloß weit genug herumgekommen, um zu wissen, wen man kaufen kann ... Steckt 'ne Story drin?«

»Ach du lieber Himmel, nein«, sagte De Ruse leise. »Er ist mir bloß an die Karre gefahren, wörtlich, und hat nicht gehalten.«

Er legte auf und trank sein Glas aus, erhob sich dann, um sich einen zweiten Drink zu mixen. Dann warf er ein Telefonbuch auf den weißen Schreibtisch und sah die Nummer der Casa de Oro nach. Er wählte sie. Eine Telefonistin teilte ihm mit, daß Mr. Hugo Candless sich zur Zeit nicht in der Stadt aufhalte.

»Geben Sie mir sein Apartment«, sagte De Ruse.

Eine kühle Frauenstimme meldete sich. »Ja? Hier spricht Mrs. Hugo Candless. Worum handelt es sich bitte?«

De Ruse sagte: »Ich bin ein Klient von Mr. Candless und muß ihn unbedingt erreichen. Können Sie mir da helfen?«

»Tut mir sehr leid«, beschied ihn die kühle, fast träge Stimme. »Mein Mann wurde ganz plötzlich nach auswärts gerufen. Ich weiß nicht einmal, wohin er gefahren ist, erwarte allerdings, noch heute am späteren Abend von ihm zu hören. Er ist von seinem Club aus – – –«

»Welcher Club war das?« fragte De Ruse beiläufig.

»Der Delmar Club. Er ist von dort direkt losgefahren, ohne noch vorher nach Hause zu kommen. Wenn Sie ihm eine Nachricht hinterlassen möchten – – –«

De Ruse sagte: »Vielen Dank, Mrs. Candless. Vielleicht darf ich Sie später noch einmal anrufen.«

Er legte auf, lächelte langsam und ingrimmig, süffelte seinen frischen Drink und sah die Nummer des Hotel Metropole nach. Er rief an und verlangte ›Mr. Charles Le Grand in Zimmer 809‹.

»Acht-null-neun«, sagte die Telefonistin beiläufig. »Ich verbinde.« Einen Augenblick später: »Es meldet sich niemand.«

De Ruse dankte ihr, zog den Anhängerschlüssel aus der Tasche, sah nach der Nummer. Die Nummer war 809.

V

Sam, der Portier des Delmar Club, lehnte am Tuffstein des Eingangs und sah zu, wie der Verkehr auf dem Sunset Boulevard vorbeiflitzte. Die Scheinwerfer taten seinen Augen weh. Er war müde, und er wollte nach Hause. Er wollte ein gemütliches Pfeifchen und einen großen Schuß Gin dazu. Er wünschte sich, der Regen würde aufhören. Es war reinweg tot drinnen im Club, wenn es regnete.

Er löste sich von der Mauer und ging ein paarmal auf dem Stück Bürgersteig hin und her, das vom Vordach geschützt war, schlug dabei die großen schwarzen Hände in den großen weißen Handschuhen ineinander. Er versuchte den *Skaters' Waltz* zu pfeifen, kam aber mit der Melodie nicht zurande, pfiff statt dessen *Low Down Lady*. Das hatte keinerlei Melodie.

De Ruse kam von der Hudson Street um die Ecke und blieb an der Mauer neben ihm stehen.

»Hugo Candless drinnen?« fragte er, ohne Sam anzusehen.

Sam schlug mißbilligend die Zähne zusammen. »Nö, ist nicht.«

»Früher dagewesen?«

»Fragen Sie mal beim Empfang bitte, Mister.«

De Ruse zog behandschuhte Hände aus den Taschen und fing an, einen Fünf-Dollar-Schein um seinen linken Zeigefinger zu rollen.

»Was wissen denn die, was Sie nicht auch wissen!«

Sam grinste langsam, sah zu, wie der Geldschein fest um den behandschuhten Finger geschlungen wurde.

»Auch wieder richtig, Boss. Tja - er war da. Kommt fast jeden Tag.«

»Wann ist er weg?«

»Weg so um sechs Uhr dreißig, möcht ich schätzen.«

»Gefahren? In seiner blauen Lincoln-Limousine?«

»Aber klar doch. Bloß daß er die nicht selber fährt. Weswegen fragen Sie das?«

»Es hat da doch schon geregnet«, sagte De Ruse gemächlich. »Ziemlich heftig sogar. Vielleicht war's doch nicht der Lincoln.«

»Aber klar war's der Lincoln«, protestierte Sam. »Ich hab ihn doch selber drin verstaut. Er fährt auch nie einen andern.«

»Zulassungsnummer 5 A 6?« bohrte De Ruse unnachsichtig weiter.

»Genau«, kicherte Sam. »Glatt eine Nummer wie ein Stadtrat, dem seine Nummer.«

»Kennen Sie den Chauffeur?«

»Aber klar – – –« begann Sam und brach dann jäh ab. Er harkte mit einem weißen Finger von der Größe einer Banane über ein schwarzes Kinn. »Äh, das heißt, ich will ein großer schwarzer Blödmann sein, wenn er nicht schon wieder einen neuen hat. Den hab ich jedenfalls noch nicht gekannt, bestimmt.«

De Ruse steckte Sam den gerollten Geldschein in die große weiße Pfote. Sam grapschte ihn sich, aber seine runden Augen wurden plötzlich argwöhnisch.

»Sagen Sie mal, weswegen fragen Sie mich das eigentlich alles, Mister, he?«

De Ruse sagte: »Ich hab doch bezahlt, oder?«

Er ging zurück um die Ecke zur Hudson und stieg in seinen schwarzen Packard-Sedan. Er steuerte ihn auf den Sunset, dann darauf westlich bis fast nach Beverly Hills, bog dann in die Vorberge ab und fing an, nach den Straßenschildern an den Ecken zu spähen. Die Clearwater Street lief an einer Hügelflanke entlang und bot einen Blick auf die ganze Stadt. Die Casa de Oro, an der Ecke der Parkinson, bestand aus einer raffinierten Anlage erstklassiger Bungalow-Apartments, umgeben von einer Adobemauer mit rotem Ziegelkranz. Die Eingangshalle befand sich in einem separaten Gebäude, und gegenüber der einen Längsmauer, an der Parkinson, lag eine große Privatgarage.

De Ruse parkte der Garage gegenüber und saß da und blickte durch das breite Fenster hinüber in ein verglastes Büro, in dem ein Angestellter saß, in fleckenlos weißen Overalls, die Füße auf dem Tisch, und eine Zeitschrift las und über die Schulter nach einem unsichtbaren Spucknapf spuckte.

De Ruse stieg aus dem Packard, überquerte ein Stück weiter oberhalb die Straße, kam zurück und schlüpfte in die Garage, ohne daß der Wächter ihn sah.

Die Wagen standen in vier Reihen. Zwei Reihen zogen sich an den weißen Wänden entlang, zwei teilten, dicht parallel, den Raum in der Mitte. Es gab noch viele Lücken, aber zahlreiche Wagen waren auch schon zu Bett gebracht worden. Die meisten waren groß, teuer, geschlossene Modelle, aber es standen auch zwei oder drei elegante, offene Flitzer da.

Es gab nur eine einzige Limousine. Sie hatte die Zulassungsnummer 5 A 6.

Es war ein gepflegter Wagen, funkelnd und glänzend; königsblau, mit lederbrauner Bestreifung. De Ruse zog einen Handschuh aus und legte die Hand auf das Kühlergitter. Ganz kalt. Er betastete die Reifen, betrachtete seine Finger. Ein wenig feiner trockener Staub haftete an der Haut. Die Profilrillen enthielten keinerlei feuchten Schmutz, nur knochentrockenen Staub.

Er ging an der Reihe der dunklen Karosserien entlang zurück und lehnte sich in die offene Tür des kleinen Büros. Nach einem Augenblick sah der Wächter auf, fast erschrokken.

»Haben Sie zufällig den Chauffeur von Candless gesehen?« fragte De Ruse ihn.

Der Mann schüttelte den Kopf und spuckte geschickt in einen Kupfernapf.

»War nicht da, seit ich gekommen bin – drei Uhr.«

»Ist also nicht zum Club gefahren, um den Alten zu holen?«

»Nö. Glaube nicht. Der große Schlitten war noch nicht draußen. Den nimmt er aber immer.«

»Wo hängt er abends seinen Hut auf?«

»Wer? Mattick? Es gibt da hinten im Dschungel ein paar Häuschen für die Angestellten. Aber ich glaube, ich hab ihn mal sagen hören, er parkt in irgendeinem Hotel. Warten Sie mal – – –« Eine Stirn legte sich in Falten.

»Vielleicht im Metropole?« versuchte De Ruse.

Der Garagenmann dachte darüber nach, während De Ruse ihm auf die Kinnspitze starrte.

»Ja-ah. Ich glaube, das war's. Ganz sicher bin ich allerdings nicht. Der Mattick ist nicht grade sehr gesprächig.«

De Ruse dankte ihm und überquerte die Straße und stieg wieder in den Packard. Er fuhr in die Stadt zurück.

Es war fünfundzwanzig Minuten nach neun, als er an der Ecke der Siebten und der Spring ankam, wo das Metropole stand.

Es war ein altes Hotel, das früher einmal exklusiv gewesen war und sich jetzt ziemlich wacklig zwischen einer Konkursverwaltung und einem schlechten Ruf bei der Polizei durchlavierte. Es hatte zuviel ölig dunkles Holztäfelwerk und zu viele ramponierte Goldspiegel. Zuviel Rauch hing unter der Balkondecke der Halle, und zu viele Gaunervisagen grinsten in den abgewetzten ledernen Schaukelstühlen.

Die Blondine, die den großen hufeisenförmigen Zigarrentresen versah, war nicht mehr ganz jung und hatte längst zynische Augen bekommen, vom langen Abwehren mieser Einladungen. De Ruse lehnte sich auf das Glas und schob den Hut auf seinem krausen schwarzen Haar zurück.

»Eine Camel, Schätzchen«, sagte er mit seiner tiefen Spielerstimme.

Das Mädchen klatschte ihm die Packung hin, tippte fünfzehn Cent in die Klingelkasse und schob ihm das Wechselgeld unter den Ellbogen, mit einem schwachen Lächeln. Ihre Augen sagten, daß er ihr gefiel. Sie lehnte sich ihm gegenüber auf die Platte und brachte ihren Kopf in seine Nähe, so daß er das Parfüm in ihrem Haar spüren konnte.

»Erzählen Sie mir mal was«, sagte De Ruse.

»Was?« fragte sie leise.

»Versuchen Sie rauszukriegen, wer in acht-null-neun wohnt – ohne daß Sie dem Portier groß Fragen beantworten müssen.«

Die Blondine machte ein enttäuschtes Gesicht. »Warum fragen Sie ihn nicht selber, Mister?«

»Ich bin zu schüchtern«, sagte De Ruse.

»Ja, das sind Sie allerdings!«

Sie ging zu ihrem Telefon und sprach mit schlaffer Anmut hinein, kam zu De Ruse zurück.

»Der Name ist Mattick. Sagt Ihnen das was?«

»Glaube nicht«, sagte De Ruse. »Vielen Dank. Wie gefällt's Ihnen hier in diesem reizenden Hotel?«

»Wer hat gesagt, daß es ein reizendes Hotel ist?«

De Ruse lächelte, berührte seinen Hut, schlenderte davon. Ihre Augen blickten ihm traurig nach. Sie stützte die scharfen Ellbogen auf den Tresen und legte das Kinn in die Hände, um ihm nachzustarren.

De Ruse durchquerte die Halle, ging drei Stufen hinauf und trat in einen offenen Fahrstuhl, der sich mit einem Ruck in schwankende Bewegung setzte.

»Achter«, sagte er und lehnte sich gegen die Wandung, die Hände in den Taschen.

Der Achte lag so hoch, wie das Metropole selber war. De Ruse folgte einem langen Korridor, der nach Firnis roch. Eine Biegung am Ende brachte ihn unmittelbar vor Tür 809. Er klopfte an die dunkle Holztäfelung. Niemand antwortete. Er beugte sich vor, sah durch ein leeres Schlüsselloch, klopfte noch einmal.

Dann zog er den Anhängerschlüssel aus der Tasche und schloß die Tür auf und trat ein.

Es gab Fenster in zwei Wänden, sie waren geschlossen. Die Luft roch nach Whisky. An der Decke brannte Licht. Die Einrichtung bestand aus einem breiten Messingbett, einer dunklen Kommode, ein paar braunen Ledersesseln, einem steifbeinigen Schreibtisch mit einer flachen braunen Quartflasche *Four Roses* darauf, fast leer, ohne Verschluß. De Ruse schnupperte daran und lehnte sich mit der Hüfte gegen die Schreibtischkante, ließ seinen Blick durchs Zimmer wandern.

Sein Blick wanderte von der dunklen Kommode über das

Bett und die Wand mit der Tür zu einer weiteren Tür, hinter der sich Licht zeigte. Er ging zu ihr hinüber und machte sie auf.

Der Mann lag auf dem Gesicht, auf dem gelblichbraunen Holzsteinboden des Badezimmers. Blut auf dem Boden sah klebrig aus und schwarz. Zwei feuchte Flecken auf dem Hinterkopf des Mannes waren die Punkte, von denen aus Bäche dunklen Rots über den Hals auf den Boden geronnen waren. Das Blut hatte schon vor langer Zeit zu fließen aufgehört.

De Ruse streifte einen Handschuh ab und bückte sich, um zwei Finger an die Stelle zu halten, wo eine Arterie schlagen mußte. Er schüttelte den Kopf und zog sich den Handschuh wieder über die Hand.

Er verließ das Badezimmer, schloß die Tür und ging, um eins der Fenster zu öffnen. Er lehnte sich hinaus, atmete saubere regenfeuchte Luft, blickte an schrägen dünnen Regenstrichen entlang hinunter in den dunklen Spalt einer Gasse.

Nach einem Weilchen schloß er das Fenster wieder, machte das Licht im Badezimmer aus, holte ein Schild mit der Aufschrift ›Bitte nicht stören‹ aus der obersten Kommodenschublade, löschte die Deckenbeleuchtung und ging hinaus.

Er hängte das Schild an die Türklinke und ging den Korridor entlang zu den Fahrstühlen zurück und verließ das Hotel Metropole.

VI

Francine Ley summte leise tief in der Kehle vor sich hin, als sie den stillen Korridor des Chatterton entlangging. Sie summte ungleichmäßig, ganz ohne zu wissen, daß sie summte, und ihre linke Hand mit den kirschroten Fingernägeln hielt ihr grünes Samtcape davon ab, ihr von den

Schultern zu rutschen. Unter dem anderen Arm hatte sie eine eingewickelte Flasche.

Sie sperrte die Tür auf, stieß sie auf und blieb stehen, mit einem jähen Stirnrunzeln. Sie stand ganz still, dachte nach, versuchte sich zu erinnern. Sie war immer noch ein bißchen beschwipst.

Sie hatte das Licht angelassen, das war es. Jetzt war es aus. Konnte natürlich das Zimmermädchen gewesen sein. Sie ging weiter, tastete sich durch die roten Vorhänge ins Wohnzimmer.

Der Schimmer der Gasheizung schlich über den rot-weißen Teppich und tupfte glänzende schwarze Gegenstände mit einem rötlichen Schein. Die glänzenden schwarzen Gegenstände waren Schuhe. Sie bewegten sich nicht.

Francine Ley sagte: »Oh – oh«, mit kranker Stimme. Die Hand, die das Cape hielt, grub sich ihr fast in den Hals mit ihren langen, schöngeformten Nägeln.

Dann klickte es, und Licht ging an in einer Lampe neben einem Sessel. De Ruse saß in dem Sessel, sah sie hölzern an.

Er war im Mantel und hatte den Hut auf. Sein Blick war verschleiert, weit weg, erfüllt von abwesendem Brüten.

Er sagte: »Na, bißchen aus gewesen, Francy?«

Sie setzte sich langsam auf die Kante eines halbrunden Sofas, legte die Flasche neben sich.

»Ich war beschwipst«, sagte sie. »Dachte, ich esse lieber was. Dann war mir danach, mich wieder zu betrinken.« Sie tätschelte die Flasche.

De Ruse sagte: »Ich glaube, den Boss von deinem Freund Dial hat's erwischt.« Er sagte es ganz beiläufig, als sei es für ihn selber gar nicht weiter wichtig.

Francine Ley öffnete langsam den Mund, und während sie ihn öffnete, schwand alles Hübsche aus ihrem Gesicht. Ihr Gesicht wurde eine leere, hagere Maske, auf der grelles Rouge brannte. Ihr Mund sah aus, als wollte er schreien.

Nach einer Weile schloß sie ihn wieder, und ihr Gesicht

wurde wieder hübsch, und ihre Stimme sagte, von ganz weit her: »Würde es irgendwas nützen, wenn ich dir sage, ich habe keine Ahnung, wovon du redest?«

De Ruse änderte seinen hölzernen Ausdruck nicht. Er sagte: »Als ich von hier nach unten auf die Straße ging, haben mich zwei Ganoven hopsgenommen. Der eine hatte sich im Auto versteckt. Natürlich können sie mich auch irgendwo anders aufgespürt haben – und hierher verfolgt.«

»Bestimmt«, sagte Francine Ley atemlos. »Das haben sie bestimmt, Johnny.«

Sein langes Kinn bewegte sich einen Zoll. »Ich wurde in einen großen Lincoln verladen, eine Limousine. Eine Wucht von einem Wagen. Er hatte dicke Glasfenster, die nicht leicht kaputtgingen, und keine Türgriffe, und er war so gut wie luftdicht abgeschlossen. Vorn neben dem Fahrersitz befand sich ein Behälter mit Nevada-Gas, Cyanid, und das konnte der Kerl vom Steuer aus in den hinteren Teil leiten, ohne selber was abzukriegen. Die beiden fuhren mit mir auf den Griffith Parkway raus, in die Gegend des Club Egypt. Das ist dieser Laden auf dem Land draußen, in der Nähe des Flughafens.« Er hielt inne, rieb sich das Ende einer Augenbraue, fuhr dann fort: »Sie hatten die Mauser übersehen, die ich manchmal am Bein trage. Der Fahrer baute einen kleinen Unfall, und ich kam frei.«

Er spreizte die Hände und sah darauf nieder. Ein schwaches metallisches Lächeln erschien in seinen Lippenwinkeln.

Francine Ley sagte: »Damit hatte ich nicht das geringste zu tun, Johnny.« Ihre Stimme war so tot wie der Sommer im vorletzten Jahr.

De Ruse sagte: »Der Bursche, der vor mir in dem Wagen spazierengefahren ist, hat wahrscheinlich keine Kanone gehabt. Es war Hugo Candless. Der Wagen war ein genaues Duplikat seines eigenen – dasselbe Modell, dieselbe Farbe, dasselbe Nummernschild –, aber sein eigener war's eben nicht. Jemand hat sich da große Mühe gemacht. Candless verließ den Delmar Club in dem falschen Wagen gegen sechs Uhr dreißig. Seine Frau sagt, er hat auswärts zu tun. Ich hab vor einer Stunde mit ihr gesprochen. Sein Wagen ist seit Mittag nicht aus der Garage gewesen... Vielleicht weiß seine Frau ja jetzt schon, daß es ihn erwischt hat, vielleicht aber auch nicht.«

Francine Leys Nägel verkrallten sich in ihrem Rock. Ihre Lippen zitterten.

De Ruse fuhr fort, ganz ruhig, tonlos: »Irgendwer hat den Chauffeur von Candless heute abend oder schon am Nachmittag in einem Hotel in der Stadt umgelegt. Die Bullen sind noch nicht draufgekommen. Jemand hat sich da große Mühe gemacht, Francy. Bei so einer Geschichte würdest doch du bestimmt nicht mitmischen, was, Goldstück?«

Francine Ley senkte den Kopf und starrte zu Boden. Sie sagte mit belegter Stimme: »Ich brauch was zu trinken. Was ich intus habe, stirbt schon in mir ab. Ich fühle mich gräßlich.«

De Ruse stand auf und ging zu dem weißen Schreibtisch. Er leerte eine Flasche in ein Glas und brachte es ihr hinüber. Er blieb vor ihr stehen, hielt das Glas aus ihrer Reichweite.

»Ich schalte nur ganz selten mal auf stur, Schatz, aber wenn's mal so weit kommt, dann bin ich nicht so leicht aufzuhalten, selbst wenn ich selber Stopp! rufe. Falls du irgendwas von dieser ganzen Geschichte weißt, dann ist jetzt der richtige Moment, damit rauszurücken.«

Er gab ihr das Glas. Sie stürzte den Whisky herunter, und ein wenig mehr Licht kam in ihre rauchblauen Augen. Sie sagte langsam: »Ich weiß nicht das geringste davon, Johnny. Jedenfalls nicht in dem Sinne, wie du denkst. Aber George Dial hat mir heute abend das Angebot gemacht, mir ein Liebesnest zu bauen, und dabei gesagt, er könnte aus Candless viel Geld herausholen, wenn er ihm drohte, einen dreckigen Streich auszuplaudern, den Candless irgendeinem harten Burschen aus Reno gespielt hat.«

»Verdammt gerissen, diese Spaghettifresser«, sagte De Ruse. »Ich kenne Reno wie meine Westentasche, Schatz. Ich kenne auch alle harten Burschen in Reno. Wer soll das gewesen sein?«

»Jemand namens Zapparty.«

De Ruse sagte sehr leise: »Zapparty – so heißt der Mann, dem der Club Egypt gehört.«

Francine Ley stand plötzlich auf und packte seinen Arm. »Laß die Finger davon, Johnny! Um Himmels willen, kannst du nicht wenigstens dies einemal die Finger davon lassen?«

De Ruse schüttelte den Kopf, lächelte sie zart und verlangend an. Dann löste er ihre Hand von seinem Arm und trat zurück.

»Ich habe im Gaswagen der Leute fahren müssen, Schatz, und das hat mir gar nicht gefallen. Ich hab ihr Nevada-Gas gerochen. Ich habe den Revolvermann von irgendwem mit Blei gespickt. Das bedeutet, daß ich die Bullen rufen muß, wenn ich nicht in Teufels Küche kommen will. Wenn's jemanden erwischt und ich rufe die Bullen, dann steht ein weiteres Kidnap-Opfer auf der Abschußliste – das ist wahrscheinlicher als das Gegenteil. Zapparty ist ein harter Bursche aus Reno, und das könnte zu dem passen, was Dial dir erzählt hat, und wenn Mops Parisi mit Zapparty Kumpe macht, dann wäre das Grund genug, mich mit reinzuziehen. Parisi haßt mich wie die Pest.«

»Aber du mußt deswegen doch nicht die Ein-Mann-Polizei spielen, Johnny«, sagte Francine Ley verzweifelt.

Er behielt sein Lächeln bei, mit fest geschlossenen Lippen und ernstem Blick. »Wir werden ja auch zu zweit sein, Schatz. Hol dir einen langen Mantel. Es regnet immer noch ein bißchen.«

Sie glotzte ihn an. Ihre ausgestreckte Hand – die, mit der sie seinen Arm gepackt hatte – spreizte steif die Finger, bog sich im Gelenk zurück, streckte sich wieder. Ihre Stimme war hohl vor Angst.

»Ich, Johnny? . . . Ach, bitte – bitte nicht . . .«

De Ruse sagte sanft: »Hol deinen Mantel, Kleines. Mach dich ein bißchen hübsch. Es könnte das letztemal sein, daß wir zusammen ausgehen.«

Sie taumelte an ihm vorbei. Er berührte zart ihren Arm, hielt ihn einen Moment lang fest, sagte fast flüsternd:

»*Du* hast mich doch nicht verkauft, Francy, oder?«

Sie blickte steinern auf den Schmerz in seinen Augen, gab einen leisen heiseren Laut von sich und riß ihren Arm los, ging rasch ins Schlafzimmer hinüber.

Einen Augenblick später schwand der Schmerz aus De Ruses Augen, und in seinen Lippenwinkeln erschien wieder das metallische Lächeln.

VII

De Ruse schloß halb die Augen und beobachtete die Finger des Croupiers, als sie zurück über den Tisch glitten und auf der Kante ruhen blieben. Es waren runde, feiste, sich konisch verjüngende Finger, anmutige Finger. De Ruse hob den Kopf und sah in das Gesicht des Croupiers. Er war ein kahlköpfiger Mann von nicht näher bestimmbarem Alter, mit ruhigen, blauen Augen. Er hatte überhaupt kein Haar auf dem Kopf, kein einziges.

De Ruse sah wieder hinunter auf die Hände des Croupiers. Die rechte Hand drehte sich ein wenig auf der Tischkante. Die Knöpfe am Ärmel der braunen Samtjacke – sie hatte Smoking-Schnitt – ruhten auf der Kante. De Ruse lächelte sein dünnes metallisches Lächeln.

Er hatte drei blaue Chips auf Rot gesetzt. Bei diesem Coup fiel die Kugel auf 2 Schwarz. Der Croupier zahlte zweien der vier Männer aus, die sich am Spiel beteiligt hatten.

De Ruse schob fünf blaue Chips vor und ordnete sie auf der roten Raute. Dann wandte er den Kopf nach links und beobachtete einen stämmig gebauten blonden jungen Mann, der drei rote Chips auf Zero setzte.

De Ruse leckte sich die Lippen und drehte den Kopf noch weiter, sah hinüber nach der Seite des ziemlich kleinen Raums. Francine Ley saß auf einer Couch an der Wand, den Kopf dagegen gelehnt.

»Ich glaube, ich hab's, Schatz«, sagte De Ruse zu ihr. »Ich glaube, ich hab's.«

Francine Ley blinzelte und hob den Kopf von der Wand. Sie griff nach einem Drink, der auf einem niedrigen runden Tisch vor ihr stand.

Sie nippte am Glas, sah zu Boden, antwortete nicht.

De Ruse sah zu dem blonden Mann zurück. Die drei anderen Männer hatten gesetzt. Der Croupier machte ein ungeduldiges und zugleich wachsames Gesicht.

De Ruse sagte: »Wie kommt das bloß, daß Sie immer auf Zero gehn, wenn ich Rot setze, und auf Doppel-Zero, wenn ich auf Schwarz?«

Der blonde junge Mann lächelte, zuckte die Achseln, sagte nichts.

De Ruse legte die Hand auf den Spieltisch und sagte sehr leise: »Ich habe Sie was gefragt, Mister.«

»Vielleicht bin ich Jesse Livermoore«, grunzte der blonde junge Mann. »Ich spekuliere gern in Baisse.«

»Was ist los – drehn wir in Zeitlupe?« fuhr einer der anderen Männer dazwischen.

»Machen Sie bitte Ihr Spiel, meine Herren«, sagte der Croupier.

De Ruse sah ihn an, sagte: »Dann lassen Sie mal sausen.«

Der Croupier brachte das Rad mit der Linken in Schwung, warf die Kugel mit derselben Hand in entgegengesetzter Richtung. Seine Rechte ruhte auf der Tischkante.

Die Kugel fiel auf 28 Schwarz, gleich neben Zero. Der blonde Mann lachte. »Haarscharf vorbei«, sagte er, »haarscharf.«

De Ruse zählte seine Chips, stapelte sie sorgfältig. »Ich bin mit sechs Riesen im Minus«, sagte er. »Die Methode ist ein bißchen grob, aber ich schätze, es rentiert sich. Wem gehört dieser Neppladen?«

Der Croupier lächelte langsam und starrte De Ruse direkt in die Augen. Er fragte ruhig: »Haben Sie gerade Neppladen gesagt?«

De Ruse nickte. Er machte sich nicht die Mühe einer Antwort.

»Ich dachte doch auch, ich hätte Neppladen gehört«, sagte der Croupier und bewegte den einen Fuß, legte Gewicht hinein.

Drei der anderen Männer, die sich am Spiel beteiligt hatten, rafften rasch ihre Chips zusammen und gingen hinüber an eine kleine Bar in der Ecke des Raums. Sie bestellten sich Drinks und lehnten sich mit dem Rücken gegen die Wand neben der Bar, beobachteten De Ruse und den Croupier. Der blonde Mann war an seinem Platz geblieben und lächelte De Ruse sarkastisch an.

»Ts, ts«, sagte er gedankenvoll. »Manieren haben Sie...«

Francine Ley trank ihr Glas leer und lehnte den Kopf wieder gegen die Wand. Ihre Lider senkten sich, und sie beobachtete De Ruse heimlich, unter langen Wimpern.

Einen Augenblick später ging eine Tür in der Täfelung auf, und ein sehr großer Mann mit schwarzem Schnurrbart und sehr ruppigen schwarzen Brauen kam herein. Der Croupier sah ihn an und bewegte dann die Augen zu De Ruse hinüber, ein winziger Wink.

»Ja, ich dachte doch auch, ich hätte Neppladen gehört«, wiederholte er tonlos.

Der große Mann schob sich neben De Ruse, berührte ihn mit dem Ellbogen.

»Raus«, sagte er fast gleichgültig.

Der blonde Mann grinste und steckte die Hände in die Taschen seines dunkelgrauen Anzugs. Der große Mann schenkte ihm keinen Blick.

De Ruse sah über den Tisch weg den Croupier an und sagte: »Ich werde mir meine sechs Riesen wiedernehmen, und dann Schwamm darüber.«

»Raus«, sagte der große Mann müde und stieß De Ruse den Ellbogen in die Seite.

Der kahlköpfige Croupier lächelte höflich.

»Sie«, sagte der große Mann zu De Ruse, »Sie wollen doch hier nicht den starken Mann markieren, oder?«

De Ruse sah ihn mit sarkastischer Überraschung an. »Ei, ei, der Rausschmeißer«, sagte er sanft. »Übernimm du ihn, Nicky.«

Der blonde Mann zog die rechte Hand aus der Tasche und schwang sie. Die helle Beleuchtung ließ den schwarzen Totschläger glänzen. Er traf den großen Mann mit einem matten Zack auf den Hinterkopf. Der große Mann wollte sich an De Ruse klammern, der rasch von ihm zurücktrat und eine Pistole unter dem Arm hervorzog. Der große Mann klammerte sich an die Kante des Roulettetisches und sackte dann schwer zu Boden.

Francine Ley stand auf, und aus ihrer Kehle kam ein erstickter Laut.

Der blonde Mann machte einen Sprung zur Seite, wirbelte herum und sah den Barkeeper an. Der Barkeeper legte die Hände flach auf die Bar. Die drei Männer, die am Roulette mitgespielt hatten, blickten sehr interessiert drein, machten aber keine Bewegung.

De Ruse sagte: »Der mittlere Knopf an seinem rechten Ärmel, Nicky. Ich glaube, er ist aus Kupfer.«

»Tja.« Der blonde Mann steckte den Totschläger wieder in die Tasche und glitt um das Tischende herum. Er trat dicht an den Croupier heran und griff nach dem mittleren der drei Knöpfe an dessen rechtem Ärmelaufschlag, riß mit einem Ruck daran. Beim zweiten Ruck ging er ab, und ein dünner Draht folgte ihm aus dem Ärmel.

»Stimmt genau«, sagte der blonde Mann beiläufig, ließ den Arm des Croupiers fallen.

»Dann werde ich mir also meine sechs Riesen jetzt wiedernehmen«, sagte De Ruse. »Und dann gehen wir und reden ein Wörtchen mit Ihrem Boss.«

Der Croupier nickte langsam und griff in die Chips auf dem Gestell neben dem Roulettetisch.

Der große Mann am Boden rührte sich nicht. Der blonde Mann griff mit der rechten Hand an die Hüfte und zog eine 45er Automatik hervor, die er hinten unter der Jacke im Hosenbund stecken hatte.

Er schwenkte sie in der Hand, freundlich lächelnd nach allen Seiten.

VIII

Sie gingen eine Galerie entlang, von der man auf den Speisesaal und die Tanzfläche hinuntersah. Heißer Jazz drang stammelnd zu ihnen herauf, von den geschmeidigen, schwingenden Leibern einer Farbigen-Band. Mit dem Jazz kam der Geruch von Speisen, Zigarettenrauch und Schweiß. Die Galerie lag hoch, und die Szene unten hatte etwas stilisiert Buntes an sich, wie eine senkrechte Totale im Film.

Der kahlköpfige Croupier öffnete eine Tür in der Ecke der Galerie und ging hindurch, ohne sich umzusehen. Der blonde Mann, den De Ruse Nicky genannt hatte, folgte ihm. Dann kamen De Ruse und Francine Ley.

Sie standen in einem kurzen Flur mit einem Oberlicht

aus Mattglas in der Decke. Die Tür am Ende wirkte wie lackiertes Metall. Der Croupier setzte einen feisten Finger auf den kleinen Knopf an der Seite, drückte in bestimmtem Rhythmus darauf. Es ertönte ein Summgeräusch, wie das eines elektrischen Türöffners. Der Croupier drückte die Tür auf.

Der Raum, in den sie traten, war freundlich, halb gemütliche Bude und halb Büro. Es gab ein Kaminfeuer und rechtwinklig dazu eine grüne Ledercouch, der Tür zugewandt. Ein Mann, der auf der Couch saß, legte eine Zeitung weg und blickte auf, und sein Gesicht wurde plötzlich leichenblaß. Er war klein und hatte einen prallen runden Kopf, ein pralles rundes dunkles Gesicht. Er hatte kleine lichtlose schwarze Augen, wie Knöpfe aus Jett.

In der Mitte des Raumes befand sich ein großer flacher Schreibtisch, und an dessen Ende stand ein sehr hochgewachsener Mann, einen Cocktailshaker in Händen. Sein Kopf wandte sich langsam herum, und er sah über die Schulter den vier Leuten entgegen, die ins Zimmer kamen, während seine Hände fortfuhren, den Cocktailshaker in sanftem Rhythmus zu schütteln. Er hatte ein ausgemergeltes Gesicht mit eingesunkenen Augen, eine schlaffe graue Haut und kurzgeschnittenes rötliches Haar ohne Glanz oder Scheitelung. Eine dünne Zickzacknarbe, wie ein deutscher ›Schmiß‹, lief über seine linke Backe.

Der hochgewachsene Mann stellte den Cocktailshaker hin und drehte sich mit dem ganzen Körper herum und starrte den Croupier an. Der Mann auf der Couch rührte sich nicht. Es lag eine geballte Spannung in seiner Bewegungslosigkeit.

Der Croupier sagte: »Ich glaube, das ist ein Überfall. Aber ich konnte nichts machen. Sie haben Big George mit dem Totschläger flachgelegt.«

Der blonde Mann lächelte fröhlich und zog seine 45er aus der Tasche. Sie war auf den Boden gerichtet.

»Er glaubt, es ist ein Überfall«, sagte er. »Bleibt einem da nicht die Spucke weg?«

De Ruse schloß die schwere Tür. Francine Ley zog sich aus seiner Nähe zurück, ging nach der Seite des Zimmers, die dem Kamin gegenüberlag. Er folgte ihr mit keinem Blick. Der Mann auf der Couch sah sie an, er sah sie alle an. De Ruse sagte ruhig: »Der Lange da ist Zapparty. Der Kleine ist Mops Parisi.«

Der blonde Mann trat auf die Seite, ließ den Croupier allein in der Zimmermitte stehen. Die 45er deckte den Mann auf der Couch.

»Sicher, ich bin Zapparty«, sagte der hochgewachsene Mann. Er musterte De Ruse mit einem kurzen neugierigen Blick.

Dann wandte er ihm den Rücken und griff wieder nach dem Cocktailshaker, zog den Stopfen heraus und füllte ein flaches Glas. Er leerte das Glas, wischte sich die Lippen mit einem Taschentuch aus hauchfeinem Batist und steckte das Taschentuch sehr sorgfältig wieder in die Brusttasche zurück, so daß drei Spitzen zu sehen waren.

De Ruse lächelte sein dünnes metallisches Lächeln und berührte das eine Ende seiner linken Augenbraue mit dem Zeigefinger. Seine rechte Hand steckte in seiner Jackentasche.

»Nicky und ich haben ein bißchen Rabatz gemacht«, sagte er. »Damit die Jungens unten was zu reden hätten, wenn wir bei unserm Besuch hier zu geräuschvoll empfangen worden wären.«

»Klingt interessant«, stimmte Zapparty zu. »Und was ist die Absicht Ihres werten Besuchs?«

»Ein Wörtchen über den Gaswagen, in dem Sie Leute spazierenfahren lassen«, sagte De Ruse.

Der Mann auf der Couch machte eine sehr jähe Bewegung, und die Hand sprang ihm vom Schenkel, als hätte ihn etwas gestochen. Der blonde Mann sagte: »Nicht doch ...

nur wenn Sie unbedingt wollen, Mr. Parisi. Ist Geschmackssache.«

Parisi wurde wieder bewegungslos. Seine Hand sank auf seinen kurzen dicken Oberschenkel zurück.

Zapparty weitete ein wenig die tiefliegenden Augen. »Ein Gaswagen?« Seine Stimme klang milde verdutzt.

De Ruse trat wieder in die Mitte des Zimmers, neben den Croupier. Er stand ausbalanciert auf den Fußballen. Seine Grauaugen hatten ein schläfriges Glitzern, aber sein Gesicht war gespannt und müde, und gar nicht jung.

Er sagte: »Vielleicht hat's Ihnen bloß jemand in die Schuhe geschoben, Zapparty, aber daran mag ich so recht nicht glauben. Ich spreche von dem blauen Lincoln, Kennzeichen 5 A 6, mit dem Behälter Nevada-Gas vorne. Sie wissen doch, Zapparty, das Zeug, das man in unserm Staat gegen Killer verwendet.«

Zapparty schluckte, und sein großer Adamsapfel bewegte sich auf und nieder. Er blähte die Lippen, dann zog er sie gegen die Zähne zurück, dann blähte er sie wieder.

Der Mann auf der Couch lachte laut auf, schien sich sehr zu amüsieren.

Eine Stimme, die von keinem der Anwesenden im Zimmer kam, sagte scharf: »Jetzt laß mal ganz still die Knarre fallen, blonder Freund. Ihr andern greift schön in die Luft.«

De Ruse blickte hoch und sah eine Öffnung in der Täfelung der Wand hinter dem Schreibtisch. Eine Pistole war in der Öffnung zu sehen und eine Hand, aber sonst weder Körper noch Gesicht. Licht aus dem Zimmer fiel auf die Hand und die Waffe.

Die Pistole schien direkt auf Francine Ley zu zeigen. De Ruse sagte rasch: »Okay«, und hob die Hände, leer.

Der blonde Mann sagte: »Das wird Big George sein – schön ausgeruht und voller Tatendrang.« Er öffnete die Hand und ließ die 45er vor sich auf den Boden plumpsen.

Parisi stand sehr rasch von der Couch auf und zog eine

Pistole unter dem Arm hervor. Zapparty nahm einen Revolver aus der Schreibtischschublade, richtete ihn aus. Er sprach zur Täfelung hinauf: »Verzieh dich und bleib draußen.«

Die Täfelung schnappte zu. Zapparty gab dem kahlköpfigen Croupier, der keinen Muskel bewegt zu haben schien, seit er ins Zimmer gekommen war, einen Wink mit dem Kopf.

»Zurück an die Arbeit, Louis. Halt die Ohren steif.«

Der Croupier nickte, drehte sich um und ging aus dem Zimmer, schloß sorgsam die Tür hinter sich.

Francine Ley lachte albern. Ihre Hand fuhr hoch und zog den Kragen ihres Umhangs fest um ihren Hals, als wäre es kalt im Zimmer. Aber es gab keine Fenster, und es war sehr warm, von dem Feuer.

Parisi machte ein pfeifendes Geräusch mit den Lippen und Zähnen und ging schnell zu De Ruse hinüber und stieß ihm die Pistole so ins Gesicht, daß es De Ruse den Kopf nach hinten riß. Er durchsuchte mit der linken Hand seine Taschen, nahm den Colt, fühlte unter den Armen nach, umkreiste ihn, tastete seine Hüften ab, trat wieder vor ihn hin.

Er wich ein wenig zurück und schlug De Ruse mit der Fläche der einen Pistole auf die Backe. De Ruse stand vollkommen still, nur sein Kopf zuckte ein wenig, als das harte Metall sein Gesicht traf.

Parisi schlug ihn abermals auf dieselbe Stelle. Blut begann De Ruse vom Backenknochen über die Backe zu rinnen, langsam, wie träge. Sein Kopf sackte ein wenig zur Seite, und seine Knie gaben nach. Er knickte langsam in sich zusammen, stützte sich mit der linken Hand auf den Boden, schüttelte den Kopf. Sein Körper war zusammengekrümmt, die Beine darunter hatten keine Kraft. Seine rechte Hand baumelte lose neben seinem linken Fuß.

Zapparty sagte: »Das langt, Mops. Werde mal nicht blutdürstig. Die Leutchen sollen uns noch was erzählen.«

Francine Ley lachte wieder, ziemlich albern. Sie schwankte an der Wand entlang, stützte sich mit einer Hand dagegen.

Parisi atmete schwer und zog sich mit einem glücklichen Lächeln auf dem runden dunklen Gesicht von De Ruse zurück.

»Darauf habe ich lange gewartet«, sagte er.

Als er etwa zwei Meter von De Ruse entfernt war, schien auf einmal etwas Kleines und Dunkelglänzendes in De Ruses Hand zu gleiten, aus dem linken Bein seiner Hose. Es gab eine scharfe, kurze Explosion am Boden unten und eine winzige orange-grüne Flamme.

Parisis Kopf zuckte zurück. Ein rundes Loch erschien unter seinem Kinn. Es wurde fast augenblicklich groß und rot. Seine Hände öffneten sich schlaff, und die beiden Waffen entfielen ihnen. Sein Körper begann zu schwanken. Er stürzte schwer.

Zapparty sagte: »Ach du guter Gott!« und riß seinen Revolver hoch.

Francine Ley stieß einen flachen Schrei aus und warf sich auf ihn – kratzend, tretend, kreischend.

Der Revolver ging zweimal los, mit schwerem Krachen. Zwei Kugeln schlugen in eine Wand. Gips spritzte.

Francine Ley glitt zu Boden, auf Hände und Knie. Ein langes schlankes Bein streckte sich unter ihrem Kleid.

Der blonde Mann, in die Knie gegangen, die 45er wieder in der Hand, rief heiser: »Sie hat dem Drecksack die Knarre weggenommen!«

Zapparty stand mit leeren Händen da, einen schrecklichen Ausdruck auf dem Gesicht. Ein langer roter Kratzer lief über den Rücken seiner rechten Hand. Sein Revolver lag neben Francine Ley auf dem Boden. Seine entsetzten Augen blickten ungläubig darauf nieder.

Parisi hustete am Boden noch einmal auf und war dann für immer still.

De Ruse sprang auf die Füße. Die kleine Mauser sah wie

ein Spielzeug aus in seiner Hand. Seine Stimme schien von weither zu kommen, als er sagte: »Behalt die Täfelung da im Auge, Nicky...«

Von draußen war nichts zu hören, nirgends ein Laut. Zapparty stand am Ende des Schreibtisches, erstarrt, geisterhaft blaß.

De Ruse beugte sich nieder und berührte Francine Ley an der Schulter. »Alles in Ordnung, Schatz?«

Sie zog die Beine an und stand auf, stand dann da und sah auf Parisi nieder. Ihr Körper wurde von einem Nervenschauer geschüttelt.

»Tut mir leid, Schatz«, sagte De Ruse leise neben ihr. »Ich glaube, ich habe mich doch geirrt in dir.«

Er zog ein Taschentuch aus der Tasche und befeuchtete es mit den Lippen, dann rieb er sich leicht damit über die linke Backe und betrachtete das Blut auf dem Taschentuch.

Nicky sagte: »Ich schätze, Big George ist wieder schlafen gegangen. Dumm von mir, daß ich ihn nicht weggepustet hatte.«

De Ruse nickte ein wenig und sagte:

»Tja. Das ganze Spiel ist lausig gelaufen. Wo haben Sie Hut und Mantel, Mr. Zapparty? Wir möchten Sie gern zu einer Spazierfahrt einladen.«

IX

Im Schatten unter den Pfefferbäumen sagte De Ruse: »Da steht er, Nicky. Da drüben. Offenbar hat sich niemand dafür interessiert. Schau dich aber für alle Fälle nochmal um.«

Der blonde Mann kam hinter dem Steuer des Packard vor und trat unter die Bäume. Er blieb ein Weilchen auf derselben Straßenseite stehen wie der Packard, schlüpfte dann auf die andere hinüber, wo der große Lincoln vor dem backsteinernen Apartmenthaus an der North Kenmore geparkt war.

De Ruse beugte sich über die Rückenlehne des Vordersitzes und kniff Francine Ley in die Wange. »Du fährst jetzt nach Hause, Schatz – mit unserm Bus hier. Wir sehn uns später noch.«

»Johnny« – sie klammerte sich an seinen Arm –, »was hast du noch vor? Um Gottes willen, ist dir der Spaß für heute denn noch nicht vergangen?«

»Noch nicht ganz, Schatz. Mr. Zapparty will uns verschiedenes erzählen. Eine kleine Spazierfahrt in dem Gaswagen da drüben dürfte ihn ganz schön aufmuntern. In jedem Fall brauche ich das Ding als Beweismaterial.«

Er streifte Zapparty mit einem Seitenblick. Zapparty, der hinten in der Ecke saß, gab einen heiser-kehligen Laut von sich und starrte mit verschattetem Gesicht vor sich hin.

Nicky kam über die Straße zurück und blieb mit einem Fuß auf dem Trittbrett stehen.

»Keine Schlüssel«, sagte er. »Hast du sie?«

De Ruse sagte: »Aber klar doch.« Er zog die Schlüssel aus der Tasche und händigte sie Nicky aus. Nicky ging um den Wagen herum auf Zappartys Seite und machte die Tür auf.

»Raus mit Ihnen, Mister.«

Zapparty kam steif heraus, stand im sanften, schräg fallenden Regen, mit zuckendem Mund. De Ruse stieg hinter ihm aus.

»Bring den Schlitten nach Hause, Schatz.«

Francine Ley glitt auf dem Sitz hinter das Steuer des Packard und betätigte den Anlasser. Der Motor sprang mit leisem Schwirren an.

»Mach's gut, Schatz«, sagte De Ruse sanft. »Wärm mir schon die Pantoffeln vor. Und tu mir einen großen Gefallen, Kleines. Laß das Telefon in Ruhe.«

Der Packard glitt auf der dunklen Straße davon, unter

den großen Pfefferbäumen. De Ruse sah ihm nach, bis er um eine Ecke bog. Er versetzte Zapparty einen Knuff mit dem Ellbogen.

»Gehn wir. Sie werden hinten sitzen in Ihrem famosen Gaswagen. Sehr viel Gas können wir Ihnen nicht mehr auf die Nase geben, weil die Scheibe ein Loch hat, aber der Geruch wird Ihnen jedenfalls guttun. Wir fahren irgendwo aufs Land. Wir haben die ganze Nacht Zeit, mit Ihnen zu spielen.«

»Sie sind sich doch wohl darüber im klaren, daß das Entführung ist«, sagte Zapparty heiser.

»Grad das macht die Sache ja so prickelnd für mich«, schnurrte De Ruse.

Sie überquerten die Straße, drei Männer, die einen Bummel zusammen machten, ganz ohne Hast. Nicky öffnete die heile Hintertür des Lincoln. Zapparty stieg ein. Nicky schlug die Tür zu, setzte sich hinters Steuer und steckte den Schlüssel ins Zündschloß. De Ruse stieg neben ihm ein und setzte sich zurecht, den Gasbehälter zwischen den Beinen.

Der ganze Wagen roch nach dem Gas.

Nicky startete den Wagen, wendete auf der Mitte des Blocks und fuhr nach Norden zur Franklin, zurück über Los Feliz, in Richtung Glendale. Nach einer kleinen Weile beugte sich Zapparty vor und schlug gegen die gläserne Trennwand. De Ruse hielt sein Ohr an das Loch im Glas hinter Nickys Kopf.

Zappartys heisere Stimme sagte: »Steinhaus – Castle Road – im Überschwemmungsgebiet von La Crescenta.«

»Herrje, der ist aber weich«, grunzte Nicky, die Augen vor sich auf die Straße gerichtet.

De Ruse nickte, sagte nachdenklich: »Da steckt noch mehr dahinter. Wo Parisi jetzt tot ist, würde er dichthalten, wenn ihm nicht was eingefallen wäre, wie er aus der Geschichte rauskommen kann.«

Nicky sagte: »Also ich würde ja lieber das bißchen Prügel

einstecken und die Klappe halten. Zünd mir mal 'nen Glimmstengel an, Johnny.«

De Ruse zündete zwei Zigaretten an und reichte dem blonden Mann eine hinüber. Er warf einen kurzen Blick zurück auf Zappartys lange Gestalt in der Ecke des Wagens. Vorüberhuschendes Licht streifte seine verkrampften Züge, machte die Schatten darin sehr tief.

Der große Wagen glitt geräuschlos durch Glendale und die Steigung nach Montrose hinauf. Von Montrose ging es hinüber zum Sunland Highway und über diesen ins fast verlassene Überschwemmungsgebiet von La Crescenta hinein.

Sie fanden die Castle Road und folgten ihr in Richtung der Berge. Ein paar Minuten später erreichten sie das Steinhaus.

Es lag von der Straße ab, jenseits eines breiten Geländestreifens, den früher einmal ein Rasen bedeckt haben mochte, der aber jetzt nur noch aus Sand, Geröll und wenigen großen Felsbrocken bestand. Die Straße machte kurz vorher eine rechtwinklige Biegung. Dahinter endete sie jäh in einer sauberen Betonkante, weggerissen von der Flut am Neujahrstag 1934.

Jenseits dieser Kante begann das Gebiet, das am meisten von der Überschwemmung betroffen worden war. Büsche wuchsen darauf, und zahlreiche riesige Felsbrocken lagen herum. Unmittelbar an der Kante wuchs ein Baum, dessen halbe Wurzeln zweieinhalb Meter über dem Strombett der Flut in der Luft hingen.

Nicky brachte den Wagen zum Stehen und drehte die Scheinwerfer aus und nahm eine große vernickelte Taschenlampe aus dem Handschuhfach. Er gab sie De Ruse.

De Ruse stieg aus dem Wagen und blieb einen Moment stehen, die Hand auf der offenen Tür, die Taschenlampe darin. Er zog eine Pistole aus dem Mantel und hielt sie neben sich zu Boden.

»Sieht aus, als sollten wir bloß hingehalten werden«, sagte er. »Ich glaube nicht, daß hier irgendwas los ist.«

Er warf einen Blick in den Wagen, auf Zapparty, lächelte scharf und ging über die Sandkämme davon, auf das Haus zu. Die Vordertür stand halb auf, von Sand festgekeilt in dieser Stellung. De Ruse ging zur Hausecke hinüber, hielt sich dabei, so gut er konnte, aus dem Sichtfeld der Tür. Er ging die Seitenmauer entlang, betrachtete die brettervernagelten Fenster, hinter denen sich keine Spur von Licht zeigte.

Auf der Rückseite des Hauses lagen die Reste dessen, was einmal ein Hühnerstall gewesen war. Ein Haufen verrosteten Schrotts in einer zertrümmerten Garage war alles, was von dem Familien-Sedan noch übrig war. Die Hintertür war wie die Fenster vernagelt. De Ruse stand schweigend im Regen und fragte sich, warum die Vordertür wohl offenstand. Dann fiel ihm ein, daß ja vor ein paar Monaten eine weitere Überschwemmung gewesen war, wenn auch keine ganz so schlimme. Möglicherweise hatte der Druck des Wassers ausgereicht, die Tür, die auf der Bergseite lag, aufzubrechen.

Zwei Stuckhäuser, beide aufgegeben, hoben sich undeutlich auf den angrenzenden Grundstücken ab. Weiter weg vom Überschwemmungsgelände, etwas höher gelegen, gab es ein erleuchtetes Fenster. Es war das einzige Licht weit und breit, das De Ruse sehen konnte.

Er ging zurück vor das Haus und schlüpfte durch die offene Tür, blieb drinnen stehen und lauschte. Nach ziemlich langer Zeit erst knipste er die Taschenlampe an.

Es roch hier nicht wie in einem Haus. Es roch wie im Freien. Im vorderen Zimmer gab es nichts als Sand, ein paar Möbeltrümmer und über der dunklen Linie des Flutwassers ein paar Umrißstellen an den Wänden, wo Bilder gehangen hatten.

De Ruse ging durch einen kleinen Flur in eine Küche, die

ein Loch im Boden hatte, wo der Ausguß gewesen war, und, in dem Loch verklemmt, einen rostigen Gaskocher. Von der Küche ging er in ein Schlafzimmer. Er hatte bis jetzt nicht den leisesten Laut vernommen in dem Haus.

Das Schlafzimmer war quadratisch und dunkel. Ein Teppich, steif von altem Schlamm, pflasterte den Boden. Ein Metallbett stand da, mit verrosteten Sprungfedern, und über einem Teil davon lag eine wasserfleckige Matratze.

Füße sahen unter dem Bett hervor.

Es waren große Füße in nußbraunen Schuhen, mit purpurnen Socken darüber. Die Socken hatten eine graue Seitenstickerei. Über den Socken begannen winzig schwarz-weiß karierte Hosen.

De Ruse stand sehr still und ließ das Taschenlampenlicht über die Füße spielen. Seine Lippen machten ein weich saugendes Geräusch. Er stand mehrere Minuten lang so da, ohne sich auch nur im geringsten zu bewegen. Dann stellte er die Taschenlampe auf den Boden, aufs hintere Ende, so daß ihr Licht gegen die Decke fiel und der Widerschein das ganze Zimmer dämmrig erhellte.

Er faßte die Matratze und zog sie vom Bett. Er griff nieder und berührte eine der Hände des Mannes, der unter dem Bett lag. Die Hand war eiskalt. Er griff an den Knöcheln zu und zog, aber der Mann war groß und schwer.

Es war leichter, das Bett über ihm wegzurücken.

X

Zapparty lehnte den Kopf gegen die Polsterung zurück und schloß die Augen und wandte den Kopf ein wenig ab. Seine Augen waren sehr fest geschlossen, und er versuchte den Kopf weit genug abzuwenden, daß das Licht der großen Taschenlampe nicht voll durch seine Lider drang.

Nicky hielt ihm die Taschenlampe dicht vors Gesicht

und schaltete sie an, wieder ab, an, wieder ab, eintönig, in gleichförmigem Rhythmus.

De Ruse stand mit einem Fuß auf dem Trittbrett an der offenen Tür und sah durch den Regen in die Ferne. Am Rand des düsteren Horizonts blitzte matt der Leitstrahl eines Flughafens.

Nicky sagte unbekümmert: »Man weiß doch nie, was einen Burschen schafft. Ich hab mal gesehn, wie einer zusammengeklappt ist, weil ein Bulle ihm mit dem Fingernagel aufs Kinngrübchen drückte.«

De Ruse lachte verhalten. »Der da ist zähe«, sagte er. »Für den mußt du dir schon was Besseres ausdenken als 'ne Taschenlampe.«

Nicky knipste die Taschenlampe an, aus, an, aus. »Könnt ich mit Leichtigkeit«, sagte er, »aber ich will mir nicht die Hände dreckig machen.«

Nach einer kleinen Weile hob Zapparty die Hände vor sich hoch und ließ sie langsam wieder sinken und begann zu reden. Er redete mit leiser, monotoner Stimme, die Augen dabei geschlossen gegen das Taschenlampenlicht.

»Parisi hat alles organisiert. Ich hab's erst erfahren, als schon alles erledigt war. Parisi drang vor einem Monat etwa mit Gewalt bei mir ein, mit zwei harten Jungens als Rückendeckung. Er hatte irgendwie spitzgekriegt, daß Candless mir fünfundzwanzig Riesen aus dem Kreuz geleiert hatte, für die Verteidigung meines Halbbruders in einem Mordprozeß, den Kleinen dann aber einfach sitzen ließ. Von mir hatte Parisi das aber nicht. Ich hab erst heute abend erfahren, daß er's wußte. Er kam so um sieben oder etwas später in den Club und sagte: ›Wir haben einen Freund von dir, Hugo Candless. Die Sache bringt hundert Riesen, schöner schneller Umsatz. Du brauchst nichts weiter zu tun als mitzuhelfen, daß die Scheinchen hier über die Tische laufen, mit einem Packen anderm Geld vermischt. Du mußt es tun, denn erstens lassen wir dich auch deinen Schnitt machen –

und zweitens ginge's zuerst dir ins Auge, wenn was schiefliefe.‹ Das war alles. Parisi saß dann rum und kaute an seinen Fingern und wartete auf seine Jungens. Er wurde ziemlich zapplig, als sie nicht erschienen. Einmal ist er dann rausgegangen, um von einer Bierkneipe aus zu telefonieren.«

De Ruse zog an einer Zigarette, die er geschützt in der hohlen Hand hielt.

Er sagte: »Wer hat das Ganze hingefingert – und wieso wußten Sie, daß Candless hier oben war?«

Zapparty sagte: »Hat mir Mops erzählt. Aber ich habe nicht gewußt, daß er tot war.«

Nicky lachte und ließ die Taschenlampe mehrmals schnell hintereinander klicken.

De Ruse sagte: »Laß sie mal eine Minute an.«

Nicky richtete den Strahl auf Zappartys weißes Gesicht. Zapparty bewegte unruhig die Lippen. Einmal machte er die Augen auf. Es waren blinde Augen, wie die Augen eines toten Fisches.

Nicky sagte: »Verdammt kalt ist es hier oben. Was machen wir nun mit dem hohen Herrn?«

De Ruse sagte: »Wir bringen ihn ins Haus und binden ihn auf Candless fest. Die beiden können sich gegenseitig warmhalten. Morgen früh kommen wir wieder und sehen, ob er vielleicht einen neuen Einfall gehabt hat.«

Zapparty erschauerte. Der Schimmer von etwas wie einer Träne erschien im Winkel seines nächsten Auges. Nach einem Moment des Schweigens sagte er: »Okay, ich habe das Ganze geplant. Der Gaswagen war meine Idee. Ich wollte gar nicht das Geld. Ich wollte Candless, und ich wollte ihn tot. Letzten Freitag ist mein kleiner Bruder in Quentin gehängt worden.«

Ein kurzes Schweigen entstand. Nicky murmelte etwas, doch konnte man's nicht verstehen. De Ruse bewegte sich nicht und gab keinen Laut von sich.

Zapparty fuhr fort: »Mattick, der Chauffeur von Candless, war mit drin. Er haßte Candless. Er sollte den frisierten Wagen fahren, damit alles ganz echt aussah, und sich dann dünnmachen. Aber er ließ sich immer mehr mit Schnaps vollaufen, um sich Mumm zu machen für den Job, und Parisi hatte die Nase voll von ihm und ließ ihn wegpusten. Ein anderer Junge hat dann den Wagen gefahren. Es war am Regnen, und da ging's.«

De Ruse sagte: »Schon besser – aber immer noch nicht alles, Zapparty.«

Zapparty zuckte kurz die Achseln, öffnete leicht die Augen gegen die Taschenlampe, grinste fast.

»Was, zum Teufel, wollen Sie denn noch? Marmelade auf beide Seiten?«

De Ruse sagte: »Ich will, daß Sie mit dem Finger auf den Vogel zeigen, der mich selber hat schnappen lassen ... Ach, Schwamm drüber. Ich finde ihn schon alleine.«

Er nahm den Fuß vom Trittbrett und schnippte seinen Zigarettenstummel weg in die Dunkelheit. Er schlug die Wagentür zu, stieg vorne ein. Nicky steckte die Taschenlampe weg und glitt herum hinters Steuer, ließ den Motor an.

De Ruse sagte: »Irgendwohin, wo ich nach einem Taxi telefonieren kann, Nicky. Dann fährst du den hier noch ein Stündchen spazieren und rufst dann Francy an. Ich lasse da eine Nachricht für dich.«

Der blonde Mann schüttelte langsam den Kopf von Seite zu Seite. »Du bist ein guter Kumpel, Johnny, und ich mag dich gut leiden. Aber das hier ist jetzt lange genug so gelaufen. Ich fahre mit der Karre zur Polizei. Vergiß nicht, ich habe zu Hause unter meinen alten Hemden noch eine Lizenz als Privatdetektiv liegen.«

De Ruse sagte: »Gib mir eine Stunde, Nicky. Bloß eine Stunde.«

Der Wagen glitt den Berg hinunter und überquerte den Sunland Highway, fuhr weiter bergab auf Montrose zu. Nach einer Weile sagte Nicky: »Gemacht.«

XI

Es war zwölf Minuten nach eins auf der Stempeluhr am Ende des Empfangstisches in der Halle der Casa de Oro. Die Halle war spanisch-antik ausgestattet, mit schwarzroten indianischen Teppichen und nägelbeschlagenen Stühlen mit Lederkissen und Lederquasten an den Kissenecken; die graugrünen Türen aus Olivenholz hatten plumpe schmiedeeiserne Angelbeschläge.

Ein dünner adretter Portier mit gewichstem blondem Schnurrbart und blonder Pompadourfrisur lehnte am Empfangstisch und sah auf die Uhr und gähnte, klopfte sich dabei mit der Rückenfläche seiner schimmernden Fingernägel gegen die Zähne.

Die Tür von der Straße ging auf, und De Ruse trat ein. Er nahm den Hut ab und schüttelte ihn, setzte ihn wieder auf und zog die Krempe nieder. Seine Augen sahen sich langsam in der verlassenen Halle um, und er ging zum Empfangstisch und schlug flach mit einer behandschuhten Hand darauf.

»Welche Nummer hat der Bungalow von Hugo Candless?« fragte er.

Der Portier machte ein belästigtes Gesicht. Er sah auf die Uhr, De Ruse ins Gesicht, zurück auf die Uhr. Er lächelte hochnäsig, sprach mit leichtem Akzent.

»Zwölf C. Wünschen Sie angemeldet zu werden – zu dieser späten Stunde?«

De Ruse sagte: »Nein.«

Er wandte sich vom Empfangstisch ab und ging auf eine große Tür zu, die eine Glasraute hatte. Sie sah aus wie die Tür einer Luxus-Toilette.

Als er die Hand nach der Klinke ausstreckte, erklang hinter ihm scharf eine Glocke.

De Ruse blickte über die Schulter zurück, wandte sich um und ging zum Empfangstisch zurück. Der Portier nahm die Hand von der Glocke, ziemlich schnell.

Seine Stimme war kalt, sarkastisch, anmaßend, als er sagte: »So ein Apartmenthaus ist das hier nicht, wenn's beliebt.«

Zwei Stellen über De Ruses Backenknochen liefen dunkelrot an. Er lehnte sich quer über den Empfangstisch und packte den Portier beim bestickten Jackenrevers, zog die Brust des Mannes an die Tischkante.

»Was war das eben für ein Spruch, du Nulpe?«

Der Portier erblaßte, brachte es aber fertig, mit dreschender Hand ein weiteresmal auf die Glocke zu schlagen.

Ein schwammiger Mann, der einen schlottrigen Anzug trug und ein sealbraunes Toupee, kam um die Ecke des Empfangstischs, streckte einen feisten Finger aus und sagte: »He, Sie!«

De Ruse ließ den Portier los. Er betrachtete ohne Ausdruck die Zigarrenasche auf dem Rock des schwammigen Mannes.

Der schwammige Mann sagte: »Ich bin der Hausbulle. Sie müssen sich an mich wenden, wenn Sie hier Rabatz machen wollen.«

De Ruse sagte: »Sie sprechen meine Sprache. Kommen Sie mit rüber in die Ecke.«

Sie gingen in die Ecke hinüber und setzten sich neben einer Palme hin. Der schwammige Mann gähnte liebenswürdig und lüftete halb sein Toupee, um sich darunter zu kratzen.

»Ich heiße Kuvalick«, sagte er. »Manchmal könnte ich dem Schweizer da selber eine vor den Latz geben. Wo brennt's denn?«

De Ruse sagte: »Sind Sie ein Mann, der dichthalten kann?«

»Nö. Ich rede gern. Ist das einzige Vergnügen, das bei diesem piekfeinen Saftladen für mich abfällt.« Kuvalick zog eine halbe Zigarre aus einer Tasche und verbrannte sich die Nase, als er sie anzündete.

De Ruse sagte: »Dann ist heute der große Tag, wo Sie mal dichthalten werden.«

Er griff in seinen Anzug, holte die Brieftasche heraus, entnahm ihr zwei Zehner. Er rollte sie sich um den Zeigefinger, zog sie dann als Röhre ab und schob die Röhre dem schwammigen Mann in die Außentasche seines Anzugs.

Kuvalick blinzelte, sagte aber nichts.

De Ruse sagte: »Im Candless-Apartment befindet sich ein Mann namens George Dial. Sein Wagen steht draußen, und anderswo kann er nicht sein. Ich muß mit ihm reden und will nicht, daß ihm mein Name vorher gemeldet wird. Sie können mich reinbringen und dabeibleiben.«

Der schwammige Mann sagte vorsichtig: »Es ist ein bißchen spät. Vielleicht liegt er schon im Bett.«

»Wenn, dann im falschen«, sagte De Ruse. »Und dann wird's Zeit, daß er aufsteht.«

Der schwammige Mann erhob sich. »Mir gefällt an sich nicht, was ich mir dabei denke, aber Ihre Zehner gefallen mir«, sagte er. »Ich gehe rein und sehe nach, ob sie noch auf sind. Sie bleiben so lange hier.«

De Ruse nickte. Kuvalick ging an der Wand entlang und schlüpfte durch eine Tür in der Ecke. Die plumpe eckige Kontur eines Hüfthalfters zeichnete sich unter seinem Jakkenrücken ab, als er ging. Der Portier sah ihm nach, dann sah er verachtungsvoll zu De Ruse hinüber und zog eine Nagelfeile heraus.

Zehn Minuten vergingen, fünfzehn. Kuvalick kam nicht zurück. De Ruse stand plötzlich auf, runzelte finster die Stirn und marschierte auf die Tür in der Ecke zu. Der Portier am Empfangstisch versteifte sich, und sein Blick wanderte zum Telefon auf dem Tisch, doch er rührte es nicht an.

De Ruse ging durch die Tür und befand sich unter einer überdachten Galerie. Regen tröpfelte sanft von den schrägen Dachziegeln. Er ging einen Patio entlang, in dessen Mitte ein rechteckiges, von einem Mosaik aus lustig bunten

Kacheln eingefaßtes Schwimmbassin lag. An seinem Ende zweigten weitere Patios ab. Am fernen Ende des einen, zur Linken, war ein erleuchtetes Fenster zu sehen. Er ging auf gut Glück darauf zu, und als er nah herankam, erkannte er die Nummer 12 C an der Tür.

Er ging zwei flache Stufen hinauf und drückte eine Klingel, die in der Ferne läutete. Nichts geschah. Nach einer kleinen Weile läutete er nochmals, dann probierte er die Tür. Sie war verschlossen. Irgendwo drinnen vermeinte er ein schwaches Geräusch zu hören, ein gedämpftes dumpfes Pochen.

Er stand einen Augenblick lang im Regen, dann ging er um die Ecke des Bungalows, einen schmalen, sehr nassen Durchgang hinunter, nach hinten. Er probierte den Dienstboteneingang; ebenfalls verschlossen. De Ruse fluchte, zog seine Pistole unter dem Arm hervor, hielt den Hut gegen die Glasscheibe der Dienstbotentür und schlug die Scheibe mit dem Pistolenkolben ein. Glas fiel, leicht klirrend, nach innen.

Er steckte die Waffe weg, rückte den Hut wieder auf seinem Kopf zurecht und griff durch die zerbrochene Scheibe hinein, um die Tür aufzuschließen.

Die Küche war groß und hell, hatte eine schwarz-gelbe Kachelung und sah aus, als würde sie in der Hauptsache zum Drinkmixen benutzt. Zwei Flaschen Haig and Haig, eine Flasche Hennessy, drei oder vier phantastische Sorten Likör standen auf der gekachelten Spüle. Ein kurzer Flur mit einer geschlossenen Tür führte zum Wohnzimmer. Dort stand ein Flügel in der Ecke, mit einer brennenden Stehlampe daneben. Eine weitere Lampe auf einem niedrigen Tischchen mit Drinks und Gläsern. Ein Holzfeuer verglomm im Kamin.

Das pochende Geräusch wurde lauter.

De Ruse durchquerte das Wohnzimmer und trat durch eine volantgefaßte Tür in einen weiteren Flur und von dort in ein herrlich getäfeltes Schlafzimmer. Das Pochen kam aus einem Wandschrank. De Ruse öffnete die Tür des Schranks und erblickte einen Mann.

Der Mann saß auf dem Boden, den Rücken in einem Wald von an Bügeln aufgehängten Kleidern. Ein Handtuch war ihm um das Gesicht gebunden. Ein anderes hielt seine Knöchel zusammen. Die Handgelenke waren ihm auf dem Rücken gefesselt. Er war ein sehr kahler Mann, so kahl wie der Croupier im Club Egypt.

De Ruse starrte barsch auf ihn nieder, dann grinste er plötzlich, bückte sich und schnitt ihn los.

Der Mann spie einen Waschlappen aus dem Mund, fluchte mißtönend und tauchte zwischen die Kleider, die im Schrank hingen. Als er wieder auftauchte, hatte er etwas Fellartiges zerknüllt in der Hand, strich es glatt und zog es über den haarlosen Kopf.

Das machte ihn wieder zu Kuvalick, dem Hausdetektiv.

Er stand auf, immer noch fluchend, und wich vor De Ruse zurück, ein steifes wachsames Grinsen auf dem fetten Gesicht. Seine rechte Hand schoß nach hinten, zu seinem Hüfthalfter.

De Ruse breitete die Hände, sagte: »Erzählen Sie schon«, und setzte sich in einen kleinen chintzbezogenen Sessel.

Kuvalick starrte ihn einen Moment ruhig an, dann nahm er die Hand von seiner Pistole.

»Es war Licht«, sagte er, »also hab ich auf die Klingel gedrückt. Ein großer dunkler Bursche machte auf. Ich hab ihn hier oft auf dem Gelände gesehen. Das war dieser Dial. Ich sagte ihm, es wäre da jemand draußen in der Halle, der ihm ganz stickum was erzählen wollte, aber seinen Namen nicht genannt hätte.«

»Damit saßen Sie in der Tinte«, kommentierte De Ruse trocken.

»Noch nicht, aber bald«, grinste Kuvalick und spuckte eine Stoffaser aus. »Ich beschrieb Sie nämlich. *Damit* saß ich in der Tinte. Der Bursche lächelte ganz komisch und bat mich, doch einen Sprung mit reinzukommen. Ich ging schön brav an ihm vorbei, und da haut er die Tür zu und bohrt mir einen Ballermann in die Niere. Sagt: ›Hab ich richtig gehört, er trägt einen dunklen Anzug?‹ Sag ich: ›Ja. Und was soll die Knarre?‹ Sagt er: ›Hat er graue Augen und so leicht krusseliges schwarzes Haar, und ist er hart um die Zähne?‹ Sag ich: ›Ja und nochmals ja, Sie Drecksack, und was soll die Knarre?‹ Sagt er: ›Das soll sie‹, und läßt sie mir auf den Hinterkopf sausen. Ich geh zu Boden, groggy, aber nicht weg. Dann kam die Ziege, die Candless, zur Tür rein, und die beiden schnürten mich zusammen und schoben mich in den Schrank, und damit hatte sich's. Ich hab sie noch ein Weilchen rumschusseln hörn, dann war alles still. Und mehr kam nicht, bis dann Sie geklingelt haben.«

De Ruse lächelte träge, freundlich. Sein Körper hing völlig lax und entspannt im Sessel. Seine Haltung war lässig und fast gemächlich geworden.

»Die sind über alle Berge«, sagte er leise. »Sie wissen jetzt, wie der Hase läuft. Sehr schlau war das nicht, glaube ich.«

Kuvalick sagte: »Ich bin ein alter Polizist aus Wells Fargo und kann einen Schlag vertragen. Was hatten die beiden vor?«

»Was für ein Typ von Frau ist Mrs. Candless?«

»Dunkel, wie aus dem Bilderbuch. Sexhungrig, wie der Fachmann sagt. Bißchen abgenutzt schon und hart geworden. Alle drei Monate einen neuen Chauffeur, so geht das bei denen. Hier in der Casa gibt's auch ein paar Burschen, die ihr gefallen. Zu denen gehört wahrscheinlich dieser Gigolo, der mir eins auf den Dez gegeben hat.«

De Ruse sah auf seine Uhr, nickte, beugte sich vor, um aufzustehen. »Schätze, es wird Zeit, daß die Polizei ein bißchen mitspielt. Irgendwelche Freunde in der Stadt, denen Sie gern 'ne Entführungsgeschichte zuschanzen würden?«

Eine Stimme sagte: »So weit sind wir noch nicht.«

George Dial kam schnell aus dem Flur ins Zimmer und blieb drinnen stehen, eine lange dünne Automatik mit Schalldämpfer in der Hand. Seine Augen glänzten wie irr, aber sein zitronenfarbener Finger lag sehr ruhig am Abzug der kleinen Waffe.

»Wir sind nicht über alle Berge«, sagte er. »Wir waren noch nicht ganz fertig. Aber es wäre nicht schlecht gewesen – für Sie beide.«

Kuvalicks schwammige Hand fuhr nach seinem Hüfthalfter.

Die kleine Automatik mit dem schwarzen Rohr machte ein flaches, mattes Geräusch, einmal und noch einmal.

Ein Wölkchen Staub sprang vorn auf Kuvalicks Jacke hoch. Seine Hände zuckten scharf von den Seiten vor, und seine Augen rissen sehr weit auf, wie Samenkapseln, aus denen die Samen brechen. Er sackte schwer gegen die Mauer, fiel, lag still auf der linken Seite, die Augen halb offen, den Rücken zur Wand. Sein Toupee war verrutscht, saß ihm fast schmissig auf dem Kopf.

De Ruse warf einen raschen Blick auf ihn hinunter, sah dann wieder Dial an. Sein Gesicht zeigte keine Regung, nicht einmal Aufregung.

Er sagte: »Sie sind ein kompletter Idiot, Dial. Das bringt Sie um Ihre letzte Chance. Sie hätten sich noch mit einem Bluff aus der Affäre ziehen können. Aber das war nicht Ihr einziger Fehler.«

Dial sagte gemächlich: »Nein. Das sehe ich jetzt. Ich hätte Ihnen die Jungs nicht auf den Hals schicken sollen. Es ergab sich einfach so, wie von selbst. Das kommt davon, wenn man kein Profi ist.«

De Ruse nickte leicht, sah Dial fast freundlich an. »Bloß so aus Jux – welcher Spatz hat Ihnen denn vom Dach zugepfiffen, daß die Sache geplatzt war?«

»Francy – und sie hat sich verdammt Zeit gelassen

damit«, sagte Dial wild. »Leider muß ich weg und werde mich darum eine ganze Zeitlang nicht bei ihr bedanken können.«

»Nie im Leben werden Sie das«, sagte De Ruse. »Sie werden gar nicht über die Grenze kommen. Sie werden nie auch nur einen Nickel vom Geld des dicken Knaben in der Tasche spüren. Sie nicht und ebensowenig Ihre Frau und Ihre diversen Seitensprünge. Die Geschichte geht schon bei der Polizei zu Protokoll – in diesem Moment.«

Dial sagte: »Wir werden schon klarkommen. Wir haben genug, um aus dem Gröbsten raus zu sein, Johnny. Mach's gut.«

Dials Gesicht spannte sich, und seine Hand zuckte hoch, mit der Pistole darin. De Ruse schloß halb die Augen, riß seinen Mut zusammen für den Schlag. Aber die kleine Pistole ging nicht los. Ein Rascheln entstand hinter Dial, und eine große dunkle Frau in grauem Pelzmantel glitt ins Zimmer. Ein kleiner Hut saß auf dunklem Haar, das im Nacken einen Knoten bildete. Sie war hübsch, auf eine dünne, etwas ausgezehrte Art. Das Lippenrot an ihrem Mund war so schwarz wie Ruß; ihre Wangen hatten keine Farbe.

Sie hatte eine kühle träge Stimme, die gar nicht zu ihrem gespannten Ausdruck paßte. »Wer ist Francy?« fragte sie kalt.

De Ruse öffnete weit die Augen, und sein Körper versteifte sich im Sessel, und seine rechte Hand begann zu seiner Brust hochzuwandern.

»Francy ist meine Freundin«, sagte er. »Mr. Dial hat versucht, sie mir auszuspannen. Aber das geht schon in Ordnung. Er ist ein hübscher Kerl, und man kann ihm nicht übelnehmen, wenn er zugreift, wo sich ihm was bietet.«

Das Gesicht der großen Frau wurde plötzlich dunkel und wild und wütend. Sie griff wie rasend nach Dials Arm, dem Arm, der die Pistole hielt.

De Ruse ließ seine Hand zum Schulterhalfter schnellen, bekam die 38er heraus. Aber es war nicht seine Pistole, die losging. Es war auch nicht die schallgedämpfte Automatik in Dials Hand. Es war ein riesiger Grenzer-Colt mit achtzölligem Lauf und einem Krach wie eine explodierende Bombe. Er wurde vom Boden aus abgefeuert, von Kuvalicks rechter Hüfte, wo Kuvalicks feiste Hand ihn hielt.

Er ging bloß einmal los. Dial wurde gegen die Wand zurückgeschleudert wie von einer Riesenhand. Sein Kopf krachte gegen die Wand, und im nächsten Augenblick war sein dunkel hübsches Gesicht eine Maske aus Blut.

Er sackte schlaff an der Wand nieder, und die kleine Automatik mit dem schwarzen Rohr fiel vor ihn hin. Die dunkle Frau tauchte danach, nieder auf Hände und Knie vor Dials hingestrecktem Körper.

Sie bekam sie zu fassen, begann sie hochzubringen. Ihr Gesicht war verzerrt, ihre Lippen zogen sich zurück über dünnen wölfischen Zähnen, die schimmerten.

Kuvalicks Stimme sagte: »Ich bin ein zäher Brocken. Ich war mal Polizist in Wells Fargo.«

Seine große Kanone krachte zum zweitenmal. Ein schriller Schrei riß sich von den Lippen der Frau. Ihr Körper wurde gegen den Dials geschleudert. Ihre Augen gingen auf und zu, auf und zu. Ihr Gesicht wurde weiß und leer.

»Schulterschuß. Sie ist okay«, sagte Kuvalick und stand auf. Er riß sich die Jacke auf und klopfte sich auf die Brust.

»Kugelsichere Weste«, sagte er stolz. »Trotzdem hab ich gedacht, ich bleibe lieber noch ein Weilchen liegen, sonst hätte er mir ins Gesicht geballert.«

XII

Francine Ley gähnte und streckte ein langes grünes Pyjamabein aus und betrachtete einen schmalen grünen Pantoffel an ihrem nackten Fuß. Sie gähnte erneut, stand auf und ging nervös durch das Zimmer hinüber zum nierenförmigen Schreibtisch. Sie goß sich einen Drink ein, trank ihn rasch, mit einem scharfen nervösen Schauder. Ihr Gesicht war müde und gespannt; ihre Augen waren hohl und hatten dunkle Ringe.

Sie sah auf die winzige Uhr an ihrem Handgelenk. Es war fast vier Uhr morgens. Das Handgelenk immer noch erhoben, wirbelte sie nach einem Geräusch herum, stand mit dem Rücken zum Schreibtisch und begann sehr schnell, keuchend fast, zu atmen.

De Ruse kam durch die roten Vorhänge herein. Er blieb stehen und sah sie ohne Ausdruck an, dann legte er langsam Hut und Mantel ab und warf beides über einen Stuhl. Er zog auch die Anzugjacke aus und schnallte sein lohfarbenes Schulterhalfter ab und ging zu den Drinks hinüber.

Er schnüffelte an einem Glas, füllte es zu einem Drittel mit Whisky, stürzte es auf einen Schluck herunter.

»Also hast du der Laus doch einen Tip geben müssen«, sagte er düster und blickte dabei in das leere Glas hinab, das er hielt.

Francine Ley sagte: »Ja. Ich mußte ihn einfach anrufen. Was ist geschehen?«

»Soso, du mußtest die Laus anrufen«, sagte De Ruse im selben Ton. »Dabei hast du verdammt gut gewußt, daß er mit drinsteckte in der Sache. Aber Hauptsache, er konnte entwischen, selbst wenn er mich dabei aus dem Anzug schoß.«

»Du hast doch nichts abgekriegt, Johnny?« fragte sie leise, müde.

De Ruse sagte nichts, sah sie nicht an. Er stellte langsam

das Glas hin und goß sich einen weiteren Whisky ein, fügte Soda hinzu, sah sich nach etwas Eis um. Als er keins fand, begann er den Drink zu schlürfen, den Blick auf die weiße Schreibtischplatte gerichtet.

Francine Ley sagte: »Es gibt keinen Mann auf der Welt, dem ich einen Vorsprung vor dir gönnte, Johnny. Er würde ihm ja auch gar nichts nützen. Aber ich mußte das einfach für ihn tun, wo ich ihn doch kannte.«

De Ruse sagte langsam: »Das ist ja allerliebst. Nur bin ich leider längst nicht so gut, wie du meinst. Ich wäre jetzt schon steif wie ein Brett, wenn nicht ein komischer kleiner Hoteldetektiv, der bei der Arbeit eine Buntline Special und eine kugelsichere Weste trägt, mit von der Partie gewesen wäre.«

Nach einer kleinen Weile sagte Francine Ley: »Willst du, daß ich weggehe?«

De Ruse sah sie rasch an, sah wieder weg. Er stellte sein Glas hin und ging vom Schreibtisch fort. Über die Schulter sagte er: »Nicht, solange du mir weiter die Wahrheit sagst.«

Er setzte sich in einen tiefen Sessel und stützte die Ellbogen auf die Armlehnen, barg das Gesicht in den Händen. Francine Ley beobachtete ihn einen Moment lang, dann ging sie zu ihm hinüber und setzte sich auf die eine Sessellehne. Sie zog ihm zart den Kopf nach hinten, bis er auf der Rückenlehne ruhte. Sie fing an, ihm die Stirn zu streicheln.

De Ruse schloß die Augen. Sein Körper wurde weich und entspannte sich. Seine Stimme bekam einen schläfrigen Klang.

»Im Club Egypt drüben hast du mir vielleicht das Leben gerettet. Ich schätze, das gab dir ein Recht, den Lackel einmal auf mich schießen zu lassen.«

Francine Ley streichelte seinen Kopf, ohne zu sprechen.

»Der Lackel ist tot«, fuhr De Ruse fort. »Der Schnüffler hat ihm das Gesicht weggeschossen.«

Francine Leys Hand hielt inne. Nach einem Moment begann sie erneut, ihm über den Kopf zu streichen.

»Die Candless-Frau steckte ebenfalls mit drin. Scheint ein heißes Biest zu sein. Sie wollte Hugos Geld und dazu sämtliche Männer auf der Welt außer Hugo. Gott sei Dank ist *sie* nicht mit draufgegangen dabei. Sie hat eine Menge geredet. Ebenso Zapparty.«

»Ja, Lieber«, sagte Francine Ley ruhig.

De Ruse gähnte. »Candless ist tot. Er war schon tot, als wir anfingen. Sie wollten nie was anderes als seinen Tod. Parisi war das so oder so egal, solange er nur sein Geld bekam.«

Francine Ley sagte: »Ja, Lieber.«

»Den Rest erzähl ich dir morgen«, sagte De Ruse mit schwerer Zunge. »Ich schätze, Nicky und ich sind bei der Polizei aus dem Schneider... Laß uns nach Reno gehn, heiraten... Ich bin dies Rumstreunen satt... Hol mir noch was zu trinken, Schatz.«

Francine Ley bewegte sich nicht, sie strich nur mit den Fingern sanft und besänftigend über seine Stirn und seine Schläfen. De Ruse sank tiefer in den Sessel. Sein Kopf rollte auf die Seite.

»Ja, Lieber.«

»Nenn mich nicht Lieber«, sagte De Ruse schwer. »Nenn mich einfach Dummkopf.«

Als er ganz eingeschlafen war, stand sie von der Sessellehne auf und ging und setzte sich vor ihn hin. Sie saß sehr still und betrachtete ihn, das Gesicht in den langen zarten Händen mit den kirschfarbenen Fingernägeln.

Raymond Chandler
im Diogenes Verlag

Der große Schlaf
Roman. Aus dem Amerikanischen von Gunar Ortlepp. detebe 20132

Die kleine Schwester
Roman. Deutsch von Walter E. Richartz
detebe 20206

Der lange Abschied
Roman. Deutsch von Hans Wollschläger
detebe 20207

Das hohe Fenster
Roman. Deutsch von Urs Widmer
detebe 20208

Die simple Kunst des Mordes
Briefe, Essays, Notizen. Herausgegeben von Dorothy Gardiner und Kathrine Sorley Walker. Deutsch von Hans Wollschläger
detebe 20209

Die Tote im See
Roman. Deutsch von Hellmuth Karasek
detebe 20311

Lebwohl, mein Liebling
Roman. Deutsch von Wulf Teichmann
detebe 20312

Playback
Roman. Deutsch von Wulf Teichmann
detebe 20313

Mord im Regen
Frühe Stories. Vorwort von Philip Durham. Deutsch von Hans Wollschläger
detebe 20314

Erpresser schießen nicht
Gesammelte Detektivstories I. detebe 20751

Der König in Gelb
Gesammelte Detektivstories II. detebe 20752

Gefahr ist mein Geschäft
Gesammelte Detektivstories III. detebe 20753
Alle drei Bände deutsch von Hans Wollschläger

Englischer Sommer
Geschichten, Parodien, Sprüche, Essays. Mit einem Vorwort von Patricia Highsmith, Zeichnungen von Edward Gorey und einer Erinnerung an den Drehbuchautor Chandler von John Houseman. Deutsch von Hans Wollschläger, Wulf Teichmann u.a.
detebe 20754

Meistererzählungen
Deutsch von Hans Wollschläger
detebe 21619

Außerdem liegt vor:

Frank MacShane
*Raymond Chandler
Eine Biographie*
Mit vielen Fotos. Deutsch von Christa Hotz, Alfred Probst und Wulf Teichmann
detebe 20960

Dashiell Hammett
im Diogenes Verlag

Der Malteser Falke
Roman. Aus dem Amerikanischen von Peter Naujack. detebe 20131

Rote Ernte
Roman. Deutsch von Gunar Ortlepp
detebe 20292

Der Fluch des Hauses Dain
Roman. Deutsch von Wulf Teichmann
detebe 20293

Der gläserne Schlüssel
Roman. Deutsch von Hans Wollschläger
detebe 20294

Der dünne Mann
Roman. Deutsch von Tom Knoth
detebe 20295

Fliegenpapier
Detektivstories I. Deutsch von Harry Rowohlt, Helmut Kossodo, Helmut Degner, Peter Naujack und Elizabeth Gilbert. Vorwort von Lillian Hellman. detebe 20911

Fracht für China
Detektivstories II. Deutsch von Elizabeth Gilbert, Antje Friedrichs und Walter E. Richartz. detebe 20912

Das große Umlegen
Detektivstories III. Deutsch von Walter E. Richartz, Hellmuth Karasek und Wulf Teichmann. detebe 20913

Das Haus in der Turk Street
Detektivstories IV. Deutsch von Wulf Teichmann. detebe 20914

Das Dingsbums Küken
Detektivstories V. Deutsch von Wulf Teichmann. Nachwort von Prof. Steven Marcus. detebe 20915

Meistererzählungen
Ausgewählt von William Matheson. Deutsch von Wulf Teichmann, Walter E. Richartz und Elizabeth Gilbert. detebe 21722

Außerdem liegt vor:

Diane Johnson
Dashiell Hammett
Eine Biographie. Aus dem Amerikanischen von Nikolaus Stingl. Mit zahlreichen Abbildungen. detebe 21618

Cornell Woolrich
im Diogenes Verlag

Rendezvous in Schwarz

Roman. Aus dem Amerikanischen
von Matthias Müller. Mit einem Nachwort
von Wolfram Knorr. detebe 21874
Neuübersetzung

Jeden Abend um acht, am Platz vor dem Drugstore, treffen sie sich – Johnny und seine große Liebe Dorothy. Doch schon bald wird Schluß sein mit den allabendlichen Rendezvous, der Tag der Hochzeit naht – das große Rendezvous fürs Leben.

Doch dann geschieht etwas, was diese Idylle ein für allemal zerstört... Johnny, der freundliche, harmlose junge Mann, wird zum gnadenlosen Racheengel: er schwört bei seiner getöteten Liebe, daß diejenigen, die schuld sind an seinem Schmerz, genauso Schmerz erfahren sollen wie er...

»In Woolrichs Geschichten spielt die Liebe eine große Rolle, eine totale und ausschließliche Liebe, die, wenn sie zerstört ist, unersetzlich bleibt.« *François Truffaut*

Verfilmt mit Boris Karloff, Larraine Day und Franchot Tone in den Hauptrollen.

Der schwarze Vorhang

Roman. Aus dem Amerikanischen
von Signe Rüttgers. detebe 21625
Neuübersetzung

Nach einem leichten Unfall im Vergnügungsviertel geht Frank Townsend nach Hause – um festzustellen, daß er seit Jahren nicht mehr dort gewesen war. An Gedächtnisschwund leidend, des Mordes angeklagt und Opfer mörderischer Verfolgungen, muß er die ›Strafe‹ überstehen, die die Zeit über ihn verhängt hat.

»Unmöglich, das Buch vor dem Ende aus der Hand zu legen.« *The New York Times*

Verfilmt von Jack Hively mit Burgess Meredith, Claire Trevor, Louise Platt und Sheldon Leonard in den Hauptrollen.

Der schwarze Engel
Roman. Aus dem Amerikanischen von
Harald Beck und Claus Melchior. detebe 21626
Neuübersetzung

Ihr Mann nennt sie Engel, und als er wegen Mordes an seiner Geliebten verhaftet wird, wird sie es tatsächlich: ein schwarzer Todesengel. Um die Unschuld ihres Gefährten zu beweisen, steigt sie in die schwarze Welt der Spielhöllen, der Drogen und Prostituierten und bringt allen, die mit ihr in Berührung kommen, Unglück und Verderben.

»Woolrich gewinnt mehr Entsetzen, mehr Spannung und zitterndes Nägelkauen aus den allergewöhnlichsten Ereignissen als fast alle seiner Kollegen und Zeitgenossen.« *Ellery Queen*

Verfilmt von Roy William Neill mit Peter Lorre, June Vincent und Dan Duryea in den Hauptrollen.

Der schwarze Pfad
Roman. Aus dem Amerikanischen von
Daisy Remus. detebe 21627

Scotty und Eve konnten zwar vor Eves verbrecherischem Ehemann flüchten, nicht aber vor seiner Rache. In einer überfüllten Bar in Havanna wird die schöne Frau ermordet, und Scotty sitzt in einer mörderischen Falle, bleibt allein zurück in einem fremden Land, das nichts von ihm will als den Beweis, daß er die Frau, die er liebte, nicht umgebracht hat.

»Ein satanisches, scharfsinniges Plot.«
The New York Times

Verfilmt von Arthur Pripley mit Michèle Morgan und Robert Cummings in den Hauptrollen.

Das Fenster zum Hof
und vier weitere Kriminalstories
Aus dem Amerikanischen von Jürgen Bauer
und Edith Nerke. detebe 21718
Neuübersetzung

»Rein technisch betrachtet sind viele von Woolrichs Werken schrecklich; man vermißt in ihnen jeglichen Sinn. Und genau das ist es: wie im Leben. Dennoch finden einige seiner Geschichten, gewöhnlich infolge merkwürdiger Zufälle, ein glückliches Ende. Aber da er niemals einen Serien-Helden eingeführt hat, weiß der Leser auch nie im voraus, ob die Woolrich-Geschichte, vor der er gerade sitzt, hell oder dunkel, ob sie *allègre* oder *noire* ist – einer von vielen Gründen dafür, daß seine Geschichten so packend und spannungsgeladen sind. Wie die fünf in diesem Band vereinten.«   *Francis M. Nevins jr.*

Die Titelgeschichte wurde verfilmt von Alfred Hitchcock mit Grace Kelly und James Stewart in den Hauptrollen.

Walzer in die Dunkelheit
Roman. Aus dem Amerikanischen von
Jobst-Christian Rojahn. detebe 21719
Neuübersetzung

Die Geschichte beginnt – wie so viele von Woolrichs Geschichten – mit einem einsamen Mann. Louis Durand, 37 Jahre alt, wohlhabender Kaufmann, hat nur noch einen Gedanken: seiner Einsamkeit zu entfliehen. Die Frau, die er heiraten will, kennt er nur aus Briefen. Doch dann taucht sie persönlich auf, die namenlose *femme fatale*, die für Durand zum Schicksal wird...

Verfilmt von François Truffaut unter dem Titel *La Sirène du Mississippi;* in den Hauptrollen Jean-Paul Belmondo und Catherine Deneuve.

Die Nacht hat tausend Augen
Roman. Aus dem Amerikanischen von
Irene Holicki. detebe 21720
Neuübersetzung

Er war ein merkwürdiger alter Mann, der am liebsten schwieg, denn was er sagte, traf mit erschreckender Gewißheit ein. Harlan Reid, Witwer und erfolgreicher Geschäftsmann, war ganz versessen auf seine Worte, und auch seine einzige Tochter Jean hörte auf seine Ratschläge. Bis eine letzte entsetzliche Prophezeiung alle zu Tode erschreckte: Reids unmittelbar bevorstehenden Tod im Rachen eines Löwen.

»Lassen Sie das Licht an, falls Sie beabsichtigen, dieses Buch im Bett zu Ende zu lesen!« *The New York Times*

Verfilmt von John Farrow, mit Edward G. Robinson, Gail Russell und Virginia Bruce in den Hauptrollen.

Im Dunkel der Nacht
Kriminalstories. Aus dem Amerikanischen
von Signe Rüttgers. detebe 21759
Deutsche Erstausgabe

»Woolrich schreibt Psychotope, Etüden der Angst und der Einsamkeit, voll cooler Bildentwürfe und grandioser Stimmungsmalerei.« *Die Weltwoche, Zürich*

Titelgeschichte verfilmt mit Edward G. Robinson in der Hauptrolle.

Ich heiratete einen Toten
Roman. Aus dem Amerikanischen von
Matthias Müller. detebe 21742
Neuübersetzung

»Ein verschollener Klassiker des amerikanischen Kriminalromans kommt im Diogenes Verlag in neuen deutschen Übersetzungen ans Licht: Cornell Woolrich, der ›dritte Mann‹ neben *Dashiell Hammett* und *Raymond Chandler*.« *Der Spiegel, Hamburg*

Verfilmt mit Barbara Stanwyck in der Hauptrolle.

Die wilde Braut
Roman. Aus dem Amerikanischen von
Jürgen Bürger. detebe 21873
Deutsche Erstausgabe

Wer war sie, die dunkle, exotische Schönheit, die in einem Haus in Baltimore von der Schlafkrankheit geheilt und dann gefangen gehalten wurde, bis ein energischer junger Mann sie entführte und heiratete? Und was faszinierte sie so an dem einsamen, verschlafenen, brütend heißen und von Urwald umgebenen Kaff am Pazifik, in dem sie auf ihrer Schiffsreise nach Acapulco steckenblieben? Woolrich – wer zweifelt noch daran – lehrt einem ein Gruseln, das nicht von dieser Welt ist…

CORNELL WOOLRICH, neben Hammett[1] und Chandler[2] einer der größten der ›Schwarzen Ära‹, wurde 1903 in New York geboren, wohin er nach einem Aufenthalt in Hollywood, einer kurzen Ehe und ein paar homosexuellen Episoden wieder zurückkehrte, um fortan mit seiner Mutter in billigen Hotels zu wohnen. Viele seiner Romane und Stories wurden verfilmt, u.a. von Alfred Hitchcock, Sidney Pollack, François Truffaut. Trotz dieser Erfolge starb er 1968 verbittert und einsam in einem heruntergekommenen New Yorker Hotel.

[1] *Dashiell Hammett,* sämtliche Werke in 10 Bänden. Vollständig und neu übersetzt von Hellmuth Karasek, Gunar Ortlepp, Walter E. Richartz, Harry Rowohlt, Wulf Teichmann, Hans Wollschläger u.a.
[2] *Raymond Chandler,* Werkausgabe in 13 Bänden. Vollständig und neu übersetzt von Hellmuth Karasek, Gunar Ortlepp, Walter E. Richartz, Wulf Teichmann, Urs Widmer und Hans Wollschläger.